을유세계문학전집·76

콜리마 이야기

을 유 세 계 문 학 전 집 · 7 6

콜리마 이야기

KOLYMSKIE RASSKAZY

바를람 샬라모프 지음 · 이종진 옮김

을유문화사

옮긴이 이종진

한국외국어대학교 러시아어과와 동 대학원을 졸업했다. 러시아 과학 아카데미(학술원)에서 명예 문학 박사를 받았다. 한국슬라브학회, 한국노어노문학학회장을 지냈고, 지금은 한국외국어대학교 명예 교수로 있다.
주요 저서로는 『러시아 문학사』(공저)가 있고, 역서로 『사람은 무엇으로 사는가』, 『바보 이반의 이야기』, 『레스코프 단편선』, 『러시아 시집』, 『푸시킨 시집』, 『제1권』, 『창조의 7일』, 『검역』, 『살아라, 그리고 기억하라』, 『네토치카 네즈바노바』, 『작가의 일기』, 『대심문관』, 『도스토옙스키의 세계관』, 『물고기 대왕』, 『러시아 민담 연구』 등이 있다.

을유세계문학전집 76
콜리마 이야기

발행일 · 2015년 6월 25일 초판 1쇄 | 2017년 11월 20일 초판 2쇄
지은이 · 바를람 샬라모프 | 옮긴이 · 이종진
펴낸이 · 정무영 | 펴낸곳 · (주)을유문화사
창립일 · 1945년 12월 1일 | 주소 · 서울시 마포구 월드컵로16길 52-7
전화 · 02-733-8153 | FAX · 02-732-9154 | 홈페이지 · www.eulyoo.co.kr
ISBN 978-89-324-0458-5 04890 978-89-324-0330-4(세트)

• 값은 뒤표지에 표시되어 있습니다.

차례

설원을 걸으며

아무도 밟지 않은 설원에 어떻게 길을 밟아 다질까? 한 사람이 앞장서 걸어간다. 땀 흘리고 욕하며, 겨우 발걸음을 옮기며, 부드러운 깊은 눈 속에 계속 푹푹 빠지며 걸어간다. 고르지 않은 검은 구덩이로 제 길을 표시하며 멀리 나아간다. 피곤하면 눈 위에 드러누워 담배를 한 대 피운다. 마호르카* 연기가 반짝이는 흰 눈 위로 푸른 구름처럼 퍼져 나간다. 그는 다시 앞으로 나아가지만 담배 연기는 쉬던 곳에 그대로 머물러 있다. 공기가 거의 움직이지 않기 때문이다. 길 만드는 일은 바람이 인간의 노동을 휩쓸어 가지 못하게 언제나 고요한 날에 한다. 그 사람 자신은 끝없는 설원에 서 있는 암벽이나 키 큰 나무를 지표로 삼는다. 조타수가 곶에서 곶으로 강을 따라 배를 몰고 가듯 자기 몸을 눈 위로 이끈다.

첫 사람이 지나간 좁고 불확실한 발자국을 따라 대여섯이 일렬로 어깨를 나란히 하고 걸어간다. 그들은 앞사람의 발자국을 그대로 따라가지 않고 그 옆으로 걸어간다. 예정된 곳에 도착하면 되돌아와 아직 사람의 발길이 닿지 않은 설원을 짓밟으러 다시 걸어간다. 길은 개통되었다. 그 길로 사람이, 짐 썰매와 트랙터가 다닐 수 있다. 만약 첫 사람의 뒤를 그대로 따라간다면 그 길은 눈에 잘 띄겠지만 통행이 거의 불가능한 좁은 오솔길일 뿐 길이 아니다. 아무도 밟지 않은 설원보다 지나가기 어려운 구덩이다. 선두는 어느 누구보다 힘들고, 힘이 다 빠지면 그 5인조 중 다른 이가 선두에 선다. 발자국을 따라가는 사람은 누구나 제일 작고 제일 약한 사람이라도 남의 발자국이 아니라 아무도 밟지 않은 설원의 일부를 밟아야 한다. 그러나 트랙터와 말을 타고 이 길을 지나다니는 건 작가가 아니라 독자이다.

외상으로

탄차(炭車) 마부 나우모프의 막사에서 카드 판이 벌어졌다. 당직 감독들은 자신의 주요 업무를 당연히 제58조*에 따라 형을 받은 자를 감시하는 것으로 여겨 마부의 막사를 들여다보는 일이 절대 없었다. 말은 보통 반혁명 분자에게 맡기지 않았다. 사실, 실무 책임자들은 내심 불평해 왔다. 그들은 가장 훌륭하고 부지런한 노동자를 빼앗겨 왔지만 이 점에 관해선 지침이 엄격하게 규정되어 있었던 것이다. 한마디로 마부들의 막사는 가장 안전하여 밤마다 수용소 내의 깡패들이 카드 결전을 벌이기 위해 그곳에 모이곤 했다.

막사 오른쪽 구석 침대 아래층에는 가지각색의 솜이불이 깔려 있었다. 구석 기둥에 가솔린 증기로 켜는 사제 램프 '콜림카(kolymka)'가 철사에 묶여 타고 있었다. 통조림 깡통 뚜껑에 구멍 뚫린 동관 서너 개가 납으로 땜질돼 있었다. 그것이 램프 장치의 전부이다. 이 램프를 켜기 위해서는 깡통 뚜껑에 뜨거운 석탄을 올려놓고 가솔린을 가열하면 증기가 관을 따라 오르는데 그때 성냥으로 불을 붙이면 가솔린 가스가 탄다.

담요 위에는 더러운 깃털 베개가 하나 놓여 있고 그 양쪽에 부랴티야*식으로 무릎을 꿇고 두 노름꾼이 마주 앉아 있었다. 감옥에서 하는 카드놀이의 고전적 자세였다. 베개 위에는 새 카드 한 벌이 놓여 있었다. 그것은 보통 카드가 아니었다. 이 일의 달인들에 의해 비상한 속도로 만들어지는 사제 카드 한 벌이었다. 이 카드를 만들기 위해서는 종이(어떤 책이나), 빵 조각(종이를 붙일 풀을 얻기 위해 빵을 짓씹어 넝마 조각으로 거르려고), 몽당 화학 연필(인쇄 잉크 대신)과 칼(카드 짝의 형판이나 카드 자체를 잘라 내기 위해)이 필요했다.

오늘의 카드는 빅토르 위고*의 책에서 방금 오려 낸 것이다. 어제 누군가 사무실에 잊고 간 책이었다. 종이는 두껍고 튼튼하여 다른 종잇장을 덧붙일 필요가 없었다. 종이가 얇으면 그렇게 해서 만든다. 수용소에서는 몸수색 때 화학 연필은 무조건 압수한다. 받은 소포를 검사할 때도 마찬가지다. 그것은 문서나 인장을 만들 가능성을 차단하기 위해서뿐만 아니라(많은 화가들과 그런 사람들이 있었다), 국가의 카드 독점과 경쟁할 수 있는 일을 전부 근절하기 위해서였다. 화학 연필로 잉크를 만들고 그 잉크를 이용하여 만든 종이 형판으로 카드에 문양을 박아 낸다. 퀸, 잭, 수십 장의 모든 카드 패를……. 카드는 색깔로 구별되지 않는다. 색깔 차이는 도박꾼에게 필요 없다. 예컨대 카드의 두 대립각의 스페이드 그림은 스페이드의 잭에 해당된다. 문양의 위치와 형태는 몇 백 년 동안 동일하다. 카드를 직접 만드는 기술은 젊은 깡패의 '기사' 교육 프로그램에 들어간다.

새 카드 한 벌은 베개 위에 놓여 있고 노름꾼 중 하나는 일이라곤 모르는, 손가락이 가늘고 흰 더러운 손으로 카드를 톡톡 두드리고 있었다. 새끼손톱이 유난히 길었다. 이 또한 아주 멀쩡한 이빨에 씌운 '치관(齒冠)'—금니나 다시 말해 구리 이빨처럼 깡패 사이의 유행이었다. 변함없이 수요가 있는 그런 치관을 만들어 적잖이 부수입을 올리는 자칭 의치 보철공이라는 장인들까지 생겨났다. 손톱에 대해서 말하자면, 감옥에서 매니큐어용 래커를 마련할 수 있다면 손톱에 색깔을 칠해 다듬는 일은 확실히 범죄 세계의 생활이 될 수 있을 것이다. 깨끗이 손질한 노란 손톱은 때때로 보석처럼 빛났다. 손톱 주인은 왼손으로 끈적이는 더러운 금발을 만지작거렸다. 그는 '복싱 선수'처럼 아주 깔끔하게 머리를 깎고 있었다. 자그마한 키, 주름살이라곤 하나도 없는 이마, 짙고 굵은 누런 눈썹, 작은 입—이 모든 것이 얼굴에 눈에 띄지 않는 깡패의 중요한 외관의 특징을 부여하고 있었다. 얼굴은 아무도 기억할 수 없는 유형이었다. 한 번 언뜻 보아서는 모든 특징을 잊어버리거나 잃어버려 다시 만나도 못 알아볼 것이다. 이는 테르즈(terz), 스토스(stoss), 부라(bura) 같은 세 고전 카드 게임에 통달한 사람이자 수많은 카드 규칙에 대한 영감에 찬 해설가인 세보치카였는데, 이번 게임에서도 그 규칙을 엄격히 지켜야 한다. 세보치카에 대해서는 카드 게임을 '기차게 잘한다'는 말이 있었다. 이를테면 사기 도박꾼의 수완과 민첩함을 보여 준다는 것이다. 물론 그는 사기 도박꾼이었다. 정직한 깡패의 게임이라는 것은 속이기 게임이기도 하다. 상대를 잘 보고 속임수를 밝혀내라, 이는 너의 권리다. 너 자신도 속일 줄 알아야 하고 자신의 옳음을 증명하여 의심스러운 승리를 되찾을 줄 알아야 한다.

카드는 반드시 두 사람이 했다. 일대일로. 고수라면 누구나 21 같은 집단 게임에 끼어들어 자신을 비하시키는 일이 없었다. 그들은 항상 강한 '노름꾼'과 마주 앉기를 두려워하지 않았다. 이처럼 체스에서도 진짜 투사는 가장 강한 상대를 찾는다.

세보치카의 상대는 탄차 마부 반장 나우모프였다. 그는 상대보다 나이가 많았다(그러나 세보치카는 몇 살이나 될까? 스무 살? 서른 살? 마흔 살?). 나우모프는 푹 꺼진 검은 눈에 고뇌에 찬 표정을 짓고 있는 흑발의 젊은이로, 그가 쿠반에서 온 철도 깡패라는 사실을 몰랐다면 어떤 순례 수도사나 이미 수십 년 동안 우리 수용소에서 보아 온 '신은 안다' 같은 어떤 종파의 일원으로 나는 생각했을 것이다. 이런 인상은 나우모프의 목에 걸린 주석 십자가의 끈을 보았을 때 더욱 깊어졌다. 셔츠 칼라는 단추가 열려 있었다. 이 십자가는 모독적인 장난이나 변덕이나 즉흥적인 행동이 아니었다. 그 당시 깡패들은 모두 알루미늄 십자가를 목에 걸고 다녔다. 그것은 일종의 문신과 같은 훈장의 표지였다.

1920년대 깡패들은 공업 학교 학생모를 쓰고 다녔고 그전에는 해군 장교모를 쓰고 다녔다. 1940년대 겨울에는 차양 없는 어린 양가죽 모자를 쓰고 펠트 부츠의 목 부분을 접어 신고 목에는 십자가를 걸고 다녔다. 십자가는 보통 민짜였지만 화가가 있으면 바늘로 십자가에 자신이 좋아하는 테마의 문양을 그리게 했다. 하트, 카드, 십자가, 여자의 나체 같은……. 나우모프의 십자가는 민짜였다. 그것은 나우모프의 노출된 거무스름한 가슴에 걸려 있어 바늘로 새긴 푸른 문신—범죄 세계에서 인정하고 성자로 모시는 유일한 시인 예세닌*의 인용 시구를 읽을 수 없게 만들었다.

지나온 길은 너무 적었고
저지른 잘못은 너무 많았다*

"무얼 걸겠어?" 아주 경멸적인 말투로 세보치카는 입속에서 중얼거렸다. 그것은 또한 게임을 시작하는 데 좋은 말투로 생각되었던 것이다.

"이거 헌 옷인데, 이 한 벌을……." 이렇게 말하고 나우모프는 자기 어깨를 톡톡 두드렸다.

"5백에 하지." 세보치카가 양복값을 정했다.

그에 대한 답으로 물건값을 훨씬 더 올리라고 기어이 상대를 설득시키려는 요란한 욕설이 마구 쏟아졌다. 두 노름꾼 주위에 있는 구경꾼들이 이 전통적인 서곡의 끝을 참을성 있게 기다렸다. 세보치카는 그에 대한 보복으로 한층 더 독살스럽게 욕을 퍼부으며 옷값을 깎아내렸다. 마침내 옷값은 1천으로 정해졌다. 세보치카 쪽에서는 약간 입던 스웨터를 걸었다. 스웨터 값이 정해지고 이불 위에 던져지자 세보치카는 카드를 섞었다.

나와 옛 방직 기사였던 가르쿠노프는 나우모프의 막사에 땔 장작을 톱질했다. 밤일이었다. 광산에서 자기 일이 끝나면 하루 동안 땔 장작을 톱질하고 쪼개야 했다. 우리는 저녁을 먹고 나서 곧바로 탄차 마부의 막사로 잠입했다. 거긴 우리 막사보다 따뜻했다. 일이 끝나면 나우모프의 당번은 식당 메뉴에서 '우크라이나 만둣국'이라는 유일한 단골 요리에서 남은 찬 '국물'을 우리 냄비에 따라 주고 빵 한 조각씩을 주었다. 우리는 마룻바닥 한구석에 앉아 번 것을 빨리 먹어 치웠다. 칠흑 같은 어둠 속에서 먹었다. 막사의 가솔린 램프들이 노름판을 비추고 있었지만 오랜 옥살이 경험자들의 정확한 관찰에 따라 숟가락을 놓치는 법이 없었다. 지금 우리는 세보치카와 나우모프의 게임을 보고 있었다.

나우모프는 자기 '옷 한 벌'을 노름으로 잃었다. 바지와 재킷은 세보치카 옆 담요 위에 놓여 있었다. 베개를 걸고 노름이 계속되었다. 세보치카의 손톱이 허공에서 기묘한 무늬를 그렸다. 카드는 그의 손바닥에서 사라졌다 다시 나타나곤 했다. 나우모프는 내의를 입고 있었다. 가슴이 비스듬히 트인 공단 셔츠가 바지에 이어 사라졌다. 누군가의 친절한 손길이 그의 어깨에 솜 점퍼를 걸쳐 주었지만 그는 어깨를 세게 움직여 마룻바닥에 떨어뜨렸다. 갑자기 모든 것이 잠잠해졌다. 세보치카는 천천히 손톱으로 베개를 긁었다.

"담요를 걸겠어." 나우모프가 쉰 목소리로 말했다.

"2백." 냉정한 목소리로 세보치카는 대답했다.

"천, 개새끼!" 나우모프는 소리쳤다.

"무얼 걸겠어? 이건 물건이 아니야! 못 쓰는 물건이야, 쓰레기지." 세보치카가 말했다. "그러나 당신에게만 3백에 하겠어."

노름은 계속되었다. 규칙에 따라 게임은 상대방이 판돈으로 무엇을 걸어오는 동안 끝낼 수 없었다.

"펠트 부츠를 걸겠어."

"펠트 부츠는 안 해." 세보치카는 단호하게 말했다. "관급 걸레 따윈 안 해."

단돈 몇 루블에 수탉이 그려진 우크라이나 타월이, 고골의 옆얼굴이 찍힌 담배 케이스가 날아갔다. 모든 것이 세보치카에게 넘어갔다. 나우모프의 거무스름한 양 볼 피부 사이로 짙은 홍조가 비쳤다.

"외상으로 하지." 아첨하듯 나우모프는 말했다.

"그건 내가 아주 필요로 하는 거지." 세보치카는 활기차게 말하고 한 손을 뒤로 내밀었다. 즉시 그 손에 불이 붙은 마호르카가 놓였다. 세보치카는 담배 연기를 깊이 빨아들이고 기침을 했다. "외상으로 무얼 걸 텐가? 신참들은 아직 오지 않았는데 어디서 가져오지? 호송대에서 가져오나?"

'외상' 노름에 동의는 규칙상 의무적으로 해야 하는 건 아니지만, 세보치카는 잃은 물건을 되찾을 마지막 기회를 빼앗아 나우모프를 모욕하고 싶진 않았다.

"백으로 하지." 그는 천천히 말했다. "외상 노름은 한 시간 주겠어."

"카드나 줘." 나우모프는 십자가를 바로 하며 앉았다. 그는 담요를, 베개를, 바지를 되찾았다. 그리고 또다시 몽땅 잃고 말았다.

"치피르(Chifir) 차나 좀 끓여 줘." 세보치카가 딴 물건을 커다란 합판 트렁크에 넣으면서 말했다. "기다릴게."

"이봐, 차 좀 끓여." 나우모프가 말했다.

그것은 놀라운 북국의 음료수를 말하는 것이었다. 작은 머그잔에 찻잎 50그램 이상을 넣고 끓이면 진한 차가 우러 나온다. 차는 너무 써서 한 모금씩 마시며 소금에 절인 생선을 곁들여 먹는다. 그것은 졸음을 없애 주기 때문에 깡패나 장거리 북국 트럭 운전사들에게 인기가 있다. 치피르는 당연히 심장에 큰 해를 미치겠지만 나는 거의 아무 탈 없이 여러 해 동안 그걸 마시고 견뎌 온 치피르 애호가들을 알고 있었다. 세보치카는 그에게 내민 머그잔에서 치피르를 한 모금 홀짝 마셨다.

나우모프의 무거운 검은 눈길이 주위 사람을 둘러보았다. 머리카락이 헝클어졌다. 그의 시선이 나에게 와서 멈췄다.

어떤 생각이 나우모프의 머릿속에 번쩍였다.

"이봐, 이리 나와."

나는 불빛 속으로 나갔다.

"솜 점퍼 벗어."

무슨 일인지 이미 분명했지만 모두 흥미롭게 나우모프의 시도를 지켜보았다.

나는 솜 점퍼 안에 관급 내의 하나만 입고 있었다. 군복 상의는 2년 전쯤에 지급받은 것이라 다 떨어진 지 오래였다. 나는 옷을 다시 입었다.

"너 나와." 나우모프가 손가락으로 가르쿠노프를 가리키며 말했다.

가르쿠노프는 솜 점퍼를 벗었다. 얼굴이 하얘졌다. 더러운 속셔츠 안에 털 스웨터를 입고 있었다. 그것은 먼 길을 떠나기 전에 아내가 준 마지막 차입품이었다. 나는 가르쿠노프가 그 스웨터를 목욕탕에서 빨아 몸으로 말리며 잠시도 손에서 놓지 않고 간직해 온 것을 알았다. 스웨터는 당장 동료들이 훔쳐 갈 것이다.

"이봐, 벗어." 나우모프가 말했다.

세보치카가 찬성이라는 듯이 손가락을 가볍게 흔들었다. 털 스웨터 값이 정해졌다. 스웨터는 세탁을 맡겨 증기로 이를 잡으면 자기가 입을 수도 있었다. 무늬도 예쁘고.

"못 벗겠어." 가르쿠노프는 쉰 목소리로 말했다. "살가죽까지 가져가야만 하겠어……."

사람들이 덤벼들어 그를 때려눕혔다.

"저놈이 깨물어." 누군가가 소리쳤다.

가르쿠노프는 소매로 얼굴의 피를 닦으며 마룻바닥에서 천천히 일어났다. 그러자 곧바로 나우모프의 당번 사시카가, 한 시간 전만 해도 장작을 톱질했다고 우리에게 수프를 따라 주던 바로 그 사시카가 무릎을 약간 굽혀 펠트 부츠 목 부분에서 무엇을 잡아 뽑았다. 그런 다음 가르쿠노프 쪽으로 손을 뻗었다. 가르쿠노프는 흐느껴 울며 옆으로 쓰러졌다.

"저렇게밖에 할 수 없었나?" 세보치카는 소리쳤다.

가솔린 램프의 너울거리는 불빛 속에 가르쿠노프의 얼굴이 잿빛으로 변하는 게 보였다.

사시카는 죽은 사람의 팔을 잡아당겨 속셔츠를 찢고 스웨터를 머리 위로 잡아 벗겼다. 빨간색이어서 스웨터에 묻은 피가 거의 눈에 띄지 않았다. 세보치카는 손가락에 피를 묻히지 않으려고 스웨터를 조심스레 합판 트렁크에 넣었다. 노름은 끝났다. 나는 우리 막사로 돌아갈 수 있었다. 이제 나는 장작을 톱질할 다른 상대를 찾아야 했다.

밤에

저녁 식사가 끝났다. 글레보프는 천천히 수프 접시를 핥고 나서 식탁에서 빵 부스러기를 왼손 바닥에 알뜰히 그러모아 입으로 가져가 조심스럽게 손바닥에서 핥았다. 그는 삼키지 않고 입안의 침이 게걸스레 빵 부스러기를 흥건히 감싸 오는 것을 느꼈다. 빵이 맛있었는지 아닌지는 말할 수 없을 것이다. 맛은 음식이 주는 그 열정적인 황홀감에 비해 무언가 다른, 빈약하기 짝이 없는 것이었다. 글레보프는 서둘러 삼키려 하지 않았다. 빵은 스스로 입안에서 녹아 빨리 사라졌다.

바그레초프의 푹 꺼진 눈이 번득이며 끊임없이 글레보프의 입을 주시했다. 그들 가운데 어느 누구도 다른 사람의 입안에서 사라져 가는 음식에서 눈을 뗄 만큼 강한 의지를 가진 사람은 없었다. 글레보프가 침을 꿀꺽 삼키자 곧바로 바그레초프는 지평선으로 눈을 돌렸다. 큰 오렌지색 달이 하늘로 기어 나오는 쪽으로.

"시간 됐어." 바그레초프가 말했다.

두 사람은 잠자코 암벽으로 통하는 오솔길을 따라 가다가 구릉을 둘러싼 작은 암붕(巖棚) 위로 올라갔다. 해가 진 지 얼마 안 되었지만 낮에 맨발로 신었던 고무 덧신 위로 발바닥을 뜨겁게 달구던 바위가 지금은 이미 싸늘하게 식어 버렸다. 글레보프는 솜 점퍼 앞을 채웠다. 걸어도 따뜻해지지 않았다.

"아직 멀었지?" 그는 귓속말로 물었다.

"응." 바그레초프가 낮은 목소리로 대답했다.

두 사람은 쉬려고 앉았다. 할 말도 생각할 것도 없었다. 모든 게 간단명료했다. 암붕의 끝 평지에는 여기저기 흩어진 돌무더기와 뜯겨져 나와 말라 빠진 이끼 무더기들이 쌓여 있었다.

"혼자서도 할 수 있지만," 하고 바그레초프는 피식 웃었다. "둘이서 하면 더 즐겁지. 게다가 옛 친구를 위해서도……."

두 사람은 지난해 같은 배로 실려 왔다.

바그레초프가 말을 멈췄다.

"누워야지, 들키겠어."

그들은 드러누워 옆으로 돌을 던지기 시작했다. 둘이서 들어 옮길 수 없는 큰 돌은 없었다. 아침에 여기로 돌을 집어 던지던 사람들이 글레보프보다 힘이 세지 않았기 때문이다.

바그레초프는 나직이 욕을 내뱉었다. 손가락이 긁혀 피가 났다. 상처에 모래를 뿌리고 점퍼에서 솜 조각을 뜯어내 눌렀지만 피는 그치지 않았다.

"혈액 응고 불량이야." 글레보프는 냉정하게 말했다.

"의산가?" 바그레초프가 피를 빨면서 물었다.

글레보프는 잠자코 있었다. 의사였던 시절이 아주 먼 옛날 같았다. 아니, 그런 때가 있었던가? 산 너머 바다 건너 그 세계가 너무 자주 꿈처럼, 비현실처럼 생각되었다. 현실은 기상 신호부터 소등 신호 때까지의 그 1분, 그 한 시간, 그 하루였다. 더 이상 그는 추측할 수 없었고, 추측할 기력도 자기 내부에서 찾을 수 없었다. 다른 모든 사람처럼.

그는 주위 사람들의 과거를 몰랐고 또 그런 일에 관심도 없었다. 그러나 내일 바그레초프가 자신을 철학 박사나 공군 원수라고 해도 글레보프는 깊이 생각하지 않고 그 말을 믿을 것이다. 그 자신은 언젠가 의사였던 적이 있었을까? 자동적인 판단 능력, 자동적인 관찰 능력도 상실되고 말았다. 글레보프는 바그레초프가 더러운 손가락에서 피를 빠는 것을 보았지만 아무 말도 하지 않았다. 그런 건 의식 속에서 지나칠 뿐, 대답할 의지를 자기 내부에서 찾을 수 없었고 또 찾으려 하지도 않았다. 아직 그에게 남아 있는 의식, 어쩌면 더 이상 인간의 의식이 아닌 의식은 너무 적은 일면밖에 없었고 지금은 되도록 빨리 돌을 치우려는 한 가지 목표에만 향해 있었다.

"깊겠지, 아마?" 그들이 쉬려고 누울 때 글레보프가 물었다.

"어떻게 깊을 수 있겠어?" 바그레초프는 말했다.

글레보프는 자기가 어리석은 질문을 했으며 구덩이는 실제로 깊을 수 없겠다고 생각했다.

"여기 있어." 바그레초프가 말했다.

그는 사람의 발가락을 만져 보았다. 엄지발가락이 돌 더미 속에서 나왔다. 달빛에 잘 보였다. 발가락은 글레보프나 바그레초프와 같지 않았지만 생기 없는 경직된 것이 아니었다. 그 점에 다소 차이가 있었다. 이 죽은 발가락의 발톱은 깎여 있었고 발가락 자체는 글레보프의 것보다 통통하고 부드러웠다. 그들은 시체 위에 쌓인 돌을 빨리 옆으로 내던졌다.

"새파란 청년이야." 바그레초프가 말했다.

그들은 둘이서 간신히 발을 잡아 시체를 꺼냈다.

"아주 건장한데." 글레보프는 숨을 헐떡이며 말했다.

"만약 이토록 건강하지 않았다면," 바그레초프는 말했다. "우리처럼 매장됐을 거야.* 그리고 우리가 오늘 여기 오지 않아도 됐을 거고."

두 사람은 시체의 팔을 펴서 루바시카*를 잡아당겼다.

"내복 하의는 아주 새것이야." 만족스러운 듯 바그레초프가 말했다.

그들은 내복 하의를 잡아당겼다. 글레보프는 솜 점퍼 속에 내복 뭉치를 숨겼다.

"입는 게 나을 텐데." 바그레초프가 말했다.

"아니야, 난 싫어." 글레보프는 중얼거렸다.

그들은 시체를 무덤 속에 다시 넣고 돌로 덮었다.

하늘에 떠오른 푸른 달빛이 돌무덤 위에, 타이가*의 성긴 숲 위에 떨어져 암봉 하나하나, 나무 하나하나를 낮과는 다른 특별한 모습으로 드러내 보였다. 만물은 그 나름 진짜로 보였지만 낮과는 달랐다. 그것은 세계의 또 다른 얼굴, 밤의 얼굴 같았다.

죽은 사람의 속옷이 글레보프의 품속에서 따뜻해져 더 이상 남의 옷 같지 않았다.

"한 대 피웠으면." 글레보프는 꿈꾸듯 말했다.

"내일이면 피우게 되겠지."

바그레초프는 빙그레 웃었다. 내일 그들은 속옷을 팔아 빵과 바꾸고 약간의 담배를 얻을지도 모른다…….

두 목수

바로 옆에 있는 사람도 보이지 않을 만큼 짙은 하얀 안개가 하루 종일 끼었다. 그러나 혼자서 멀리 헤매지 않아도 되었다. 식당이나 병원, 초소 같은 곳은 동물이라면 충분히 지니고 있는, 그리고 적당한 조건에서는 인간의 내부에서도 잠을 깨는 방향 감각과 유사한 후천적 직감으로 신기하게 짐작할 수 있었다.

노동자에게는 온도계를 보여 주지 않지만 그런 건 필요 없었다. 어떤 기온에서도 그들은 일하러 나가야 하기 때문이다. 게다가 여기서 오랫동안 살아온 사람들은 온도계 없이도 거의 정확히 온도를 측정한다. 찬 안개가 끼면 바깥 날씨가 영하 40도라는 말이다. 만약 숨 쉴 때 공기가 소음과 함께 나오지만 아직 숨 쉬기가 어렵지 않다면 그건 45도라는 말이다. 숨소리가 요란하고 호흡 곤란이 눈에 띄면 50도라는 말이다. 55도 이하면 뱉은 침이 공중에서 얼어 버린다. 침은 이미 2주 동안 공중에서 얼어 버렸다.

매일 아침 포타니시코프는 추위가 누그러지지 않았나, 기대를 하며 잠에서 깨어났다. 그는 지난겨울의 경험으로 기온이 아무리 낮더라도 온기를 체감하기 위해서는 대조적인 급격한 변화가 필요하다는 것을 알았다. 만약 추위가 40~45도까지 누그러져도 날씨는 이틀밖에 따뜻하지 않을 것이고 그 이상의 계획을 세우는 것은 의미가 없었다.

그러나 추위는 누그러지지 않았고 포타니시코프는 더 이상 견딜 수 없다는 걸 알았다. 기껏 한 시간 정도 일할 만큼 아침을 먹고 나자 식곤증이 찾아왔다. 추위는 온몸의 뼛속까지 스며들었다. 이 민중의 표현은 결코 은유가 아니었다. 점심때까지 얼어붙지 않으려면 연장을 휘둘러야 하고 발을 번갈아 뛰어야만 했다. 뜨거운 점심 — 악명 높은 생선 수프와 카샤* 두 숟가락으로는 체력을 조금밖에 회복할 수 없었지만 그래도 몸은 따뜻해졌다. 그러자 다시 한 시간쯤 일할 힘이 생겼는데, 그 뒤 또다시 포타니시코프는 몸을 녹이고 싶은 생각이 들기도 하고 콕콕 찌르는 얼어붙은 돌 위에 그냥 드러누워 죽고 싶은 생각이 들기도 했다. 그래도 하루가 끝나 갔다. 저녁 식사 후 어떤 노동자도 식당에서 수프와 함께 먹는 법이 없는 빵을 들고 막사로 간 뒤 빵과 함께 물을 잔뜩 마시고 나서 포타니시코프는 바로 잠자리에 들었다.

그는 물론 판자 침대 위층에서 잤다. 아래층은 얼음 창고였다. 침대 아래층을 쓰는 사람들은 밤중까지 난롯가에 서서 차례로 난로를 껴안았다. 난로는 미지근했다. 땔감은 언제나 부족했다. 땔감을 가져오려면 작업을 마치고 4킬로미터나 떨어진 곳까지 가야 했으므로 누구나 무슨 수를 써서라도 그 일을 피하려고 했다. 물론 작업 때와 마찬가지로 방한모와 점퍼, 솜 반코트, 솜바지를 입고 잤지만 위층은 더 따뜻했다. 그러나 위층이 더 따뜻하다 해도 밤사이 머리칼이 베개에 얼어붙는다.

포타니시코프는 날마다 힘이 점점 떨어지는 것을 느꼈다. 나이 삼십에 이미 위층으로 기어 오르내리기조차 힘들었다. 옆 사람은 어제 죽었다. 그냥 죽은 채 깨어나지 않았는데, 왜 죽었는지 아무도 관심이 없었다. 사인은 누구나 잘 아는 한 가지뿐이라는 듯이. 당직은 사람이 저녁보다 아침에 죽는 걸 기뻐했다. 사망자의 하루 식량이 당직에게 떨어지기 때문이다. 모든 사람들이 그 사실을 알았다. 포타니시코프는 감히 당직 곁으로 다가가 '빵 한 조각을 떼어 달라'고 했다. 그러나 당직은 약자 출신의 강자만이, 욕한다고 처벌받지 않는다는 사실을 아는 인간만이 할 수 있는 심한 욕설로 응대했다. 비상 상황에서만 약자는 강자에게 욕을 하게 된다. 그것은 절망의 용기다. 포타니시코프는 잠자코 물러섰다.

그는 무언가 결심해야 하고, 약해진 머리로 무언가 생각해 내야 했다. 아니면 죽어야 한다. 포타니시코프는 죽음을 두려워하진 않았다. 하지만 그에겐 내밀한 열망, 마지막 고집 같은 것이 있었다. 어딘가 병원에서, 침대에서, 이부자리 위에서, 형식적이라도 다른 사람들이 지켜보는 가운데 죽고 싶은 바람이 있었다. 노상이 아닌, 추위 속이 아닌, 호송병의 장화 발밑이 아닌, 욕설과 진흙, 만인의 완전한 무관심이 지배하는 막사 안이 아닌 다른 곳에서. 그는 사람들의 무관심을 비난하지 않았다. 이 마음의 둔감, 이 마음의 냉담이 어디서 오는지 오래전에 알았다. 침을 뱉으면 허공에서 얼음으로 변하는 바로 그 혹한은 인간의 마음에까지도 미쳤다. 뼛속까지 얼어붙을 수 있다면 뇌도 얼어붙어 멍청해질 수 있고 마음도 얼어붙을 수 있었다. 혹한 속에서는 아무것도 생각할 수 없었다. 모든 것이 간단했다. 춥고 배고플 때 뇌는 영양을 제대로 공급받지 못해 뇌세포는 굳어 버린다. 이는 명확한 물질적 변화이다. 그 변화가 의학에서 말하듯, 동상처럼 원상으로 되돌아갈 수 있는지 영원히 파괴되어 버렸는지 그건 아무도 모른다. 이처럼 마음도 얼어붙고 꽉 오므라들어 영원히 싸늘하게 남을지 모른다. 이런 모든 생각이 전에 포타니시코프의 머릿속에 떠올랐지만 지금은 추위를 견뎌 내고 살아남아야 한다는 일념밖엔 아무것도 남아 있지 않았다.

물론 일찌감치 무슨 구원의 방법을 찾아야 했었다. 그 방법은 많지 않았다. 작업반장이나 관리인이 되든지, 일반적으로 지도부 근처에 머물 수는 있었다. 아니면 취사장 근처에 있을 수도 있다. 그러나 취사장 경쟁자는 수백 명이었고, 포타니시코프는 여기서 다른 사람의 자유를 구속하는 일을 용납하지 않겠다고 스스로 약속하고 이미 1년 전쯤 작업반장 일을 단념했다. 심지어 자신의 삶을 위해서도 죽어 가는 동료들이 자기에게 임종의 저주를 퍼붓게 하고 싶지 않았다. 포타니시코프는 하루하루 죽음을 기다렸다. 그리고 그날이 가까워진 듯싶다.

따뜻한 수프 한 그릇을 먹고 빵을 씹으면서 포타니시코프는 겨우 발을 끌며 작업장에 도착했다. 작업반은 일을 시작하기 전에 정렬해 있었는데, 그 대열을 따라 사슴 방한모에 야쿠티야* 순록

가죽 부츠와 흰 모피 반코트를 입은 붉은 얼굴의 뚱뚱한 사람이 왔다 갔다 했다. 그는 초췌하고 더럽고 무관심한 노동자의 얼굴을 들여다보았다. 사람들은 잠자코 제자리걸음을 하며 갑작스러운 지체가 끝나기를 기다렸다. 그때 작업반장은 서서 사슴 털모자를 쓴 사람에게 정중히 뭐라고 말했다.

"틀림없이 우리 반에는 그런 사람들이 없습니다, 알렉산드르 예브게니예비치. 소볼레프와 일반 범죄자들에게 가 보시지요. 그들은 지식인이 아닙니까, 알렉산드르 예브게니예비치. 골치만 아픕니다."

사슴 털모자를 쓴 사람은 더 이상 사람들을 보지 않고 반장 쪽으로 돌아섰다.

"반장이라는 자들이 자기 반원도 모르고 알려고도 하지 않고, 우리를 도우려 하지 않다니." 그는 쉰 목소리로 말했다.

"뜻대로 하시지요, 알렉산드르 예브게니예비치."

"그럼 지금 보여 주지. 네 이름이 뭐야?"

"제 이름은 이바노프입니다, 알렉산드르 예브게니예비치."

"이봐, 조심해. 어이, 너희들 주목." 사슴 털모자를 쓴 사람이 작업반 앞에 섰다. "관리소에서 흙을 운반할 상자를 만들 목수들이 필요하다."

모두 잠자코 있었다.

"거 보세요, 알렉산드르 예브게니예비치." 반장이 속삭였다.

포타니시코프는 갑자기 자기 자신의 목소리를 들었다.

"있습니다. 제가 목수입니다." 이렇게 말하고 그는 한 걸음 앞으로 나갔다.

그의 오른쪽에서 또 다른 사람이 말없이 앞으로 나갔다. 포타니시코프는 그를 알았다. 그리고리예프였다.

"자," 사슴 털모자를 쓴 사람이 반장 쪽으로 돌아섰다. "멍청한 쓰레기 같은 놈. 너희들, 나를 따라와."

포타니시코프와 그리고리예프는 천천히 사슴 털모자를 쓴 사람의 뒤를 따라갔다. 그가 걸음을 멈췄다.

"이렇게 걷다간," 그는 쉰 목소리로 말했다. "점심때까지도 못 가겠어. 이게 뭐야. 먼저 갈 테니 너희는 목공소 현장 감독 세르게예프한테 가 봐. 목공소가 어디 있는지는 알지?"

"네, 알고 있습니다!" 그리고리예프는 큰 목소리로 말했다. "제발, 담배 한 대만 주십시오."

"귀에 익은 부탁인데." 사슴 털모자를 쓴 사람은 잇새로 중얼거리고 주머니 속에서 담뱃갑을 꺼내지 않고 두 개비를 꺼내 주었다.

포타니시코프는 앞장서 걸어가며 열심히 생각했다. 오늘 그는 따뜻한 목공소에서 도끼를 갈고 도끼 자루를 만들 것이다. 그리고 톱날도 갈 것이다. 서두를 필요가 없다. 점심때까지 그들은 연장을 받고 인수증을 쓰고 창고 담당자를 찾을 것이다. 오늘 저녁때까지 도끼 자루를 못 만들고 톱날을 세우지 못한다는 사실이 드러나면 그는 거기서 쫓겨나 내일은 작업반으로 되돌아갈 것이다. 그러나 오늘은 따뜻한 데서 있을 것이다. 어쩌면 내일도 모레도 그는 목수일 것이다, 그리고리예프가 목수라면. 그는 그리고리예프의 조수가 될 것이다. 겨울은 이미 끝나 가고 있었다. 여름은,

짧은 여름은 어떻게 해서든 살 것이다.

포타니시코프는 그리고리에프를 기다리며 걸음을 멈췄다.

"자네 이런 일 할 수 있어…… 목수 일 말이야?" 뜻밖의 기대로 숨을 헐떡이며 그는 물었다.

"이봐, 나는," 그리고리에프가 명랑하게 말했다. "모스크바 어문학 대학 대학원생이야. 고등 교육을 받은 사람은, 더구나 인문학을 공부한 사람은 누구나 도끼 자루를 깎고 톱날을 세울 수 있어야 한다고 생각해. 더구나 뜨거운 난롯가에서 그 일을 해야 한다면."

"그러니까 자네는……."

"아무것도 아니지. 이틀 동안 우리는 그들을 속이고 나서 그다음이야 어떻게 되든 자네가 무슨 상관이야."

"하루 동안 속이는 거지. 내일은 작업반으로 되돌아갈 테니까."

"아니지. 계산상 하루 만에 우리를 목공소로 옮길 수는 없어. 자료나 명단을 제출해야 하니까. 그런 다음에 다시 제명하는 거지……."

두 사람은 얼어붙은 문을 겨우 열었다. 목공소 한가운데서 시뻘겋게 단 쇠 난로가 타고 있었다. 목수 다섯이 자기 작업대에서 솜점퍼와 방한모를 벗고 일하고 있었다. 새로 온 두 사람은 열려 있는 난로 아궁이 앞에, 인류 최초 신의 하나인 불의 신 앞에 무릎을 꿇었다. 그들은 벙어리장갑을 벗어 던지고 따뜻한 곳으로 양손을 뻗어 곧장 불 가까이 디밀었다. 몇 번이나 동상에 걸려 감각을 잃어버린 손가락은 바로 온기를 느끼지 못했다. 잠시 후 그리고리에프와 포타니시코프는 무릎을 꿇은 채 방한모를 벗고 솜 반코트 단추를 풀었다.

"왜 왔어?" 한 목수가 적대적인 태도로 그들에게 물었다.

"우리는 목숩니다. 여기서 일할 겁니다." 그리고리예프는 말했다.

"알렉산드르 예브게니예비치의 명에 따라 왔습니다." 포타니시코프가 서둘러 덧붙였다.

"그러니까 감독께서 도끼를 주라고 한 그 사람들이라는 말이지." 한구석에서 삽자루를 대패질하던 중년의 공구 제조공 아른시트렘이 말했다.

"그들이 우립니다, 그들이 우립니다……."

"가져가." 의심쩍은 눈으로 그들을 훑어보고 아른시트렘은 말했다. "여기 있어, 도끼 두 자루, 톱 한 개 그리고 톱날 세우는 도구 하나. 톱날 세우는 도구는 나중에 돌려줘. 이건 내 도끼야. 도끼 자루는 너희들이 깎아 만들고."

아른시트렘은 미소를 지었다.

"도끼 자루를 하루에 30개씩 만들어 와." 그가 말했다.

그리고리예프는 아른시트렘의 손에서 나무토막을 받아 들고 깎기 시작했다. 점심 식사 사이렌이 울리기 시작했다. 아른시트렘은 옷을 입지 않고 아무 말 없이 그리고리예프가 하는 일을 바라보았다.

"이제 자네가 해 봐." 그는 포타니시코프에게 말했다.

포타니시코프는 통나무 토막 위에 장작 한 개비를 놓고 그리고리예프의 손에서 도끼를 받아 들고 깎기 시작했다.

"됐어."

다른 목수들은 이미 점심을 먹으러 가고 목공소 안에는 세 사람밖에 없었다.

"여기 내 도끼 자루 두 개를 가져가." 아른시트렘은 다 만들어 놓은 도끼 자루 두 개를 그리고리예프에게 주었다. "그리고 도끼를 끼워. 톱날은 갈고. 오늘과 내일은 난로 곁에서 따뜻이 지내고 모레는 왔던 데로 돌아가. 이건 자네들 점심 빵 두 조각이야."

오늘과 그 이튿날 두 사람은 난로 곁에서 따뜻이 지냈고, 그다음 날은 추위가 바로 30도까지 누그러졌다. 겨울은 이미 끝나 가고 있었다.

단독 작업

저녁에 감독이 줄자를 감으며 두가예프는 내일 단독 작업을 받게 된다고 했다. 옆에 서서 '모레까지 흙 10세제곱미터'를 감독에게 빌려 달라고 부탁하던 반장은 갑자기 입을 다물고 구릉 마루저 너머로 반짝이는 저녁 별을 바라보았다. 끝낸 일을 감독이 측량하는 걸 돕던 두가예프의 작업 파트너 바라노프는 삽을 들고 청소한 지 오래된 채굴 현장을 깨끗이 치우기 시작했다.

두가예프는 스물세 살이었다. 그가 여기서 보고 들은 모든 것은 지금까지 놀라게 했던 것 이상으로 그를 놀라게 했다.

작업반은 점호를 받기 위해 집합하여 연장을 넘겨주고 구불구불 열을 지어 막사로 돌아갔다. 힘든 하루가 끝났다. 식당에서 두가예프는 자리에 앉지도 않고 멀겋고 찬 곡물 수프 한 그릇을 접시째로 마셨다. 빵은 아침에 하루분이 다 지급되어 먹어 버린 지 오래였다. 담배를 피우고 싶었다. 그는 누구한테 담배꽁초를 얻을까 생각하며 주위를 둘러보았다. 바라노프가 창턱 위에 앉아 담배쌈지를 뒤집어 마호르카 부스러기를 종이에 모으고 있었다. 바라노프는 담배를 알뜰히 모아 가늘게 말더니 두가예프에게 내밀었다.

"먼저 피워. 내 걸 좀 남겨 주고." 그는 권했다.

두가예프는 놀랐다. 그와 두가예프는 친한 사이가 아니었다. 그러나 춥고 배고프고 불면증에 시달릴 때에는 어떤 우정도 생기지 않는다. 두가예프는 젊은데도 우정은 불행과 고난으로 검증될 수 있다는 속담의 허위를 다 알았다. 우정이 우정이 되기 위해서는 인간의 내부에 인간적인 감정이 다 고갈되고 오직 불신과 증오와 허위만 남는 마지막 한계 상황에까지 여러 조건이나 생활이 아직 이르기 전에 우정의 기반이 튼튼히 다져져야 한다. 두가예프는 수인의 세 계율, 북국의 속담을 잘 기억했다. '믿지 마라, 두려워 마라, 구걸하지 마라…….'

달콤한 마호르카 담배 연기를 게걸스레 빨아들이자 두가예프는 머리가 핑 돌았다.

"몸이 약해지고 있어." 그가 말했다.

바라노프는 아무 말이 없었다.

두가예프는 막사로 돌아가 자리에 누워 눈을 감았다. 요즈음 들어 그는 잠을 잘 못 잤다. 배가 고파 잠을 푹 잘 수가 없었다. 꿈은 특히 고통스러웠다. 빵 덩어리, 김이 모락모락 나는 기름진 수프……. 인사불성의 깊은 잠에 빠지려면 한참 걸려야 했지만 기상 시간 30분 전에 이미 눈을 떴다.

작업반은 일터에 도착했다. 모두 자기 채굴 현장으로 흩어졌다.

"너는 기다려." 반장이 두가예프에게 말했다. "감독님이 배정할 거야."

두가예프는 땅바닥에 주저앉았다. 그는 자기 운명의 어떤 변화에 대해서도 완전 무관심할 만큼 이미 지쳐 있었다.

첫 외바퀴 손수레들이 임시 판자 통로 위에서 덜커덩거리는 소리를 내고 삽들이 돌에 부딪쳐 삐걱거리는 소리를 내기 시작했다.

"이리 와." 감독은 두가예프에게 말했다. "여기가 네 작업장이야." 그는 채굴 현장의 용적을 재어 석영 조각으로 표시하며, "여기까지"라고 했다. "목수가 너를 위해 중앙 통로까지 판자를 깔아 줄 거야. 다른 사람처럼 너도 그리로 운반하는 거야. 여기 네 삽, 곡괭이, 쇠 지렛대, 외바퀴 손수레가 있어. 싣고 가."

두가예프는 얌전히 일을 시작했다.

'이편이 한결 낫지.' 그는 생각했다. 동료들 중 누구도 그가 일을 잘 못한다고 불평하지 않을 것이다. 지난날의 농부들이 두가예프가 신참이며, 중등 학교를 나오자 바로 대학에 들어갔고, 대학 생활을 이 채굴 현장으로 바꾼 사실을 이해하고 알아야 할 필요는 없다. 여기서는 누구나 자기 자신을 위해 존재했다. 그가 이미 오랫동안 배를 곯아 기진맥진해 있고 도둑질할 줄 모른다는 사실을 그들이 알아야 할 일도 없고 알아서도 안 된다. 도둑질할 줄 아는 재간은 동료의 빵을 훔치는 것에서부터 이전에도 없었고 지금도 없는 성과를 빌미로 당국에 수천 루블의 보너스를 요구하는 일에 이르기까지 모든 분야에서 중요한 북국의 미덕이다. 두가예프가 하루에 열여섯 시간의 노동을 견딜 수 없다는 사실은 누구와도 상관없는 일이다.

두가예프는 곡괭이질하고 운반하고 버리고, 다시 곡괭이질하고 운반하고 버렸다.

점심 휴식 시간 뒤에 감독이 와서 두가예프가 한 일을 보고 아무 말 없이 가 버렸다……. 두가예프는 다시 곡괭이질하고 버렸다. 석영 표시까진 아직 한참 멀었다.

저녁때 감독이 다시 나타나 줄자를 풀었다. 그는 두가예프가 한 일을 자로 쟀다.

"25퍼센트야." 그는 말하며 두가예프를 쳐다보았다. "25퍼센트야. 내 말 들어?"

"네." 두가예프는 말했다. 그는 이 숫자에 놀랐다. 일은 너무 힘들었고, 삽으로는 돌을 아주 조금밖에 퍼 올릴 수 없었고, 곡괭이질은 너무 힘들었다. 노르마*의 25퍼센트라는 숫자는 두가예프에겐 아주 크게 여겨졌다. 장딴지가 쑤시고 팔, 어깨, 머리가 외바퀴 손수레에 매달리느라 아파 죽을 지경이었다. 공복감은 그를 떠난 지 오래였다. 두가예프는 다른 사람들이 먹는 것을 보았기 때문에, 무언가가 그에게 먹어야 한다고 부추겼기 때문에 먹었다. 하지만 그는 먹고 싶지 않았다.

"음, 좋아." 감독은 떠나면서 말했다. "행운을 비네."

저녁에 두가예프는 감독에게 불려 갔다. 그는 네 가지 물음에 답했다. 이름, 성, 죄명, 형기. 하루에 30번씩이나 수인에게 던지는 물음이다. 그 뒤 두가예프는 잠자리에 들었다. 이튿날 그는 다시 작업반에서 바라노프와 같이 일했고, 그다음 날 밤 병사들에게 마구간 뒤로 끌려가 숲 사이로 난 오솔길을 따라 어느 곳으로 갔다. 그곳에는 위로 팽팽히 당겨진 높은 철조망 울타리가 작은 산골짜기를 가로막다시피 하며 서 있었다. 어디선가 밤마다 멀리서 트랙터 소리가 통통 들려왔다. 그리고 무슨 일인지 알았을 때 두가예프는 이 마지막인 오늘 헛일하고 헛고생한 걸 후회했다.

소포

소포는 경비실에서 내주었다. 작업반장들이 수취인의 신분을 증명해 주었다. 합판은 제 나름으로, 합판 나름으로 부서지고 갈라졌다. 여기서는 나무가 그렇게 부서지지 않고 그런 목소리로 소리치지 않았다. 깨끗한 손에 지나치게 깔끔한 군복을 입은 사람들이 걸상 장벽 뒤에서 소포를 열어 검사하고 흔들어 본 다음 내주었다. 수개월의 여행에서 겨우 살아남은, 능숙한 솜씨로 던져진 소포 상자가 마룻바닥에 떨어져 부서지고 말았다. 설탕 조각, 말린 과일, 썩기 시작한 양파, 구겨진 마호르카 담뱃갑이 마룻바닥에 흩어졌다. 아무도 그걸 줍지 않았다. 그리고 소포 주인은 항의하지 않았다. 소포를 받는 것은 기적 중의 기적이었으므로.

경비실 옆에는 호송병들이 양손에 라이플을 들고 서 있었다. 차가운 하얀 안개 속에서 낯모르는 모습들이 움직이고 있었다.

나는 벽 옆에 서서 차례를 기다렸다. 이 푸른 조각은 얼음이 아니다! 설탕이다! 설탕! 설탕! 한 시간이 또 지나면 이 조각들을 손에 쥐겠지만 녹지 않을 것이다. 입안에서만 녹을 것이다. 그 큰 조각 하나면 두 번, 세 번은 먹을 수 있다.

마호르카! 자기 소유의 마호르카! 본토의 마호르카, 야로슬라블의 '벨카' 또는 '크레멘추그2'. 나는 담배를 피우고 다른 사람들에게도 권할 것이다. 모두, 모두, 모두에게, 무엇보다 이 한 해 동안 내내 담배를 얻어 피웠던 사람들에게. 본토의 마호르카! 사실 우리에게는 보관 기간에 따라 군수 창고에서 나온 담배가 배급으로 지급되었다. 엄청난 사건이다. 유통 기한이 지난 생산품은 모두 수용소로 내려보냈던 거다. 그러나 이제 나는 진짜 마호르카를 피울 것이다. 더 독한 마호르카가 필요하다는 걸 아내가 모른다면 다른 사람들이 귀띔해 주지 않겠는가.

"이름은?"

소포는 파손되어 상자에서 말린 서양자두, 그 가죽 열매가 쏟아져 나왔다. 그런데 설탕은 어디 있는가? 거기다 말린 서양자두도 두세 줌밖에 되지 않았다…….

"너한테는 고급 펠트 부츠가 왔어! 파일럿 같은 부츠야! 하하하! 고무바닥이 달린! 하하하! 광산 소장 거와 같네! 자, 받아!"

나는 멍하니 서 있었다. 나에게 왜 고급 펠트 부츠를? 여기서 그런 부츠를 신고 다니는 건 명절뿐이다. 하지만 명절은 없었다. 사슴 펠트 부츠나 순록 가죽 부츠나 보통 펠트 부츠라면 얼마나 좋을까. 고급 펠트 부츠는 너무 사치하다…… 이건 어울리지 않는다. 게다가…….

"이봐, 너……." 누군가의 손이 내 어깨를 건드렸다.

뒤돌아보니 고급 펠트 부츠도, 바닥에 말린 서양자두가 조금 남아 있는 상자도, 상관도, 내 어깨를 잡던 남자의 얼굴도 보였다. 그는 우리의 광산 감독관 안드레이 보이코였다.

보이코가 재빨리 속삭였다.

"이 펠트 부츠, 나한테 팔아. 돈을 줄 테니까. 백 루블. 막사까진 못 가져갈 거잖아. 빼앗기고 말 거야." 이렇게 말하고 보이코는 손가락으로 하얀 안개를 찔렀다. "게다가 막사에 가면 도둑맞을 거고. 첫날 밤에."

'너도 훔치려고 몰래 사람을 보내겠지.' 나는 잠시 생각했다.

"좋아, 돈 줘."

"내가 어떤 사람인지 알겠지!" 보이코는 돈을 계산해 주었다. "다른 놈들처럼 안 속여. 백 루블이라고 했으니 백 루블을 주는 거야." 보이코는 돈을 더 지불했을까 봐 걱정했다.

나는 더러운 지폐를 네 겹, 여덟 겹으로 접어 바지 주머니에 숨겼다. 말린 서양자두는 상자에서 솜 반코트로 옮겼다. 호주머니는 쌈지로 쓰려고 뜯어낸 지 오래였다.

버터를 사야지! 1킬로그램을! 그리고 빵과 수프와 카샤와 같이 먹어야지. 그리고 설탕도 좀 사고! 그리고 손가방—가는 노끈이 달린 작은 자루를 누구한테든 구해야지. 정치범 가운데 점잖은 수인은 누구나 가지고 다니는 필수품이다. 깡패들은 자루를 가지고 다니지 않는다.

나는 막사로 돌아왔다. 모두 판자 침대에 누워 있고, 예프레모프만 식은 난로 위에 양손을 얹고 앉아 몸을 펴면 난로에서 떨어질까 봐 사라져 가는 온기 쪽으로 얼굴을 내밀었다.

"왜 난로를 안 피워?"

당번이 다가왔다.

"예프레모프가 다음 당번이야! 반장이 아무 데나 멋대로 가서 가져오라고 했어. 장작이 떨어지지 않게. 어차피 나는 너를 재우지 않을 거야. 가 봐, 아직 늦지 않았어."

예프레모프는 막사 문으로 슬그머니 빠져나갔다.

"네 소포는 어디 있어?"

"저들이 실수로……."

나는 매점으로 달려갔다. 매점 지배인 샤파렌코가 아직 장사를 하고 있었다. 매점 안에는 아무도 없었다.

"샤파렌코, 빵과 버터 좀 줘."

"나를 죽이려고그래."

"자, 필요한 만큼 가져가."

"나한테 돈이 얼마나 있는지 보여?" 샤파렌코가 말했다. "너같이 굶어 기진맥진한 자가 무얼 줄 수 있겠어? 빵과 버터를 가지고 빨리 사라져."

나는 설탕을 달라는 걸 잊어버렸다. 버터 1킬로그램. 빵 1킬로그램. 세묜 셰이닌에게 가야지. 셰이닌은 그때 아직 암살되지 않았던 키로프의 비서였다. 그와 나는 한때 같은 작업반에서 함께 일했지만 운명이 우리를 갈라놓았다.

셰이닌은 막사에 있었다.

"먹자. 버터하고 빵이야."

셰이닌의 굶주린 눈이 빛났다.

"금방 뜨거운 물을 좀……."

"뜨거운 물은 필요 없어!"

"아니야, 금방 가져올게." 이렇게 말하고 그는 사라졌다.

그때 누군가 묵직한 것으로 내 머리를 쳤다. 그리고 내가 벌떡 일어나 정신을 차렸을 때 손가방은 없어지고 말았다. 사람들은 모두 제자리에서 심술궂은 기쁨으로 나를 바라보았다. 고급 오락이었다. 이런 경우 그들의 기쁨은 두 배였다. 첫째로 남이 나빠져서 좋고, 둘째로 내가 나쁘지 않아서 좋은 것이다. 이건 시기심이 아니다, 아니다…….

나는 울지 않았다. 나는 겨우 살아남았다. 30년이 지났지만 지금도 어스름한 막사와 동료들의 기뻐하는 얼굴, 바닥에 놓인 축축한 장작개비, 셰이닌의 창백한 얼굴을 기억한다.

다시 매점으로 갔다. 더 이상 버터를 요구하지 않고 설탕을 달라고 하지 않았다. 나는 빵만 간청하여 얻어 가지고 막사로 돌아와 눈을 녹여 말린 서양자두를 삶기 시작했다.

막사는 이미 잠들었다. 신음하고 코 골고 기침했다. 우리 셋은 난로에 각자 자기의 것을 끓였다. 신초프는 점심에 보관해 두었던 빵 껍질을 끈적끈적하게 뜨겁게 만들어 먹기 위해, 그리고 비와 빵 냄새가 나는 뜨거운 눈 녹은 물을 나중에 게걸스레 먹기 위해 그걸 삶았다. 구바레프는 냄비에 언 양배추 잎을 듬뿍 쑤셔 넣었다. 운 좋고 꾀 많은 사내다. 양배추는 멋진 우크라이나 보르시* 같은 냄새가 났다! 나는 소포로 온 말린 서양자두를 삶았다. 우리 모두는 남의 그릇을 외면할 수 없었다.

누군가 막사의 문들을 발로 차 활짝 열었다. 자욱한 찬 증기 속에서 군인 두 명이 나왔다. 하나는 조금 젊은 수용소 관리 코발렌코이고, 또 하나는 나이 좀 많은 광산 관리 랴보프였다. 랴보프는 파일럿 고급 부츠를 신고 있었다. 내 부츠였다! 랴보프의 부츠가 된 것은 잘못이라고 겨우 생각했다.

코발렌코는 가져온 곡괭이를 휘두르며 난로 쪽으로 달려갔다.

"또 냄비야! 이제 너희들에게 냄비를 보여 주겠다! 어떻게 엉망으로 만드는지 보여 주겠다!"

코발렌코가 수프와 빵 껍질과 양배추 잎, 말린 서양자두가 든 냄비를 뒤엎고는 곡괭이로 냄비 바닥을 모조리 뚫어 버렸다.

랴보프는 양손을 난로 연통에 대고 손을 녹였다.

"냄비가 있다는 건 끓일 게 있다는 거지요." 광산 관리가 심사숙고하여 말했다. "그건 말요, 만족의 표시지요."

"당신은 저들이 끓이는 걸 보고 싶은 게로군." 코발렌코는 냄비를 짓밟으며 말했다.

두 관리가 나가자, 우리는 찌그러진 냄비를 가려내어 각자 자기 음식을 줍기 시작했다. 나는 서양자두 열매를, 신초프는 부풀어 형태가 없는 빵을, 구바레프는 양배추 잎 조각을 주워 모았다. 우리는 당장 다 먹어 치웠다. 그것이 무엇보다 안전했다.

나는 서양자두 몇 알을 먹고 나서 잠들었다. 발이 따뜻해지기 전에 잠드는 법을 오래전에 배웠다. 예전엔 그걸 몰랐지만 경험이, 경험이……. 잠은 인사불성과 같았다.

삶은 꿈처럼 되돌아왔다. 또다시 문이 열렸다. 바닥에 깔려 막사의 먼 벽까지 달려가는 뭉글뭉글한 하얀 증기 덩어리, 아직 길들지 않은 신품이라서 고약한 냄새가 나는 하얀 모피 반코트를 입은 사람들, 그리고 바닥에 쾅 넘어져 움직이지 않지만 살아서 꿀꿀거리는 무엇.

당황한 듯하면서도 존경하는 자세로 조장들의 하얀 긴 모피 코트 앞에 머리를 숙인 당번.

"당신네 작업반 사람인가?" 이렇게 말하고 감독관은 바닥에 누워 있는 더러운 넝마 덩어리를 가리켰다.

"이자는 예프레모프입니다." 당번이 말했다.

"남의 장작을 어떻게 훔쳐야 하는지 앞으로 알게 될 거야."

예프레모프는 다른 데로 이송될 때까지 몇 주 동안 나와 같은 판자 침대에 누워 지내다가 장애인촌에서 죽었다. '장기'는 빼냈다. 광산에서 그 일의 달인은 적지 않았다. 그는 불평 없이 누워 조용히 신음했다.

비

우리는 새로운 작업장에서 사흘째 굴착 작업을 하고 있었다. 각자 자기 시굴갱(試掘坑)이 있어 사흘 동안 반 미터 이상씩 파 들어갔다. 쇠 지렛대와 곡괭이를 잠시도 지체 없이 놀렸지만 동토층까진 아직 아무도 다다르지 못했다. 드문 경우이다. 대장장이들은 끌 일이 아무것도 없었다. 일은 우리 작업반만 했다. 모든 일이 빗속에서 진행되었다. 비는 사흘 동안 그치지 않고 내렸다. 돌이 많은 땅에서는 비가 한 시간 동안 내리는지 한 달 동안 내리는지 알 수 없다. 우리와 같이 일하던 이웃 작업반들은 오래전에 이미 일에서 해방되어 집으로 끌려갔지만 그건 깡패 작업반들이었다. 우리는 부러워할 힘조차 없었다.

피라미드처럼 각진, 비에 젖은 후드 달린 큰 방수 망토를 입은 조장이 이따금 얼굴을 내밀었다. 지도부는 비에 대해, 우리 등에 내리는 차가운 물 채찍에 대해 큰 기대를 걸고 있었다. 우리는 오래전부터 비에 젖었으나 속옷까지 젖었다고 말할 수는 없다. 속옷이 없었기 때문이다. 지도부의 단순한 은밀한 속셈은 비와 추위가 우리를 일하게 만든다는 거였다. 그러나 일에 대한 우리의 혐오감은 더욱 심해져 밤마다 조장은 눈금이 새겨진 나무 자를 욕을 해가며 시굴갱 안으로 내려보냈다. 호송병은 '버섯 같은 초소' 밑에 몸을 숨기고 우리를 감시했다. 유명한 수용소 시설이다.

우리는 시굴갱에서 나올 수 없었다. 나오면 사살된다. 시굴갱 사이를 왔다 갔다 할 수 있는 건 작업반장뿐이었다. 서로 소리칠 수도 없었다. 사살된다. 우리는 말라붙은 냇가를 따라 긴 시굴갱 줄로 늘어서서 허리까지 차오르는 땅속에, 돌 구덩이 속에 잠자코 서 있었다.

밤사이에 우리는 솜 반코트를 말릴 수 없었지만 작업복과 바지는 밤에 몸으로 거의 말릴 수 있었다. 배고프고 적의에 찬 나는 세상에 그 무엇도 내 목숨을 스스로 끊게 할 수 없다는 걸 알았다. 바로 그때, 나는 생의 위대한 본능 — 인간이 최고로 부여받은 바로 그 자질의 본질을 알았다. 나는 우리의 말이 힘이 빠져 죽어 가는 것을 보았다. 달리 어떤 말로도 표현할 수 없다. 말은 어느 점에서나 인간과 다름없었다. 그들은 극북(極北)으로, 힘겨운 노동으로, 나쁜 음식이나 구타로 죽어 갔다. 그 모든 것이 인간이 받는 것보다 훨씬 적어도 사람보다 먼저 죽어 갔다. 그리고 인간이 인간이 된 것은 신의 피조물이거나 손 하나하나에 놀라운 엄지가 있기 때문이 아니라는 것을 어쨌든 알았다. 인간은 **육체적으로** 모든 동물보다 강했고 인내력이 강했기 때문이며, 훗날 자기의 정신적 요소를 육체적 요소에 훌륭히 이바지하게 만들었기 때문이다.

이 모든 것을 나는 시굴갱 안에서 수없이 생각했다. 이 생명의 힘을 시험해 보았기에 스스로 목숨을 끊지 않으리라는 걸 알았다. 이 시굴갱에서, 오직 이 깊은 시굴갱에서 얼마 전에 나는 큰 암석을 곡괭이로 캐냈다. 나는 며칠 동안 암석의 무서운 무게를 조심스럽게 덜어 내려고 했다. 이 불길한 무게에서 무언가 멋진 것을 창조해 내려고 생각했다. 러시아 시인의 말에 따라. 나는 다리를 부러뜨려 자신의 생명을 구하려고 생각했다. 참으로 멋진 생각이며 완전히 미학적인 성질의 현상이었다. 암석은 무너져 내려 내 발을 박살 내야 했다. 그러면 나는 영원히 불구자가 된다! 이 열정적인 꿈은 당연히 계산되었고, 나는 발 놓을 곳을 정확히 준비하고 곡괭이로 살짝 돌릴 방법을 생각해 보았다. 그러면 돌은 무너져 내릴 것이다. 날짜와 시와 분이 정해지고 그때가 왔다. 나는 오른발을 떠 있는 돌 밑에 놓고 자신의 침착함을 칭찬하고 한 손을 들어 돌 뒤에 놓인 곡괭이를 지렛대처럼 돌렸다. 그러자 돌은 계산된 정해진 곳에 벽을 타고 미끄러져 내렸다. 그런데 왜 이런 일이 일어났는지 나 자신도 모르겠다. 발을 얼른 잡아당겼던 것이다. 비좁은 시굴갱 안이어서 발을 다쳤다. 두 개의 타박상, 세 개의 찰과상. 이는 아주 잘 준비된 계획의 모든 결과이다.

나는 자해자라고 하기에도, 자살자라고 하기에도 적합하지 않다는 걸 알았다. 작은 실패가 작은 성공으로 바뀔 때까지, 큰 실패가 자신을 다 소모할 때까지 기다리는 방법밖엔 없었다. 가장 가까운 성공은 하루 일이 끝나고 뜨거운 수프 세 모금을 먹는 거였다. 수프가 차가워도 난로에 데울 수 있고, 냄비 — 3리터 통조림 깡통—가 나에게 있다. 더 정확히 말해, 담배는 우리 스테판 당직한테 얻어 피울 것이다.

그래서 '별세계'의 문제와 사소한 일을 머릿속에 혼합하면서 비에 흠뻑 젖어, 그러나 평온한 마음으로 기다렸다. 어떤 뇌의 훈련으로 이런 판단이 설 수 있었을까? 그런 건 결코 아닐 것이다. 이 모든 것은 자연스러운 일이며, 그게 삶이었다. 몸은 그러니까 뇌세포는 영양 부족이고, 나의 뇌는 오래전에 이미 비축 식료로 살아가고, 이는 불가피하게 정신 착란으로, 빠른 경화로 또는 다른 어떤 현상으로 나타나리라는 걸 알았다……. 하지만 나는 경화에 이르기까지 살지 못할 것이며, 살 수 없다고 생각하니 기뻤다. 비가 내렸다.

나는 어제 호송병의 외침에 주의를 기울이지 않고 오솔길을 따라 우리 옆으로 지나간 여자를 떠올렸다. 우리는 인사했고, 그녀는 미녀처럼 보였다. 사흘 만에 본 첫 여자였다. 그녀는 한 손을 흔들어 하늘을, 어딘가 하늘 한구석을 가리키며 소리쳤다. "이제 곧, 동무들, 곧!" 환호성이 그녀에 대한 대답이었다. 더 이상 보지 못했지만 나는 일생 동안 그녀를 떠올리곤 했다. 어떻게 우리를 그렇게 이해하고 위로해 줄 수 있었을까. 그녀는 저세상을 전혀 염두에 두지 않은 채 하늘을 가리켰다. 아니, 그녀는 눈에 보이지 않는 해가 서산으로 기울고 하루의 노동이 끝나 가는 시간이 가까웠음을 가리켰을 뿐이다. 자기 식으로 산꼭대기에 대한 괴테의 말을 되뇌었던 거다. 예전에도 지금도 창녀인 듯한 순박한 여자의 지혜에 대해 생각도 해 보았다. 그땐 이런 곳에 창녀 말고 다른 어떤 여자도 없었기 때문이다. 그녀의 지혜, 그녀의 위대한 가슴을 생각하자 토닥거리는 빗소리가 이런 생각을 위한 멋진 음향이 되었다. 잿빛 돌 강변, 잿빛 산, 잿빛 비, 잿빛 하늘, 해진 잿빛 옷을 입은 사람들 — 이 모든 것이 아주 부드럽고, 서로 조화를 아주 잘 이루고 있었다. 모든 것이 어떤 단일 색 하모니, 놀라운 하모니를 이루고 있었다.

그때 옆 시굴갱에서 약한 외침 소리가 났다. 나의 이웃은 로좁스키라는 중년의 농학자였다. 그의 훌륭한 전문 지식은 의사, 기사, 경제학자의 지식처럼 여기서 사용할 데를 찾을 수 없었다. 내 이름을 불렀으므로 나는 멀리 초소 밑에서 흔드는 호송병의 위협적인 제스처에 주의를 기울이지 않고 그에게 대답했다.

"이봐요," 그가 소리쳤다. "이봐요! 오랫동안 생각해 봤어요! 그런데 삶의 의미가 없다는 걸 알았어요…… 없어요……."

그때 나는 그가 호송병들에게 달려들기 전에 그에게 쫓아갔다. 두 호송병이 다가왔다.

"그 사람 병에 걸렸어요." 내가 말했다.

그때 비 때문에 들리지 않게 된 먼 사이렌 소리가 들려와 우리는 줄을 서기 시작했다.

나는 산에서 내려오는 짐 실은 화차 밑으로 그가 몸을 던질 때까지 또 얼마 동안 로좁스키와 같이 일했다. 그는 바퀴 밑으로 발을 넣었지만 짐차는 그를 그냥 뛰어넘어 타박상조차 남지 않았다. 그런데도 자살 기도로 사건 서류가 작성되어 재판을 받고 우리는 헤어졌다. 재판 후 유죄 판결을 받은 자는 떠나왔던 곳으로 다시 가지 않는다는 규칙이 있기 때문이다. 화가 나서 취조관이나 증인에게 복수할 게 두려운 것이다. 현명한 규칙이다. 그러나 로좁스키에 대해서는 이를 적용하지 않아도 되었을 텐데.

쉬운 일

구릉은 막대 설탕처럼 푸르스름한 빛을 띤 흰색이었다. 숲 없는 둥그런 구릉은 바람에 다져진 단단한 얇은 눈에 덮여 있었다. 계곡의 눈은 깊고 단단하여 그 위에 사람도 설 수 있었고, 구릉의 경사면에 덮인 눈은 큰 물집이 부풀어 오른 것 같았다. 그것은 아직 첫눈이 내리기 전에 동면하기 위해 땅바닥에 납작 누워 있는 누운잣나무 숲이었다. 그 나무는 우리에게도 필요했다.

모든 북국 나무 중에 나는 다른 어느 나무보다 이 나지막한 누운잣나무를 좋아했다.

나는 오래전에 빈곤한 북국의 자연이 인간을 위해 서둘러 온갖 꽃을 피워 그들처럼 가난한 인간과 순박한 부를 나누어 가지려고 애쓰는 그 부러운 성급함을 알았고 그것이 나에겐 소중했다. 때로는 일주일 만에 만물이 앞다퉈 꽃을 피우고 여름이 시작된 지 한 달 만에 산들은 거의 지지 않는 햇빛 속에 월귤로 빨개지기도 하고 검푸른 들쭉으로 거메지기도 했다. 나지막한 관목에서는—키가 작아 손을 들어 올릴 필요도 없었다—물기 많은 굵은 마가목 열매가 노랗게 익어 가고 있었다. 달콤한 향기를 풍기는 산의 들장미—그 장미 꽃잎은 여기서 꽃처럼 향기를 내는 유일한 꽃이었고 다른 것은 모두 습기와 늪 냄새만 풍겼다. 이것은 새들의 봄의 침묵, 나뭇가지들이 천천히 녹색 침엽으로 갈아입는 낙엽송 수림의 침묵과 같았다. 들장미는 혹한 직전까지 열매를 매달고 눈 아래서 우리에게 쪼글쪼글한 살 많은 열매를 뻗치고, 그 보랏빛 딱딱한 껍질은 달콤한 짙은 누런 살을 숨기고 있었다. 물들인 새끼 염소 가죽으로 입힌 듯 봄철에 짙은 장미색, 오렌지색, 창백한 녹색으로 색깔을 바꾸어 가는 포도 넝쿨의 즐거움을 나는 알았다. 낙엽송은 녹색 손톱의 가느다란 손가락을 뻗치고, 아무 데나 얼굴을 잘 내미는 기름진 바늘꽃은 산불로 타 버린 자리를 뒤덮고 있었다. 이 모든 것이 아주 멋지고 남을 잘 믿고 소란스럽고 성급했지만, 이 모든 것은 윤기 없는 녹색 풀이 갑자기 회색도 갈색도 아닌 녹색으로 변하는, 햇빛에 반짝이는 이끼 낀 암벽에 돋아난 어린 풀의 반짝임과 혼합되는 여름의 일이었다.

겨울에는 이 모든 것이 바람에 휩쓸려 계곡에 내던져져 사람이 산에 오르려면 도끼로 눈에 계단을 찍어 만들어야 할 정도로 부드러운 단단한 눈에 덮여 사라졌다. 숲 속의 사람이 1베르스타* 밖에서도 보일 정도로 만물은 벌거숭이가 되었다. 그런데 유독 한 나무만 늘 푸르고 늘 활기에 차 있었다. 늘 푸른 시베리아 누운잣나무. 그는 일기 예보자였다. 첫눈이 내리기 2~3일 전, 낮엔 아직 가을처럼 무덥고 구름 한 점 없이 맑아 가까운 겨울을 아무도 생각하고 싶지 않을 때 누운잣나무는 갑자기 2사젠*이나 되는 큰 가지를 땅 위로 뻗치고 주먹 두 개만 한 굵기의 거무스름한 곧은 줄기를 살짝 늘어뜨려 땅에 납작 드러눕는다. 하루 이틀 지나면 구름이 나타나고 저녁 무렵에는 눈보라가 치기 시작하며 눈이 내린다. 그러나 늦가을 눈구름이 낮게 모이고 찬 바람이 불어도 누운잣나무가 땅에 눕지 않으면 눈이 내리지 않는다고 확신할 수 있다.

3월 말이나 4월, 아직 봄 냄새가 나지 않고 공기가 겨울처럼 희박하고 건조할 때 누운잣나무는 불그스레한 녹색 옷에서 눈을 털고 주위에서 일어난다. 하루 이틀 지나면 바람이 바뀌고 따뜻한 기류가 봄을 실어 나른다.

누운잣나무는 때때로 자신도 착각할 정도로 너무 정확하고 과민한 도구이다. 그는 시간을 질질 끄는 해빙기에 일어난다. 그전에는 일어나지 않는다. 그러나 미처 추워지기 전에 서둘러 눈 속으로 도로 눕는다. 더러 이런 일도 있었다. 우리는 점심때 손발을 녹이기 위해 아침부터 모닥불을 좀 더 따뜻하게 피워 장작을 좀 더 올려놓고 일하러 나간다. 두세 시간이 지나면 눈 밑에서 누운잣나무가 봄이 온 것으로 생각하고 가지를 뻗으며 살며시 몸을 편다. 그러나 모닥불이 미처 꺼지기 전에 누운잣나무는 눈 속으로 도로 눕는다. 겨울은 여기서 두 색깔을 띤다. 창백한 파란 높은 하늘과 하얀 땅으로. 봄에는 더럽고 누런 지난해 가을의 누더기가 드러나고 땅은 신록에 힘이 솟고 만물이 성급하게 맹렬히 꽃을 피우기 시작할 때까지 오래오래 그 거지 같은 꼴을 하고 있었다. 이 음울

한 봄, 무자비한 겨울 한복판에서도 누운잣나무는 눈부시게 밝은 녹색으로 빛났다. 게다가 그 위에는 껍질이 단단한 열매 — 자잘한 누운잣나무 열매가 자랐다. 이 맛있는 음식은 사람과 잣까마귀, 곰, 다람쥐, 줄무늬다람쥐가 서로 나누어 먹었다.

바람을 맞지 않는 쪽 구릉 자리를 골라 우리는 잔가지나 좀 더 큰 나뭇가지를 끌고 가 바람에 눈이 날아가 버린 벌거벗은 산지에서 마른풀을 잔뜩 뜯어 모았다. 우리는 일하러 나가기 전에 불타는 난로에서 꺼낸 연기 나는 나무토막 몇 개비를 막사에서 가지고 나갔다. 여기엔 성냥이 없었다.

우리는 타다 만 나무토막들을 철사 손잡이가 달린 큰 통조림 깡통에 담아 불이 꺼지지 않도록 정성껏 보살피며 가져갔다. 나는 깡통에서 타다 만 나무토막을 꺼내 후후 불어 아직 연기만 내는 그 끝을 한데 모아 놓고 불을 불어 일으킨 다음 타다 만 나무토막을 나뭇가지 위에 올려놓고 마른풀과 잔가지로 모닥불을 피웠다. 이 모든 것은 큰 나뭇가지에 덮여 곧 푸른 연기가 망설이듯 바람에 천천히 피어오르기 시작했다.

나는 일찍이 누운잣나무 침엽을 채취하는 작업반에서 한 번도 일해 본 적이 없었다. 작업은 손으로 진행되었다. 우리는 마른 녹색 침엽을 들새 깃털처럼 손으로 뽑고 좀 더 많이 움켜잡아 자루에 가득 채워 저녁에 조장에게 일한 것을 넘겨준다. 그 뒤 침엽은 신비한 비타민 공장으로 수송되어 거기서 달여져 말로 표현할 수 없을 만큼 역겨운 맛이 나는 암황색의 끈적거리는 걸쭉한 추출물이 만들어졌다. 이 추출물은 점심 식사 전마다 우리에게 마시거나 먹게 했다(각자 자기 식으로 할 수 있다). 추출물의 맛은 점심뿐만 아니라 저녁 식사까지 망쳐 놓았지만 많은 사람들이 이 요법을 수용소 감화의 보충 수단으로 알았다. 이 약을 마시는 작은 잔이 없으면 식당에서 배식을 받을 수 없었다. 이 규율은 엄격하게 감독되었다. 괴혈병은 어디나 있었고, 누운잣나무는 의학적으로 승인된 유일한 괴혈병 약이었다. 믿음은 모든 것을 압도한다. 훗날 이 '약재'는 괴혈병 예방약으로 아무 효과가 없는 것으로 밝혀져 포기하고 비타민 공장은 폐쇄되었지만 오늘에도 사람들은 이 악취 나고 역겨운 시시한 약을 마시고 토해 내며 괴혈병에서 회복되었다. 또는 회복되지 않았다. 또는 마시지 않고 회복되기도 했다. 들장미는 온 사방에 널려 있었지만 아무도 채취하지 않고 괴혈병 치료약으로 사용하지 않았다. 모스크바의 지침서에 들장미에 대한 아무 언급이 없었기 때문이다. (몇 년 뒤 들장미는 본토에서 수송되었는데 내가 아는 한, 지방에서 자체적으로 준비하는 일은 없었다.)

지침서는 누운잣나무 침엽만을 비타민 C의 표본으로 간주했다. 오늘 나는 이 귀중한 원료를 채취했다. 몸이 쇠약해져 금광에서 누운잣나무 침엽을 뽑기 위해 옮겨 온 것이다.

"너는 잠시 누운잣나무 침엽을 따러 갈 거야." 아침에 작업 배정자가 말했다. "며칠간 칸트*를 줄 거야."

'칸트'란 널리 퍼져 있는 수용소 용어이다. 그것은 일시적인 휴식 비슷한 것, 완전한 휴식이 아니라(그 경우 사람들은 말한다. 그는 '아무 일도 하지 않고 지낸다', '오늘 아무 일도 하지 않고 지냈다'고 한다) 사람이 탈진하지 않을 정도의 가벼운 일시적인 일을 의미한다.

누운잣나무 작업은 그냥 쉬운 일이 아닌 가장 쉬운 일로 생각되었고, 게다가 호송병도 붙지 않았다.

반짝거릴 정도로 꽁꽁 얼어붙은 돌멩이마다 손이 타는 듯한 얼음 덮인 노천 광산에서 수개월 동안 일하다가, 소총 노리쇠의 찰카닥거리는 소리와 개 짖는 소리와 등 뒤에서 감시병들의 쌍욕을 듣다가 누운잣나무에서 침엽을 따는 일은 피로한 모든 근육이 느끼게 되는 큰 기쁨이었다. 누운잣나무 침엽을 따러 가는 사람들은 일반 작업보다 조금 늦게, 아직 날이 컴컴할 때 작업에 내보냈다.

연기 나는 타다 만 나무토막이 든 깡통에 손을 녹이며 일찍이 내가 생각했던 이해할 수 없는 먼 구릉으로 천천히 걸어가는 것은, 그리고 계속 자신의 고독과 겨울 산의 깊은 정적을 뜻밖의 기쁨으로 느끼며 점점 더 높이 오르는 것은 멋진 일이었다. 세상 모든 악이 사라지고 오직 너와 네 동료만이, 그리고 어디론가 높이 산으로 이끄는 좁고 어두운 끝없는 눈길만이 존재하는 것 같았다.

동료가 나의 느린 동작을 비난하듯 바라보았다. 그는 이미 오랫동안 누운잣나무 침엽을 따러 다녀 나를 서투른 약한 파트너로 제대로 알아보았다. 작업은 두 사람씩 짝을 지어 하고 임금은 공동으로 절반씩 나누어 가졌다.

"내가 나무를 자를 테니 자네는 앉아서 뽑아." 그가 말했다. "그리고 좀 더 빨리 움직여. 안 그러면 노르마를 못 채우겠어. 여기서 다시 광산으로 돌아가고 싶지 않아."

그는 누운잣나무 가지를 잔뜩 잘라 짐승의 발 같은 큰 침엽수 무더기를 모닥불 쪽으로 끌고 갔다. 나는 나뭇가지를 좀 더 잘게 부러뜨려 침엽을 껍질과 함께 꼭대기에서부터 벗겼다. 그것은 녹색 술과 같았다.

"빨리해야겠어." 나뭇가지를 새로 한 아름 안고 돌아오며 동료는 말했다. "성적이 안 좋아, 형제."

나도 성적이 안 좋은 걸 알았다. 그러나 더 빨리는 할 수 없었다. 귀에서 윙윙 소리가 나고 초겨울 동상에 걸린 손가락이 오래전부터 이미 잘 아는 둔한 통증으로 쑤셔 왔다. 나는 침엽을 벗기고 온전한 가지를 잘게 꺾어 껍질을 벗기지 않은 채 수확물을 자루 속에 쑤셔 넣었다. 그러나 자루는 아무리 해도 채워지려 하지 않았다. 깨끗이 씻어 낸 뼈처럼 벗겨진 나뭇가지가 산더미처럼 수북이 모닥불 주위에 쌓이고 자루는 계속 부풀어 오르며 침엽을 한 아름씩 새로 받아들였다.

동료가 돕기 시작했다. 일은 빨리 진행되었다.

"막사로 갈 때가 됐어." 갑자기 그가 말했다. "안 그러면 식사에 늦을 거야. 여기서는 기준량에 못 미쳐." 이렇게 말하고 그는 모닥불 재 속에서 큰 돌을 한 개 집어 자루 속에 밀어 넣었다. "거기서는 안 풀어 봐." 그러고는 얼굴을 찌푸리며 말했다. "이제 기준량이 될 거야."

나는 일어나 불타는 나뭇가지들을 이리저리 흩뜨리고 발로 벌건 숯불 위에 눈을 긁어모았다. 모닥불이 피식피식 소리를 내며 꺼지자 곧바로 추워졌다. 저녁이 가까웠음이 분명했다. 동료가 자루를 등에 짊어지는 나를 도와주었다. 나는 무거운 짐에 비틀거리기 시작했다.

"끌고 가." 동료는 말했다. "어쨌든 우리는 아래로 끌고 내려갈 게 아닌가, 위로 올라가지 않고."

우리는 겨우 수프와 차를 받을 수 있었다. 이 쉬운 일로 두 번째 코스인 고기와 채소는 주어지지 않았다.

휴대 식량

우리 넷이 모두 두스카니야 샘에 다다랐을 때는 너무 기뻐 서로 말을 못할 정도였다. 우리는 이곳으로 온 여행이 누구의 착오이거나 장난이 아닐까, 얼음 녹은 찬물로 흥건한 금광의 불길한 돌바닥 채굴 현장으로 다시 돌아가는 게 아닐까 두려웠다. 관급 고무 덧신, 고무 신발은 수없이 동상을 입은 우리의 발을 추위에서 보호해 주지 못했다.

우리는 어떤 선사 시대 동물의 발자국을 좇듯 트랙터 바퀴 자국을 따라 걸어갔지만 트랙터 길이 끝나 버려 사람들이 걸어 다니던 희미한 옛 오솔길을 따라 작은 통나무 오두막에 도착했다. 도려내어 만든 두 개의 창문과 자동차 타이어 조각을 못으로 고정시켜 만든 경첩 하나에 방문이 매달린 오두막이었다. 작은 방문에는 대도시의 레스토랑 문손잡이와 비슷한 커다란 나무 손잡이가 달려 있었다. 방 안에는 가느다란 통나무로 만든 맨판자 침대가 놓여 있고 흙바닥에는 연기에 그을린 시꺼먼 통조림 깡통이 나뒹

굴고 있었다. 녹슬어 누렇게 된 똑같은 깡통들이 이끼로 덮인 작은 오두막 근처에 수없이 널려 있었다. 광산 탐사대의 오두막이었다. 이 집에는 아무도 살지 않은 지 이미 1년이 넘었다. 우리는 여기에 살면서 나무를 베어 숲 속으로 길을 내야 했다. 우리는 도끼와 톱을 가지고 왔다.

우리가 식량을 직접 수령한 건 처음이었다. 나는 곡물, 설탕, 생선, 지방이 든 비장의 작은 자루를 가지고 왔다. 자루는 비엔나소시지처럼 가는 끈 조각으로 몇 군데 묶여 있었다. 굵은 설탕과 두 종류의 곡물—보리알과 조. 사벨레프는 똑같은 자루를 가져왔고, 이반 이바노비치는 굵은 남성적인 스티치로 꿰맨 꽉 찬 자루 두 개를 가지고 왔다. 우리의 네 번째 동행인 페댜 시차포프는 경솔하게 솜 반코트 주머니 속에 알곡을 넣고 굵은 설탕을 각반 속에 넣어 붙잡아 매 놓았다. 찢어진 솜 반코트 안주머니는 우연히 눈에 띄는 담배꽁초를 소중히 간직하는 쌈지 역할을 했다.

10일분 식량으로는 위협적으로 보였다. 만약 우리가 아침, 점심, 저녁 세 끼를 먹으면 이 모든 식량을 30등분으로 나누어야 하고, 하루 두 끼를 먹으면 20등분으로 나누어야 한다는 생각을 하고 싶지 않았던 거다. 우리는 이틀 치 빵만 가지고 왔다. 조장이 그걸 가져올 것이다. 아무리 소규모 노동자 집단이라도 조장 없는 집단은 생각할 수 없으므로. 그가 어떤 사람인지는 관심이 없었다, 전혀. 조장이 도착하기 전에 숙소를 준비해야 한다는 지시가 떨어졌다.

우리는 모두 막사 음식에 신물이 났다. 큰 아연 통에 수프를 담아 막대에 메고 막사로 가져가는 모습을 볼 때마다 울음이 날 것 같았다. 멀건 수프가 나올까 봐 겁이 나 울고 싶었다. 기적이 일어나 수프가 진하면 믿을 수 없어 기뻐하며 아주 천천히 먹었다. 그러나 진한 수프를 먹고 난 뒤에도 따뜻해진 위 속에 둔한 통증이 남았다. 오랫동안 굶주려 왔기 때문이다. 모든 인간의 감정 — 사랑, 우정, 선망, 박애, 자비, 명예욕, 정직은 오랜 굶주림 동안 몸에서 빠져 달아나는 살과 함께 우리를 떠나 버렸다. 아직 우리의 뼈 위에 남아 있는, 아직 우리에게 먹고 움직이고 숨 쉬고 통나무 톱질까지 할 수 있게 해 주는, 그리고 삽으로 외바퀴 손수레에 돌과 모래를 퍼 담아 금광에서 끝없는 나무 발판을 따라, 좁은 나무 길을 따라 세광기(洗鑛機) 쪽으로 손수레를 운반까지 할 수 있게 해 주는 미미한 근육층에, 그 근육층에 자리 잡고 있는 것은 가장 오랜 인간의 감정인 증오뿐이었다.

사벨레프와 나는 각자 따로 먹기로 했다. 음식 준비는 수인에게 특별한 기쁨이다. 자기 음식을 손수 만들어 먹는 것은 무엇과도 비할 수 없는 기쁨이다. 솜씨 좋은 요리사의 손으로 만든 음식만은 못해도. 요리 실력은 형편없었고 간단한 수프나 죽을 끓이기에도 우리 요리사 솜씨는 부족했다. 그럼에도 나와 사벨레프는 깡통을 모아 깨끗이 씻어 모닥불 위에 태우고, 무언가를 물에 담그고 끓이며 서로 배워 갔다.

이반 이바노비치와 페댜는 식량을 합쳤다. 페댜는 조심스럽게 주머니를 빼내고 이음새를 일일이 뒤져 부러진 더러운 손톱으로 곡식 알갱이를 긁어냈다.

우리 넷은 모두 미래를 향해 여행할 준비가 충분히 돼 있었다.

하늘이든 땅이든. 우리는 과학적 근거에 의한 식량 배급량이 어떤 것이며, 식료품의 교체 일람표가 어떤 것이며(그에 따라 나오는), 물 한 양동이가 버터 1백 그램의 칼로리와 맞먹는다는 것을 알았다. 우리는 겸손을 배웠고 놀라는 일을 잊어버렸다. 오만과 이기주의와 자존심 따윈 없었고, 질투와 정열은 화성의 상식으로, 게다가 시시한 일로 여겨졌다. 그보다 훨씬 중요한 것은 추운 겨울에 바지 단추 채우는 요령을 터득하는 일이었다. 성인 남자들은 때때로 그런 일을 할 줄 몰라 울었다. 우리는 죽음이 삶보다 결코 나쁘지 않다는 걸 알았고 그 어떤 것도 두려워하지 않았다. 위대한 냉담이 우리를 지배했다. 우리는 의지로 내일이라도 이 삶을 끝낼 수 있다는 걸 알았고 또 이따금 그렇게 하려고 결심했지만, 그때마다 삶을 구성하고 있는 어떤 사소한 일로 그러질 못했다. 오늘은 '매점'—보너스로 빵 1킬로그램이 더 지급될 것이다. 이런 날에 자살하는 건 정말 멍청한 짓이다. 옆 막사의 당직은 저녁에 담배를 피우게 해 주겠다고 약속했다. 오랜 빚을 갚겠다는 거다.

우리는 최악의 삶이라 해도 그것이 기쁨과 슬픔, 성공과 실패의 교대로 이루어지며 실패가 성공보다 많음을 두려워해서는 안 된다는 것을 알았다.

우리는 규율에 익숙해지고 상관에게 복종했다. 우리는 진실과 거짓이 자매 사이이며 세상에 수많은 진실이 있다는 걸 알게 되었다…….

우리는 수용소에서 보낸 세월로 모든 죄를 보상했다고 생각하며 자신을 성자나 다름없이 생각했다.

우리는 인간을 이해하고 그들의 행위를 예견하고 그들을 꿰뚫어 보는 법을 배웠다.

우리는 인간에 대한 지식이 생활에서 그 어떤 유익한 것도 우리에게 주지 못한다는 사실을 알았다. 이 점이 가장 중요했다. 내가 이해하고 느끼고 간파하고 다른 사람의 행위를 예견한다고 해서 무슨 의미가 있는가? 그에 대한 태도를 바꿀 순 없잖은가? 그가 무슨 짓을 하든 자신과 같은 동료 수인을 나는 고발할 수 없을 것이다. 수용소에서 살아남을 기회를 주는 반장 직을 얻으려고 나는 노력하지 않을 것이다. 수용소에서 가장 나쁜 짓은 나와 같은 다른 수인에게 자기의(또는 다른 누군가의) 뜻을 강요하는 것이기 때문이다. 나는 유익한 교제를 찾지도, 뇌물을 주지도 않을 것이다. 이바노프가 비열한이고, 페트로프가 스파이고, 자슬랍스키가 위증자임을 내가 안다고 해서 무슨 의미가 있는가?

어떤 종류의 무기를 사용할 줄 모르면 수용소에서 같은 판자 침대를 쓰는 어떤 동료에 비해 우리는 약자가 되고 만다. 우리는 적은 것에 만족하고 적은 것에 기뻐하는 법을 배웠다.

또한 우리는 이런 놀라운 사실도 알았다. 국가와 그 대표자들 눈에는 육체적으로 강인한 인간이 더 훌륭하고, 즉 교대 시간에 20세제곱미터의 점토를 야외 갱도에서 파내지 못하는 약한 자보다 더 훌륭하고, 더 도덕적이고, 더 유용하다는 것이다. 전자는 후자보다 도덕적이다. 그는 자기 '할당량'을 채우고, 다시 말해 국가와 사회에 대한 주요한 의무를 수행하기 때문에 만인의 존경을 받는다. 사람들은 그와 상담하고, 그의 의견은 고려되고, 축축하고 미끄러운 시굴갱에서 무겁고 미끄러운 점토를 파내는 문제와 거리가 먼 주제의 회의나 모임에 초대받는다.

육체적인 장점 덕분에 그는 수용소 생활의 일상적인 많은 문제를 해결할 때 도덕적인 힘으로 바뀐다. 게다가 그는 체력이 남아 있을 때까지 도덕적인 힘으로 남는다.

"러시아에서 내 대화 상대는 나와 같이 이야기하는 동안은 유명하다." 파벨 1세*의 이 금언은 극북 지방의 채굴 현장에서 뜻밖에 새로 표현되었다.

이반 이바노비치는 광산 생활 처음 몇 개월 동안 우수한 일꾼이었다. 몸이 쇠약해지자, 왜 모든 사람들이 지나가면서 자기를 때리는지 이해할 수 없었다. 아플 정도는 아니지만 그를 때린다. 당직, 이발사, 작업 배정자, 고참 노동자, 작업반장, 호송병이. 수용소 관리 외에 깡패도 그를 때린다. 이반 이바노비치는 이 산림 '출장소'로 나오게 된 것이 행복했다.

알타이 출신 미성년 페댜 시차포프는 몸이 덜 자란 까닭에 아직 튼튼하지 못해 다른 사람보다 일찍 도호댜가*가 되었다. 때문에 페댜는 다른 사람보다 2주 정도 일을 덜하고도 빨리 몸이 쇠약해졌다. 그는 과부의 외동아들이었는데 가축 도살로 유죄 판결을 받았다. 양 한 마리를 도살했던 것이다. 가축 도살은 법으로 금지돼 있었다. 페댜는 10년 형을 받았다. 농촌 일과 생판 다른 빠른 광산 작업은 그에게 힘들었다. 페댜는 광산에서 일하는 깡패들의 자유로운 생활에 감탄했지만 그의 천성에는 그들과 가까워질 수 없는 면이 있었다. 노동에 대한 혐오가 아닌 이 건강한 농민의 요소, 타고난 사랑이 어느 정도 도움이 되었다. 우리 가운데 제일 젊은 그는 제일 나이 많고 제일 호의적인 이반 이바노비치에게 바로 애착을 갖게 되었다.

사벨레프는 모스크바 통신 대학 학생으로 부티르카 감옥* 동기였다. 그는 자신이 보아 온 모든 것에 충격을 받고 충실한 공산 청년 동맹원으로 그와 같은 정보가 지도자에게까지 전달되고 있지 않다는 확신을 가지고 감옥에서 당 지도부에 편지를 썼다. 그 자신의 사건은 너무 시시한 일(자기 약혼녀와의 편지)이었으며, 그 선동(제58조 제10항)의 증거로는 약혼자끼리 서로 주고받은 편지였다. 그의 '조직'(동조 제11항)은 두 명으로 구성되었다. 이 모든 사실이 가장 심각하게 조서에 기록되었다. 그러나 그 당시의 척도로 보더라도 사벨레프는 유형 외에 아무 형도 받지 않을 거라고 사람들은 생각했다.

편지를 보낸 지 얼마 안 되어 감옥 내의 어느 '청원서' 수리 날, 사벨레프는 복도로 불려 나가 통지서에 서명하도록 지시받았다. 최고 법원 검사는 개인적으로 그의 사건을 검토해 보겠다고 알려 주었다. 그 뒤 특별 심의* 선고를 교부하겠다고 단 한 차례 소환되었다. 수용소 10년 형이었다.

수용소에서 사벨레프는 급속히 '몸이 극도로 쇠약해졌다'. 그는 그때까지도 이 불길한 판결이 이해되지 않았다. 그와 나는 친하게 지내지 않았지만 그저 모스크바 — 모스크바 거리, 동상, 자개 빛 엷은 기름 막으로 덮인 모스크바 강 — 를 회상하기 좋아했다. 레닌그라드도 키예프도 오데사도 그런 찬미자, 그런 평가자, 그런 애호가가 없어 우리는 모스크바에 대해 마냥 이야기할 태세였다.

우리는 가져온 난로를 오두막 안에 놓고 여름인데도 불을 지폈다. 따뜻하고 건조한 공기가 유난히 멋진 향기를 냈다. 우리는 누구나 낡아 빠진 옷에서 나는 시큼한 땀 냄새를 맡는 데 익숙해졌다. 아직은 눈물에서 그런 냄새가 나지 않는 게 좋았다.

이반 이바노비치의 조언에 따라 우리는 속옷을 벗어 밤에 땅속에 파묻었다. 셔츠와 팬츠를 각각 따로 묻어 끝만 땅 밖으로 나오게 해 두었다. 이(虱)에 대처하는 민간 방법이었는데 광산에서는 이와 싸우는 데 무력했다. 실제로 이튿날 아침에 이는 셔츠 끝에 모여 있었다. 영구 동토로 뒤덮인 땅은 그래도 속옷을 파묻을 수 있을 만큼 여기서는 여름에 계속 녹고 있었다. 물론 그것은 흙보다 돌이 많은 이 지역 땅이었다. 그러나 얼음으로 뒤덮인 이 돌투성이 땅에서도 몸통이 세 아름씩이나 되는 우람한 낙엽송 숲이 빽빽이 자라고 있었다. 그것은 나무가 지닌 생명의 힘이었고 자연이 우리에게 보여 주는 위대한 교훈적 실례였다.

우리는 모닥불의 불타는 장작 토막으로 셔츠를 가져가 이를 불태웠다. 아아, 이 기지에 넘치는 방법도 서캐를 죽이지 못해 그날 우리는 큰 깡통에다 오랫동안 맹렬히 속옷을 삶았다. 이번의 소독은 효과가 있었다.

쥐와 까마귀, 갈매기와 다람쥐를 잡았을 때 땅의 놀라운 성질을 우리는 뒤늦게 알았다. 어떤 동물의 고기도 미리 땅속에 파묻어 두면 그 독특한 냄새가 사라진다.

우리는 불이 꺼지지 않도록 신경을 썼다. 이반 이바노비치에게 약간의 성냥밖에 없었기 때문이다. 그는 귀중한 성냥을 방수포 조각과 넝마 속에 아주 꼼꼼히 싸 두었다.

밤마다 우리는 타다 만 통나무 두 개를 함께 놓아두었다. 그러면 나무는 불이 꺼지거나 다 타 버리지 않고 아침까지 연기만 낸다. 세 개면 다 타 버린다. 이 법칙은 나와 사벨레프가 학교 책상에서 배운 것이고, 이반 이바노비치와 페댜도 어린 시절부터 집에서 배웠다. 아침에 우리는 타다 만 통나무를 후후 불어 누런 불길이 일면 활활 타오르기 시작한 모닥불 위에 더 굵은 통나무를 얹는다…….

나는 곡물을 10등분으로 나눴지만 그건 너무 위험한 일이었다. 빵 다섯 개로 5천 명을 배불리 먹이는 일은 수인이 자기의 10일분 식량을 30등분으로 나누는 일보다 더 쉽고 간단했을 것이다. 배급 식량, 배급표는 언제나 10일분이었다. 본토에서는 이미 오래전에 '5일제 노동', '10일제 노동', '연중무휴 노동'이 전면 폐지되었는데 여기서는 10일제가 훨씬 굳건히 유지되고 있었다. 여기서는 아무도 일요일을 휴일로 생각하지 않았다. 우리 산림 출장소 생활보다 훨씬 늦게 도입된 수인을 위한 휴일은 지방 수용소 당국의 임의로 1개월에 세 번이었다. 이 휴일 일수 내에서 수인들의 휴식을 위해 여름에 비 오는 날이나 겨울에 너무 추운 날을 이용할 권리가 지방 수용소 당국에 주어졌다.

나는 이 새로운 고통을 견디다 못해 곡물을 다시 합쳤다. 이반 이바노비치와 페댜에게 한 동아리로 받아 달라고 부탁한 뒤 내 식량을 공동 취사로 넘겼다. 사벨레프는 나의 예를 따랐다.

우리 넷은 함께 현명한 결정을 내렸다. 하루에 두 끼 밥을 짓기로 한 것이다. 세 번 지을 양식은 절대적으로 부족했다.

"우리는 열매와 버섯을 딸 거야." 이반 이바노비치는 말했다. "쥐와 새도 잡을 거야. 열흘에 하루 이틀은 빵만으로 살고."

"그러나 식량을 공급받기 전에 하루 이틀 굶게 된다면," 하고 사벨레프가 말했다. "더운 음식을 만들 재료가 오는데 어떻게 과식하지 않으려 할 수 있겠어요?"

우리는 무슨 일이 있든 하루에 두 끼를 먹고 만일의 경우를 생각해서 좀 더 멀겋게 만들어 먹기로 했다. 여기서는 아무도 우리한테서 훔쳐 가지 않으므로 모든 것을 완전히 정량대로 받았다. 우리에게는 술주정뱅이 요리사도 없고, 교활한 창고지기도 없고, 탐욕스러운 감독관은 물론 좋은 식료품을 빼내 가는 도둑도 없고, 또 수인의 것을 아무 통제 없이 아무 겁 없이 아무 양심 없이 먹어 치우고 빼앗아 가는 끝없는 어떤 상관의 무리도 없다.

우리는 물 같은 지방 덩어리 모양의 비계, 선광용(選鑛用) 홈통으로 내가 세정하는 사금보다 적은 양의 굵은 설탕, 제빵소의 지도부도 먹여 주고 체중을 늘리는 데 타의 추종을 불허하는 위대한 달인들의 노력으로 구워 낸 손에 달라붙는 끈적거리는 빵을 온전히 받았다. 우리가 생전 들어 본 적이 없는 조, 맷돌로 간 밀 같은 스무 가지의 곡물은 모두 너무 이상했다. 그리고 무서웠다.

불가사의한 일람표에 따라 육류 대용으로 바뀐 생선은 우리의 강화된 단백질 소비를 보충해 줄 적갈색 청어였다.

아아, 우리는 온전히 받은 배급량으로도 배불리 먹을 수 없었다. 서너 배 이상이 필요했다. 우리의 몸은 누구나 오래전부터 굶주려 왔다. 그땐 이 단순한 사실을 이해하지 못했다. 배급량을 믿었다. 그리고 4인분보다 20인분의 음식을 만드는 편이 쉽다는 유명한 요리사의 관찰을 몰랐다. 한 가지 사실만 아주 명확히 알았다. 식료품이 부족하다는 것. 그것은 우리를 놀라게 할 만큼 무섭진 않았다. 우리는 일을 시작해야 했고, 쓰러진 나무를 뚫고 길을 만들어야 했다.

극북 지방의 나무는 사람처럼 누워서 죽는다. 땅 밖으로 드러난 큰 뿌리는 바위를 움켜잡은 거대한 맹금의 발톱과 같다. 이 거대한 발톱에서 아래로, 영구 동토로 따뜻한 갈색 껍질에 덮인 수많은 가느다란 촉수 같은 하야스름한 새순이 뻗어 나갔다. 여름마다 동토는 조금씩 물러나 해빙된 땅의 1베르쇼크*마다 뿌리 순이 곧장 가느다란 털로 땅속에 박혀 거기서 튼튼해졌다. 낙엽송은 돌투성이 땅을 따라 쭉 뻗은 약한 뿌리 위에 육중하고 우람한 몸통을 천천히 하늘로 들어 올리며 3백 년에 걸쳐 성장한다. 다리 힘이 허약한 나무는 강력한 폭풍에 쉽게 쓰러진다. 낙엽송은 옆으로 벌렁 나자빠져 밝은 녹색과 밝은 장밋빛을 띤 부드럽고 두꺼운 이끼층에 드러누워 죽는다.

해와 온기에 따라 방향을 바꾸느라 몹시 시달린 비틀어진 경박한 키 작은 나무들만 서로 멀리 떨어진 채 홀로 꿋꿋이 서 있었다. 너무 오랫동안 긴장된 생존 투쟁을 해 오느라 몹시 시달린 울퉁불퉁한 그 목재는 아무 데도 쓸모가 없었다. 어떤 골절 부위에 대는 부목처럼 무서운 옹이로 덮인 마디 많은 짧은 줄기는 건축 자재에 까다롭지 않은 극북 지방에서조차 건축에 쓸 수 없었다. 이 비틀어진 나무는 땔감으로도 쓸 수 없었다. 도끼날을 받지 않아 어떤 일꾼이라도 기진맥진하게 만들 수 있었다. 이처럼 그들은 망가진 자신의 극북 생활에 대해 온 누리에 복수했다.

우리의 임무는 숲 속으로 길을 내는 것이었으며 용감하게 그 일에 착수했다. 해가 떠서 질 때까지 나무를 톱질하여 쓰러뜨리고 그루터기를 제거하고 나무 더미로 옮겼다. 우리는 만사를 잊은 채 여기서 좀 더 오래 머물고 싶었으며 금광이 두려웠다. 나무 더미가 너무 더디 쌓이는 바람에 긴장된 이튿날이 끝나 갈 때까지 우리는 일을 조금밖에 못했고 더 이상 할 수 없다는 사실이 밝혀졌다. 이반 이바노비치는 베어 낸 10년생 젊은 낙엽송에 18센티쯤 되는 뼘으로 다섯 번 재어 1미터 자를 만들었다.

저녁에 조장이 와서 눈금이 새겨진 작은 막대로 우리의 작업을 재고 나서 고개를 저었다. 우리는 표준 노동량의 10퍼센트밖에 하지 못했다.

이반 이바노비치는 무언가 증명하려고 자로 쟀지만 조장은 자기 뜻을 굽히지 않았다. 그는 '세제곱미터'에 대해, '알찬' 땔감에 대해 뭐라고 중얼거렸다. 이 모든 것은 우리의 이해를 넘어서는 것이었다. 한 가지는 확실했다. 우리는 수용소로 되돌아가 다시 의무적인 관의 공식 표어가 걸린 문 안으로 들어갈 것이다. "노동은 명예로운 일이며, 영광스러운 일이며, 용감하고 영웅적인 행위의 일이다." 독일 수용소 정문에서는 니체의 인용구가 퇴장하고 있다고 한다. "인간은 가지가지다." 히틀러를 모방하면서 베리야*는 냉

소적인 면에서 그를 능가했다.

수용소는 육체노동을 증오하고 노동 일반을 증오하는 것을 배우게 되는 곳이다. 수용소 주민 가운데 가장 특권적인 그룹은 깡패들이다. 노동이 영웅적인 행위이며 용감한 일이었던 것은 그들을 위한 게 아니었을까?

하지만 우리는 두려워하지 않았다. 아니, 그러기는커녕 우리의 노동이 희망이 없고 우리의 육체적 자질이 아무 쓸모 없다는 조장의 평가에 전혀 슬퍼하거나 두려워하지 않고 오히려 유례없는 홀가분한 기분을 느꼈다.

우리는 물결 따라 흘러갔다. 수용소 말로 '몸이 극도로 쇠약해갔다'. 우리는 이미 아무 걱정도 없었고 남의 의지에 따라 사는 게 쉬웠다. 삶을 유지하려는 일조차 걱정하지 않았고 잠을 자더라도 역시 수용소와 같은 지시·일정에 따라 잠을 잤다. 감각의 무딤으로 얻게 된 마음의 평정은 로런스가 꿈꾸던 '병영의 최고 자유' 또는 톨스토이의 악에 대한 무저항을 생각나게 했다. 마음의 평정은 언제나 남의 의지에 종속됨으로써 지켜졌다.

우리는 숙명론자가 된 지 오래였다. 하루 앞도 삶을 내다보지 못했다. 모든 식량을 한꺼번에 다 먹어 치우고 돌아가 징계방에서 정해진 기간을 마치고 채굴장으로 일하러 나가는 게 논리에 맞겠지만 그러지 않았다. 운명에 대한, 신의 의지에 대한 어떤 간섭도 무례한 일이었고 수용소의 행동 규약에 위배되는 일이었다.

조장은 떠나고 우리는 남아 나무를 베어 숲 속으로 길을 내고 새로운 나무 더미를 쌓았지만 이미 더 큰 마음의 평정, 더 큰 무관심으로 일했다. 이제 우리는 통나무를 나무 더미로 운반할 때, 산림 용어로 목재 반출 때 누가 굵은 나무 밑동 밑에 서고 누가 가는 꼭대기 밑에 설 것인가 하는 문제를 가지고 다투는 일이 없었다.

우리는 더 많이 쉬고 태양에, 숲에, 희푸른 높은 하늘에 더 많이 주의를 기울였다. 우리는 게으름을 피웠다.

아침에 나와 사벨레프는 폭풍과 산불을 기적처럼 견뎌 낸 시꺼먼 큰 낙엽송 한 그루를 겨우 베어 넘어뜨렸다. 우리는 톱을 풀 위에 바로 내던졌다. 톱은 돌에 부딪쳐 쨍그랑 소리를 냈고, 우리는 쓰러진 나무줄기 위에 앉았다.

"자," 하고 사벨레프가 말했다. "생각 좀 해 볼까. 우리는 살아남아 본토로 가 빨리 늙어 병든 노인이 되겠지. 심장이 쿡쿡 쑤시기도 하고, 류머티즘이 가만히 내버려 두지 않기도 하고, 가슴이 아프기도 하겠지. 그리고 젊은 시절 우리의 삶처럼 지금 겪고 있는 이 모든 것—잠 못 이루는 밤, 굶주림, 오랜 중노동, 얼음물 속의 금광, 겨울의 추위, 호송병의 구타, 이 모든 것은 우리가 살아남더라도 흔적 없이 사라지지 않을 거야. 우리는 병의 원인도 모른 채 아파 신음하면서 진료소를 찾아다닐 거야. 힘겨운 노동이 우리에게 치유할 수 없는 상처를 주었으므로 노년의 삶은 다 고통의 삶, 끝없는 온갖 종류의 육체적·정신적 고통의 삶이 될 거야. 그러나 그 무서운 앞날에도 편안히 숨 쉬고 거의 건강하게 되어 고통이 우리를 괴롭히지 않는 날도 있을 거야. 하지만 그런 날은 많지 않을 거야. 그런 날은 고작 우리 각자가 수용소에서 빈둥거리며 놀 수 있는 일수와 맞먹겠지."

"그러나 정직한 노동은 어때?" 내가 물었다.

"수용소에서 정직한 노동을 요구하는 자는 우리를 때려 불구로 만들고 우리 음식을 먹고 죽기 직전까지 살아 있는 해골에 노동을 강요하는 비열한들이지. 이 '정직한' 노동은 그들에겐 유용하지. 그들은 정직한 노동의 가능성을 우리보다 한결 덜 믿으니까."

저녁에 우리는 좋아하는 난롯가에 둘러앉았다. 페댜 시차포프는 사벨레프의 쉰 목소리를 주의 깊게 들었다.

"음, 그는 작업을 거부했어. 그들은 보고서를 작성했어. 계절에 맞게 옷을 입었다고."

"'계절에 맞게 옷을 입었다'는 건 무슨 뜻이에요?" 하고 페댜가 물었다.

"음, 네가 입고 있는 겨울옷이나 여름옷을 일일이 다 기록하지 않으려는 것이지. 겨울 보고서에 솜 반코트나 벙어리장갑 없이 작업에 내보낸 것으로 써서는 안 되잖아. 너는 벙어리장갑이 없어서 수용소 안에 몇 번이나 남아 있어 봤어?"

"우리한테서는 그런 일이 없었어요." 페댜가 겁먹은 듯 말했다. "상관이 길을 짓밟아 다지게 했어요. 아니면 '입을 옷이 없어서' 수용소에 남아 있었다고 기록했을 거예요."

"거기서는 그랬구나."

"자, 이제 지하철 얘기나 해 주세요."

그래서 사벨레프는 페댜에게 모스크바 지하철 이야기를 해 주었다. 이반 이바노비치와 나 역시 사벨레프의 이야기를 듣기 좋아했다. 나는 모스크바 사람이지만 내가 짐작하지 못한 것을 그는 알았다.

"이슬람교 신자는 말이야, 페댜." 그의 머리가 아직 움직이는 것을 기뻐하며 사벨레프는 말했다. "무앗진*이 있어 사원 첨탑에서 예배 시간을 큰 소리로 알리거든. 마호메트는 사람의 목소리를 기도에 부르는 신호로 선택했어. 마호메트는 나팔, 탬버린 연주, 신호 불 같은 것을 다 시험해 봤어. 모든 것을 마호메트는 마다했어……. 천오 백 년이 지나 지하철 신호를 시험했을 때 휘파람도 기적도 사이렌도 '준비'를 외치는 발차 담당자의 생목소리처럼 절대적이고 정확하게 인간의 귀에, 지하철 기관사의 귀에 잘 들리지 않는다는 사실이 밝혀졌어."

페댜는 탄성을 질렀다. 그는 우리 모두보다 숲 생활에 잘 적응했고, 젊은 나이에도 우리 어느 누구보다 경험이 많았다. 페댜는 목수 일을 할 수 있었고, 타이가 속에서 간단한 오두막을 지을 수 있었고, 나무를 쓰러뜨려 가지로 숙박할 곳을 만드는 방법을 알았다. 페댜는 사냥꾼이었다. 그의 지방 사람들은 어려서부터 총에 익숙했다. 그러나 추위와 굶주림이 페댜의 장점을 모조리 앗아 갔고 대지는 그의 지식과 능력을 무시해 버렸다. 페댜는 도시인을 부러워하지 않았다. 다만 그들에게 깊이 감복하고 기술의 성과, 도시의 기적에 대한 이야기를 배가 고픈데도 끝없이 들을 용의가 있었다.

우정은 가난이나 불행 속에서 생기지 않는다. 옛이야기가 일러 주듯, 우정을 만드는 필수 조건이라는 '어려운' 생활은 정말 그다지 어려운 게 아니다. 만약 불행과 가난이 인간의 우정을 맺어 주고 낳았다면, 그건 가난이 극도에 이르지 않고 불행이 그리 크지 않다는 말이다. 슬픔도 친구와 나누어 가질 수 있다면, 그건 그다지 심하거나 깊지 않은 것이다. 진정한 가난 속에서 오직 자기 자신의 정신과 육체의 강인함을 알게 되고 자기 가능성의 한계, 육체적 인내력과 도덕적 힘의 한계가 정해진다.

우리는 모두 다만 우연히 살아남을 수 있다는 걸 알았다. 그리고 이상하게도 언젠가 젊은 시절에 실패할 때마다 나는 이런 속담을 들었다. “그래, 우리는 굶어 죽지 않는다.” 나는 확신했다, 온몸으로 이 말을 확신했다. 그리고 나이 서른 살에 진짜로 배고파 죽어 가는, 말 그대로 빵 한 조각 때문에 서로 다투는 인간의 상황에 빠지게 되었다. 이는 다 전쟁이 일어나기 훨씬 전 일이었다.

우리 넷이 두스카니야 샘에 모였을 때, 여기 모인 것은 우정을 위해서가 아니라는 걸 모두 알았다. 살아남아도 마지못해 서로 만나게 되리라는 걸 알았다. 정신을 잃게 하는 배고픔, 밥 냄비에 증기로 이를 퇴치하는 일, 모닥불 곁에서 하는 끝없는 거짓말, 상상의 거짓말, 식료품 우화, 동료와의 말다툼, 똑같은 우리의 꿈, 이런 나쁜 일을 떠올리면 우리는 기분 나쁠 것이다. 우리 모두 유성이나 천사처럼 우리 곁을 날아다니는 호밀 빵 덩어리 같은 꿈을 꾸었기 때문이다.

인간은 망각할 수 있어 행복하다. 기억은 언제나 나쁜 일을 망각하고 좋은 일만 기억하려 한다. 두스카니야 샘에서는 좋은 일이 없었고, 그 후에도 좋은 일이 없었고, 과거에도 우리 누구 하나 좋은 일이 없었다. 우리는 영원히 극북에 중독되었으며, 그 사실을 알았다. 우리 가운데 세 사람은 운명에 저항하지 않게 되었고, 이반 이바노비치만 전처럼 비극적인 노력으로 일을 계속했다.

사벨레프는 담배 한 대 피우는 사이에 이반 이바노비치를 설득하려고 애썼다. 흡연 시간은 가장 보편적인 휴식, 비흡연자를 위한 휴식이다. 우리는 마호르카를 여러 해 동안 못 가져 봤지만 담배 피우는 시간은 있었기 때문이다. 타이가에서는 흡연 애호가들이 검은 까치밥나무 잎을 따다 말렸으며, 월귤나무 잎이 맛있느냐 까치밥나무 잎이 맛있느냐 하는 문제를 놓고 수인들 식으로 일대 열띤 토론이 벌어졌다. 전문가들의 의견에 따르면, 어느 것도 아무 쓸모가 없었다. 몸은 연기가 아니라 니코틴 독을 요구하여 그런 간단한 방법으로는 뇌세포를 속일 수 없기 때문이다. 그러나 흡연-휴식을 위해서 까치밥나무 잎은 쓸모가 있었다. 수용소에서 작업 중 '휴식'이라는 단어는 너무 불쾌한 느낌이 들고 극북 지방에서 배워 온 생산 윤리의 기본 원칙과 모순된다. 매 시간 휴식을 취하는 것은 도전이며 범죄지만, 매 시간 흡연을 위한 휴식은 당연한 일이다. 극북 전체에서와 마찬가지로 여기서도 사실은 원칙과 일치하지 않는다. 마른 까치밥나무 잎은 자연스러운 위장이었다.

"들어 봐, 이반." 사벨레프는 말했다. "내가 이야기 하나 해 줄게. 밤라그* 제2선로에서 우리는 외바퀴 손수레로 모래를 운반했어. 운반 거리는 멀고 규정량은 25세제곱미터야. 작업이 규정량의 절반에 못 미치면 징벌 배급량으로 하루에 빵 3백 그램과 야채수프 한 번을 주는 거야. 규정량을 채우는 자는 따뜻한 음식 외에 빵 1킬로그램을 더 받고 거기다 매점에서 현찰로 빵 1킬로그램을 살 권리를 갖게 돼. 우리는 2인 1조로 일했어. 그러나 규정량은 상상도 할 수 없었지. 그래서 요령을 부렸어. 오늘은 너의 채굴장에서 너를 위해 우리 둘이서 일해 규정량을 채우는 거야. 우리는 빵 2킬로그램과 내 징벌 배급량 3백 그램을 받는 거지. 그래서 우리는 각자 1킬로그램하고 150그램이 돌아오게 되는 거야. 내일은 나를 위해서 일하고 다음은 다시 너를 위해 일하고. 우리는 한 달이나 그런 식으로 수레를 끌었어. 나쁜 삶은 아니었어. 요컨대 조장이 좋은 사람이었던 거지. 물론 그는 알고 있었어. 그건 그에게도 유리했던 거야. 그의 일꾼들이 그다지 몸이 약해지지 않아 생산량이 줄지 않았거든. 그 뒤 높은 사람에게 이 일이 발각되어 우리의 행복은 끝나고 말았지만."

"어때 여기서 그걸 한번 해 볼 생각 있어?" 이반 이바노비치가 말했다.

"나는 생각 없지만 그냥 우리가 도와는 주겠어."

"자네들은?"

"우리는 아무래도 상관없어, 친구."

"그럼 나도 상관없어. 조합장이 오기를 기다리지."

조합장, 다시 말해 조장은 며칠 뒤에 왔다. 최악의 우려가 적중했다.

"자, 너희들은 쉬었으니 이제 그만둘 때가 됐어. 다른 사람들에게도 기회를 줘야지. 너희들 일은 OP와 OK, 즉 건강 증진소(요양소)나 건강 증진반(헬스클럽)과도 같아." 조장은 뽐내듯 말했다.

"그렇습니다." 사벨레프는 말했다.

처음엔 OP, 다음엔 OK,
다리에 꼬리표를 달고, 안녕이지!

우리는 예의로 웃었다.
"우리는 언제 돌아갑니까?"
"음, 내일 갈 거야."
이반 이바노비치는 잠잠해졌다. 그는 밤에 오두막에서 열 발짝쯤 떨어진 나무 갈래에 아무 끈도 사용하지 않고 목매달아 죽었다. 그런 자살을 나는 아직까지 본 적이 없었다. 사벨레프가 그를 발견하고 오솔길에서 소리쳤다. 조장이 달려와 '수사대'가 오기 전에 시체를 내리지 말라고 지시하며 우리를 재촉했다.
페댜 시차포프와 나는 큰 혼란 속에서 떠날 채비를 했다. 이반 이바노비치는 아직 멀쩡한 좋은 각반, 작은 자루 몇 개, 타월, 이미 삶아서 이를 죽인 예비 무명 내의, 수선해 놓은 솜 펠트 부츠를 갖고 있었고, 판자 침대 위에는 그의 솜 점퍼가 놓여 있었다. 간단한 상의 끝에 이 모든 물건을 우리가 나누어 가졌다. 사벨레프는 죽은 사람의 옷을 분배하는 데 참여하지 않았다. 그는 이반 이바노비치의 시신 주위를 계속 걸어 다녔다. 시신은 언제 어디서나 자유로운 몸으로 무언가 막연한 호기심을 부르며 자석처럼 끌어당긴다. 이런 일은 전쟁에서도 없고 수용소에서도 없다. 죽음의 일상성, 감각의 무딤은 시신에 대한 관심을 앗아 간다. 그러나 사벨레프는 이반 이바노비치의 죽음에 충격을 받았다. 이것은 그의 영혼의 어두운 구석을 환히 비춰 마음의 평정을 흩뜨러 놓고 어떤 결심을 하게 만들었다.

그는 오두막으로 들어가 구석에서 도끼를 집어 들고 문지방을 넘었다. 토담 위에 앉아 있던 조장이 벌떡 일어나 알 수 없는 소리로 뭐라고 소리쳤다. 페댜와 나는 마당으로 뛰어나갔다.

사벨레프는 우리가 언제나 장작을 톱질하던 굵고 짧은 낙엽송 통나무 쪽으로 걸어갔다. 통나무는 도끼 자국이 많이 나 있고 껍질이 벗겨져 있었다. 그는 왼손을 통나무 위에 올려놓고 손가락을 편 다음 도끼를 치켜들었다.

조장은 날카롭게 비명을 질렀다. 페댜가 사벨레프 쪽으로 달려갔다. 네 손가락이 이미 톱밥 속으로 날아가 버렸다. 손가락은 나뭇가지와 작은 나무 부스러기 속에 파묻혀 얼른 눈에 띄지도 않았다. 새빨간 피가 손가락에서 솟구쳤다. 페댜와 나는 이반 이바노비치의 셔츠를 찢어 사벨레프의 손에 지혈대를 대고 단단히 졸라매어 상처를 싸맸다.

조장은 우리 모두를 수용소로 데려갔다. 사벨레프는 붕대를 감으려고 진료소에 보냈다가 자해 사건에 대한 조사를 받기 위해 거기서 수사과로 보냈고, 페댜와 나는 2주 전 우리가 그 희망과 행복에 대한 기대를 가지고 떠나왔던 바로 그 천막으로 되돌아갔다.

침대 위층의 우리 자리는 이미 다른 사람들이 차지했지만 우리는 그런 일에 신경 쓰지 않았다. 지금은 여름이어서 아래쪽이 위쪽보다 나을 수도 있었다. 그러나 겨울이 올 때까진 많은, 많은 변화가 있을 것이다.

나는 빨리 잠들었지만 한밤중에 잠이 깨어 당직 테이블로 갔다. 거기에는 페댜가 종이 한 장을 손에 들고 앉아 있었다. 어깨 너머로 그가 쓴 편지를 읽어 보았다.

"엄마." 페댜가 썼다. "엄마, 나는 잘 지내고 있어. 엄마, 나는 계절에 맞게 옷을 입고 있어……."

인젝토르

광산 소장 A. S. 코롤레프 동지에게
'황금샘' 구역장 L. V. 쿠디노프

보고서

소장님 관리하에 있는 광산 '황금샘' 구역에서 금년 11월 12일에 발생한 수인 4작업반의 여섯 시간 작업 지연에 관한 해명서를 제출하라는 소장님의 지시에 따라 다음과 같이 보고합니다.

아침 기온은 영하 50도 이하였습니다. 보고드린 대로 우리 온도계는 당직 감독관에 의해 고장 났습니다. 그러나 뱉은 침이 공중에서 얼어붙었기 때문에 온도 측정은 할 수 있었습니다.

작업반은 정시에 데리고 나갔으나 우리 구역에 공급되어 동토를 녹이는 보일러의 인젝토르*가 제대로 작동하지 않는 바람에 작업에 착수할 수 없었습니다. 인젝토르의 작동 불량에 대해서는 주임 기사에게 수차례 통고했으나 어떤 조치도 취해지지 않아 인젝토르는 완전히 못 쓰게 되었습니다. 주임 기사는 이 시간에 인젝토르를 교체해 주려고 하지 않습니다.

인젝토르의 작동 불량으로 땅을 제대로 녹이지 못해 작업반은 몇 시간 동안 일하지 않고 그대로 있을 수밖에 없었습니다. 우리는 몸을 녹일 곳이 없고 모닥불을 피우는 것은 허용되지 않습니다. 호송대는 작업반이 막사로 돌아가는 걸 허용하지 않습니다.

이런 인젝토르로는 더 이상 일할 수 없다고, 할 수 있는 한 모든 곳에 이미 알려 왔습니다. 인젝토르는 이미 5일 동안 형편없이 작동하고 있는데, 사실 구역 전체의 계획 수행은 여기에 달려 있습니다. 우리는 인젝토르를 잘 다루지 못하고, 주임 기사는 이에 주의를 기울이지 않고 흙 몇 세제곱미터를 요구할 뿐입니다.

이상. '황금샘' 구역장 광산 기사

L. 쿠디노프.

다음은 보고서에 정확한 필체로 비스듬히 쓴 것이다.

1) 5일간 작업 거부로 구역의 생산 중단과 지연을 야기한 수인 인젝토르를 3일간 작업에 나가지 못하게 하고 감금했다가 징벌 중대에 수용할 것. 이 건은 수인 인젝토르에게 법적 책임을 묻기 위해 조사 기관에 넘길 것.

2) 주임 기사 고레프에게 생산 현장의 규율 부재를 경고함. 수인 인젝토르는 자유노동자로 교체하도록 제안함.

광산 소장 알렉산드르 코롤레프

사도 바울

내가 시굴갱의 미끄러운 장대 계단에서 떨어져 발목을 삐었을 때, 수용소 당국은 한동안 내가 절뚝거릴 것이라는 걸 분명히 알았다. 아무 일도 하지 않고 가만히 앉아 있게 내버려 둬선 안 되므로 나를 우리의 목수 아담 프리조르게르의 조수로 보냈다. 우리 둘, 그러니까 프리조르게르도 나도 매우 기뻤다.

인생의 첫 시기에 프리조르게르는 볼가 강 마르크스시탓트 인근의 독일인 마을*에서 목회 활동을 했다. 그와 나는 티푸스 검역 때 큰 중계 감옥 중 한 곳에서 만나 석탄 시굴을 하러 함께 이곳으로 왔다. 프리조르게르는 나처럼 이미 타이가에도 있었고 도호다가로, 반미치광이로 광산에서 중계 감옥으로 떨어지기도 했다. 우리는 장애인으로, 보조 요원으로 석탄 시굴에 보내졌다. 시굴대의 정식 요원은 자유노동자만으로 보충되었다. 사실 이들은 이제 막 '기한' 또는 형기를 마친 과거의 수인으로 수용소에서 반경멸적인 말로 '자유수인'이라고 불리는 사람들이었다. 여기로 이송되어

오는 동안 40명의 이 자유노동자들 수중에 있는 돈이라고는 마호르카를 사는 데 필요한 2루블밖에 없었지만 그래도 그들은 이미 우리의 형제가 아니었다. 2~3개월 지나면 옷도 잘 입고 술도 마실 수 있으며, 신분증명서를 받아 1년 뒤엔 어쩌면 집으로 돌아갈 수도 있다는 걸 우리는 다 알았다. 이런 희망은 시굴갱장인 파라모노프가 그들에게 거액의 봉급과 극지 특별 배급을 약속했기에 더욱 확실해졌다. '너희는 실크해트를 쓰고 집으로 돌아갈 것'이라고 시굴갱장은 늘 그들에게 되뇌었다. 실크해트와 극지 특별 배급에 대한 우리 수인과의 약속은 이루어지지 않았다.

하지만 그는 우리에게 폭언을 퍼붓지 않았다. 그에게는 시굴을 위한 수인들이 배정되지 않았고, 파라모노프가 상부에 간청하여 얻어 낼 수 있었던 건 보조 요원 다섯 명뿐이었다.

아직 우리가 서로 모르고 지내던 시절, 명단에 따라 막사에서 호출되어 파라모노프의 밝고 예리한 눈앞에 출두했을 때 그는 자기 대원의 신원을 물어보며 매우 만족해했다. 우리 중 하나는 난로공이었다. 그는 야로슬라블 출신의 콧수염이 흰 독설가 이즈기빈으로 수용소에서도 타고난 기민함을 잃지 않고 있었다. 이런 재주 덕택으로 그는 다른 사람들처럼 쇠약해지지 않았다. 두 번째 대원은 카메네츠-포돌스크 출신의 애꾸눈 거인이었다. 본인이 파라모노프에게 소개하듯 '증기 기관차 화부'였다.

"그럼 철공 노릇도 좀 할 수 있겠네." 파라모노프는 말했다.

"네, 할 수 있습니다." 화부는 기꺼이 확인해 주었다. 자유노동자가 고용되는 시굴장의 작업 이익을 그는 오래전에 다 알았다.

세 번째는 농업 기사 랴자노프였다. 그 직업은 파라모노프를 매우 기쁘게 했다. 농업 기사가 입고 있는 해진 넝마엔 물론 아무 주의도 기울이지 않았다. 수용소에서는 옷차림을 보고 사람을 대하지 않았고, 파라모노프는 수용소를 훤히 알았다.

네 번째는 나였다. 나는 난로공도 철공도 농업 기사도 아니었다. 그러나 내 큰 키에 파라모노프는 안심한 것 같았으며, 게다가 한 사람 때문에 명단을 고치는 일에 매달릴 필요가 없었다. 그는 머리를 끄덕였다.

그러나 우리의 다섯 번째 사람은 아주 이상하게 행동했다. 그는 기도문을 중얼거리며 얼굴을 양손으로 가리고 있어 파라모노프의 목소리를 들을 수 없었다. 하지만 그것도 시굴갱장에겐 낯선 광경이 아니었다. 파라모노프는 양손에 누런 서류철 다발을 들고 바로 옆에 서 있는 작업 배정자 쪽으로 돌아섰다. 이른바 '신상서'였다.

"그는 목수입니다." 파라모노프의 질문을 짐작하고 작업 배정자가 말했다. 면접이 끝나고 우리는 시굴장으로 실려 갔다.

프리조르게르가 나중에 나에게 말했다. 호출받았을 때 나를 총살하려고 부르는구나 생각했으며, 그래서 취조관이 다시 채굴장에 나타나자 겁이 났다는 것이다. 그와 나는 만 1년 동안 같은 막사에 살면서 서로 욕을 해 본 일이 없었다. 그런 일은 수용소나 감옥의 수인들 사이에선 희귀한 경우에 속한다. 말다툼은 사소한 일로 시작된다. 욕설은 순간적으로 과열되어 다음 단계는 칼밖에 없겠구나, 아니면 최상의 경우 어떤 불갈고리가 등장하겠구나 싶을 정도에까지 달한다. 그러나 이런 과장된 욕설에 큰 의미를 부여하지 않는 법을 나는 이내 배웠다. 열이 곧 식고 양자가 아직 오랫동안 느릿느릿 계속 욕설을 주고받으면 이는 대체로 질서를 위해, '체면'을 지키기 위해 하는 행동이었다.

그러나 나는 프리조르게르와 말다툼한 적이 한 번도 없었다. 이는 프리조르게르의 공이라고 생각한다. 그보다 온화한 사람은 없었기 때문이다. 그는 누구에게도 모욕하는 일이 없었고 말수가 적었다. 목소리는 노인처럼 떨렸는데 무언가 인위적이고 유달리 떠는 구석이 있었다. 젊은 배우가 극장에서 노인 연기를 할 때 내는 그런 목소리였다. 수용소에서는 많은 사람들이 자신을 실제보다 나이 많게, 육체적으로 허약하게 보이려고 노력한다(그리고 성과가 없지 않았다). 이 모든 것은 의도적인 계산에서가 아니라 왠지 본능적으로 행해진다. 인생의 아이러니가 여기에 있었다. 자기 나이보다 많게, 허약하게 보이려는 사람들 태반이 자기가 보이고 싶어 하는 이상으로 훨씬 심한 상태에 달해 있었던 거다.

그러나 프리조르게르의 목소리는 가식적인 면이 전혀 없었다.

매일 아침저녁으로 그는 모든 사람을 외면하고 방바닥을 보며 들리지 않는 작은 목소리로 기도를 올렸다. 다른 사람의 이야기에 끼어드는 일이 있다면 종교적인 화제 때뿐, 다시 말해 그런 일은 매우 드물었다. 수인은 종교적인 화제를 좋아하지 않기 때문이다. 아주 귀여운 늙은 음담패설꾼 이즈기빈이 프리조르게르를 비웃으려 했지만 그의 기지는 너무 온화한 웃음에 헛방이 되고 말았다. 모든 탐사대원과 파라모노프 자신도 프리조르게르를 좋아했다. 프리조르게르는 그에게 멋진 책상을 만들어 주었는데 반년이나 걸린 것 같다.

우리 침대는 옆에 붙어 있어 자주 이야기를 나눴는데, 이따금 프리조르게르는 내가 널리 알려진 어떤 복음서 이야기를 아는 걸 보고 크지 않은 아담한 팔을 아이처럼 흔들며 놀라워했다. 그는 순진한 마음에 복음서 이야기를 소수 신자들만의 자산으로 생각했던 것이다. 내가 그런 지식을 드러낼 때마다 히히 웃으며 매우 만족해했다. 그리고 고무되어 내가 불확실하게 기억하고 있거나 전혀 모르는 복음서 이야기를 하기 시작했다. 그는 그런 대화를 무척 좋아했다.

그러나 어느 날, 12사도의 이름을 열거하면서 프리조르게르는 실수를 범했다. 사도 바울의 이름을 불렀던 것이다. 무식꾼의 자신만만함으로 언제나 사도 바울을 그리스도교의 진짜 창시자이며 그 주요 이론의 지도자로 생각했던 나는 이 사도의 경력을 조금 알고 프리조르게르의 오류를 고칠 기회를 놓치지 않았다.

"아니야, 아니야." 프리조르게르는 웃으면서 말했다. "당신이 모르는데, 이래요." 이렇게 말하곤 손가락을 꼽기 시작했다. "베드로, 바울, 마태……."

나는 바울 사도에 대해 아는 것을 전부 이야기해 주었다. 그는 잠자코 내 말을 주의 깊게 들었다. 이미 밤이 늦어 잠잘 시간이 되었다. 밤중에 나는 잠이 깨어 석유램프의 깜빡이는 희미한 불빛 속에서 프리조르게르의 눈이 떠 있는 것을 보았다. 그리고 그의 귓속말이 들려왔다. "신이여, 나를 도와주소서! 베드로, 바울, 마태…….” 그는 아침까지 잠을 자지 않았다. 그리고 아침 일찍 일하러 나갔다가 저녁 늦게 돌아왔다. 그때 나는 이미 잠자리에 들어 있었다. 나는 노인과 같은 조용한 울음소리에 잠을 깼다. 프리조르게르는 무릎을 꿇고 기도했다.

“무슨 일이에요?” 기도가 끝나기를 기다렸다 나는 물었다.

프리조르게르가 내 손을 발견하고 붙잡았다.

“당신 말이 맞아.” 그는 말했다. “바울은 12사도에 들지 않았어요. 나는 바돌로매를 잊어버렸어요.”

나는 잠자코 있었다.

“내 눈물에 놀랐지요?” 그는 말했다. “그건 수치의 눈물입니다. 이런 일은 잊을 수 없고 잊어서도 안 되는 일이었어요. 그건 죄입니다, 대죄입니다. 나, 아담 프리조르게르에게 용서할 수 없는 잘못을 지적한 것은 다른 사람입니다. 아니, 아니, 당신은 아무 잘못이 없습니다. 그건 나 자신, 내 죄입니다. 그러나 당신이 내 잘못을 고쳐 줘서 좋습니다. 만사가 잘될 거예요.”

나는 겨우 그를 진정시켰다. 그때부터(발목을 삐기 직전이었다) 우리는 더욱 가까운 친구가 되었다.

어느 날 목수의 목공소에 아무도 없을 때 프리조르게르는 주머니 속에서 손때 묻은 작은 헝겊 지갑을 꺼내 나를 창가로 손짓해 불렀다.

“이건,” 가장자리가 구겨진 아주 작은 ‘스냅 사진’을 나에게 내밀며 그는 말했다. 모든 ‘스냅 사진’처럼 우연한 얼굴 표정을 짓고 있는 젊은 여자의 사진이었다. 누렇게 퇴색한 금 간 사진은 색종이로 소중히 테두리돼 있었다.

"내 딸아이요." 프리조르게르는 엄숙하게 말했다. "외동딸이지요. 마누라는 오래전에 죽었고. 사실 딸은 나에게 편지를 안 합니다. 아마 주소를 모를 겁니다. 나는 그 아이에게 편지를 많이 썼고, 지금도 쓰고 있어요. 그 아이에게만. 이 사진은 아무에게도 안 보여 줍니다. 집에서 가지고 왔어요. 6년 전 서랍장 위에서 가져온 겁니다."

목공소 문으로 파라모노프가 조용히 들어왔다.

"딸인가?" 그가 얼른 사진을 보고 물었다.

"딸입니다, 갱장님." 프리조르게르는 웃으면서 말했다.

"편지는 하는가?"

"아니요."

"왜 늙은 아버지를 잊어버렸지? 찾아 달라는 청원서를 제출해. 보내 줄 테니. 다리는 어떤가?"

"아직 절고 있습니다, 갱장님."

"좋아, 계속 절고 있어." 파라모노프는 나갔다.

그때부터 프리조르게르는 나에게 숨기지 않고 저녁 기도를 마치면 침대에 누워 딸의 사진을 꺼내 색종이 테두리를 어루만졌다.

그렇게 우리가 반년쯤 사이좋게 지내던 어느 날, 우편물이 왔다. 파라모노프가 부재중이어서 수인 비서 랴자노프가 우편물을 받았다. 그는 농업 기사와 전혀 상관없는 에스페란토어인지 뭔지를 하는 사람이었다. 하지만 그렇다고 죽은 말의 가죽을 솜씨 좋게 벗기지 못하거나 두꺼운 철관 속에 모래를 가득 채워 모닥불에 달구어 구부리지 못하거나 갱장의 사무실 일을 도맡아 하지 못하는 것도 아니었다.

"이것 봐." 그가 나에게 말했다. "프리조르게르 앞으로 무슨 신청서가 왔어."

서류 봉투에 든 것은 수인 프리조르게르(죄명, 형기)에게 딸의 신청서를 전해 달라고 요청하는 공문서였다. 그 속에 신청서 사본이 동봉되어 있었다. 신청서에서 그녀는 간단명료하게 썼다. 아버지가 인민의 적임을 확신하며 아버지를 포기하니 혈연관계는 없었던 것으로 생각해 달라는 것이었다.

랴자노프는 양손으로 서류를 빙빙 돌렸다.

"정말 역겨운 일이야." 그는 말했다. "왜 딸이 이런 짓을 해야 하나? 입당이라도 하려는 건가?"

나는 다른 것을 생각했다. 왜 수인 아버지에게 이런 신청서를 보내는 것일까? 이것은 친척에게 수인의 거짓 사망을 실제로 알리는 일과 같은 일종의 독특한 사디즘이 아닐까? 아니면 단순히 모든 걸 법에 따라 처리하려는 걸까? 아니면 또 다른 무엇일까?

"이봐, 바뉴쉬카." 나는 랴자노프에게 말했다. "우편물 등록했어?"

"아니, 지금 막 왔어."

"그 서류 봉투 이리 줘." 이렇게 말하고 나는 랴자노프에게 무슨 일인지 이야기해 주었다.

"편지는 어떻게 하지?" 그가 망설이며 말했다. "아마 그에게도 편지를 보낼 텐데."

"편지도 자네가 압류하는 거지."

"좋아, 가져가."

나는 서류 봉투를 구깃구깃 뭉친 뒤 타고 있는 열린 난로 아궁이에 던져 버렸다.

한 달 뒤 신청서와 같은 간단한 편지가 왔다. 우리는 그것을 같은 난로에 태워 버렸다.

얼마 안 있어 나는 어디론가 이송되고 프리조르게르는 남았는데, 그 뒤로 그가 어떻게 되었는지는 모른다. 나는 생각할 힘이 있는 동안 자주 그를 떠올렸다. 흥분해 떨리는 그의 속삭임이 들려왔다. "베드로, 바울, 마태……."

베리

파데예프는 말했다.

"좀 기다려, 그와 직접 얘기해 볼 테니." 그러고는 내 곁으로 다가와 머리맡에 라이플 개머리판을 세웠다.

나는 통나무를 안고 눈 속에 누워 있었다. 나는 어깨에서 떨어뜨린 통나무를 다시 들어 올려 산에서 내려오는 사람들의 행렬에 낄 수 없었다. 사람들은 제각기 '장작 막대기'라는 통나무를 어깨에 메고 있었다. 어떤 사람은 큰 것을, 어떤 사람은 작은 것을. 모두 집으로 가려고 서둘렀다, 호송병도 수인도. 모두 허기진 나머지 자고 싶고 끝없이 긴 겨울 낮이 너무 지겨웠다. 그러나 나는 눈 속에 누워 있었다.

파데예프는 언제나 수인들에게 '당신'이라는 호칭으로 말했다.

"이봐요, 영감," 그는 말했다. "당신같이 건장한 사람이 그런 장작개비나 막대기를 운반 못할 리 없지. 말하자면, 당신은 분명히 꾀병쟁이야. 파시스트야. 우리 조국이 적과 싸우고 있는 때에 나라의 바퀴 속에 막대기를 밀어 넣다니."

"나는 파시스트가 아니야." 나는 말했다. "환자고 굶주린 사람일 뿐이야. 파시스트는 너야. 파시스트들이 노인을 어떻게 죽이는지 신문에서 보겠지. 네가 콜리마에서 한 짓을 약혼녀에게 어떻게 말할지 한번 생각해 봐."

아무래도 상관없었다. 나는 장밋빛 뺨에 건강하고 옷 잘 입은 사람들을 참을 수 없었고 두렵지 않았다. 배를 가리고 몸을 구부렸지만 이건 원초적인 반사 운동이었다. 복부 가격을 전혀 두려워하지 않았다. 파데예프는 부츠로 내 등을 찼다. 갑자기 몸이 따뜻해 왔지만 하나도 아프지 않았다. 죽는다면 그만큼 좋을 것이다.

"이봐요," 파데예프는 부츠 코 끝으로 걷어차 내 얼굴이 하늘로 돌아가게 하면서 말했다. "함께 일하는 사람이 당신이 처음도 아니고 당신 친구도 알아."

세로샤프카라는 다른 호송병이 다가왔다.

"자, 어디 좀 보자, 기억해 두게. 정말 흉악하고 밉살스러운 놈이야. 내일 내 손으로 쏴 죽일 거야. 알았어?"

"알았어." 나는 일어나 피 섞인 찝찔한 침을 내뱉으면서 말했다. 나는 동료들의 야유와 고함, 욕설을 들으며 통나무를 끌기 시작했다. 그들은 내가 얻어맞는 동안 몸이 얼었다.

이튿날 아침에 세로샤프카는 우리를 작업장으로 데리고 나갔다. 겨울에 난로에 땔 수 있는 것은 무엇이든 모으려고 지난겨울에 나무를 베어 낸 숲으로. 겨울에 벌목을 하여 그루터기는 키가 컸다. 우리는 지렛대로 쓰는 나무 장대로 그루터기를 땅속에서 뽑아 톱질해 수북이 쌓아 올렸다.

세로샤프카는 작업장 주위에 드문드문 남아 있는 나무 위에 누런 회색 마른풀로 엮어 만든 표지를 걸어 금지 구역을 표시했다.

우리 작업반장은 세로샤프카를 위해 언덕에 모닥불을 피웠고 — 작업장의 모닥불은 호송대에게만 허용되었다 — 예비로 장작을 많이 갖다주었다.

떨어진 눈은 오래전에 이미 바람에 흩어졌다. 서리에 덮인 차가운 풀은 손안에서 미끄러져 사람의 손이 닿자 색깔이 변해 버렸다. 작은 언덕 위에는 키 작은 들장미가 얼어붙고 짙은 라일락 빛깔의 언 열매는 향기가 놀라웠다. 들장미 열매보다 더 맛있는 것은 추위에 언 월귤이었다……. 짧고 곧은 가지 위에는 들쭉 열매가 매달려 있었다. 빈 가죽 지갑처럼 쭈글쭈글하지만 그 속에 형언할 수 없이 맛있는 검고 검푸른 즙을 간직한 밝은 푸른 빛깔의 열매였다.

추위에 언 그때의 열매는 다 익어 즙이 많을 때의 열매와 전혀 다르다. 그 맛은 훨씬 세련되었다.

나의 동료 리바코프는 담배 피우는 시간이나 세로샤프카가 다른 곳을 쳐다볼 때도 통조림 깡통에 열매를 따 모았다. 리바코프가 깡통을 다 채우면 경비대의 요리사가 빵을 준다. 리바코프의 사업은 바로 중요한 일이 되었다.

나는 그런 주문자가 없어 열매를 한 알씩 혀로 입천장에 조심스럽게 그러나 게걸스레 누르며 열매를 먹었다. 짓눌린 열매에서 나오는 달콤하고 향기로운 즙이 한순간 나를 몽롱하게 만들었다.

나는 열매를 따 모으는 리바코프를 도와줄 생각을 하지 않았고 그 역시 그런 도움을 받고 싶어 하지 않았다. 빵을 나누어 줘야 하므로.

리바코프의 작은 깡통은 너무 더디 차오르고 열매는 점점 줄어들어 우리는 자신도 모르게 일하고 열매를 따면서 금지 구역 경계선 가까이까지 다가가게 되었다. 표지는 우리 머리 위에 걸려 있었다.

"이봐," 리바코프에게 내가 말했다. "돌아가지."

앞에는 들장미 열매가 있는 작은 언덕이 있었고 들쭉과 월귤이 있었다……. 우리는 오래전에 그 작은 언덕을 보았다. 표지가 걸린 나무는 2미터 앞에 서 있어야 했다.

리바코프는 아직 가득 차지 않은 깡통을, 지평선으로 기울어 가는 해를 가리키면서 매혹적인 열매 쪽으로 천천히 다가갔다.

탕, 하고 건조한 총소리가 울리자 리바코프는 작은 언덕 사이에 얼굴을 박고 엎드렸다. 세로샤프카가 라이플을 흔들며 소리쳤다.

"거기 있어, 이쪽으로 오지 말고!"

세로샤프카는 노리쇠를 당겨 다시 한 번 발사했다. 우리는 이 두 번째 발사가 무엇을 의미하는지 알았다. 세로샤프카도 알았다. 두 발을 쏘도록 되어 있다. 첫 발은 경고 사격이다.

리바코프는 작은 언덕 사이에 갑자기 조그맣게 누워 있었다. 하늘과 산과 강은 거대했지만 얼마나 많은 사람이 작은 언덕 사이의 오솔길을 따라 이 산속에 누울 수 있는지 신은 안다.

리바코프의 작은 깡통이 멀리 굴러갔지만 나는 그것을 주워 포켓 속에 숨겼다. 어쩌면 이 열매로 나에게 빵이 생길지 모른다. 리바코프가 누구를 위해 열매를 땄는지 알았으므로.

세로샤프카는 조용히 우리의 작은 분대를 정렬시켜 인원수를 세어 호령한 뒤 집으로 데려갔다.

그가 라이플 끝으로 내 어깨를 툭 쳐서 나는 뒤돌아보았다.

"너를 쏘려고 했었어." 세로샤프카가 말했다. "하지만 선을 안 넘지 뭐야, 개새끼!"

암캐 타마라

우리의 대장장이 모이세이 모이세예비치 쿠즈네초프는 타이가에서 암캐 타마라를 데리고 왔다. 이름*으로 미루어 그의 직업은 세습되었다. 모이세이 모이세예비치는 민스크 출신이었다. 그러나 이름과 부칭으로 판단할 수 있듯, 쿠즈네초프는 고아였다. 유대인은 아들이 태어나기 전에 아버지가 죽으면 오로지 그리고 반드시 아버지 이름으로 아들을 부른다. 그는 모이세이의 아버지와 같은 대장장이 삼촌한테 소년 시절부터 일을 배웠다.

쿠즈네초프의 아내는 민스크의 한 레스토랑 웨이트리스로 마흔 살 된 남편보다 한참 젊었는데, 1937년에 뷔페식당에서 일하는 친한 여자 친구의 조언에 따라 남편을 밀고했다. 그 시대에 이런 방법은 어떤 음모나 중상보다 믿을 만했고 어떤 황산보다 확실하기도 했다. 남편 모이세이 모이세예비치는 즉시 사라졌다. 그는 공장 노동자로, 단순한 대장장이가 아니라 명장이었고 얼마간 시인이기도 하고 장미를 단련하여 만들 수 있는 그런 부류의 대장장이였다. 연장은 손수 만들어 썼다. 이 연장—집게, 끌, 망치, 해머—은 의심할 여지 없이 멋졌고 자기 일에 대한 사랑과 혼의 명장으로서 자기 일에 대한 이해를 보여 주었다. 여기서 문제는 균제(均齊)나 불균제 같은 것에 있지 않고 좀 더 깊고 좀 더 내면적인 아름다움에 있었다. 모이세이 모이세예비치가 단련하여 만든 편자 하나하나, 못 하나하나는 다 멋지고 그의 손에서 나온 모든 물건에는 명장의 흔적이 남아 있었다. 그는 어느 물건이든 만들다가 그만두는 걸 애석하게 여겼다. 언제나 한 번 더 두드려 더 낫게, 더 편리하게 만들어야겠다 싶었다.

지질 부문에 대장간 일은 대수롭지 않은 것이었지만 지도부는 그를 높이 평가했다. 모이세이 모이세예비치는 이따금 지도부와 농담도 했는데 이 농담은 그의 훌륭한 일로 인해 용서받았다. 그래서 드릴은 물보다 버터 속에서 더 잘 단련된다고 지도부에 장담했다. 책임자는 대장간으로 버터를 가져오게 했다. 물론 아주 적은 양이었다. 이 미량의 버터를 쿠즈네초프가 물속에 넣자 강철 드릴 끝은 여느 단련 때엔 한 번도 볼 수 없던 부드러운 빛을 띠었다. 남은 버터는 쿠즈네초프와 해머공이 먹었다. 책임자에게 곧 대장장이의 술수가 보고되었지만 어떤 징벌도 없었다. 그 뒤로 쿠즈네초프는 집요하게 버터 단련의 고품질을 설득하며 몸통에 곰팡이가 낀 버터 조각을 책임자에게 졸라서 얻었다. 이 조각을 대장장이는 다시 녹여 쌉쌀한 버터를 얻었다. 그는 선량하고 조용한 사람으로 만인의 행운을 바랐다.

우리 책임자는 삶의 미세한 부분까지 죄다 알고 있었다. 리쿠르고스*처럼 자신의 타이가 나라에 두 보조 의사, 두 대장장이, 두 조장, 두 요리사, 두 회계원을 두려고 했다. 한 보조 의사가 치료를 받으면 다른 한 사람은 잡역장에서 일하며 무슨 위법 행위를 하지 않는지 동료들을 감시했다. 보조 의사가 '코데인'이나 '카페인' 같은 '마취제'를 남용하면 적발되어 벌을 받고 일반 노동에 보내졌고, 동료들은 접수증을 작성하고 서명한 뒤 의료 천막에 거주하게 되었다. 광산 소장의 의견에 따르면, 예비 전문 요원은 필요할 때 교체를 보장할 뿐 아니라 규율을 강화했다. 물론 전문 요원 하나라도 자신을 교체할 수 없다고 생각하는 경우, 규율은 당장 무너지고 말 것이다.

그러나 회계원, 보조 의사, 조장 들은 아무 생각 없이 자리를 바꾸었고, 어쨌든 선동가가 권하더라도 보드카 한 잔은 거절하지 않았다.

모이세이 모이세예비치의 대항마로 수용소 소장이 선택한 대장장이는 결국 망치를 손에 쥐어 보지 못했다. 모이세이 모이세예비치는 나무랄 데 없고 침착했으며 자질도 높았다.

그는 타이가의 오솔길에서 늑대같이 생긴 야쿠티야 개를 만났다. 하얀 가슴에 가는 줄무늬가 있는, 닳아 빠진 털을 가진 암캐였다. 썰매 끄는 개였다.

우리 주위에는 마을도 야쿠티야 유목민의 집도 없었다. 개가 타이가의 오솔길에서 쿠즈네초프 앞에 나타났을 때 그는 극도로 놀랐다. 모이세이 모이세예비치는 늑대라 생각하고 부츠 발로 길바닥을 쾅쾅 차며 뒤로 도망쳤다. 다른 사람들도 그의 뒤를 따랐다.

그러나 늑대는 사람에게 꼬리를 흔들며 엎드려 기어 왔다. 사람들은 개를 쓰다듬어 주고 홀쭉한 배를 톡톡 치면서 배불리 먹여 주었다.

개는 우리 곁에 남았다. 왜 개가 타이가에서 진짜 주인을 찾으려 하지 않았는지 곧 밝혀졌다.

새끼를 낳을 때가 되었던 것이다. 바로 첫날 밤에 개는 급히 천막 밑에 구덩이를 파기 시작했다. 인사하려고 겨우 일을 멈추면서. 50명은 저마다 개를 쓰다듬고 귀여워하면서 애무에 대한 자기 자신의 그리움을 동물에게 이야기하고 전하고 싶어 했다.

얼마 전에 극북에서 일한 지 10주년을 맞은 서른 살 된 지질학자 카사예프 현장 감독이 자신이 항상 들고 다니는 기타를 연주하며 나와 우리의 새 주민을 살펴보았다.

"'전사'라고 부르지." 현장 감독이 말했다.

"암캐예요, 발렌틴 이바노비치." 요리사 슬라브카 가누시킨이 즐거운 목소리로 말했다.

"암캐라고? 아, 그래. 그럼 타마라라고 하지." 이렇게 말하고 현장 감독은 가 버렸다.

개는 꼬리를 흔들며 등 뒤에서 그에게 미소를 지었다. 그는 필요한 모든 사람들과 빨리 좋은 관계를 갖게 되었다. 타마라는 우리 수용소촌에서 카사예프와 바실렌코 조장의 역할을 알았고 요리사와의 우정의 중요성을 알았다. 밤에는 야간 당번 옆에 자리를 잡았다.

타마라는 사람의 손에서만 음식을 받아먹고 사람이 있거나 없거나, 부엌에서든 천막에서든 어느 곳에서나 아무것도 건드리는 일이 없다는 사실이 곧 밝혀졌다.

이런 도덕적 견고함은 온갖 일을 보고 온갖 곤궁에 빠져 보았던 마을 주민들을 특히 감동시켰다.

타마라 앞에는 마룻바닥에 고기 통조림과 빵과 버터가 놓여 있었다. 개는 먹을 걸 냄새 맡고 언제나 똑같은 것을 골라 가져갔다. 소금에 절인 연어 조각을. 가장 좋아하고 가장 맛있고 확실히 안전한 것.

암캐는 곧 새끼를 낳았다. 컴컴한 구덩이에 새끼 여섯 마리가 있었다. 개집을 지어 새끼를 옮겼다. 타마라는 한동안 흥분하더니 굴복하고 꼬리를 흔들었는데, 아마 만사가 잘되고 새끼들은 무사한 것 같았다.

그때 지질 조사대는 3킬로미터가량 더 산으로 이동해야 했다. 창고와 취사장, 지도부가 있는 기지에서 주거지는 약 7킬로미터 거리였다. 새끼가 있는 개집은 새 주거지로 옮겨 갔고 타마라는 하루에 두세 번 요리사에게 달려와 그가 준 뼈다귀를 이빨로 물어 새끼에게 갖다주었다. 그러지 않아도 새끼들은 배불리 먹겠지만 타마라는 이를 전혀 믿지 못했다.

우리 마을에 탈옥수를 찾아 타이가를 돌아다니는 '긴급 작전' 스키 부대가 온 일이 있었다. 겨울에 탈출은 극히 드문 일이지만 이웃 광산에서 수인 다섯 명이 도망쳐 타이가를 샅샅이 뒤진다는 정보가 있었다.

마을에서 스키 부대에 할당한 곳은 우리가 사는 그런 천막이 아니라 통나무로 지은 유일한 건물인 목욕탕이었다. 스키병들의 임무는 현장 감독 카사예프가 우리에게 설명한 것처럼 누군가의 저항을 부르기엔 너무 중대했다.

주민들은 불청객을 관습대로 무덤덤해하면서도 공손하게 대했다. 한 '주민'만이 이 일에 대해 심한 불만을 토로했다.

암캐 타마라가 잠자코 제일 가까이 있는 경비병에게 덤벼들어 펠트 부츠를 물어뜯었다. 타마라의 털이 곤두서고 두려움을 모르는 증오의 빛이 그의 눈에 비쳤다. 개를 겨우 쫓아내어 그러지 못하게 했다.

전에도 소문을 좀 들었던 민경 수사대장 나자로프가 개를 쏴 죽이려고 자동 소총을 잡으려 했지만 카사예프가 그의 손을 잡아 목욕탕 안으로 끌고 갔다.

목수인 세묜 파르메노프의 조언에 따라 타마라의 목에 노끈 줄을 걸어 나무에 묶어 놓았다. 수사대가 우리 마을에 영원히 있지는 않을 것이므로.

타마라는 야쿠티야의 모든 개처럼 짖을 줄 몰랐다. 그는 으르렁거리며 늙은 송곳니로 줄을 물어뜯으려 했다. 그는 우리와 같이 겨울을 보낸 온순한 야쿠티야 암캐가 전혀 아니었다. 타마라의 증오심은 보통이 아니었는데, 그 증오심으로 과거가 드러났다. 개가 호송대를 만난 것이 이번이 처음이 아니었던 거다. 그걸 누구나 다 알았다.

개의 기억 속에 어떤 숲의 비극이 영원히 남아 있는 것일까? 그 무서운 과거가 우리 마을 근처의 타이가에 야쿠티야 암캐가 나타나게 된 이유였을까?

나자로프가 사람뿐만 아니라 동물도 기억하고 있다면, 아마 무언가 조금이라도 우리에게 이야기해 줄 수 있을 것이다.

5일쯤 지나 세 명의 스키병이 떠나고, 나자로프는 친구와 우리 현장 감독과 함께 이튿날 아침에 떠날 예정이었다. 그들은 밤새 마시고 새벽녘에 해장술을 한 뒤에 떠났다.

타마라가 으르렁거리자 나자로프는 되돌아와 어깨에서 자동 소총을 벗겨 개한테 총구를 들이대고 드르륵 갈겼다. 타마라는 몸을 한 번 부르르 떨더니 잠잠해졌다. 그러나 총소리에 이미 사람들은 도끼와 쇠 지렛대를 들고 천막 밖으로 뛰어나왔다. 현장 감독은 노동자 앞을 가로질러 뛰어갔고, 나자로프는 숲 속으로 몸을 숨겼다.

이따금 소망은 이루어진다. 아마 이 대장에 대한 50명 전원의 증오심이 너무 강렬하고 커서 실제적인 힘이 되어 나자로프를 따라잡았는지도 모른다.

나자로프는 스키를 타고 자기 조수와 함께 떠났다. 두 사람은 바닥까지 얼어붙은 강바닥 — 우리 마을에서 20킬로미터 되는 큰 고속 도로로 가는 가장 좋은 겨울 길 — 으로 가지 않고 산 고개로 넘어갔다. 나자로프는 추적이 두려웠고, 게다가 산길은 더 가깝고 그는 우수한 스키어였다.

그들이 고갯마루에 올랐을 때 날은 이미 어두워졌다. 산꼭대기 위에만 아직 낮이 남아 있고 푹 꺼진 협곡은 컴컴했다. 나자로프는 산에서 비스듬히 내려가기 시작했고 숲은 더 울창해졌다. 나자로프는 서야 한다는 것을 알았지만 스키에 끌려 내려가다 세월에 연마되어 눈 아래 감춰진 쓰러진 긴 낙엽송 그루터기에 날아가 부딪혔다. 그루터기는 코트를 찢고 들어가 나자로프의 배와 등을 관통했다. 스키를 타고 저 아래 내려가 있던 두 번째 전사는 고속 도로까지 달려가 다음 날에야 경보를 울렸다. 나자로프는 이틀 뒤에 발견되었다. 그는 대대(大隊) 디오라마(투시화) 속의 형상처럼 날아가는 포즈로 얼어붙은 채 그루터기에 걸려 있었다.

사람들은 타마라의 가죽을 벗겨 마구간 벽에 못으로 박아 늘어뜨려 놓았지만 잘못해서 가죽이 마르자 아주 작아지는 바람에 그것이 썰매 끄는 큰 야쿠티야 개라고 생각할 수 없었다.

얼마 안 있어 영림서장(營林署長)이 1년 앞서 벌목했던 산림 채벌권을 실제보다 이전 날짜로 적기 위해 찾아왔다. 벌목할 때 아무도 그루터기 높이를 생각하지 않아 규정보다 키가 컸던 것이다. 다시 잘라 내야 했다. 이건 쉬운 일이었다. 우리는 영림서장에게 상점에서 무얼 살 수 있는 돈과 알코올을 조금 주었다. 영림서장은 떠나면서 마구간 벽에 걸린 개가죽을 졸라 얻어 가지고 갔다. 그리고 '개가죽'을 가공하여 꿰맨 뒤 겉에 모피를 대어 북국의 개가죽 벙어리장갑을 만들었다. 가죽에 난 총구멍은 그의 말대로 별 것 아니었다.

셰리 브랜디

시인은 죽어 가고 있었다. 핏기 없는 하얀 손가락에 파이프처럼 길게 자란 더러운 손톱이 달린, 굵어 부어오른 큰 손이 추위에 노출된 채 가슴 위에 놓여 있었다. 전에는 양손을 품속에 넣어 맨몸에 닿게 했지만 지금 거기에는 온기가 너무 적었다. 벙어리장갑은 도둑맞은 지 옛날이다. 도둑질에 필요한 것은 대낮에 남의 물건을 훔치는 뻔뻔스러움뿐이었다. 파리 떼로 더러워진, 그리고 둥근 쇠 격자로 채워진 희미한 전등은 높다란 천장 아래 고정되어 있었다. 불빛은 시인의 발에 떨어졌다. 그는 상자 속에 든 사람처럼 꽉 들어찬 2단 판자 침대 아랫줄 저 깊숙한 어두운 곳에 누워 있었다. 이따금 손가락이 움직이며 캐스터네츠처럼 찰가닥찰가닥 소리를 내기도 하고, 단추나 단춧구멍이 아니면 솜 반코트의 구멍을 만져 보기도 하고, 무슨 오물을 털다가 다시 움직임을 멈추기도 했다. 시인은 자기가 죽어 가는 것을 더 이상 이해하지 못할 정도로 오랫동안 죽어 가고 있었다. 이따금 병적으로, 그리고 거의 감지할 수 있을 정도로 단순하고 강렬한 어떤 생각이 뇌리를 스쳤다. 머리맡에 놓아둔 빵을 도난당한 생각이. 이것은 불에 덴 듯 너무 무서워 싸우고, 욕하고, 주먹질하고, 찾고, 증명할 각오가 되어 있었다. 하지만 그 어떤 일도 할 기력이 없어 빵에 대한 생각은 희미해져 갔다……. 그래서 이제 그는 다른 일을 생각했다. 전원이 바다 건너로 실려 가야 하는데 왠지 기선이 늦어지는 바람에 자기는 여기 남게 되어 좋다고 생각했다. 때문에 그처럼 가벼운 마음으로 아무렇게나 막사의 당직병 얼굴에 있는 큰 기미에 대해 생각하기 시작했다. 하루의 대부분을 여기서 그의 생활을 차지하고 있는 사건에 대해 생각했다. 눈앞에 나타난 것은 유년 시절과 청년 시절의 환영이나 성공의 환영이 아니었다. 일생 동안 그는 어디론가 급히 서둘렀다. 어디로든 서두르지 않아도 되고 느긋하게 생각할 수 있다는 건 멋진 일이었다. 그래서 그는 죽음 직전의 동작, 그 큰 단조로움을 예술가나 시인에 앞서 의사가 알고 기록했을 거라고 천천히 생각했다. 히포크라테스의 얼굴—죽음 직전의 인간의 마스크—은 의대생이라면 누구나 안다. 이 수수께끼 같은 죽음 직전의 동작, 그 단조로움이 프로이트의 가장 대담한 학설의 동기가 되었다. 일양성(一樣性)과 반복은 학문의 필수적인 토양이다. 죽음에서 반복되지 않는 것을 찾은 건 의사가 아니라 시인이다. 그는 아직 생각할 수 있다고 의식하는 게 즐거웠다. 공복으로 인한 구토 증세는 습관이 된 지 오래였다. 그리고 모든 것이 동등했다. 히포크라테스도, 검은 점이 있는 당직병도, 그 자신의 더러운 손톱도.

삶은 그의 내부로 드나들고, 그는 죽어 가고 있었다. 그래도 삶은 다시 모습을 드러내고, 눈이 뜨이고, 생각이 떠올랐다. 모습을 드러내지 않은 건 욕망뿐이다. 그는 인공호흡, 포도당, 장뇌, 카페인으로 사람에게 생명을 되돌려야 하는 세계에서 오랫동안 살아왔다. 죽은 사람이 다시 산 사람이 되었다. 그래선 안 될 이유라도 있는가? 그는 불멸을, 인간의 참다운 불멸을 믿었다. 인간이 영원히 살지 못할 생물학적 이유는 정말 없다고 자주 생각했다……. 노년은 치료할 수 있는 질병에 지나지 않는다. 만약 지금까지 풀지 못한 이 비극적 오해가 아니라면 인간은 영원히 살 수 있을 것이다. 아니면 지칠 때까지는. 그는 삶에 전혀 지치지 않았다. 지금도, 이곳 주민이 정답게 부르듯 '중계'라는 이 이송 감옥의 막사에서도. 여기는 공포의 입구지만 그 자체가 공포는 아니었다. 반대로 여기에는 자유의 정신이 살아 있었고 누구나 그것을 느꼈다. 앞에는 수용소, 뒤에는 감옥이었다. 그것은 '도중의 평온'이었다. 시인은 그것을 알았다.

또 다른 불멸의 길이 있었다. 시인 튯체프의.

이 숙명의 순간에
이 세상을 방문한 자는 행복하다*

어떤 물질적인 존재처럼 그는 분명히 인간의 모습으론 불멸이 되지 못하지만 창작의 불멸을 얻었다. 그는 20세기 최고의 러시아 시인으로 불렸고, 실제로 그렇다고 그는 자주 생각했다. 그는 자기 시의 불멸을 믿었다. 그에게는 제자가 없었지만, 시인들은 과연 제자를 참을 수 있을까? 서툴렀지만 그는 산문도 썼고 기사도 썼다. 그러나 무언가 새롭고 언제나 중요하다고 생각되는 것은 시 속에서만 발견했다. 그의 지나온 삶은 모두 문학, 책, 옛이야기, 꿈이었고, 오늘만이 진짜 삶이었다.

이런 생각은 모두 논쟁 속에서가 아니라 어딘가 마음속 깊은 곳에서 은밀히 떠올랐다. 그런 사색을 하기엔 정열이 부족했다. 그는 무관심에 지배된 지 오래였다. 이런 것은 모두 삶의 사악한 무거운 짐에 비하면 얼마나 하찮은 일이며 '생쥐의 달음박질'에 불과한가. 그는 자신에게 놀랐다. 모든 것이 이미 해명되었고 그것을 너무 잘 아는, 누구보다 잘 아는 사람이 어떻게 시에 대해 그렇게 생각할 수 있을까? 여기서 그는 누구에게 필요하고 누구와 대등할 수 있는가? 대체 왜 이 모든 것을 알아야 했는가? 그리고 기다리고…… 알았다.

그 순간 생명이 그의 육체로 되돌아오고, 반쯤 뜬 흐릿한 눈이 갑자기 보이기 시작하고, 관자놀이가 떨리고, 손가락이 꿈틀거리기 시작하고, 그것이 마지막 생각이라고 여기지 않았던 생각도 되돌아왔다.

삶은 전제적인 여주인처럼 스스로 들어왔다. 부르지 않았는데도 그의 육체에, 뇌수에 들어왔다. 시처럼, 영감처럼 들어왔다. 그는 이 말의 의미를 처음으로 완전히 알게 되었다. 시는 생기를 주는 힘이었고, 그것으로 그는 살아왔다. 바로 그대로. 그는 시를 위해 살지 않고 시로 살아왔다.

이제 영감은 곧 삶이라는 것이 너무나 명료하고 너무나 분명하게 느껴졌다. 죽음의 문턱에서 그는 삶이 영감이라는 걸, 바로 영감이라는 걸 알게 되었다.

그리고 이 마지막 진실을 알게 되자 기뻤다.

모든 것이, 모든 세계가 시와 같았다. 일, 말발굽 소리, 집, 새, 암벽, 사랑 — 모든 삶이 쉽게 시 속에 들어와 편안히 자리를 잡았다. 그래야 마땅했다. 시는 말이었으므로.

지금도 시구가 술술 떠오른다. 하나하나씩. 그는 오랫동안 자기 시를 기록하지 않았고 기록할 수도 없었지만 말은 어떤 예정된 리듬으로, 매번 놀랄 만한 리듬으로 쉽게 떠올랐다. 운은 말과 개념의 탐구자, 자기(磁氣) 탐사 장치였다. 낱말 하나하나가 세계의 일부였고 운에 호응했다. 그리고 온 세계가 어떤 전자 기계처럼 빠른 속도로 지나갔다. 모든 것이 소리쳤다. 나를 데려가라. 아니야, 나는. 아무것도 찾을 필요가 없었다. 버리기만 하면 되었다. 여기에는 두 인간이 있는 것 같았다. 하나는 회전 장치를 조립하여 맹렬히 돌리고, 또 하나는 선별하여 때때로 돌아가는 기계를 멈추게 한다. 그는 자기가 바로 이 두 사람이라는 것을 알고, 시인은 자기가 진짜 시를 쓰고 있다는 걸 알았다. 그런데 시가 기록되지 않은 건 무슨 이유인가? 기록하고 활자화하는 것은 모두 공허하기 짝이 없는 것이다. 타산적으로 태어나는 모든 것은 가장 훌륭한 것이 아니다. 가장 훌륭한 것은 기록되지 않은 것, 창조되었다가 사라진 것, 흔적 없이 녹아 버린 것이다. 자기가 느끼고 있는, 그리고 그 무엇과도 혼동할 수 없는 창조의 기쁨만이 시가 창조되었음을,

훌륭한 것이 창조되었음을 증명한다. 시인은 잘못이 없을까? 시인의 창조의 기쁨은 잘못이 없는 것일까?

그는 블록*의 만년 시가 얼마나 졸렬하고 시적으로 무력했는지를 블록이 알지 못한 것 같다는 사실을 떠올렸다…….

시인은 억지로 자신을 멈춰 세웠다. 레닌그라드나 모스크바 어느 곳보다 여기서 하는 것이 쉬웠다.

이때 그는 이미 오랫동안 아무것도 생각해 오지 않았다는 사실을 알았다. 삶은 다시 그를 떠나고 있었다.

오랜 시간 동안 그는 꼼짝 않고 누워 있다가 갑자기 자기 근처에서 사격의 표적 같은, 또는 지질도 같은 무엇을 보았다. 지도는 말이 없었고 그는 거기에 그려진 것을 이해하려 애썼지만 허사였다. 상당한 시간이 흐르고 나서야 그것이 자기 손가락이라는 걸 알았다. 손가락 끝에는 끝까지 다 피운, 끝까지 다 빤 마호르카 담배의 갈색 자국이 남아 있었다. 쿠션 위에는 지문이 등고선처럼 분명히 드러나 있었다. 지문은 열 손가락 모두 동일했다. 나무의 절단면 같은 동심원. 유년 시절의 어느 날, 그가 자란 같은 아파트 지하 세탁실에 사는 중국인이 가로수 길에서 그의 발걸음을 세웠던 일을 떠올렸다. 중국인은 우연히 그의 손을 잡더니 또 다른 손을 잡아 손바닥을 위로 뒤집어 흥분하며 자기 나라 말로 뭐라고 소리쳤다. 소년에게 틀림없이 행운아가 될 수상(手相)을 갖고 있다고 말한 것이 판명되었다. 이 행복의 손금을 시인은 여러 번 머리에 떠올렸다. 첫 시집을 출간했을 때 특히 자주. 지금 그는 미움도 빈정거림도 없이 그 중국인을 떠올렸다. 그는 아무래도 상관

없었다.

어쨌든 그는 아직 죽지 않았다. 내친김에 하는 말이지만 시인으로 죽었다는 건 무엇을 의미하는가? 그런 죽음에는 무언가 어린애처럼 유치한 요소가 있는 게 틀림없다. 또는 예세닌이나 마야콥스키*처럼 무언가 고의적이고 연극적인 게 있다.

배우로 죽었다는 건 이해할 수 있다. 그러나 시인으로 죽었다는 건?

그렇다, 그는 앞으로 무엇이 자기를 기다리고 있는지 조금 짐작하게 되었다. 중계 감옥에서 많은 걸 알고 짐작할 수 있었다. 그러자 기뻤고, 자기의 무력함을 조용히 기뻐하며 죽기를 바랐다. 그는 옛 감옥의 논쟁을 떠올렸다. 어느 것이 더 나쁘고 어느 것이 더 무서운가? 수용소인가 감옥인가? 아무도 아무것도 정확히 몰랐고 논쟁은 사변적이었다. 그리고 수용소에서 감옥으로 이송된 남자는 얼마나 잔인한 웃음을 지었던가. 그 남자의 웃음은 떠올리기 무서울 만큼 영원히 그의 기억 속에 남았다.

아니, 그는 자기를 여기로 데려온 사람들을 얼마나 교묘하게 속이려 했던가. 지금 죽어도 만 10년이 된다. 그는 몇 년 전 유형을 갔는데 자기 이름이 영원히 특별 리스트에 오른 사실을 알았다. 영원히? 척도가 뒤바뀌고 말의 의미가 바뀌었다.

또다시 힘이 밀려오기 시작하는 걸 느꼈다. 바로 바다의 밀물처럼. 여러 시간 동안 계속되는 밀물. 그 뒤에 썰물이 찾아왔다. 그러나 바다는 우리 곁을 영원히 떠나 버리는 일이 없잖은가. 그는 다시 회복될 것이다.

갑자기 그는 식욕이 생겼지만 움직일 힘이 없었다. 오늘의 수프는 이웃에게 주었고 어제의 유일한 식사는 뜨거운 물 한 컵이었음을 그는 천천히 힘겹게 떠올렸다. 물론 빵은 제외하고. 그러나 빵이 손에 들어온 건 꽤 오래전이었다. 어제의 빵은 도둑맞았다. 어떤 사람에겐 아직 도둑질할 힘이 남아 있었다.

그렇게 그는 아침이 올 때까지 가벼운 마음으로 무심히 누워 있었다. 전등 빛이 조금 노랗게 되고, 큰 합판 접시 위에 빵이 담겨 나왔다. 매일 그렇듯.

하지만 그는 흥분하지 않았고, 빵 귀퉁이를 응시하지 않았고, 빵 귀퉁이가 그의 손에 들어오지 않아도 울지 않았고, 떨리는 손가락으로 보충분의 빵을 입안에 쑤셔 넣지도 않았다. 보충분의 빵은 입안에서 순식간에 녹아 버리고, 콧구멍이 부풀고, 전 존재로 그는 신선한 호밀 빵 맛과 냄새를 느꼈다. 보충분은 이미 입안에 없었다. 삼킬 수도, 턱을 움직일 수도 없었지만. 빵 조각은 녹아 사라졌다. 기적이었다. 이곳의 많은 기적 중 하나였다. 아니, 이제 그는 흥분하지 않았다. 그러나 1일분 배급이 그의 손에 들어오면 핏기 없는 손가락으로 잡아 빵을 입안에 쑤셔 넣었다. 그는 괴혈병에 걸린 이빨로 빵을 씹었다. 잇몸에서 피가 나고 이가 흔들렸지만 통증을 느끼지 못했다. 온 힘을 다해 그는 빵을 입에다 꽉 눌러 입안에 계속 쑤셔 넣고 빨고 찢고 갉아 먹었다…….

옆 사람들이 그를 제지했다.

"지금 다 먹지 말고 나중에 먹는 게 좋아, 나중에……."

시인은 알았다. 그는 눈을 크게 뜨고 푸르스름한 더러운 손에서 피투성이가 된 빵을 놓지 않았다.

“나중에 언제?” 이렇게 분명히, 그리고 확실히 그는 말했다. 그리고 눈을 감았다.

저녁나절에 그는 숨을 거두었다.

그러나 그는 이틀 뒤에야 명단에서 지워졌다. 기지가 풍부한 이웃들은 이틀 동안 죽은 사람의 빵을 받을 수 있었다. 죽은 사람은 꼭두각시처럼 손을 들었다. 따라서 그는 사망 기록일 전에 죽었다. 그의 미래 전기를 위해 매우 중요한 세부 사항이다.

어린이 그림

그들은 아무 명단도 없이 우리를 작업으로 내몰며 정문에서 5인 1조씩 나누어 세웠다. 언제나 5인 1조씩 세우는 것은 호송병 전원이 대충이나마 구구법을 전혀 몰랐기 때문이다. 어떤 셈도 추위 속에서, 거기다 생물체 상태로 하려면 신중을 요한다. 수인의 인내의 잔이 갑자기 넘칠 수 있어 당국은 이를 고려하고 있었다.

오늘 우리는 쉬운 일을 했다. 수인들의 일은 둥근 톱으로 장작을 켜는 거였다. 톱은 가볍게 톡톡 소리를 내며 받침대 위에서 돌았다. 우리는 큰 통나무를 받침대 위에 던져 올리고 천천히 톱 쪽으로 밀었다.

톱은 쇳소리를 내며 맹렬히 으르렁거렸다. 톱은 우리처럼 극북 지방의 일이 마음에 들지 않았지만 우리가 계속 앞으로 떠미는 바람에 통나무는 갑자기 두 동강이 나면서 툭 떨어졌다.

우리의 또 다른 동료는 누런 긴 손잡이가 달린 푸르스름하고 묵직한 도끼로 장작을 팼다. 굵은 나무토막은 끝에서부터 쪼개고,

가는 것은 일격에 자른다. 타격에는 힘이 없었다. 동료는 우리와 마찬가지로 굶주렸지만 언 낙엽송은 쉽게 쪼개진다. 극북의 자연은 무관심하지 않고 냉담하지 않다. 자연은 우리를 이곳으로 보낸 자들과 공모하고 있다.

일을 끝낸 우리는 땔감을 쌓고 호송대를 기다렸다. 우리에게는 호송병이 붙었다. 그는 우리가 거기에 쓸 땔감을 톱질하는 건물 안에서 몸을 녹이고 있었지만, 작업을 하기 위해 시내에 소그룹으로 흩어져 있던 반원들은 모두 대열을 지어 수용소로 돌아가야 했다.

일을 끝낸 뒤에도 우리는 몸을 녹이려고 가지 않았다. 오래전에 이미 울타리 근처에 있는 큰 쓰레기 더미를 눈여겨보아 두었었다. 무시할 수 없는 일이다. 동료 둘은 얼음 층을 하나하나 걷어 내며 쓰레기 더미를 민첩하게 습관적으로 살펴보았다. 꽁꽁 언 빵 조각, 서로 얼어붙은 커틀릿 조각과 헌 남자 양말이 그들의 습득물이었다. 가장 값진 물건은 물론 양말이었으며, 그것이 내 손안에 들어오지 않은 게 애석했다. 양말, 목도리, 장갑, 셔츠, 자유인의 바지, 이 '민간인의 물건'은 수십 년 동안 죄수복만 입어 온 사람들 사이에서 매우 값진 물건이다. 양말은 수선하고 헝겊을 대어 기울 수 있다. 그것은 곧 담배요, 그것은 곧 빵이다.

동료들의 성공으로 나는 마음이 편치 않았다. 나 역시 손발로 쓰레기 더미의 다채로운 조각들을 부러뜨렸다. 사람의 창자 비슷한 어떤 넝마를 옆으로 밀치고 여러 해 만에 처음으로 회색 학생 노트를 보았다.

보통 학생용 어린이 스케치북이었다. 그 페이지는 모두 여러 가지 물감으로 꼼꼼히, 그리고 열심히 그려져 있었다. 나는 추위에 부서지기 쉬운 종이, 서리로 덮인 밝고 차가운 순진한 종잇장을 넘겨 보았다. 언젠가 오래전 일이었지만 나는 식탁 위에 놓인 너비 7리니야* 심지의 석유등 옆에 앉아 그림을 그렸었다. 옛이야기의 죽은 용사는 생명의 물을 뿌린 듯 마법의 붓 터치로 되살아났다. 여자의 단추 같은 수채 화구는 하얀 양철통에 놓여 있었다. 이반 왕자는 회색 늑대를 타고 전나무 숲을 달려갔다. 전나무는 회색 늑대보다 작았다. 이반 왕자는 에벤크인*이 순록을 타듯 신발 뒤축이 거의 이끼에 닿을 정도로 늑대를 타고 있었다. 연기는 스프링처럼 하늘로 피어오르고 별이 총총한 푸른 하늘엔 ✓ 표시로 된 새들이 보였다.

나는 유년 시절을 떠올리려 할수록 그것이 재현되지 않고 다른 아이의 노트에서 그 그림자조차 못 보게 되리라는 것을 더욱 분명히 알았다.

무서운 노트였다.

북국의 도시는 목조였고, 집 울타리와 벽은 밝은 황갈색으로 칠해졌고, 어린 화가의 붓은 거리의 건물과 사람의 손으로 만든 창조물에 대해 표현하고 싶은 어디서나 그 노란색을 정직하게 되풀이했다.

노트에는 많은, 아주 많은 울타리가 있었다. 사람과 집은 거의 모든 그림에서 검은 철조망으로 두른 똑같은 노란 울타리로 둘러쳐 있었다. 관제품 같은 철사는 어린이 노트에서 모든 울타리를 덮고 있었다.

울타리 근처에는 사람들이 서 있었다. 노트 속의 사람들은 농민도 노동자도 사냥꾼도 아니었다. 그들은 군인이었고 라이플을 든 호송병과 보초였다. 어린 화가가 호송병과 보초를 근처에 배치시켜 놓은, 둥근 버섯 같은 초소들이 큰 감시탑 아래쪽에 서 있었다. 그리고 감시탑 위에는 군인들이 왔다 갔다 하고 총신이 번득였다.

노트는 크지 않았지만 어린이는 그 속에 고향 도시의 사계절을 담을 수 있었다.

밝은 색조의 땅은 젊은 마티스의 그림처럼 녹색 일색이었고, 새파란 하늘은 선명하고 순수하고 밝았다. 일출과 일몰은 멋진 선홍색이었다. 그것은 하프톤*이나 색채의 변화를 찾을 줄 모르거나 명암의 비밀을 밝혀낼 줄 모르는 어린이의 서툰 그림 솜씨가 아니었다.

학생 노트에 사용된 색채의 배합은 아주 순수하고 밝으며, 하프톤이 없는 색채의 극북 하늘을 진실하게 묘사해 놓았다.

나는 어릴 때 타이가를 창조한 신에 얽힌 옛 북국 지방의 전설을 떠올렸다. 색깔은 다채롭지 않지만 어린이답게 선명했고, 그림은 순박하고 밝았으며, 주제는 단순했다.

그 후 신이 커서 어른이 되었을 때 그는 기묘한 나뭇잎 무늬를 오려 내는 법을 배웠고 많은 다채로운 새를 생각해 냈다. 신은 그의 어린이 세계에 싫증 나 자신의 창조물인 타이가에 눈을 끼얹고 영원히 남쪽으로 떠나 버렸다. 전설은 그런 내용이었다.

그리고 겨울 그림에서 어린이는 진실을 외면하지 않았다. 녹색은 사라졌다. 나무는 검고 벌거벗었다. 그것은 내 어린 시절의 소나무와 전나무가 아니라 다우리아 산맥의 낙엽송이었다.

북국의 사냥은 계속되었다. 이빨이 날카로운 독일산 양치기 개는 이반 왕자가 붙잡고 있는 고삐를 팽팽히 잡아당겼다. 이반 왕자는 군모 모양의 귀 가리개가 달린 방한모에 펠트 부츠와 깊은 벙어리장갑을 끼고 극북 지방의 가죽 각반을 둘렀다. 이반 왕자는 자동 소총을 메고 있었다. 벌거벗은 삼각형 나무들은 눈 속에 꽂혀 있었다.

아이는 노란 집, 철조망, 감시탑, 양치기 개, 자동 소총을 든 호송병과 새파란 하늘 외에는 아무것도 보지 못하고 아무것도 기억하지 못했다.

동료가 노트를 힐끗 쳐다보고 종잇장을 만져 보았다.

"담배를 피우려면 신문지를 찾는 게 낫겠어." 그는 내 손에서 노트를 빼앗아 둥글게 뭉쳐 쓰레기 더미에 던져 버렸다. 노트는 서리에 덮이기 시작했다.

연유

우리의 모든 감정과 마찬가지로 선망도 굶주림으로 무뎌지고 약해졌다. 우리는 어떤 감정을 체험하고 싶은 힘, 좀 더 쉬운 일을 찾고 걷고 물어보고 부탁할 힘이 없었다……. 우리는 아는 사람만, 함께 이 세계에 나타난 사람만, 사무실이나 병원 혹은 마구간에 일하러 올 수 있게 된 사람만 부러워했다. 거기에는 수용소의 모든 정문 위 삼각형 박공에 용기와 영웅적 행위로 칭송된 장시간의 육체노동이 없었다. 한마디로 우리는 세스타코프만 부러워했다.

우리를 무기력에서 벗어나게 하고 서서히 다가오는 죽음을 면하게 할 수 있는 건 무언가 외적인 것뿐이었다. 내적이 아닌 외적인 힘이었다. 내부의 것은 모두 연소되고 황폐해져서 아무래도 상관없었고, 때문에 내일 이후의 계획은 세우지 않았다.

지금도 그렇다. 나는 막사로 가 판자 침대에 눕고 싶었지만 식료품 매점 앞에 서 있었다. 이 매점에서 살 수 있는 자는 생활 사범으로 판결을 받은 일반 형사범과 또한 '인민의 친구'에 속하는 깡패 전과자뿐이다. 우리는 거기서 아무 할 일이 없었으나 초콜릿색 빵 덩어리에서 눈을 뗄 수 없었다. 달콤하면서도 진한, 갓 구운 빵 냄새가 콧구멍을 자극했다. 그 냄새로 인해 현기증까지 날 정도였다. 나는 거기 서서 언제 막사로 돌아갈 힘을 내부에서 찾을지 몰라 빵을 노려보고 있었다. 그때 셰스타코프가 나를 소리 내어 불렀다.

나는 셰스타코프를 본토의 부티르카 감옥에서 알았다. 그와 한 감방에 있었다. 거기선 친구가 아니라 그냥 아는 사이였다. 채굴장에 나가도 셰스타코프는 현장에서 일하지 않았다. 지질학 기사로 지질 조사 작업에, 그러니까 사무실 근무에 채용되었다. 이 행운아는 모스크바 시절의 지인에게 인사하는 법이 거의 없었다. 그러나 우리는 화를 내지 않았다. 그 점에 대해서는 인사하라고 말할 수 있었지만 그런 건 중요하지 않다. 자기 몸만큼 소중한 게 없으니까.

"한 대 피우지." 셰스타코프가 말하더니 신문지 조각을 내밀며 그 위에 마호르카를 조금 뿌리고 성냥불을 붙였다. 진짜 성냥불을…….

나는 담배를 피우기 시작했다.

"자네와 할 얘기가 좀 있어." 셰스타코프는 말했다.

"나하고?"

"응."

우리는 막사 뒤로 가서 옛 채굴장 가장자리에 앉았다. 내 다리는 바로 무거워졌지만 셰스타코프는 생선 기름 냄새가 약간 나는 새 관급 단화를 즐겁게 흔들었다. 바지가 말려 올라가자 체크무늬 양말이 드러났다. 나는 진정한 감탄과 심지어 어떤 자랑스러운 마음으로 셰스타코프의 다리를 바라보았다. 우리 감방의 어느 누구도 각반을 차고 있지 않은데도. 발아래 땅이 둔한 발파음으로 흔들렸다. 심야 작업반을 위해 땅을 녹이려고 준비하는 것이었다. 자잘한 돌멩이들이 눈에 띄지 않는 잿빛 새처럼 바스락 소리를 내며 우리 발 앞에 떨어졌다.

"저쪽으로 가지." 셰스타코프는 말했다.

"겁먹지 마, 누가 죽이진 않을 테니. 자네 양말은 아무 탈 없을 거야."

"양말 얘기가 아니야." 이렇게 말하고 셰스타코프는 집게손가락으로 지평선을 가리켰다. "자네는 이 모든 걸 어떻게 생각해?"

"우리는 죽겠지, 아마." 나는 말했다. 하지만 그런 일은 전혀 생각하고 싶지 않았다.

"아니야, 나는 죽을 생각이 없어."

"그래?"

"나는 지도를 가지고 있어." 셰스타코프는 힘없이 말했다. "일꾼들을 데려갈 거야. 자네도 데리고 쵸르니 클류치*로 갈 거야. 여기서 15킬로미터야. 나에게 통행 허가증이 나와. 우리는 바다로 도망치는 거야. 어때?"

그는 이 모든 것을 냉정하게 빨리 말했다.

"바다에 도착하면? 그다음엔 헤엄치는 건가?"

"아무래도 상관없어. 시작이 중요하지. 이런 식으로 살 수는 없어. '무릎 꿇고 사느니 서서 죽는 게 낫다.'*" 셰스타코프는 엄숙하게 말했다. "누가 말했더라?"

정말 그렇다. 귀에 익은 말이다. 그러나 누가 언제 이 말을 했는지 떠올릴 힘이 없었다. 책 같은 것은 모두 잊어버렸다. 책 같은 것은 아무도 믿지 않았다. 나는 바지를 걷어 올리고 빨간 괴혈병 상처를 보여 주었다.

"숲에서 고칠 수 있어." 셰스타코프가 말했다. "산딸기로, 비타민으로. 내가 데려다줄게. 길을 알고 있어. 지도가 있으니까……."

나는 눈을 감고 생각했다. 여기서 바다까지 가는 데는 세 길이 있다. 세 길 모두 5백 킬로미터가 넘는다. 나뿐만 아니라 셰스타코프도 갈 수 없다. 식량처럼 나를 휴대하고 갈 순 없잖은가? 물론 그렇다. 그런데 왜 그가 거짓말을 하는가? 나 못지않게 그걸 잘 알면서. 순간 나는 셰스타코프에게 공포감을 느꼈다. 전문직에서 일하게 된 유일한 친구에게. 누가 얼마를 받고 그를 거기에 넣어 줬을까? 여기서는 무슨 일이든 대가를 지불해야 하지 않는가. 남의 피로든, 남의 삶으로든…….

"좋아." 나는 눈을 뜨며 말했다. "다만 나는 영양을 섭취해 기운을 돋우어야겠어……."

"좋아, 좋아. 반드시 영양을 섭취하게 될 거야. 자네에게…… 통조림을 갖다주지. 그건 구할 수 있으니까……."

세상에는 많은 통조림이 있다. 고기, 생선, 과일, 채소……. 그러나 제일 좋은 것은 우유 통조림, 연유다. 물론 그것은 끓는 물과 함께 먹어서는 안 된다. 스푼으로 떠서 먹거나 빵에 발라 먹어야 하고, 또는 깡통에서 조금씩 삼켜야 하고, 밝은 액체 덩어리가 어떻게 노래지는지 작은 별 같은 설탕의 결정이 어떻게 깡통에 달라붙는지 보면서 천천히 먹어야 한다…….

"내일," 나는 너무 기쁜 나머지 숨을 헐떡이며 말했다. "우유 통조림을……."

"좋아, 좋아, 우유 통조림." 이렇게 말하고 세스타코프는 가 버렸다.

나는 막사로 돌아와 누워 눈을 감았다. 생각하기 어려운 일이었다. 생각은 어떤 육체적 변화를 가져왔다. 처음에는 우리 심리 상태의 물질성이 모든 시각, 모든 감각으로 내 앞에 나타났다. 생각하는 게 고통스러웠다. 그러나 생각해야 했다. 그는 우리를 탈출하도록 모아 놓은 뒤 팔아넘길 것이다. 그건 불을 보듯 뻔한 일이다. 그는 자기의 사무직 대가를 우리의 피, 아니 내 피로 지불할 것이다. 우리는 거기, 쵸르니 클류치에서 살해되거나 산 채로 끌려가 재판을 받고 추가로 15년 정도 형을 더 받을 것이다. 여기서 탈출할 수 없다는 건 그도 모를 리 없잖은가. 그러나 우유, 연유…….

나는 잠이 들어 갈가리 찢긴 굶주린 꿈속에서 세스타코프의 연유 깡통, 구름 같은 파란 라벨의 거대한 깡통을 보았다. 밤하늘처럼 거대한 푸른 깡통에 수많은 구멍이 뚫려 거기서 우유가 스며 나와 한 줄기 은하수처럼 넓게 흘렀다. 내 양손은 쉽게 하늘까지 닿아 진하고 달콤한 별의 우유를 마셨다.

나는 그날 무엇을 했으며 어떻게 일을 했는지 지금 기억하지 못한다. 해가 서쪽으로 기울기를, 사람보다 작업 시간의 끝을 더 잘 아는 말이 큰 소리로 울기를 기다리고 기다렸다.

사이렌 소리가 목쉰 듯이 울리자 나는 셰스타코프의 막사로 갔다. 그는 현관 계단에서 나를 기다리고 있었다. 그의 솜 점퍼 주머니가 불룩 튀어나와 있었다.

우리는 막사 안의 깨끗이 닦아 놓은 큰 테이블에 앉았다. 셰스타코프가 주머니에서 연유 두 깡통을 꺼냈다.

도끼 모서리로 나는 깡통에 구멍을 뚫었다. 짙은 뿌연 액체가 뚜껑 위로, 손 위로 흘렀다.

"구멍을 한 개 더 뚫어야지. 공기가 통할 수 있게." 셰스타코프가 말했다.

"괜찮아." 더럽고 달콤한 손가락을 핥으면서 나는 말했다.

"숟가락을 줘." 두 사람을 둘러싸고 있는 노동자들에게 몸을 돌리며 셰스타코프가 말했다. 깨끗이 핥아 먹어 반질거리는 숟가락 열 개가 식탁 위로 나왔다. 모든 사람이 서서 내가 먹는 모습을 보았다. 이런 경우, 어떤 무례한 짓이나 대접받고 싶은 숨은 욕망은 없었다. 그들 중 누구도 내가 이 우유를 나누어 주리라 기대하지 않았다. 그런 광경은 본 일이 없었다. 남의 음식에 대한 그들의 관심은 전혀 사심이 없었다. 그래도 나는 다른 사람의 입속에서 사라지는 음식을 외면할 수 없다는 걸 알았다. 나는 좀 더 편안히 앉아 이따금 냉수를 마시며 빵 없이 우유를 먹었다. 두 깡통을 다 먹었다. 관객은 사라졌다. 구경거리는 끝났다. 셰스타코프가 동정 어린 눈으로 나를 바라보았다.

"저 말이야." 숟가락을 알뜰히 핥으면서 나는 말했다. "나는 마음을 바꿨어. 나를 빼놓고 가."

셰스타코프는 알아듣고 아무 말 없이 나가 버렸다.

물론 그것은 내 모든 감정처럼 미약하고 보잘것없는 복수였다. 그러나 달리 무얼 할 수 있었을까? 다른 사람에게 미리 알려 주어야 하나. 하지만 나는 그들을 몰랐다. 그래도 미리 알려 줘야 했었다. 셰스타코프는 다섯 명을 설득할 수 있었다. 그들은 일주일 뒤 탈출하여 두 명은 쵸르니 클류치에서 사살되고 세 명은 1개월 뒤 재판을 받았다. 셰스타코프의 경우는 생산적인 일로 분리 취급되었고, 그는 곧 어디론가 보내졌다. 반년 뒤에 나는 다른 채굴장에서 그를 만났다. 탈출로 추가 형기는 받지 않았다. 당국은 달리 행동할 수도 있었지만 그와 페어플레이를 했던 것이다.

그는 지질 조사 그룹에서 일했으며, 면도를 하고 식사도 배불리 먹고 체크무늬 양말도 아직 온전했다. 그는 나에게 인사하지 않았다. 그리고 그럴 이유도 없었다. 연유 두 깡통은 결국 그다지 큰 일이 아닌 것이다…….

빵

큰 두 쪽 문이 열리자 호송 수인 막사 안으로 배식원이 들어왔다. 그는 푸른빛에 반사된 넓은 아침 빛줄기 속에 섰다. 2천 개의 눈이 사방에서 그를 바라보았다. 아래서 — 판자 침대 밑에서, 정면에서, 옆에서 그리고 위에서 — 아직 힘 있는 사람들이 계단으로 올라가는 4층 판자 침대 위에서. 오늘은 청어 날이었다. 배식원 뒤로 두 토막으로 자른 산더미 같은 청어 때문에 우묵하게 들어간 큰 합판 쟁반이 운반되었다. 햇빛처럼 반짝이는 무두질한 흰 짧은 양털 코트를 입은 당직 감독관이 쟁반 뒤로 따라왔다. 청어는 아침마다 나왔다. 하루 걸러 반 마리씩. 여기선 단백질과 칼로리가 어떻게 계산되는지 아무도 모르고 또 그런 스콜라 철학엔 아무도 관심이 없다. 수백 명의 사람이 귓속말로 똑같은 말을 되풀이한다. 꼬리다. 어떤 현명한 높은 분이 수인의 심리를 고려하여 청어 머리나 꼬리를 동시에 주도록 지시했다. 이런저런 장점이 여러 번 검토되었다. 꼬리에는 살이 좀 많은 것 같지만 대신 머리는 더 많은 만족을 주었다. 음식을 섭취하는 과정은 아가미를 빨고 머릿속을 파먹는 동안 길어졌다. 청어는 깨끗이 다듬지 않은 채로 주었고 이를 모두 시인했다. 뼈와 껍질까지 다 먹어 치웠으므로. 그러나 생선 머리에 대한 유감은 번쩍하다 사라졌다. 꼬리가 객관적 실재, 사실이었던 것이다. 게다가 쟁반이 가까이 왔으므로 가장 흥분된 순간이 오고 있었다. 얼마나 큰 토막이 내 차지가 될까, 그건 사실 바꿀 수도 없고 항의 역시 할 수 없고 모든 게 운에 달렸다. 이 굶주림 놀이 속의 카드 패였다. 일정량으로 청어를 주의 깊게 자르지 않는 사람은 10그램의 많고 적음—눈대중으로 보이는 10그램—이 극적인 사건, 유혈극을 가져올지 모른다는 사실을 언제나 아는 것은 아니다(또는 그저 잊어버렸다). 눈물은 말할 것도 없다. 눈물은 자주 흐르고, 그건 모두 알고 있으므로 우는 사람을 비웃지 않는다.

배식원이 가까이 오는 동안 사람들은 저마다 어떤 조각이 이 무심한 손에 의해 자기에게 주어질지 계산했다. 각자 벌써부터 실망하고, 기뻐하고, 기적을 맞이할 준비를 하고, 자기의 성급한 계산에 잘못이 있으면 절망의 끝에 이르기도 했다. 어떤 사람들은 흥분을 억제하지 못해 눈을 가늘게 뜨고 있다가 배식원이 밀치며 청어 급식을 내밀 때에야 눈을 뜨기도 했다. 그는 자기 손에 들어온 음식이 퍼석퍼석한 것인지 기름진 것인지 판단하기 위해 더러운 손가락으로 청어를 잡아 어루만지고 빨리 가만히 눌러 보고 나서(그러나 오호츠크 해의 청어는 기름지지 않아 이런 손놀림은 역시 기적을 기대하는 거와 같다) 자기 주위에서 이 작은 꼬리를 빨리 삼킬까 봐, 역시 청어 뼈를 꼭 쥐고 어루만지는 사람들의 손을 빠른 눈길로 둘러보지 않을 수 없다. 그는 청어를 씹어 먹지 않는다. 핥고 또 핥아 꼬리가 조금씩 손가락에서 사라진다. 뼈만 남자, 주의 깊게 씹고 조심스레 씹어 뼈는 녹아 사라진다. 그러고 나서 그는 빵을 들고 — 아침에 하루치 5백 그램이 지급된다 — 조금씩 떼어 입속에 넣는다. 빵은 모두 한꺼번에 먹어 치운다. 그래서 아무도 훔쳐 가지 않고 아무도 빼앗아 가지 않는다. 게다가 간수할 힘도 없다. 다만 서둘러 먹지 말고, 물도 마시지 말고, 씹어 먹지 말아야 한다. 설탕처럼, 드롭스처럼 빨아 먹어야 한다. 그런 다음 약간 따뜻한 물에 검게 탄 껍질로 된 홍차 머그잔을 잡을 수 있다.

청어를 먹고, 빵을 먹고, 홍차를 마시고 나면 바로 몸이 더워지고 아무 데도 가고 싶지 않고 눕고 싶지만 벌써 옷을 입어야 한다. 내 이불이었던 다 떨어진 솜 점퍼를 입어야 하고, 누비솜으로 만든 해진 부츠, 내 베개였던 부츠에 끈으로 바닥을 붙잡아 매야 하고, 그리고 서둘러야 한다. 방문이 다시 활짝 열리고 마당 철조망 울타리 저편에 호송병과 개들이 서 있으므로…….

우리는 검역, 티푸스 검역 중이지만 일하지 않고 그냥 지내게 내버려 두지 않는다. 작업으로 내몰린다. 명단으로 하지 않고 그냥 정문에서 다섯 명씩 세어 나눈다. 매일 비교적 유리한 작업에 떨어질 수 있는 꽤 희망적인 방법은 있다. 다만 인내와 자제력이 필요하다. 유리한 작업, 그것은 언제나 두서너 명의 적은 사람을 받아들이는 작업이다. 20명, 30명, 백 명을 받아들이는 작업은 힘든 일이고, 대부분 땅 파는 일이다. 그리고 작업 장소는 수인에게 절대 미리 알려 주지 않지만 가는 도중에 이미 알게 된다. 이 대단한 복권의 행운은 인내력 있는 사람들의 차지가 된다. 뒤에서 바짝 달라붙어야 다른 행렬에 끼고, 작은 그룹을 지으면 옆으로 비키거나 앞으로 돌진해야 한다. 큰 그룹에 가장 유리한 점은 창고에서 채소 고르기, 제빵 공장, 한마디로 현재나 미래의 먹거리와 관계된 모든 곳이다. 거기에는 언제나 먹을 수 있는 남은 음식, 식품 조각, 자투리 식품이 있다.

우리는 열을 지어 지저분한 4월의 길로 끌려갔다. 호송병들의 부츠는 씩씩하게 절벅절벅 소리를 내며 물웅덩이를 걸어갔다. 우리에겐 시내에서 대열을 깨는 것이 허용되지 않았다. 웅덩이는 아무도 피해 가지 않았다. 발이 축축해졌지만 그런 건 아랑곳하지 않았다. 감기 따윈 두렵지 않았다. 감기는 이미 수없이 걸렸고, 게다가 일어날 수 있는 가장 무서운 일 — 이를테면 폐렴 — 이 바라던 병원으로 우리를 데려갈 수 있을 것이다. 대열을 따라 단속적으로 소곤대는 소리가 났다.

"제빵 공장으로 가는 거야, 이봐, 당신들, 제빵 공장으로 가는 거라고!"

언제나 모든 걸 알고 모든 걸 추측하는 사람들이 있다. 만사에 나은 것을 보려는 자들도 있다. 그들의 다혈질은 가장 어려운 상황에서도 삶과 조화를 이루는 어떤 공식을 언제나 찾아낸다. 반대로 다른 사람들에게는 일이 나쁘게 발전하여 어떤 좋은 일도 운명의 부주의처럼 불신으로 받아들인다. 이런 견해차는 개인의 체험에 어느 정도 달려 있다. 그것은 유년 시절에 주어지는 것 같다. 평생토록…….

가장 대담한 희망이 이루어졌다. 우리는 제빵 공장 정문 앞에서 있었다. 스무 명이 소매에 양손을 넣고 몸속으로 스며드는 바람에 등을 대고 제자리걸음을 하고 있었다. 호송병들은 옆으로 물러나 담배를 피웠다. 정문에 뚫린 작은 문에서 방한모를 쓰지 않고 푸른 가운을 입은 남자가 나왔다. 호송병들과 잠시 말하고 나서 우리 쪽으로 왔다. 그는 천천히 우리를 모두 둘러보았다. 콜리마는 누구나 심리학자로 만들지만 그는 한순간에 아주 많은 것을 알아야 했다. 넝마를 걸친 20명의 수인 가운데 제빵 공장 안의 여러 작업장에서 일할 두 사람을 선발해야 했다. 이들은 다른 사람보다 좀 더 튼튼해야 하고 난로를 바꿔 놓은 뒤에 남은 깨진 벽돌을 실어 들것으로 운반할 수 있어야 한다. 그들은 도둑이나 깡패가 아니어야 한다. 그렇게 되면 노동일이 노동이 아니라 온갖 만남으로, '메모' 쪽지 전달로 허비되기 때문이다. 누구나 굶주림으로 도둑이 될 수 있는 한계에까진 이르지 말아야 한다. 작업장에서는 아무나 그들을 감시하지 않기 때문이다. 도망칠 성향이 없어야 한다. 그래야 한다…….

그리고 이 모든 것을 20명의 수인 얼굴에서 한순간에 읽고 바로 그 자리에서 선발하고 결정해야 했다.

"나와." 방한모를 쓰지 않은 남자가 말했다. "너도." 주근깨투성이 만물박사인 내 이웃을 그는 쿡 찔렀다. "이들을 데려가겠어." 그는 호송병에게 말했다.

"좋아." 호송병이 무관심하게 말했다.

선망의 눈길들이 우리를 전송했다.

인간의 모든 오감은 절대로 극도의 긴장 상태와 동시에 작용하지 않는다. 나는 책을 정독할 때 라디오를 듣지 않는다. 독서의 자동 행위가 유지되어도 라디오 방송에 귀를 기울이면 눈앞에서 행이 건너뛰고 눈으론 행을 따라가지만 방금 읽은 내용을 아무것도 기억하지 못하는 현상이 갑자기 나타난다. 독서 중에 무언가 다른 것을 깊이 생각해도 그런 일이 일어난다. 어떤 내적인 스위치가 작동하는 것이다. "내가 먹을 때는 귀머거리가 되고 벙어리가 된다"는 민중의 속담은 누구나 다 아는 말이다. "그리고 장님이 된다"는 말을 덧붙일 수 있겠다. 맛있게 먹을 때 시각 기능이 미각을 돕는 데 집중되기 때문이다. 손으로 장롱 깊숙이 무엇을 더듬고 그 감각이 손가락 끝에 한정될 때 나는 아무것도 보고 듣지 못하고 모든 것이 촉감의 긴장으로 밀려난다. 그처럼 지금도 제빵 공장 문지방을 넘어서서 나는 노동자들의 동정적이고 호의적인 얼굴을 보지 못했고(여기에선 과거의 수인도 현재의 수인도 일했다), 방한모를 쓰지 않은 낯익은 직공장이 설명하는 말도 듣지 못했다 — 우리는 깨진 벽돌을 밖으로 내가야 한다, 우리는 다른 작업장에 들랑거리지 말아야 한다, 도둑질하지 말아야 한다, 그러지 않아도 빵은 준다. 나는 아무 말도 듣지 못했다. 나는 긴 겨울 동안 몸이 그토록 사모하던 온기, 따뜻하게 난방된 작업장의 온기도 감지하지 못했다.

달아오르는 버터 냄새가 구운 밀가루 냄새와 뒤섞인 빵 냄새, 진한 빵 덩어리 향기를 나는 들이마셨다. 아직 먹지 않은 배급 빵 껍질에 코를 누르고 모든 것을 압도하는 이 향기의 극미한 일부를 아침마다 게걸스레 포착했다. 그러나 그곳의 향기가 너무 짙고 위력적이어서 내 불쌍한 콧구멍을 후벼 파는 것 같았다.

직공장이 도취를 깨 버렸다.

"정신없이 봤겠다." 그가 말했다. "보일러실로 가지."

우리는 지하실로 내려갔다. 깨끗이 청소한 보일러실의 화부 탁자에 이미 내 파트너가 앉아 있었다. 직공장 것과 같은 푸른 가운을 입은 화부는 난롯가에서 담배를 피우고 있었고, 난로 속에서 불꽃이 시뻘겋게, 노랗게 활활 타오르며 빛나는 것이 화실의 무쇠문구멍을 통해 보였고, 가마 벽은 불의 경련으로 떨리며 덜그렁거리는 소리를 냈다.

직공장은 탁자 위에 찻주전자와 잼이 든 머그잔을 놓고 흰 빵 한 덩어리를 놓았다.

"실컷 마셔." 그는 화부에게 말했다. "20분쯤 뒤에 오겠어. 단, 꾸물거리지 말고 빨리 먹어야 해, 저녁에 또 줄 테니, 잘게 쪼개, 안 그러면 수용소에서 뺏겨."

직공장은 자리를 떴다.

"저런 개새끼." 화부가 손에서 빵 덩어리를 돌리며 말했다. "30루불이 아까워서, 더러운 자식. 자, 기다려."

그리고 그는 직공장의 뒤를 따라 나갔다가 1분 후 새로운 빵 한 덩어리를 양손으로 던져 올리며 돌아왔다.

"따뜻해." 그러고는 주근깨투성이 청년에게 빵 덩어리를 던지며 말했다. "30루블로 샀어. 저것 봐, 그물버섯 같은 빵으로 어물어물 넘기려 했어! 이리 줘." 화부는 이렇게 말하고 직공장이 우리에게 두고 간 빵 덩어리를 집어 들어 가마 문을 활짝 열고 윙윙 소리를 내며 울부짖는 불 속에 던져 버렸다. 그리고 가마 문을 쾅 닫고 웃었다. "그런 주제에," 그는 우리에게 돌아서며 명랑하게 말했다.

"왜 이래," 내가 말했다. "우리가 가져가면 좋잖아."

"우리가 더 갖다줄게." 화부는 말했다.

나도 주근깨투성이 청년도 빵 덩어리를 쪼갤 수 없었다.

"칼 있어?" 내가 화부에게 물었다.

"아니. 한데 칼은 왜?"

화부는 손으로 빵 덩어리를 잡아 간단히 쪼갰다. 쪼개진 둥근 큰 빵 덩어리에서 따뜻하고 향긋한 김이 나왔다. 화부는 손가락으로 말랑말랑한 부분을 찔렀다.

"페디카가 잘 굽네, 훌륭해." 그가 칭찬했다.

그러나 우리는 페디카가 누군지 알아낼 겨를이 없었다. 우리는 뜨거운 빵에도 잼을 탄 끓인 물에도 입을 데어 가며 먹기 시작했다. 더운 땀이 줄줄 흘러내렸다. 우리는 서둘러 먹었다. 직공장이 우리를 데리러 돌아왔다.

그는 이미 들것을 가져와 깨진 벽돌 더미 쪽으로 끌고 가더니 삽들을 날라 손수 첫 상자를 채웠다. 우리는 작업에 착수했다. 갑자기 우리 둘은 들것이 힘에 부칠 정도로 무거워 피곤해지고 손에서 갑자기 힘이 빠져 축 늘어져 오는 것을 알았다. 현기증이 나서 비틀거렸다. 그다음 들것에 나는 짐을 실었는데 처음보다 절반밖에 담지 못했다.

"됐어, 됐어." 주근깨투성이 젊은이가 말했다. 그는 나보다 훨씬 창백했거나, 아니면 주근깨가 그의 창백함을 특별히 돋보이게 했을 것이다.

"쉬어, 젊은이들." 옆으로 지나가던 빵 굽는 사람이 명랑한 목소리로, 그리고 결코 비웃는 투로 말하지 않았으므로 우리는 얌전히 쉬려고 앉았다. 직공장은 지나가면서 아무 말도 하지 않았다.

잠깐 쉬고 나서 우리는 다시 일을 시작했지만 들것을 두 번 나르고 나서 그때마다 다시 쉬려고 앉았다. 쓰레기 더미는 줄지 않았다.

"한 대 피워, 동지들." 그 빵 굽는 사람이 다시 나타나 말했다.

"담배가 없어요."

"자, 한 대씩 주지. 단, 밖으로 나가야 돼. 여기선 금연이야."

우리 둘은 마호르카를 나누어 각자 자기 담배를 피우기 시작했다. 오래전에 잊은 사치이다. 천천히 두세 모금 빨고 나서 조심스럽게 손가락으로 담배를 끄고 종이에 말아 품 안에 숨겼다.

"옳아." 주근깨투성이 젊은이가 말했다. "나는 생각지도 못했어."

점심 휴식 시간에 우리는 빵 굽는 난로가 있는 옆방들도 들여다볼 만큼 환경에 익숙해졌다. 가는 곳마다 난로에서 쇠틀과 철판이 쇳소리를 내며 나오고 선반에는 어디나 빵, 빵이 놓여 있었다. 때로 바퀴 달린 트럭이 와서 구운 빵을 싣고 어디론가 가 버렸다. 다만 저녁에 우리가 돌아가야 할 곳으로 가지는 않았다. 그건 흰 빵이었다.

격자 창살이 없는 넓은 창문으로 해가 진 것이 보였다. 문에서 싸늘한 바람이 불어왔다. 직공장이 왔다.

"자, 끝내. 들것은 쓰레기 위에 놔둬. 조금밖에 못했어. 일주일 동안 일해도 너희는 벽돌 더미를 못 옮기겠어, 일꾼들."

빵 한 덩어리씩 우리에게 주었다. 우리는 그것을 잘게 쪼개 호주머니에 가득 채웠다……. 그러나 우리 호주머니에 얼마나 들어갈 수 있었을까?

"바지 속에 숨겨." 주근깨투성이 젊은이가 명령했다.

우리는 싸늘한 저녁 마당으로 나가 — 우리 그룹은 이미 정렬해 있었다 — 다시 수용소로 끌려갔다. 경비실에서는 몸수색을 하지 않았다. 손에 아무도 빵을 들고 가지 않았으므로. 나는 내 자리로 돌아가 가지고 온 빵을 옆 사람들에게 나누어 주고 잠자리에 들어 습기 찬 꽁꽁 언 발이 따뜻해지자마자 잠들었다.

밤새도록 내 눈앞에 빵 덩어리와 불 아궁이에 빵을 던져 넣던 화부의 장난기 어린 얼굴이 어른거렸다.

뱀 부리는 사람

우리는 폭풍으로 쓰러진 우람한 낙엽송 위에 앉아 있었다. 영구동토 지방에 있는 나무는 쾌적하지 않은 땅에 겨우 버티고 서 있을 뿐이어서 폭풍은 쉽게 나무를 뿌리째 뽑아 땅바닥에 쓰러뜨린다. 플라토노프는 자신의 이곳 생활사, 이 세계에서 두 번째 우리 생활사에 대해 나에게 이야기해 주었다. 나는 '잔하라' 광산을 언급할 때 얼굴을 찌푸렸다. 나 자신도 불쾌하고 힘든 여러 곳에 있어 보았지만 '잔하라'의 무시무시한 명성은 도처에 울려 퍼졌다.

"'잔하라'에 오래 있었습니까?"

"1년." 플라토노프는 조용히 말했다. 그의 눈은 가늘어지고 이마의 주름살은 더욱 또렷이 드러났다. 내 앞에는 나이가 열 살쯤 많은 또 다른 플라토노프가 있었다.

"그러나 처음 2~3개월만 힘들었습니다. 거긴 깡패들만 있었어요. 나는 거기서 유일한…… 글을 읽고 쓸 줄 아는 사람이었습니다. 나는 그들에게 이야기를 해 주고, 깡패의 은어로 말하면 '소설을 찍어 내고', 밤마다 뒤마,* 코넌 도일,* H. G. 웰스*의 소설을 들려주었어요. 대신 그들은 나에게 먹을 것을 주고 옷을 입혀 주고 나는 일을 적게 하게 됐어요. 당신도 아마 전에 여기서 이 유일한 교육의 이점을 이용했겠지요?"

"아니요." 나는 말했다. "안 했습니다. 그런 행위가 언제나 마지막 굴욕, 끝장이라는 생각이 들었어요. 수프를 위해 소설을 얘기해 준 적은 한 번도 없었어요. 하지만 그것이 어떤 소설인지는 알고 있지요. '소설가들'의 사상은 들었어요."

"그게 비난받을 일인가요?" 플라토노프가 말했다.

"조금도 아닙니다." 나는 대답했다. "배고픈 사람은 많은 것을, 아주 많은 것을 용서해 줄 수 있지요."

"내가 살아남게 되면," 플라토노프가 내일보다 먼 시간에 대해 모든 사색이 시작되는 성스러운 말을 했다. "그것에 대한 이야기를 쓸 겁니다. 이미 제목까지 생각해 뒀어요. '뱀 부리는 사람'. 괜찮습니까?"

"좋은데요. 그때까지 살아남아야만 합니다. 그게 중요해요."

그의 첫 인생에서 영화 시나리오 작가였던 안드레이 페도로비치 플라토노프는 이 대화가 있은 지 3주쯤 뒤에 죽었다. 다른 많은 사람들처럼 죽었다. 곡괭이를 흔들고 휘청거리더니 돌에 얼굴을 박고 쓰러졌다. 정맥에 포도당을 주사하고 강심제를 투입했다면 살릴 수도 있었을 것이다. 그는 한 시간 내지 한 시간 반 정도 더 목쉰 소리를 냈지만 병원에서 들것이 왔을 때에는 이미 잠잠해졌다. 간호사들은 그 작은 시신—뼈와 가죽만 남은 가벼운 짐을 시체 안치소로 옮겼다.

내가 플라토노프를 좋아했던 것은, 그토록 먼 거리와 세월 동안 우리를 갈라놓았던 푸른 바다 높은 산 저 너머의 삶에 대해, 그리고 그 존재를 우리가 이미 거의 믿지 않게 되었거나, 아니 더 정확히 말해서 초등학생들이 미국의 존재를 믿듯 우리가 믿었던 그 삶에 대한 관심을 그가 잃지 않았기 때문이다. 플라토노프는 어디서 났는지 모르지만 책을 조금 가지고 있어 날이 그다지 춥지 않은, 예컨대 6월 같은 때는 모든 수용소 주민의 생활을 테마로 하는 대화를 피하고 있었다—점심에는 어떤 수프가 나왔고 나올 것인가, 빵은 하루에 세 번 나올 것인가 아침에 한꺼번에 나올 것인가, 내일은 비가 올 것인가 맑을 것인가.

나는 플라토노프를 좋아했으므로 이제 그의 이야기 '뱀 부리는 사람'을 써 보려고 한다.

작업의 끝은 전혀 작업의 끝이 아니다. 사이렌이 울리면 우리는 연장을 챙겨 창고로 가져가 넘겨주고 열을 지어 호송대의 쌍스러운 욕설에 따라, 아직 우리보다 막강한 동료들의 무자비한 고함 소리와 모욕에 따라 매일같이 실시하는 열 개의 점호 중 두 개를 통과해야 한다. 그들 역시 피곤한 몸을 이끌고 막사로 발걸음을 재촉하며 온갖 지체(遲滯)에 화를 낸다. 그 뒤 또 한 번의 점호를 거쳐 열을 지어 5킬로미터 떨어진 숲으로 땔감을 가지러 가야 한다. 가까운 숲은 오래전에 모두 베어 불태웠다. 벌목반은 땔감을 준비하고, 시굴갱 노동자는 각자 통나무 한 개씩을 운반한다. 두 사람으로도 옮기기 힘든 무거운 통나무가 어떻게 운반되는지 그건 아무도 모른다. 땔감을 운반할 자동차는 절대 보내 주지 않았고 말은 전부 병들어 마구간에 서 있었다. 말은 사람보다 훨씬 빨리 쇠약해진다. 말의 옛 생활 양식과 현재 생활 양식의 차이는 물론 인간의 경우보다 훨씬 적었지만. 인간이 동물의 왕국에서 스스로 일어나 인간이 된 것, 다시 말해 동물의 삶 그 모든 경이로움을 지닌 우리의 섬 같은 걸 생각해 낼 수 있는 존재가 된 것은 인간이 육체적으로 그 어떤 동물보다도 인내력이 강하기 때문이라는 생각이 자주 들고 또 그건 사실인 것 같다. 원숭이가 인간으로 진화한 것은 손에 의해서가 아니다, 두뇌의 맹아에 의해서가 아니다, 영혼에 의해서가 아니다. 인간보다 영리하고 도덕적으로 행동하는 개와 곰도 있다. 그리고 불의 힘을 자기에게 종속시켜서가 아니라, 그 모든 것은 변화의 주요 조건을 지킨 뒤였다. 다른 동일한 조건에서 인간은 일찍이 육체적으로, 오로지 육체적으로 월등히 강했고 인내력이 강했다. "인간은 고양이처럼 생명력이 강하다." 이 속담은 틀린 말이다. 고양이에 대해서는 이렇게 말하는 게 옳을 것이다. "이 생물은 인간처럼 생명력이 강하다." 말은 영하에서 여러 시간 중노동을 하면 추운 마구간에서 이곳 겨울 생활을 한 달도 못 버틴다. 야쿠티야 말이 아니라면. 그러나 야쿠티야 말도 일하는 법이 없잖은가. 사실 그때는 그들도 먹이를 얻어먹지 못한다. 겨울 사슴처럼 눈을 파서 지난해의 마른풀을 꺼내 먹는다. 그러나 인간은 산다. 어쩌면 인간은 희망으로 살아가는 것이 아닐까? 그러나 인간에겐 어떤 희망도 없지 않은가. 인간이 바보가 아니라면 어떤 희망으로도 살아갈 수 없다. 때문에 그토록 많은 자살 사건이 일어나는 것이다. 그러나 자위본능, 삶에 대한 집착, 의식마저 종속되는 바로 그 육체적 집착으로 인간은 구원받는다. 인간은 돌, 나무, 새, 개가 살듯 그렇게 산다. 하지만 인간은 그들보다 강하게 생명에 집착한다. 그래서 인간은 어떤 동물보다 인내력이 강하다.

플라토노프는 어깨에 통나무를 메고 정문 앞에 서서 이 모든 것을 생각하면서 새로운 점호를 기다렸다. 땔감을 가져와 쌓아 놓고 사람들은 서로 밀치고 서두르고 욕하며 어두운 통나무 막사 안으로 들어갔다.

눈이 어둠에 익숙해지자, 일꾼들이 모두 다 일터에 다녀온 게 아님을 플라토노프는 알았다. 오른쪽 먼 구석 침대 위층에 유일한 램프인 유리 갓 없는 가솔린 등을 자기들 곁에 갖다 놓은 뒤 일고여덟 명이, 타타르식으로 책상다리를 한 채 기름때 묻은 베개를 사이에 두고 카드놀이를 하는 두 사람 주위에 둘러앉아 있었다. 가솔린 등은 그을음을 내며 떨고 불꽃은 벽 위에 길게 그림자를 드리우며 너울거린다.

플라토노프는 침대 끝에 걸터앉았다. 어깨와 무릎이 쑤시고 근육이 떨렸다. 플라토노프는 아침에 막 '잔하라'로 이송되어 거기서 첫날 작업을 했다. 침대 위에는 빈자리가 없었다.

'다 가고 나면,' 하고 플라토노프는 생각했다. '누워야지.' 그는 졸기 시작했다.

위에서 게임이 끝났다. 작은 콧수염에 왼쪽 새끼손가락 손톱이 긴 검은 머리 사내가 침대 끝으로 상체를 구부렸다.

"어서 이반 이바노비치를 불러." 그는 말했다.

등을 떠미는 바람에 플라토노프는 잠이 깼다.

"너…… 너를 부르는 거야."

"아니, 그 친구, 그 이반 이바노비치 어디 있어?" 위층 침대에서 불렀다.

"나는 이반 이바노비치가 아니야." 플라토노프는 눈을 가늘게 뜨며 말했다.

"안 가는데, 페데치카."

"왜 안 오는 거야."

플라토노프는 불빛으로 떠밀려 나갔다.

"살 생각이야?" 페댜가 새까맣게 손톱을 기른 새끼손가락을 플라토노프의 눈앞에서 돌리며 조용히 말했다.

"그럴 생각이야." 플라토노프는 대답했다.

주먹으로 얼굴을 세게 한 대 얻어맞고 그는 바닥에 쓰러졌다. 플라토노프는 일어나 소매로 피를 닦았다.

"그렇게 대답하면 안 되지." 페댜는 상냥하게 설명했다. "이반 이바노비치, 대학에서 그렇게 대답하라고 가르쳤어?"

플라토노프는 잠자코 있었다.

"가 봐, 개새끼." 페댜가 말했다. "변기통 옆으로 가 누워. 앞으로 거기가 네 자리야. 떠들면 우리가 목 졸라 죽여 버릴 거야."

빈말이 아니었다. 그들은 이미 두 번이나 플라토노프의 눈앞에서 타월로 사람을 목 졸라 죽였다. 악당의 어떤 자기 계산에 따라.

플라토노프는 악취 나는 축축한 판자 위에 누웠다.

"심심해 죽겠어, 얘들아." 페댜는 하품을 하며 말했다. "누가 내 발뒤꿈치라도 긁어 주면 좋으련만……."

"마시카, 이봐 마시카, 가서 페댜의 발뒤꿈치를 긁어 줘."

얼굴이 파리하게 잘생긴 열여덟 살쯤 되는 소년 깡패 마시카가 한 줄기 불빛 속으로 불쑥 나타났다.

그는 낡아 빠진 누런 단화를 페댜의 발에서 벗기고 해진 더러운 양말을 조심스럽게 벗기더니 웃으면서 페댜의 발뒤꿈치를 긁기 시작했다. 페댜는 간지러워 몸을 떨며 키득키득 웃었다.

"꺼져." 갑자기 그가 말했다. "긁을 줄도 몰라. 그런 것도 할 줄 몰라."

"하지만 나는, 페댜……."

"꺼지라고 하잖아. 긁고 할퀴기나 했지 부드러운 맛이 없어."

주위에 있는 사람들이 동감이라는 듯 머리를 끄덕였다.

"'코소이'에서 나는 유대인을 데리고 있었는데 그놈이 긁어 주었지. 친구들, 그놈은 제대로 긁을 줄 알았어. 기술자였어."

그리고 페댜는 자신의 발뒤꿈치를 긁어 주던 유대인 생각에 잠겼다.

"페댜, 이봐 페댜, 이 신참 말이야…… 한번 시험해 보지 않겠어?"

"응, 그 친구." 페댜가 말했다. "그런 놈들이 긁을 줄 알까. 하지만 깨워 봐."

플라토노프는 불빛으로 끌려 나갔다.

"에이, 너, 이반 이바노비치, 램프에 기름을 부어." 페댜는 명령했다. "밤에는 난로에 장작을 넣고 아침에는 변기통을 밖으로 내가는 거야. 어디다 부어야 하는지는 당번이 가르쳐 줄 거야……."

플라토노프는 얌전히 침묵하고 있었다.

"그 대신," 페댜는 설명했다. "너는 수프 한 그릇을 받게 될 거야. 아무튼 나는 생선 수프를 안 먹으니까. 가서 자."

플라토노프는 그전 자리에 누웠다. 노동자들은 거의 다 두세 명씩 함께 몸을 웅크리고 잤다. 그러는 게 더 따뜻했다.

"에이, 심심해, 밤은 길고." 페댜는 말했다. "누가 소설이라도 얘기해 주면 좋을 텐데. '코소이'에 있을 때는……."

"페댜, 이봐, 페댜, 이 신참 말이야…… 한번 시험해 보지 않겠어?"

"그것도 괜찮은 생각이야." 페댜는 활기를 띠었다. "그를 깨워."

플라토노프를 깨웠다.

"이봐," 페댜는 아첨하다시피 웃으면서 말했다. "내가 조금 흥분했었어."

"괜찮아." 플라토노프는 입속으로 중얼거렸다.

"이봐, 소설을 얘기해 줄 수 있겠어?"

플라토노프의 흐릿한 눈에서 불이 번쩍 빛났다. 물론 그는 할 수 있었다. 구치소의 온 감방 사람들은 정신없이 그의 『드라큘라 백작』 이야기를 들었었다. 그러나 거기서는 그들이 인간이었다. 하지만 여기서는? 밀라노의 백작 마당에서 멋진 농담으로 음식을 얻어먹고 어설픈 농담으로 두들겨 맞는 어릿광대가 돼야 하겠는가? 그 일에는 다른 면도 있지 않은가. 그들에게 진짜 문학을 알려 줄 것이다. 계몽가가 될 것이다. 그들에게 문학에 대한 관심을 일깨워 주고 여기 인생의 밑바닥에서도 자신의 일, 자신의 임무를 수행할 것이다. 옛 관습에 따라 플라토노프는 변기통을 밖으로 내가는 대신 좀 더 다른 고상한 일로 단지 밥을 배불리 먹고 수프 한 그릇을 더 받겠다고 자신에게 말하고 싶진 않았다. 그게 과연 고상한 일일까? 그건 계몽 활동이라기보다 깡패의 더러운 발뒤꿈치를 긁는 일에 더 가깝지 않은가. 그러나 여전히 춥고 배고프고 얻어맞고…….

페댜가 긴장된 웃음을 띠고 대답을 기다렸다.

"할 수 있지." 플라토노프는 말하고 이 어려운 날 처음으로 웃었다. "얘기해 줄 수 있어."

"오, 내 친구!" 페댜는 쾌활해졌다. "와서 이리 누워. 빵 좀 먹어. 내일은 더 좋은 것을 먹게 될 거야. 여기 담요 위에 앉아. 담배도 피우고."

일주일 동안 담배를 못 피운 플라토노프는 병적인 쾌락으로 마호르카 꽁초를 빨아 댔다.

"이름이 뭐야?"

"안드레이." 플라토노프는 말했다.

"그러니까 안드레이, 무언가 좀 길고 좀 흥미진진한 것을 얘기해 달라는 말이야. 『몬테크리스토 백작』 같은. 트랙터 얘기는 말고."

"혹시 『레 미제라블』은 어때?" 플라토노프는 제의했다.

"장 발장 말이지? 그건 '코소이'에서 들었어."

"그럼 『블랙 잭 클럽』이나 『뱀파이어』는?"

"그래그래, 책으로 하자고. 조용히 해, 개새끼들……."

플라토노프는 헛기침을 했다.

"1893년 상트페테르부르크 시에서 어떤 수수께끼 같은 사건이 일어났는데……."

플라토노프가 힘이 다 빠졌을 때 날은 이미 밝아 오고 있었다.

"이것으로 1부는 끝이야." 그는 말했다.

"정말 대단해." 페다는 말했다. "어떻게 그런 것을. 여기 우리하고 같이 누워. 잠잘 시간이 많지 않을 거야. 새벽이니까. 일하다 좀 잘 수 있을 거야. 저녁을 위해서 힘을 모아 둬……."

플라토노프는 이미 잠들었다.

그들은 일하러 끌려 나갔다. 잠을 자다 어제의 책을 못 들은 키 큰 시골 청년이 문에서 플라토노프를 심술궂게 떠밀었다.

"잘 보고 걸어, 추접스러운 놈!"

누군가 바로 청년의 귀에 대고 뭐라고 소곤거렸다.

그들이 정렬하자 키 큰 청년은 플라토노프 곁으로 다가갔다.

"내가 때렸다고 페다에게 말하지 마. 당신이 소설가라는 걸 몰랐어."

"말하지 않을게."

타타르 이슬람교 성직자와 깨끗한 공기

감방 안은 파리 한 마리도 보이지 않을 만큼 무더웠다. 쇠 격자가 쳐진 큰 유리창은 활짝 열려 있었으나 해방감을 주지 못했다. 마당의 작열하는 아스팔트는 더운 기류를 위로 보내 감방 안은 바깥보다 시원하기까지 했다. 옷을 전부 벗어 던지고 무거운 습한 열기를 내뿜는 백 개의 나체가 땀을 뻘뻘 흘리며 마룻바닥에서 몸을 뒤척이고 있었다. 판자 침대 위는 너무 무더웠다. 사령관의 점호를 받기 위해 수인들은 팬츠 차림으로 정렬했고, 화장실에서 용변을 볼 때는 한 시간씩 머물며 세면대에서 끊임없이 찬물을 끼얹었다. 하지만 그 효과는 오래가지 않았다. 판자 침대 아래 있는 사람들은 갑자기 더 좋은 자리를 차지하게 되었다. 그들은 '먼 유형지'로 갈 준비를 해야 했는데, 증기 소독 고문을 당한 뒤에 기다리는 것은 찬 바람에 몸을 말리는 고문이라고 감방 식으로 음울하게 익살을 떨었다.

유명한 '대타타르 공화국' 사건*으로 조사받고 있는 수인 타타르의 이슬람교 성직자, 그에 대해 신문에서 슬쩍 비치기 한참 전부터 우리는 알았지만, 예순 살 된 튼튼한 다혈질의 남자로 늠름한 가슴에 흰 털이 난, 검고 둥근 눈의 활기찬 눈길을 가진 이 성직자는 젖은 헝겊으로 번쩍이는 대머리를 끊임없이 닦으며 말했다.

"총살만 당하지 않으면 좋겠어. 10년 받는 건 아무것도 아니야. 마흔 살까지 살려는 사람은 그 기간이 무섭겠지. 하지만 나는 여든 살까지 살 생각이야."

이슬람교 성직자는 운동에서 돌아오며 헐떡거리지도 않고 5층으로 뛰어 올라갔다.

"10년 이상 받는다면," 그는 계속 곰곰이 생각하더니 말했다. "감옥에서 20년가량 더 살 거야. 하지만 수용소의 깨끗한 공기 속에서라면," 이슬람교 성직자는 잠시 침묵했다. "10년을 살겠어."

나는 『죽음의 집의 기록』*을 다시 읽으며 오늘 이 용감하고 지혜로운 이슬람교 성직자를 떠올렸다. 이슬람교 성직자는 '깨끗한 공기'가 무엇인지 알았다.

모로조프*와 피그네르*는 실리셀부르크 요새*에서 아주 엄격한 규율 아래 20년씩 수감되었다가 충분히 노동할 수 있는 사람으로 출옥했다. 피그네르는 앞으로 적극적인 혁명 활동을 할 수 있는 원동력을 발견하고 훗날 자신이 체험한 참상에 대해 열 권의 회고록을 썼고, 모로조프는 일련의 학술 연구물을 쓰고 여자 체조 선수와 연애결혼했다.

수용소에서 건강한 젊은이가 깨끗한 겨울 공기 아래 금광에서 자기 생활을 시작하여 도호댜가가 되려면 하루 열여섯 시간 노동에 휴일 없이, 늘 굶주리고, 해진 옷을 입고 영하 60도의 구멍 난 방수천으로 지은 천막에서 잠을 자고, 깡패 출신의 조장이나 우두머리, 호송대의 구타 속에 최소한 20일에서 30일간이 필요하다. 이 기간은 여러 번 시험되었다. 작업반장의 이름을 걸고 금 캐는 시즌을 시작한 작업반들은 시즌이 끝날 때가 되면 이 시즌을 시작한 사람 가운데 반장 자신과 작업반 당번과 반장의 개인적 친구 중 또 누군가를 제외하고 한 명도 그대로 남는 일이 없다. 작업반의 다른 구성원은 여름 동안 몇 번씩 바뀐다. 금광은 끊임없이 생산 폐기물을 병원으로, 이른바 건강 증진반으로, 노동 능력 상실자촌으로 그리고 공동묘지로 내보낸다.

금 캐는 시즌은 5월 15일에 시작해 9월 15일에 끝난다. 4개월간. 겨울 작업에 대해서는 말도 말아야 한다. 여름에 주요 채굴반들은 아직 여기서 겨울을 넘긴 적이 없는 새로운 사람들로 편성된다.

형기를 언도받은 수인들은 형무소에서 수용소로 달려갔다. 거기에는 일이 있고, 건강한 시골의 공기가 있고, 형기 만료 전 석방이 있고, 친척이 보낸 소포가 있고, 임금이 있다. 사람은 언제나 더 나은 것을 믿는다. 극동으로 우리를 싣고 온 난방 화차의 문틈에서 호송 수인 승객들은 밤낮으로 서로 밀치며 열차의 주행으로 움직이는 들꽃 냄새 가득한 시원하고 조용한 저녁 바람을 황홀한 기분으로 깊이 들이마셨다. 이 공기는 수개월 동안 취조를 받으며 혐오의 대상이 된, 석탄산(石炭酸)과 사람의 땀 냄새가 나는 답답한 감방의 공기와 달랐다. 그 감방 안에서 사람들은 짓밟힌 명예에 대한 회상록, 잊고 싶었던 회상록을 남겼다.

너무 천진난만하여 사람들은 조사 감옥을 자신의 삶을 급격히 바꿔 놓은 가장 잔혹한 체험으로 이해했다. 체포는 바로 그들에게 가장 심한 정신적 충격이었다. 이제 겨우 감옥을 벗어난 그들은 상대적이나마 그래도 자유가 있는, 저주받을 쇠 격자가 없고 굴욕적이고 모욕적인 심문이 없는 자유로운 삶을 믿고 싶었다. 취조 때 언제나 심문을 위해 요구되는 의지의 긴장 없는 새 삶이 시작되었다. 모든 것은 이미 돌이킬 수 없이 결정되었고, 선고는 이미 받았고, 다시 말해 취조관에게 대답할 거리를 생각할 필요가 없고, 친척을 위해 걱정할 필요가 없고, 삶의 계획을 세울 필요가 없고, 빵 조각을 위해 싸울 필요가 없다는 의식으로 그들은 깊은 안도감을 느꼈다. 그들은 이미 남의 의지에 종속돼 있고, 아무것도 바꿀 수 없고, 천천히 그러나 변함없이 그들을 극북으로 데리고 가는 이 반짝이는 철로에서 다른 어디로도 방향을 바꿀 수 없다.

기차는 겨울을 향해 가고 있었다. 하룻밤, 하룻밤이 전날보다 추웠고, 포플러의 기름진 나뭇잎이 여기선 이미 누르스름한 엷은 황색으로 변해 버렸다. 해는 뜨겁고 눈부시지 않았다. 단풍나무나 포플러, 자작나무, 사시나무 잎이 그 금빛 힘을 빨아들여 흡수해 버린 듯이. 나뭇잎 자체는 이제 햇빛에 빛나고 있었다. 핏기 없는 창백한 해는 하루의 대부분을 아직 눈 냄새를 풍기지 않는 따뜻한 회청색 먹구름 뒤로 몸을 숨기고 열차조차 따뜻하게 하지 못했다. 그러나 눈이 내리기까지는 머지않았다.

중계 감옥은 극북으로 가는 또 하나의 코스이다. 해만(海灣)은 작은 눈보라로 그들을 맞았다. 눈은 아직 쌓이지 않았다. 바람이 얼어붙은 누런 절벽에서 더러운 흙탕물 구덩이로 눈을 휩쓸어 넣었다. 눈보라의 그물이 투명했다. 눈발은 성글게 내려 도시 위에 던져진 흰 실로 짠 어망 같았다. 바다 위로는 눈이 전혀 보이지 않았다. 짙은 녹색의 갈기 긴 파도가 녹색으로 뒤덮인 미끄러운 바위에 천천히 밀려와 좍 부딪혔다. 기선은 묘지(錨地)에 정박하여 위에서 보면 장난감처럼 보였고, 그들이 작은 배를 타고 뱃전으로 가 잇따라 갑판 위로 올라 곧바로 선창의 작은 계단에서 사방으로 흩어져 사라질 때조차 기선은 뜻밖에 작아지고 너무나 많은 물에 휩싸였다.

5일 후 음울하고 혹독한 타이가의 강변에 하역되자, 자동차가 그들이 곧 살게 될 곳으로 싣고 갔다. 그리고 살아남을 곳으로 싣고 갔다.

그들은 건강한 시골의 공기를 바다 건너에 놔두고 왔다. 여기서 그들을 둘러싸고 있는 것은 습지의 증기를 흠뻑 빨아들인 희박한 타이가의 공기였다. 구릉은 늪의 덮개에 덮여 있고 숲 없는 구릉의 헐벗은 부분만이 폭풍과 바람에 깎인 벌거벗은 석회암으로 반짝이고 있었다. 한쪽 발이 진창의 이끼에 빠졌는데 드물게 여름날에 양발이 말라 버렸다. 겨울에는 만물이 얼어붙었다. 산도 강도 습지도 겨울엔 불길하고 비우호적인 존재로 보였다.

여름에는 공기가 심장병 환자에게 너무 무거웠고 겨울에는 견디기 어려웠다. 혹한기엔 사람들이 숨을 고르게 쉬지 못했다. 아무도 여기서는 전속력으로 달리지 않았다. 한창때의 젊은이나 뛰어

다녔지만 그것도 달리지 않고 왠지 껑충껑충 뛰어다녔다.

모기떼들이 얼굴에 마구 달라붙어 방충망 없인 꼼짝도 할 수 없었다. 일할 때는 방충망에 숨이 막혀 숨을 쉬지 못했다. 방충망은 모기 때문에 들어 올릴 수 없었다.

그때는 하루에 열여섯 시간씩 일했는데, 노동 기준량을 열여섯 시간으로 계산했기 때문이다. 만약 기상 신호, 아침 식사, 작업 출동, 도보로 작업장으로 가는 데 최소한 한 시간 반, 점심 식사 한 시간, 잠자러 가기 위해 집합하는 시간까지 포함하여 저녁 식사 한 시간 반을 계산에 넣는다면 야외에서 육체적인 중노동을 한 뒤에 잠잘 수 있는 시간은 겨우 네 시간밖에 되지 않았다. 사람은 동작을 멈추는 바로 그 순간에도 잠이 들고 걷거나 서 있는 동안에도 용하게 잠을 잤다. 수면 부족은 굶주림보다 체력을 더 앗아 갔다. 노동 기준량을 채우지 못하면 징벌 배급량으로 하루에 빵 3백 그램과 잡탕 죽을 못 받을 위험이 있었다.

첫 환상은 빨리 끝났다. 그것은 작업의 환상, 모든 수용소 지부 정문에 수용소의 규칙으로 지시된 표어가 걸려 있는 바로 그 노동의 환상이다. "노동은 명예로운 일이며, 영광스러운 일이며, 용감하고 영웅적인 행위의 일이다." 수용소는 노동에 대한 증오와 혐오감만 접목할 수 있었고, 접목했다.

한 달에 한 번 수용소의 우체부는 쌓인 우편물을 검열 기관으로 싣고 갔다. 본토에서 온 편지와 본토로 갈 편지는 일반적이라면 반년씩 걸렸다. 소포는 노동 규정량을 채운 사람에게만 주었고 다른 사람의 것은 압수되었다. 이 모든 것은 자의의 성격을 띠지 않았다, 절대로. 이에 대한 지시를 읽게 한 뒤, 특별히 중요한 경우에는 예외 없이 모두 서명하도록 했다. 이것은 변질된 어떤 상관의 야만적 환상이 아니라 최고 간부의 지시였다.

그러나 누가 소포를 받게 되더라도, 다시 말해 어떤 교육관에게 절반을 주기로 약속하고 그래도 절반을 받을 수 있게 되더라도 소포를 가져갈 곳이 없었다. 막사에서 오래전부터 깡패들이 기다렸다가 만인이 보는 앞에서 빼앗아 자기의 바네치카와 세네치카 같은 무리와 나누어 가질 것이다. 소포는 바로 먹어 치우든지 팔아 버려야 했다. 구매자는 얼마든지 있었다. 여러 조장, 지도부, 의사.

가장 널리 쓰이는 제3의 방법도 있었다. 많은 사람이, 문을 잠그고 숨길 수 있는 어떤 지위와 작업장에서 일하는 수용소나 감옥의 지인에게 보관해 달라고 맡겼다. 또는 자유노동자에게 맡겼다. 어느 경우든 언제나 위험은 있었지만 — 아무도 주인의 성실을 믿지 않았다 — 받은 물건을 구할 수 있는 유일한 가능성이었다.

노임은 전혀 지급되지 않았다. 한 푼도. 노임은 우수한 작업반에만 지급되었는데, 그나마 그들에게 별 도움이 되지 못하는, 보잘것없는 것이었다. 많은 작업반에서 반장들이 이렇게 했다. 여러 작업반에서 2~3인에게 초과 수행률을 준 뒤 그 생산량을 기록하여 이에 대해 상여금을 받게 된다. 나머지 20~30명의 반원은 징벌 배급량을 받는다. 기지에 찬 해법이었다. 노임을 전원에게 똑같이 나눠면 아무도 한 푼도 받지 못할 것이다. 여기서 노임을 받게 된 2~3인은 계산서를 작성하는데 자주 반장의 참석 없이도 아주 우연히 선택된다.

노동 기준량을 채우지 못하면 노임이 없거나 앞으로 없다는 걸 모두 알았지만, 그래도 조장을 뒤쫓아 다니고, 생산량에 관심을 가지고, 회계를 만나러 뛰어다니고, 서류를 가지러 사무실에 들랑거렸다.

이는 무엇을 말하는가? 반드시 노동자로 사칭하여 지도부의 눈에 자기의 명성을 높이려는 그런 바람일까, 아니면 급식이 떨어진 상황에서 일어난 단순한 그 어떤 정신 장애일까? 후자의 경우가 더 확실하다.

바로 얼마 전에, 그리고 한없이 먼 옛날에 그들이 떠나왔던 밝고 깨끗하고 따뜻한 조사 감옥은 여기서 보면 모든 사람에게, 무조건 모든 사람에게 지상에서 가장 좋은 곳으로 여겨졌다. 감옥의 모욕은 다 잊어버리고, 진짜 학자들의 강연과 견문이 넓은 사람들의 이야기를 들었던 일, 책 읽던 일, 실컷 먹고 자던 일, 멋진 목욕탕에 다니던 일, 친척들의 차입품을 받고 바로 옆 이중 철문 밖에 가족이 와 있는 듯한 느낌을 받던 일, 스파이나 감시인도 두려워하지 않고 하고 싶은 말을 마음대로 하던 일(수용소에서는 그것으로 추가 형기를 받게 된다)을 모두 열심히 떠올렸다. 조사 감옥은 그들에게 자기가 태어난 집보다 자유롭고 친근하게 여겨졌으므로 조금밖에 머물지 않았지만 병원 침대 위에서 공상에 잠겨 이야기하는 사람이 한두 명이 아니었다. "물론 가족을 만나러 여기를 떠나고 싶어. 하지만 조사 감옥의 감방에 더 가고 싶어. 거기는 집보다 훨씬 낫고 재미있었어. 이제 나는 모든 신참들에게 '깨끗한 공기'가 무엇인지 얘기하려고 해."

만약 이 모든 것에 베링* 시대처럼 수많은 인명을 앗아 간 무섭고 위험한 전염병으로 변질하여 거의 모두에게 미친 괴혈병, 그리고 파리 떼로 새까맣게 뒤덮인 쓰레기 더미에서 오직 쓰린 위를 채우려고 부엌의 음식 찌꺼기를 모아 닥치는 대로 먹어 치워 생긴 이질, 그리고 이 병에 걸리면 손바닥과 발바닥의 피부가 장갑처럼 벗겨지고 온몸에 찍힌 지문 같은 둥글고 큰 꽃잎처럼 허물이 벗겨지는 초췌한 빈자의 병인 비타민 B 복합체 결핍증, 그리고 끝으로 레닌그라드 봉쇄 후에야 자기의 진짜 이름으로 불리게 된 굶주린 사람의 병인 유명한 영양실조증을 덧붙인다면. 그전까지 이 병은 여러 가지 이름을 가지고 있었다. 병력 진단서에 극심한 육체적 쇠약으로 번역되는 신비로운 문자 RFI, 또는 더 빈번히 인간의 육체에서 몇 개의 비타민 부족을 말하는, 그리고 똑같은 기아를 표시하기 위해 편리하고 합법적인 라틴 공식을 찾아낸 의사들을 안심시켜 주는 놀라운 라틴 이름의 복합 비타민 결핍증.

마치 거대한 스테아린 양초가 막사 한구석에서 녹아 흐르듯, 틈새마다 안에서 두꺼운 얼음이 낀 난방 안 된 습기 찬 막사를 떠올린다면…… 부실한 옷과 빈약한 배급 식량, 동상, 특히 동상은 절단에 의지하지 않더라도 정말 영원한 고통이다. 그때 심장병 환자에게 파멸적인 늪지 많은 이 산속에 얼마나 많은 인플루엔자, 폐렴, 온갖 감기와 결핵이 발생할 수밖에 없었고 발생했는지를 그린다면. 또 고의 손상자, 자해자의 유행을 떠올린다면. 엄청난 정신적 압박이나 절망까지 고려한다면, 깨끗한 공기가 감옥보다 인간의 건강에 얼마나 더 위험한지 아는 것은 쉬운 일이다.

때문에 감옥의 무위와 '깨끗한 공기'의 장점을 비교하여 복역 중에 하는 '노동'의 장점에 관해 도스토옙스키와 논쟁할 필요는 없다. 도스토옙스키 시대는 다른 시대였다. 그때의 강제 노동은 여기서 말하는 극한에까지 아직 이르지 않았다. 이에 대해 올바로 묘사하기란 어렵다. 그곳의 모든 것은 너무 이상하고 도저히 믿을 수 없어 인간의 빈약한 두뇌로는 우리의 감옥 지인 — 타타르의 이슬람교 성직자가 애매모호하게 알고 있는 그곳의 삶을 단순히 구체적으로 묘사할 수는 없다.

첫 죽음

나는 극북에서 숱한 인간의 죽음을 보았다. 어떤 사람에게는 아마 너무 많기도 하겠지만, 나는 처음 본 죽음을 가장 선명하게 기억한다.

그 겨울에 우리는 심야반에서 일해야 했다. 캄캄한 밤하늘에서 혹한기에 빛나던 무지갯빛 후광에 둘러싸인 희뿌연 작은 달을 보았다. 해는 보이지 않았다, 전혀. 우리는 막사로 갔다가(집으로는 가지 않았다. 누구도 막사를 집이라고 부르지 않았다) 날이 밝기 전에 다시 나왔다. 그러나 얼마 안 있어 해가 모습을 드러내는 바람에 짙은 하얀 찬 안개 거즈 사이로 땅을 분간조차 할 수 없었다. 해가 어디 있는지 우리는 짐작으로 판단했다. 거기선 빛도 온기도 나오지 않았다.

채굴 현장까지 걸어 다니기에는 멀었다. 2~3킬로미터였고, 길은 3사젠 되는 두 개의 큰 눈산 사이로 통하고 있었다. 금년 겨울엔 바람에 큰 눈 더미가 쌓여 눈보라가 친 다음에는 번번이 채굴장 사람들은 눈을 헤치고 나왔다. 많은 사람들이 삽을 들고 자동차가 지나다닐 수 있게 그 길을 치우러 나갔다. 도로의 제설 작업을 하는 사람들은 모두 교대 호송대와 개들에게 둘러싸여 불을 쬐는 것도 따뜻한 데서 먹는 것도 허용되지 않은 채 밤낮으로 며칠씩 작업장에 붙잡혀 있었다. 꽁꽁 언 배급 빵은 말에 실어 왔고, 작업이 길어지면 이따금 통조림을 주었다. 2인에 한 깡통씩. 빵을 싣고 온 말에 환자나 몸이 쇠약해진 사람을 실어 수용소로 데려갔다. 사람들은 제설 작업이 완료된 후에야 해방되었다. 잠을 푹 자고 나서 다시 '진짜' 일을 하러 추운 곳으로 가기 위해. 나는 그때 놀라운 사실을 발견했다. 그 장시간의 노동 속에서 힘들고 아주 어려웠던 건 처음 예닐곱 시간 동안뿐이었다. 그 뒤로는 시간에 대한 관념을 잃어버리고 무의식적으로 얼어붙지 않으려고만 했다. 전혀 아무것도 생각하지 않고 아무것도 기대하지 않고 제자리걸음을 하며 삽을 흔들었다.

이 일이 끝나면 도저히 생각할 수도 없었을 듯한 의외의 일이, 예기치 않은 행복이 언제나 찾아온다. 다들 즐겁게 떠들고 어떤 때는 배고픔도 극도의 피로도 없는 것 같았다. 곧 열을 지어 모두 즐겁게 '집으로' 달려간다. 양쪽으로 거대한 참호와 같은 눈산, 우리를 온 누리와 격리시켜 놓은 눈산이 솟아오른다.

눈보라는 이미 오래전에 그쳤고 부드러운 눈은 가라앉아 다져져 더 강하고 단단해 보였다. 눈산 위로 사람이 빠지지 않고 지나갈 수 있었다. 양쪽 눈산에 몇 군데 교차로가 뚫렸다.

밤 2시경에 우리는 식사를 하러 가면서 추위에 언 사람들의 소음으로, 삽 부딪치는 소리로, 밖에서 들어온 사람들의 큰 목소리로, 그러다 점차 조용하고 약해져만 가는 목소리로 막사를 가득 채우다가 평소와 같은 사람의 말로 되돌아간다. 야식은 깨진 유리창이 달린 얼어붙은 식당이 아니라, 우리가 혐오하는 식당이 아니라 언제나 막사에서 했다. 식후에 마호르카를 가지고 있는 사람들은 담배를 피우고, 없는 사람은 동료들이 피울 걸 남겨 주어 전체적으로는 누구나 '피울' 수 있게 된다.

과거 농기·트랙터 배급소 소장이었고 지금은 유행하는 제58조에 따라 10년 형을 받은 우리 작업반장 콜랴 안드레예프 수인은 언제나 반원들보다 빨리 움직였다. 우리 작업반은 호송병이 붙지 않았다. 그 당시 호송대원 수는 부족했다. 이것은 지도부의 신임 때문이기도 했다. 그러나 호송병이 붙지 않는다는 특별 의식은 아무리 유치하더라도 많은 사람에게 가장 나쁜 일은 아니었다. 호송병 없이 작업장에 다니는 것은 정말로 모든 사람의 마음에 들었으며 긍지와 자랑거리였다. 작업반은 호송대가 충분해지고 안드레예프의 작업반이 다른 모든 작업반과 동등한 입장에 놓인 뒤보다 실제로 일을 더 잘하기도 했다.

오늘 밤 안드레예프는 우리를 새로운 길로 데려갔다. 낮은 지대로 가지 않고 똑바로 눈산 위로 데려갔다. 우리는 채굴장의 반짝이는 황금 불빛과, 왼쪽으로 거대한 검은 숲과, 하늘과 한데 어우러진 구릉의 먼 봉우리를 보았다. 처음으로 밤중에 멀리서 숙소를 보았다.

교차로 있는 데까지 간 안드레예프는 갑자기 오른쪽으로 급히 돌아 바로 눈을 타고 아래로 내달렸다. 다른 사람들도 다 같이 그의 이해할 수 없는 행동을 고분고분 따라 하며 쇠 지렛대와 곡괭이, 삽을 짤그랑거리며 아래로 떼를 지어 떨어졌다. 연장은 일터에 놔두지 않았다. 거기에 두면 누군가 훔쳐 가므로 연장 분실에 대한 징벌을 받을 위험이 있었다.

교차로에서 두 발짝 떨어진 곳에 군복 차림의 한 남자가 서 있었다. 방한모를 쓰지 않았고, 곧추선 짧은 검은 머리는 눈에 덮여 있었으며, 코트 단추는 열려 있었다. 그보다 한층 더 멀리 뒷부분이 높은 가벼운 썰매에 매인 말이 똑바로 깊은 눈 속에 박힌 채 서 있었다.

그 사람의 발 옆에 한 여자가 벌렁 나자빠져 있었다. 모피 반코트 자락은 활짝 열려 있었고 알록달록한 원피스는 엉망으로 구겨져 있었다. 머리 옆에는 구겨진 검은 숄이 뒹굴고 있었다. 숄은 짓밟혀 눈 속에 처박혔다. 달빛에 거의 하얗게 보이는 여자의 금발과도 같이. 여윈 목은 드러나 오른쪽과 왼쪽에 달걀 모양의 검은 반점들이 보였다. 얼굴이 창백하고 핏기가 없었지만, 우리 광산 소장의 여비서 안나 파블로브나임을 나는 한눈에 알아보았다.

우리는 모두 그녀와 잘 아는 사이였다. 광산에는 여자가 아주 적었다. 6개월 전쯤 여름 저녁나절에 그녀는 우리 작업반 옆으로 지나갔는데, 수인들은 넋 나간 눈으로 그녀의 여윈 모습을 전송한 적이 있었다. 그녀는 우리에게 미소를 지으며 이미 무거워져 서산으로 기울어 가는 해를 한 손으로 가리켰다.

"이제 곧, 동무들, 곧!" 그녀는 소리쳤다.

우리는, 수용소의 말들도 그렇듯이, 일하는 동안 하루 종일 작업이 끝나는 순간만 생각했다. 그리고 우리의 단순한 생각은 아주 분명했고, 거기다 당시 우리의 개념으로 너무 아름다운 여자였기에 우리는 감동했다. 우리 작업반은 안나 파블로브나를 좋아했다.

지금 그녀는, 멍하니 놀란 눈으로 주위를 살피는 군복 입은 남자의 손에 목 졸려 죽은 채 우리 앞에 누워 있었다. 나는 그를 아주 잘 알았다. 많은 수인에게 '일을 주었던' 우리의 광산 취조관 시테멘코였다. 그는 지칠 줄 모르는 심문을 통해 굶주린 수인들 중에서 거짓 목격자와 비방자를 골라 마호르카나 수프 한 그릇으로 고용했다. 어떤 수인들에게는 국익을 위해 거짓이 필요하다고 설득하고, 어떤 자들은 위협하고, 어떤 자들은 매수했다. 모두 한 광산에서 살았지만 그는 새로 조사할 사람이 체포되기 전에 인사를 나누거나 자기 앞에 부르려 하지 않았다. 취조실에서 체포된 자를 기다리는 것은 준비된 조사 기록과 구타였다.

시테멘코는 3개월 전쯤 우리 막사를 방문하여 통조림 깡통으로 만든 수인의 냄비를 모조리 부숴 버린 바로 그 관리였다. 수인들은 끓여서 먹을 수 있는 것을 모두 거기에 넣고 끓였었다. 그들은 앉아서 자기 막사의 난로에 데워 따뜻하게 먹으려고 식당에서 음식을 냄비에 담아 가지고 갔다. 청결과 규율의 옹호자인 시테멘코는 곡괭이를 달라고 해서 손수 깡통 바닥을 뚫어 버렸다.

지금 그는 두어 걸음 떨어진 곳에 있는 안드레예프를 보고 권총집을 잡았지만 삽과 곡괭이로 무장한 사람들의 무리를 보고 끝내 총을 뽑지 않았다. 그러나 사람들은 이미 그의 팔을 비틀어 올렸다. 그 일은 열정적으로 행해졌다. 매듭을 어찌나 꽉 죄었던지 나중에 포승줄을 칼로 잘라야 할 정도였다.

안나 파블로브나의 시신은 뒷부분이 높은 썰매에 실려 마을에 있는 광산 소장의 집으로 옮겨졌다. 모든 사람이 안드레예프와 함께 그곳으로 간 것은 아니었다. 많은 사람이 빨리 막사의 수프로 달려갔다.

소장은 자기 집 문간에 모여 있는 수인의 무리를 유리창을 통해 보고 오랫동안 문을 열지 않았다. 마침내 안드레예프가 무슨 일인지 설명하고 붙잡힌 시테멘코와 다른 두 수인과 함께 집 안으로 들어갔다.

그날 밤, 우리는 아주 오랫동안 식사를 했다. 안드레예프는 증언하기 위해 어디론가 연행되었다. 그러나 나중에 돌아와 작업을 지시했고, 우리는 일하러 갔다.

시테멘코는 질투에 의한 살인으로 10년을 선고받았다. 최소한의 형벌이었다. 그는 우리 광산에서 재판을 받고 선고를 받은 후 어디론가 이송되었다. 그런 경우 과거 수용소의 높은 관리들은 어딘가에 특별히 수감된다. 아무도 다시는 그들을 일반 수용소에서 보지 못했다.

폴랴 아주머니

폴랴 아주머니는 쉰다섯 살에 병원에서 위암으로 숨졌다. 해부 결과가 주치의의 진단을 확인해 주었다. 그러나 우리 병원에서 병리 해부학적 진단은 임상 진단과 엇갈리는 경우가 이따금 있었다. 가장 좋은 병원과 가장 나쁜 병원들에서도 그런 일이 더러 있다.

폴랴 아주머니의 이름은 사무실에서만 알았다. 폴랴 아주머니는 7년 동안 소장 집에서 '부엌 당번'으로, 다시 말해 하녀로 있었는데 소장의 아내조차 진짜 이름을 기억하지 못했다.

남자 당번이 누구며 여자 당번이 누군지는 다 알지만 어떤 일을 하는지는 다 모른다. 수많은 사람의 운명을 좌지우지하는 범접할 수 없는 지배자의 대리인. 지배자의 약점, 그의 어두운 면을 알고 있는 사람. 하인이지만 집안의 물 밑이나 땅 밑에서 일어나는 전쟁에 반드시 참여하기도 하는 사람. 참여자이기도 하고 또는 적어도 집안싸움의 관찰자이기도 한 사람. 부부 싸움의 비밀 조정자. 소장의 가정 살림을 맡아 보고 재산을 불리지만 반드시 절약이나 정직한 방법으로 불리지 않는 사람. 그런 당번 하나는 소장을 위해 마호르카 담배 장수로 나서 수인에게 개비당 10루블에 팔았다. 수용소의 도량형 검정국은, 성냥갑 하나에 마호르카 여덟 개비씩 들어가고 마호르카를 담는 8분의 1절지는 그런 성냥갑 여덟 개가 들어가도록 정했다. 이런 곡류 같은 물체를 재는 척도는 소연방의 8분의 1 지역인 동시베리아 전역에 통용된다.

우리 당번은 8분의 1절지 크기의 마호르카 한 통당 640루블을 받았다. 그러나 이 숫자도 이른바 최고가는 아니었다. 속이 덜 찬 성냥갑을 넣을 수 있었다. 외견상으로는 차이가 거의 눈에 띄지 않고, 게다가 소장의 당번과 아무도 싸우려 들지 않는다. 더 얄팍한 담배를 돌릴 수도 있었다. 손으로 만 담배는 모두 당번의 손과 양심의 문제이다. 우리 당번은 마호르카를 한 통에 5백 루블씩 주고 소장한테서 매점했다. 140루블의 차액은 당번 호주머니 속에 들어갔다.

폴랴 아주머니의 주인은 마호르카 장사를 하지 않았고, 대체로 폴랴 아주머니는 주인집에서 어떤 나쁜 일도 하지 않았다. 그녀는 훌륭한 요리사였고, 요리에 밝은 당번들은 특히 높은 평가를 받았다. 폴랴 아주머니는 남의 일에 손을 댈 수 있었고 — 그리고 실제로 손을 대 왔다 — 우크라이나 고향 사람 중 누군가를 쉬운 일자리에 취직시켜 준다든가 석방자 명단에 넣어 줄 수 있었다. 동향인에 대한 폴랴 아주머니의 도움은 매우 중요했다. 그러나 조언해 주는 것 말고는 다른 사람을 도와주는 일이 없었다.

폴랴 아주머니는 소장 집에서 7년째 일해 온 덕분에 앞으로

10 'rokiv'(10년)은 내내 풍족하게 살 거라고 생각했다.

폴랴 아주머니는 알뜰하고 청렴한 여자로 선물이나 돈에 대한 무관심이 어떤 소장의 마음에도 들지 않을 수 없을 거라고 당연히 생각했다. 예상은 적중했다. 그녀는 소장네 가족이나 다름없었고 이미 석방될 예정이었다. 그녀는 소장의 동생이 일하는 광산 트럭 운전사로 당연히 들어갈 것이고, 광산은 그녀의 석방을 청원할 것이다.

그러나 폴랴 아주머니는 병에 걸렸고 병세는 점점 악화되어 병원으로 이송되었다. 주임 의사는 폴랴 아주머니에게 독실을 배정하도록 지시했다. 소장의 여자 당번에게 자리를 비워 주기 위해 열 명의 반송장이 차가운 복도로 끌려 나왔다.

병원은 북적였다. 매일 오후가 되면 '윌리스'*들이 오고 트럭들이 왔다. 운전석에서 긴 모피 코트를 입은 귀부인들이 내리고 군인들이 내렸다. 모두 폴랴 아주머니한테로 달려갔다. 그리고 폴랴 아주머니는 누구에게나 몸이 나으면 소장에게 잘 말씀드리겠다고 약속했다.

일요일마다 리무진 ZIS-110*이 병원 정문으로 들어갔다. 폴랴 아주머니에게 보내는 소장 아내의 메모와 소포를 싣고 왔다.

폴랴 아주머니는 여자 간호사들에게 다 주어 버렸고, 음식도 한 숟가락만 먹어 보고 주어 버릴 것이다. 그녀는 자기 병을 알고 있었다.

폴랴 아주머니는 낫지 못했다. 어느 날 소장의 메모를 들고 이상한 방문객이 병원에 나타났다. 작업 배정자에게 표트르 신부라고 자기 이름을 댔다. 알고 보니 폴랴 아주머니는 고해를 하고 싶었던 것이다.

이상한 방문객은 페티카 아브라모프였다. 모두 아는 사람이었다. 몇 개월 전, 이 병원에 입원까지 했었다. 그 사람이 지금의 표트르 신부였다.

성자의 방문으로 병원 전체가 술렁였다. 우리 나라에 사제들이 있다는 게 판명되었다! 그리고 그들은 원하는 사람의 고해를 받고 있다! 가장 큰 병실 — 점심과 저녁 사이에 매일같이 환자 중 누군가, 어쨌든 식욕을 더 돋우기 위해서가 아니라 굶주린 사람의 식욕을 일으켜야 할 필요성 때문에 음식 이야기를 하는 2호실 — 에서 화제가 되고 있는 건 폴랴 아주머니의 고해 성사뿐이었다.

표트르 신부는 헌팅캡에 솜 반코트를 입고 있었다. 솜바지는 두꺼운 방수천으로 만든, 조금 낡은 부츠 속에 넣었다. 머리는 짧게 깎았다. 성직자로서 1950년대의 유행을 맹목적으로 좇는 젊은이 머리보다 훨씬 짧았다. 표트르 신부는 솜 반코트와 솜 점퍼의 단추를 끌렀다. 옆으로 트인 푸른 남자 셔츠와 가슴에 거는 하늘색 큰 십자가가 보였다. 단순한 십자가가 아니라 예수의 책상(磔像)이 있는 십자가였다. 숙련된 손으로 깎아 만들었으나 필요한 연장 없이 만든 수제품이었다.

표트르 신부는 폴랴 아주머니의 고해를 듣고 떠났다. 그는 오랫동안 고속 도로에 서 있다가 트럭이 가까이 오자 손을 들었다. 두 대는 서지 않고 그냥 지나가 버렸다. 그러자 표트르 신부가 준비된 궐련을 가슴속에서 꺼내 머리 위로 쳐들었고 바로 첫 번째 트럭이 브레이크를 밟더니 운전사가 극진히 운전석 문을 열어 주었다.

폴라 아주머니는 숨을 거두고 병원 공동묘지에 묻혔다. 산 아래(환자들은 '죽는다'는 말 대신 '구릉 밑으로 간다'고 했다) 공동묘지 'A', 'B', 'C', 'D'와 활줄처럼 여러 줄로 늘어선 단독 묘지가 있는 큰 묘지였다. 폴라 아주머니 장례식에는 소장도 그의 부인도 표트르 신부도 참석하지 않았다. 장례 의식은 평범했다. 작업 배정자가 폴라 아주머니의 왼쪽 종아리에 나무 표를 매달았다. 신상 번호였다. 지시에 따라 번호는 숲의 측량 수준기 표나 안표(眼表)에 하듯 절대로 화학 연필이 아닌 일반 검은 연필로 써야 한다.

관습에 따라 묘지를 파는 간호사들이 폴라 아주머니의 여윈 시신에 돌을 던졌다. 작업 배정자는 돌 속에 막대기를 고정시켰다. 그리고 다시 같은 신상 번호를 매달아 놓았다.

며칠이 지나 표트르 신부가 병원에 나타났다. 묘지에 들렀다가 사무실에 들러 흥분하여 언성을 높여 말했다.

"십자가를 세워야 해요. 십자가를."

"그건 또 왜," 작업 배정자는 말했다.

두 사람은 한동안 옥신각신했다. 마침내 표트르 신부가 말했다.

"일주일 기간을 주겠소. 이 일주일 안에 십자가를 세우지 않으면 당신을 소장에게 일러바치겠소. 그 사람이 도와주지 않으면 극북 건설 관리 본부장에게 편지를 쓰겠소. 그 사람이 거절하면 인민 위원회에 일러바치겠소. 인민 위원회가 거절하면 시노드*에 편지를 쓰겠소." 표트르는 소리쳤다.

작업 배정자는 늙은 수인으로, '이상한 나라'를 잘 알고 있었다. 거기에서는 전혀 예상치 못한 일들이 일어날 수 있다는 걸 알았던 것이다. 그리고 잠시 생각하더니 주임 의사에게 자초지종을 보고하기로 결심했다.

전에 장관인지 차관인지를 지낸 주임 의사는 싸우지 말고 폴랴 아주머니의 무덤에 십자가를 세워 주라고 조언했다.

"사제가 저토록 자신 있게 말하는 걸 보면 거긴 무언가 있다는 얘기야. 무언가를 알고 있어. 모든 걸 알고 있는지 몰라, 모든 걸 알고 있는지 몰라." 전에 장관을 지낸 주임 의사는 중얼거렸다.

십자가가 세워졌다, 이 공동묘지에 첫 십자가가. 십자가는 멀리서도 보였다. 유일한 십자가였지만 이 모든 곳은 진짜 묘지 모습을 하고 있었다. 걸을 수 있는 환자들은 모두 이 십자가를 보러 다녔다. 그리고 비문이 적힌 판자 조각이 장례 액자 속에 끼워졌다. 비문은 입원한 지 벌써 2년째 된 늙은 화가에게 제작하도록 맡겼다. 솔직히 말해 그는 입원한 것이 아니라 침대의 일원으로 등록되었을 뿐, 자기 시간을 전부 세 종류의 복제화를 대량 생산하는 데 썼다. 「황금 가을」, 「세 용사」, 「이반 뇌제의 죽음」. 화가는 이런 복제화는 눈 감고도 그릴 수 있다고 장담했다. 주문자는 온 마을과 병원 지도부였다.

그러나 화가는 폴랴 아주머니의 십자가 위에 걸 판자 비문을 만드는 데 동의했다. 그러고는 뭐라고 써야 하는지 물었다. 작업 배정자는 명단을 뒤졌다.

"머리글자 외엔 아무것도 찾을 수 없는데." 그는 말했다. "티모센코 P. I. 폴리나 이바노브나로 써. 그날 죽었으니까."

주문자와 다퉈 본 적이 없는 화가는 그대로 썼다. 정확히 일주일 뒤 페티카 아브라모프가, 다시 말해 표트르 신부가 나타났다. 그는 폴랴 아주머니의 이름이 폴리나가 아니라 프라스코비야, 부칭은 이바노브나가 아니라 일리니치나라고 했다. 그는 그녀의 출생일을 알려 주고 묘비명에 넣도록 요구했다. 비문은 표트르 신부의 입회하에 수정되었다.

넥타이

이 저주받을 넥타이를 어떻게 이야기하면 좋을까?

그것은 특별한 종류의 진실이며, 현실의 진실이다. 하지만 그것은 르포르타주가 아니라 이야기이다. 어떻게 하면 이를 미래의 산문으로, 우리에게 하늘을 열어 준 생텍쥐페리의 이야기와 같은 것으로 만들 수 있을까?

과거와 현재에 성공하기 위해 작가가 작품의 소재로 삼는 나라에서는 외국인 같은 존재가 될 필요가 있다. 자라면서 그 속에서 습관과 취미, 견해를 갖게 된 사람들의 시각—그들의 관심, 그들의 시야—에서 쓸 필요가 있다. 작가는 그들을 대신하여 그들의 언어로 말하고 글을 쓴다. 그 이상은 아니다. 작가가 소재를 너무 잘 알면 사람들은 그들을 위해 쓰는 작가를 이해하지 못한다. 작가는 입장을 바꿔 자기 소재 쪽으로 가 버렸다.

소재를 너무 알 필요는 없다. 과거와 현재의 작가들이 모두 그렇지만, 미래의 산문은 다른 걸 요구한다. 이야기하는 사람은 작가가 아니라 작가적 재능을 지닌 직업인이다. 그리고 그들은 자기들이 알고 본 것만 이야기할 것이다. 진실성이 미래 문학의 힘이다.

추론은 여기서 필요 없을지 모르며 어쨌든 베로날*로 자살하려고 반짝이는 작고 누르스름한 달걀처럼 생긴 알약을 조금 모아 두었다가 삼킨 다리를 저는 처녀 마루샤 크류코바를 떠올리려고, 모든 면에서 떠올리려고 노력할 것이다. 그녀는 베로날이 처방된 병실 이웃으로부터 베로날을 빵, 카샤, 청어 1인분과 바꿨다. 보조 의사들은 베로날이 거래되는 걸 알고 눈앞에서 환자에게 알약을 먹게 했지만 약 껍질이 딱딱하여 보통 환자들은 뺨 뒤쪽이나 혀 밑에 넣어 두었다가 보조 의사가 나가면 자기 손바닥에 뱉어 냈다.

마루샤 크류코바는 복용량을 계산하지 못했다. 그녀는 죽지 않고 약을 그냥 토해 내게 되었고 치료를 받은 후 — 위세척 — 에 퇴원하여 중계 감옥으로 이송되었다. 그러나 이 모든 것은 넥타이 사건보다 한참 뒤의 일이었다.

마루샤 크류코바는 1930년대 말 일본에서 왔다. 교토 변두리에서 살았던 이민자의 딸 마루샤는 오빠와 함께 '러시아 귀환' 동맹에 가입한 뒤 1939년 소비에트 대사관과 접촉하여 러시아 입국 비자를 받았다. 블라디보스토크에서 마루샤는 자기 친구들과 오빠와 함께 체포되어 모스크바로 이송된 뒤 두 번 다시 자기 친구들을 만나지 못했다.

조사받는 과정에서 마루샤는 한쪽 다리가 부러졌는데, 뼈가 유착되자 콜리마로 이송되었다. 25년간 복역하기 위해서. 마루샤는 뛰어난 수예공이며 숙련된 자수공이었다. 그 자수로 교토에서 마루샤의 가족이 살기도 했다.

콜리마에서 높은 사람들은 마루샤의 그런 솜씨를 당장 알아보았다. 자수값을 그녀에게 지불하는 법은 없었다. 빵 한 조각이나 설탕 두 조각, 담배를 좀 갖다주었을 뿐. 그러나 마루샤는 담배를 배우지 않았다. 그리고 몇 백 루블 하는 훌륭한 수예품이 지도부의 손안에 들어갔다.

수인 크류코바의 재능에 대한 소식을 듣고 의무실장이 마루샤를 병원에 입원시켜 그때부터 마루샤는 여의사를 위해 수를 놓았다.

숙련된 자수공과 수예공을 모두 지나가는 차편에 실어 ……의 지휘하에 보내라는 전통이 마루샤가 일하는 국영 농장에 왔을 때 수용소장은 마루샤를 숨겨 두었다. 소장의 아내는 숙련된 자수공을 위해 고액의 주문을 받고 있었다. 그러나 누군가 즉각 상부에 밀고하는 바람에 마루샤를 보내 줘야 했다. 어디로?

콜리마의 중앙 도로는 2천 킬로미터나 구불구불 뻗어 있다. 구릉이나 협곡 사이로 난 고속 도로, 작은 기둥, 레일, 교량 들이……. 콜리마 간선 도로에는 레일이 없다. 그러나 모든 사람들이 여기서 네크라소프*의 「철도」를 암송했고 암송한다. 아주 알맞은 텍스트가 있는데 왜 다른 시를 짓겠는가. 도로는 전부 곡괭이와 삽, 외발 손수레와 굴착기로 건설되었다…….

4백 내지 5백 킬로미터마다 간선 도로에는 달스트로이* 부장, 다시 말해 콜리마 총독의 개인 자유재량하에 있는 초호화 호텔인 '간부의 집'이 있다. 자기 관할 지역을 여행할 때 그 사람만이 거기서 묶을 수 있다. 값비싼 양탄자, 청동 제품과 거울 그리고 원화도 있는데 슈하예프* 같은 일류 화가의 이름이 적지 않다. 슈하예프는 콜리마에서 10년간 있었다. 1957년 쿠즈네츠키 다리에서 그의 작품, 그의 전기를 소개하는 전시회가 열렸다. 전시회는 벨기에와 프랑스의 밝은 풍경화, 황금 조끼를 입은 아를레킨의 자화상으로 시작되었다. 그 뒤는 마가단 시기이다. 작은 유화 초상화 두 점. 아내의 초상화와 음울한 짙은 갈색 계열의 자화상, 10년 동안 그린 작품이다. 두 초상화에는 무서운 것을 본 사람들이 있다. 이 두 초상화 외에 무대 장치 스케치가 있다.

전후에 슈하예프는 석방되어 트빌리시로 간다. 남으로, 남으로, 극북에 대한 증오심을 품고. 그는 굴복한다. 「고리*에서 스탈린의 맹세」를 그린다. 아첨하는 그림이다. 그는 굴복한다. 돌격 작업반원, 모범적 생산 노동자의 초상화를 그린다. 「황금 옷을 입은 귀부인」. 이 초상화에는 호화로운 기법이 없다. 북국의 빈약한 색조를 화가는 억지로 망각하려는 것 같다. 이것으로 끝이다. 죽을 수 있다.

'간부의 집'을 위해 화가들은 「이반 뇌제가 아들을 죽이다」, 시시킨*의 「숲 속의 아침」을 복제하기도 했다. 이 두 그림은 엉터리 고전 작가의 작품이다.

그러나 가장 놀라운 일은 거기에 자수가 있었다. 실크 막, 걷어 올리는 커튼, 창문이나 문짝에 치는 두꺼운 커튼이 자수로 장식되었다. 작은 양탄자, 망토, 수건 — 어떤 넝마라도 수인 숙련공들의 손을 거치면 값비싼 물건이 되었다.

달스트로이의 부장은 '간부의 집' — 그런 집이 간선 도로에 몇 채 있었다—에서 1년에 두세 번 묵었다. 나머지 시간은 모두 수위, 경리부장, 요리사와 집사가 그를 기다리고, 극북에서 일하는 대가로 할증금을 받는 자유노동자 네 명이 주인을 기다리며 준비하고 겨울엔 난로를 때고 '간부의 집'을 환기시켰다.

두꺼운 커튼과 망토와 생각하는 것은 무엇이든 자수로 장식하기 위해 마루샤 크류코바를 여기로 데려왔다. 능력과 창의력 면에서 마루샤와 동등한 또 다른 두 명의 자수공이 있었다. 러시아는 시험의 나라, 통제의 나라이다. 선량한 러시아인 하나하나—수인도, 자유노동자도—의 꿈은 무언가를, 누군가를 시험하기 위해 그를 임명하려고 한다. 첫째, 나는 누구의 지휘자이다. 둘째, 나는 신임을 받았다. 셋째, 나는 정직한 일에 대한 책임보다 그런 일에 대한 책임이 작다. 넷째, 네크라소프*의 『스탈린그라드의 참호 속에서』의 공격을 기억하라.

숙련공에게 매일 자수 재료와 실을 공급하는 여자 당원이 마루샤와 그의 새 지인들 위에 임명되었다. 하루의 일이 끝나 갈 무렵 그녀는 일한 것을 수거하여 검사했다. 그녀는 일은 하지 않고 중앙 병원의 정규 수술실 수간호사처럼 근무했다. 한눈을 팔기 무섭게 두툼한 푸른 실크 조각이 사라진다고 믿으며 그녀는 철저히 감시했다.

숙련공은 그런 감시에 익숙해진 지 오래였다. 그리고 그녀를 속이려고 계획하지 않았고, 더 정확히 말해 그들은 노동을 훔치지 않았다. 세 여자는 모두 제58조로 유죄 판결을 받은 자였다.

숙련공은 소연방의 모든 수용소에서처럼 그 정문 위에 잊을 수 없는 표어가 쓰여 있는 수용소 지역에 수감되었다. “노동은 명예로운 일이며, 영광스러운 일이며, 용감하고 영웅적인 행위의 일이다.” 그리고 인용문 작가의 이름이……. 인용문은 수용소에서 ‘노동’이라는 말의 의미에, 내용에 놀라울 정도로 어울리며 야유적으로 울렸다. 노동이 명예로운 일만 아니라면 아무래도 괜찮았다. 1906년 러시아 사회 혁명당이 참여했던 출판사에서 『니콜라이 2세의 연설문 전집』이 출간되었다. 이것은 황제의 대관식 때 『정부 통보』*지에서 재판되고 건강을 축하하는 건배사가 되었다. “켁스홀름 연대의 건강을 위해 건배”, “체르니고프 젊은이들의 건강을 위해 건배”.

건강을 위한 건배에 맹목적인 애국적 톤으로 일관되게 같은 머리말이 붙여졌다. “이 말에는 우리의 위대한 군주의 모든 지혜가 영롱하게 나타나 있습니다” 등등.

연설집의 편자들은 시베리아로 유배되었다.

전 소연방 수용소 정문 위에 쓰여 있는 노동에 대한 인용문을 드높였던 사람들은 어떻게 되었을까?

우수한 품행과 계획을 성공적으로 수행한 상으로 자수 숙련공들에게 수인을 위한 상영 시간에 영화를 보게 해 주었다.

자유노동자를 위한 상영 시간은 규칙상 수인을 위한 영화와는 조금 달랐다.

영사기는 한 대였고, 1부와 2부 사이에 쉬는 시간이 있었다.

어느 날 「현인에게도 어수룩한 데가 있다」라는 영화를 보여 주었다. 1부가 끝나자 언제나처럼 불이 켜졌다가 언제나처럼 꺼지고 영사기 소리가 들렸다. 노란빛이 스크린에 비쳤다.

모두 발을 구르며 소리쳤다. 기사가 실수로 다시 1부를 보여 준 것이다. 3백 명의 관람객. 여기에는 훈장을 받은 출정 군인들과 회의에 참석하러 온 공훈 의사들이 있었다. 자유노동자를 위한 상영 시간의 표를 산 사람은 모두 발을 구르고 소리쳤다.

기사는 천천히 1부를 '돌리고' 홀에 불빛을 비추었다. 그러자 모두 무슨 일인지 알았다. 영화관에 병원 경영부 부원장이 나타났다. 1부 시간에 늦어 필름을 처음부터 다시 보여 준 것이다.

2부가 시작되자 모든 게 제대로 진행되었다. 콜리마의 관습은 누구나 다 알았다. 출정 군인들은 잘 몰랐고, 의사들은 더 잘 알았던 것이다.

표가 적게 팔리자 그 회의 상영은 모든 사람에게 공개되었다. 자유노동자를 위한 좋은 자리는 뒷줄이고, 앞줄은 수인을 위한 자리였다. 여자는 통로 왼쪽에, 남자는 오른쪽이다. 통로는 관람석을 열십자 모양으로 네 부분으로 나누고 있어 수용소의 규칙 면에서 매우 편리했다.

영화 상영 시간에도 눈에 띄는, 다리를 저는 처녀는 병원의 여성 분실에 들어갔다. 작은 병실은 그때 아직 지어지지 않았다. 그래서 분실 전체가 한 군인 침실에 배치되었다. 침대는 50개 이상 되었다. 마루샤 크류코바는 치료를 받으러 외과 의사에게 갔다.

"저 아가씨는 어디가 아파?"

"골수염," 외과 의사 발렌틴 니콜라예비치가 말했다.

"다리를 못 쓰게 되나?"

"아니, 왜 못 쓰게 돼……."

나는 크류코바에게 붕대를 감아 주러 다니며 그녀의 삶에 대해 이미 이야기하게 되었다. 일주일 후 열이 내렸고, 또 일주일 후 마루샤는 퇴원했다.

"넥타이를 선물할게요, 당신과 발렌틴 니콜라예비치에게. 아주 좋은 넥타이로."

"좋아요, 좋아. 마루샤."

'간부의 집'에서 몇 교대 작업을 하는 동안 수를 놓고 장식한 수십 미터, 수백 미터 되는 직물에서 나온 가늘고 긴 실크 조각.

"검사는요?"

"내가 우리 안나 안드레예브나에게 물어보지요."

여감독을 그렇게 부른 것 같다.

....

"안나 안드레예브나가 허락했어요. 내가 수를 놓고, 수를 놓고, 수를 놓고 있는데…… 당신에게 어떻게 설명해야 좋을지 모르겠어요. 돌마토프가 들어와 빼앗아 갔어요."

"어떻게 빼앗아 갔지요?"

"그래요, 나는 수를 놓고 있었어요. 발렌틴 니콜라예비치에게 줄 것은 이미 다 만들었고. 당신 것은 조금 남아 있었어요. 회색이에요. 문이 열렸어요. '넥타이에 수를 놓고 있군요?' 그리고 침대 머리맡 탁자를 뒤져 넥타이를 호주머니 속에 넣고 가 버렸어요."

"이제 당신을 보낼 겁니다."

"보내지 않을 거예요. 아직 할 일이 많은걸요. 하지만 당신에게 정말 넥타이를 만들어 주고 싶었어요…….”

“괜찮아요, 마루샤. 어차피 넥타이는 매지 않을 테니까. 팔지 않았을까요?”

수용소 독립 음악회에 돌마토프는 영화관에 올 때처럼 늦었다. 나이에 맞지 않게 육중하고 배가 불룩한 그는 첫 번째 빈 의자로 갔다.

크류코바가 자리에서 일어나 양손을 흔들었다. 나에게 보내는 신호라는 걸 알았다.

“넥타이다, 넥타이다!”

나는 부원장의 넥타이를 살펴볼 수 있었다. 돌마토프의 넥타이는 회색 바탕에 무늬가 있는 고급품이었다.

“당신 넥타이예요!” 마루샤가 소리쳤다. “당신 또는 발렌틴 니콜라예비치의 것이에요!”

돌마토프가 자기 의자에 앉자 전처럼 막이 활짝 열리고 독립 음악회가 시작되었다.

황금 타이가

'작은 수용소'는 중계 감옥이고, '큰 수용소'는 광산 관리 수용소이다. 끝없이 나지막한 막사, 수인의 거리, 삼중으로 된 철조망 울타리, 나무로 만든 찌르레기 집 같은 겨울 감시탑. 작은 수용소에는 철조망이 더 많고 감시탑과 자물쇠와 빗장이 더 많다. 거기에는 통과 수인과 중계 수인들이 살고 있어 온갖 재난을 예기할 수 있기 때문이다.

작은 수용소의 건축은 이상적이다. 4층 침대와 5백 명 이상의 '법적' 침대석이 있는 네모난 대형 단일 막사이다. 필요하다면 수천 명도 수용할 수 있다는 뜻이다. 그러나 지금은 겨울이고 호송 수인단도 적어, 안에서 보면 거의 빈집 같다. 막사 내부는 아직 마르지 않았다. 하얀 증기가 끼고 벽면에는 얼음이 덮여 있다. 입구에는 1천 촉광의 큰 전구가 있다. 전구는 노랗게 되기도 하고 눈부신 밝은 빛으로 빛나기도 한다. 전력 공급이 고르지 않기 때문이다.

낮에 수용소는 잠을 잔다. 밤마다 문이 열리고 양손에 명단을 들고 감기에 걸린 쉰 목소리로 이름을 외쳐 대는 사람들이 전등 아래 나타난다. 호명된 자는 솜 반코트의 단추를 모두 채우고 문지방을 넘어 영원히 사라진다. 집 밖에는 호송대가 기다리고 어디선가 트럭 엔진 소리가 나고 수인들을 광산으로, 국영 농장으로, 도로 구역으로 싣고 간다…….

나 역시 여기에 누워 있다. 문간에서 멀지 않은 아래층 판자 침대에. 아래는 추웠지만 더 따뜻한 위층으로 올라갈 마음을 먹지 못한다. 아래로 내던져진다. 거기는 좀 더 힘센 사람, 무엇보다 깡패들의 자리다. 게다가 나는 못으로 기둥에 박아 놓은 사다리를 타고 위로 오를 수도 없다. 아래가 낫다. 아래 침대에서 자리다툼이 생기면 침대 밑으로 기어들 것이다.

나는 수용소의 격투 방법을 잘 습득했지만 깨물거나 주먹질할 수 없다. 공간의 제약—감옥의 감방, 수인의 객차, 막사의 협소함—이 움켜잡고 물어뜯고 부러뜨리는 방법을 사용하라고 지시했지만 지금은 그럴 힘이 없다. 단지 으르렁거리고 욕설을 퍼부을 수밖에 없다. 나는 매일, 매 시간 쉴 때면 싸운다. 몸의 각 부분이 그렇게 하도록 부추긴다.

나는 바로 첫날에 호명되지만 허리띠로 쓸 끈이 있는데도 졸라매지 않고 단추를 전부 채우지 않는다.

뒤에서 문이 닫히고 나는 전실(前室)에 서 있다.

작업반은 20명으로, 한 차의 일반적인 정원이다. 그들은 찬김이 자욱하게 나오는 다음 문 옆에 서 있다.

작업 배정자와 호송대장이 인원수를 세며 둘러본다. 오른쪽에 또 한 명이 서 있다. 솜 점퍼에 솜바지, 귀 가리개가 달린 방한모를 쓰고 목 긴 모피 벙어리장갑을 때때로 흔들어 댄다. 나에게 필요한 사람이다. 나는 규칙을 완전히 알 만큼 여러 번 차에 실려 다녔다.

목 긴 장갑을 낀 사람은 수인을 받거나 마음대로 받지 않을 수 있는 대표이다.

작업 배정자가 내 이름을 목청껏 부른다. 큰 막사 안에서 부르듯. 나는 목 긴 장갑을 낀 사람만 쳐다본다.

"나를 데려가지 말아 주세요, 대표님. 몸이 아파 광산에서 일을 못합니다. 병원에 가야 합니다."

대표는 망설인다. 광산에서는, 집에서는 훌륭한 일꾼만 선발하라고 그에게 말했다. 다른 사람은 필요 없다. 그것이 그가 직접 여기에 온 이유이다.

대표가 나를 자세히 살펴본다. 찢어진 내 솜 반코트, 이 때문에 온통 긁은 자국이 난 더러운 몸을 드러낸 기름때 묻은 단추 없는 군복, 손가락을 싸맨 넝마 조각, 맨발에 노끈 신발, 영하 60도의 노끈 신발, 충혈된 굶주린 눈, 너무 말라 뼈가 앙상하게 드러난 몸—이 모든 것이 무엇을 의미하는지 그는 안다.

대표는 빨간 연필을 잡고 딱딱한 손으로 내 이름을 삭제한다.

"가 봐, 개새끼," 작은 수용소의 작업 배정자는 말한다.

막사 문이 열리고 나는 다시 작은 수용소 안에 들어와 있다. 내 자리는 이미 다른 사람이 차지해 버렸지만 내 자리에 누운 그를 한쪽으로 밀친다. 그는 불만스럽게 으르렁거리다 곧 잠잠해진다.

나는 인사불성 같은 잠에 빠져서도 바스락거리는 첫 소리에 잠이 깬다. 짐승처럼, 야만인처럼 조금도 졸지 않고 잠 깨는 법을 배웠다.

나는 눈을 뜬다. 위층 판자 침대에서 닳아 떨어졌지만 그래도 관급 구두가 아닌 단화를 신은 발이 축 늘어진다. 지저분한 깡패 소년이 눈앞에 나타나 호모의 나른한 목소리로 위를 향해 말한다.

"발류샤에게 말해," 위층 판자 침대의 보이지 않는 누군가에게 말한다. "연예인들을 데려왔다고……."

휴지(休止). 그런 다음 쉰 목소리가 위에서 난다.

"발류샤가 어떤 사람들이냐고 묻는데."

"문화반에서 온 연예인들이야. 마술사 한 명과 가수 두 명. 하나는 하얼빈 가수야."

단화 한 짝이 흔들거리더니 사라졌다……. 목소리가 위에서 말했다.

"그들을 데려와."

나는 판자 침대 끝으로 갔다. 세 사람이 전등 아래 서 있었다. 둘은 반코트를 입고, 하나는 '털 라이너 재킷' 사복 차림이었다. 세 사람의 얼굴에 모두 존경의 표시가 나타났다.

"하얼빈 가수가 누구야?" 목소리가 말했다.

"납니다." 옷자락이 긴 코트를 입은 남자가 정중하게 대답했다.

"발류샤가 무얼 부르라고 하는데요."

"러시아어로? 프랑스어로? 이탈리아어로? 영어로?" 가수는 목을 위로 뽑으며 물었다.

"발류샤가 러시아어로 부르래요."

"호송대는요? 조용히 부르면 괜찮을까요?"

"괜찮아…… 괜찮아…… 하얼빈에서처럼 마음대로 불러."

가수는 물러나더니 「투우사의 노래」*를 불렀다. 숨을 내쉴 때마다 찬 입김이 나왔다.

묵직한 으르렁거리는 소리가 나자 목소리가 위에서 말한다.

"발류샤가 무슨 노래든 부르래."

가수는 창백해져 노래를 불렀다.

술렁이어라 금빛이여, 술렁이어라 금빛이여,
나의 황금 타이가.
오오, 굽이쳐 오라 길이여 잇따라
드넓은 우리 타이가로.

위에서 목소리가 말한다.

"발류샤가 잘 부른다고 했어."

가수는 안도의 한숨을 내쉬었다. 걱정으로 땀에 젖은 이마는 김이 나와 가수의 머리 주위에 후광처럼 보였다. 가수가 손바닥으로 땀을 문지르자 후광은 사라졌다.

"자, 이제," 목소리가 말했다. "네 털 라이너 재킷을 벗어. 이거 바꿀 옷이야!"

위에서 해진 솜 점퍼를 내던졌다.

가수는 잠자코 털 라이너 재킷을 벗고 넝마 같은 솜 점퍼를 입었다.

"이제 가 봐." 위에서 목소리가 말했다. "발류샤가 자고 싶대."

하얼빈 가수와 그의 두 친구는 막사의 안개 속으로 사라졌다.

나는 판자 침대 끝에서 다시 안으로 들어가 몸을 움츠리고 양손을 솜 점퍼 소매 속에 넣고 잠들었다.

그리고 곧 의미심장한 큰 귓속말에 잠이 깬 것 같았다.

"1937년 울란우데에서 나는 친구와 같이 거리를 걸었어. 점심때였지. 모퉁이에 중국 식당이 있었어. 들렀지. 메뉴를 보니 중국 만두가 있었어. 나는 시베리아 출신이어서 시베리아 만두, 우랄 만두를 알아. 그런데 거기 뜻밖에 중국 만두가 있었어. 우리는 백 개씩 주문하기로 했어. 중국인 주인은 웃으면서 '많을 거'라며 입이 귀밑까지 찢어졌어. '그럼 열 개씩은 어때요?' 주인은 계속 웃으면서 '많을 거'라고 했어. '그럼 두 개씩 주시오!' 주인은 어깨를 으쓱하며 주방으로 가더니 가져왔어. 각각 손바닥만 한 것으로 온통 뜨거운 기름이 발려 있었어. 그래서 우리 둘이는 반 개씩을 먹고 떠났지."

"이건 내가……."

나는 마음을 단단히 먹고 안 들으려고 애쓰다가 다시 잠이 든다. 그러나 담배 냄새에 잠이 깬다. 어딘가 저 위의 깡패 왕국에서 담배를 피우고 있다. 누군가 마호르카를 가지고 아래로 내려와 독하고 들큼한 담배 연기 냄새로 아래층에 있는 모든 사람들을 깨웠다.

다시 귓속말이 들린다.

"우리 세베르노예 지구 위원회에 가면 이런 꽁초가 얼마나 많은지 몰라, 아아, 아아! 청소부 폴랴 아주머니는 치울 수 없다고 계속 투덜댔어. 나는 그때 담배꽁초가 무언지 몰랐어."

또다시 나는 잠이 든다.

누군가 내 발을 잡아당긴다. 작업 배정자이다. 충혈된 눈이 악의에 차 있다. 그는 나를 문 옆의 누런 빛줄기 속에 세운다.

"그래," 그는 말한다. "광산에는 가고 싶지 않다고."

나는 침묵한다.

"국영 농장은 어때? 따뜻한 국영 농장은, 제기랄, 내가 가겠다."

"아니요."

"도로 작업반은 어때? 빗자루를 엮으러. 빗자루 엮는 것 생각해 봐."

"알아요." 나는 말한다. "오늘은 빗자루를 엮겠지만 내일은 외발수레를 안겨 주겠지요."

"대체 뭘 원하는 거야?"

"병원에 가는 거요! 나는 몸이 아파요."

작업 배정자는 노트에 무얼 기록하고 가 버린다. 3일 후 작은 수용소의 보조 의사가 와서 나를 불러 체온을 재고 등에 난 종기의 궤양을 살펴보더니 무슨 연고를 바른다.

돼지 약탈자 바시카 데니소프

저녁 여행을 위해 친구에게 솜 반코트를 빌려야 했다. 바시카의 솜 반코트는 너무 더럽고 남루하여 그걸 입고는 민간인 마을로 두 발짝도 나갈 수 없었다. 어떤 자유인도 당장 그를 붙잡을 것이다.

바시카 같은 사람들은 호송대와 함께 열을 지어서만 마을로 데리고 다닌다. 군인이나 민간 자유 주민들은 바시카 같은 사람이 혼자 거리를 돌아다니는 걸 좋아하지 않는다. 그들은 크지 않은 통나무나, 여기서 말하듯 '장작 막대기'를 어깨에 메고 땔감을 운반할 때만 의심받지 않는다.

그런 막대기를 차고에서 멀지 않은 눈 속에서 캐냈다. 모퉁이에서 여섯째 전주(電柱) 옆 도랑에서. 어제 작업이 끝난 뒤에 캐냈다.

지금 낯익은 운전사가 트럭을 잠시 멈추어 데니소프는 트럭 가장자리 너머로 몸을 구부려 땅으로 기어 내렸다. 그리고 바로 통나무를 캐던 곳을 찾았다. 푸르스름한 눈은 여기서 좀 더 짙고 아래로 꺼져 이른 어스름 속에서도 통나무를 볼 수 있었다. 바시카는 길옆 도랑으로 뛰어내려 발로 눈을 헤쳤다. 측면이 깎아지른 듯한 회색 통나무가 큰 냉동 생선처럼 나타났다. 바시카는 통나무를 길가로 끌고 나와 기대 세워 놓고 통나무에서 눈을 털기 위해 툭툭 치고 허리를 굽혀 양손으로 들어 올린 뒤 그 밑에 어깨를 갖다 댔다. 통나무는 출렁이다 어깨 위에 얹혔다. 바시카는 때때로 어깨를 바꾸며 마을로 성큼성큼 걸어갔다. 그는 허약한 데다 기진맥진하여 곧 몸이 따뜻해 왔으나 온기는 오래가지 않았다. 통나무의 무게가 아무리 느껴져도 바시카는 온기를 유지할 수 없었다. 어스름은 하얀 안개로 짙어지고 마을은 누런 전깃불을 모두 밝혔다. 바시카는 자기 예상에 만족하여 웃었다. 하얀 안개 속에서 그는 눈에 띄지 않고 자기 목적을 달성할 것이다. 여기 부러진 큰 낙엽송과 서리 속에 은빛 그루터기가 있다. 그것은 다음 집으로 가는 것을 의미한다.

바시카는 현관 옆에 통나무를 내던지고 벙어리장갑으로 펠트 부츠에서 눈을 털고 아파트를 노크했다. 문이 조금 열리더니 바시카를 들여보냈다. 머리에 아무것도 쓰지 않은 중년 여인이 무스탕 반코트를 입고 단추를 끄른 채 놀란 눈으로 미심쩍은 듯이 바시카를 쳐다보았다.

"땔감을 좀 가져왔습니다." 얼어붙은 얼굴의 살갗을 웃음의 주름으로 넓히려고 애쓰면서 바시카는 말했다. "이반 페트로비치에게 말씀 좀 드릴 수 있겠습니까?"

"좋아." 이반이 말했다. "땔감은 어디 있지?"

"바깥에 있습니다." 바시카가 말했다.

"그대로 기다려, 둘이서 톱으로 자르자고. 금방 옷을 입을게."

이반 페트로비치는 한참 만에 벙어리장갑을 찾았다. 둘은 현관으로 나가 받침대 없이 발로 통나무를 눌러 들어 올려 톱질했다. 톱은 갈지 않아 날이 잘 세워지지 않았다.

"나중에 와서," 이반 페트로비치는 말했다. "톱날은 세우고. 지금은 여기에 장작 패는 도끼가 있어…… 그리고 나중에 다 패면 복도에 놔두지 말고 바로 아파트 안으로 들여와."

바시카의 머리는 배고파 현기증이 났지만 나무를 다 패어 아파트 안으로 가져갔다.

"어머, 다 했군요." 커튼 뒤에서 여자가 나오며 말했다. "다 했군요."

그러나 바시카는 나가지 않고 문간에서 서성거렸다. 이반 페트로비치가 다시 나타났다.

"이봐," 그가 말했다. "지금은 나한테 빵이 없고 수프 역시 모두 돼지 새끼에게 줘 버려서 자네에게 줄 게 없어. 다음 주에 들를 수 있겠지……."

바시카는 잠자코 떠나지 않았다.

이반 페트로비치는 지갑 속을 뒤졌다.

"여기 3루블이야. 이렇게 장작을 해 줘서 자네에게만 주는 거야. 담배는 말이야, 자네도 알겠지만 지금 비싸."

바시카는 부드러운 지폐를 품속에 숨기고 나왔다. 3루블로는 마호르카 한 줌도 사지 못할 것이다.

그는 여전히 현관에 서 있었다. 배가 고파 구역질이 났다. 돼지 새끼들이 바시카의 빵과 수프를 먹어 치웠다. 바시카는 녹색 지폐를 꺼내 아주 잘게 찢었다. 지폐 조각은 바람에 쓸려 깨끗이 닦여 반짝거리는 얼어붙은 눈 위로 오랫동안 굴러갔다. 그리고 마지막 조각들이 하얀 안개 속으로 자취를 감추자 바시카는 현관에서 내려왔다. 힘이 없어 약간 휘청거리며 그는 집으로 가지 않고 마을 깊숙이 계속 걸어갔다. 1층, 2층, 3층 나무 궁전으로…….

그는 첫 번째 현관으로 들어가 손잡이를 잡아당겼다. 문은 삐걱거리는 소리를 내더니 묵중하게 떨어졌다. 바시카는 흐릿한 전등 빛이 희미하게 비치는 어두운 복도로 들어갔다. 아파트 문을 여러 개 지났다. 복도 끝에 창고가 있었다. 바시카는 문을 밀어 열고 문지방을 넘어섰다. 창고에는 양파 자루가 있었는데 소금 자루인지도 모른다. 바시카는 자루 한 개를 찢었다. 알곡이었다. 분노 속에 그는 다시 열이 올라 자루를 어깨로 밀어 옆으로 치웠다. 자루 밑에 언 돼지 몸통들이 놓여 있었다. 바시카는 격분하여 소리쳤다. 몸통에서 살 한 점도 잡아 뜯을 힘이 없었다. 그러나 자루 밑에는 얼린 돼지 새끼들이 있어 바시카는 더 이상 아무것도 보이지 않았다. 그는 얼어붙은 돼지 새끼 한 마리를 잡아 찢어 인형처럼, 어린 애처럼 양팔에 안고 출구로 갔다. 그러나 이미 여러 방에서 사람들이 나와 하얀 김이 복도를 가득 채웠다. 누군가 "거기 서!"라고 소리치며 바시카의 발 쪽으로 몸을 던졌다. 바시카는 돼지 새끼를 양팔에 꼭 안고 껑충 뛰어 밖으로 달려 나갔다. 아파트 주민들이 그의 뒤를 쫓아갔다. 누군가는 등 뒤에다 총을 쏘았고 누군가는 짐승처럼 소리를 질렀지만 바시카는 아무것도 보지 않고 달려갔다. 그리고 몇 분 뒤 다리가 스스로 마을에서 그가 아는 유일한 관사 — 바시카가 누운잣나무 채취꾼으로 일한 적이 있는 한 비타민 출장 관리소로 데리고 가는 것을 알았다.

추격은 가까웠다. 바시카는 현관으로 뛰어올라 당직을 밀치고 복도로 달려갔다. 추적의 무리가 뒤에서 고래고래 소리쳤다. 바시카는 계몽 활동 부장의 사무실로 뛰어들었다가 거기서 다시 다른 문을 통해 클럽*으로 뛰어나갔다. 이젠 더 이상 도망칠 곳이 없었다. 바시카는 그제야 방한모를 잃어버린 걸 알았다. 언 돼지 새끼는 여전히 그의 팔에 안겨 있었다. 바시카는 돼지 새끼를 마룻바닥에 내려놓고 큰 벤치를 쓰러뜨려 문을 막았다. 그리고 연단을 그리로 끌어다 놓았다. 누군가 문을 흔들더니 정적이 찾아왔다.

그때 바시카는 마룻바닥에 앉아 양손으로 축축한 냉동 돼지 새끼를 잡아 뜯고 또 뜯었다…….

저격대가 와서 문이 열리고 바리게이드가 치워졌을 때 바시카는 돼지 새끼의 절반을 먹을 수 있었다…….

세라핌

편지는 얼음 조각처럼 거멓게 그을린 책상 위에 놓여 있었다. 난로 문은 열려 있고 석탄은 깡통에 든 월귤 잼처럼 빨갛게 달아 있어 얼음 조각은 당연히 아주 얄팍하게 녹아 사라져야 했다. 그러나 얼음 조각은 녹지 않아 세라핌은 그것이 편지라는 걸 알고 놀랐다. 편지는 바로 그, 세라핌에게 온 것이다. 세라핌은 특히 관인이 찍힌 무료 편지가 두려웠다. 그가 자란 시골에서 지금까지 받았거나 보낸, '타전된' 전보는 비보를 알리는 것이었다. 장례나 사망, 중병 같은…….

편지는 주소가 적힌 면이 엎어진 채 세라핌의 책상 위에 놓여 있었다. 목도리를 풀고 추위 때문에 단단히 잠근 양털 코트의 단추를 끄르면서 세라핌은 봉투에서 눈을 떼지 않았다.

모든 것을 잊고 모든 것을 용서하려고 1만 2천 베르스타나 되는 저 높은 산 너머, 저 푸른 바다 너머로 떠났지만 과거는 그를 가만히 내버려 두려 하지 않는다. 산 너머에서 편지가 왔다. 아직 망각되지 않은 그 세계에서 온 편지였다. 편지는 기차를 타고, 비행기를 타고, 기선을 타고, 자동차를 타고, 사슴을 타고 세라핌이 숨어 있는 마을까지 왔다.

그리고 여기 세라핌이 조수로 일하고 있는 작은 화학 실험실에 와 있다.

통나무 벽, 천장, 실험실의 캐비닛은 오랜 세월 때문이 아니라 밤낮으로 난로를 때기 때문에 거멓게 그을어 집 안은 농가처럼 보인다. 실험실의 네모난 창문은 표트르 시대의 운모창(雲母窓) 같다. 광산에서는 창살을 가느다란 격자로 만들어 유리를 보호한다. 유리 파편 하나하나까지 다 사용하고 필요할 때는 깨진 병도 활용하려는 것이다. 갓 아래 누런 전등은 목매달아 자살한 사람처럼 나무 대들보 밑으로 축 늘어져 있었다. 전깃불은 흐려졌다 밝아졌다 했다. 발전소에서 소형 발전기 대신 트랙터가 발전했기 때문이다.

세라핌은 코트를 벗고 여전히 편지에 손을 대지 않은 채 난로 곁으로 가 앉았다. 그는 실험실에 혼자 있었다.

1년 전 '가정불화'라는 일이 생겼을 때 그는 물러나고 싶지 않았다. 극북으로 떠난 것은 로맨티시스트이거나 또는 책임감 강한 사람이었기 때문이 아니다. 손쉽게 버는 돈에는 역시 흥미가 없었다. 그러나 세라핌은 수많은 철학자와 여러 주민들의 판단에 따라 별거는 사랑을 앗아 가지만 멀리 떨어져 세월이 지나면 어떤 불행도 극복되리라 생각했다.

1년이 지났어도 세라핌의 가슴속에는 모든 것이 예전처럼 그대로 남아 있었다. 그는 자신의 견고한 감정에 은근히 놀랐다. 혹시 다른 여자들과 더 많이 이야기를 나누어 보지 않았기 때문이 아닐까. 하지만 그런 여자는 정말 없었다. 실험실 조수 세라핌과는 아주 거리가 먼 사회 계급에 속하는 높은 분들의 아내는 있었다. 잘 먹어 피둥피둥 살찐 귀부인은 누구나 자신을 미녀로 생각했고, 그들은 더 많은 오락거리가 있고 자기들의 매력을 평가할 줄 아는 돈 많은 사람이 있는 마을에서 살았다. 게다가 마을에는 군인들이 많았다. 따라서 귀부인을 위협하는 운전사나 수인 깡패들의 기습적인 집단 강간도 없었다. 그런 사건은 노상이나 작은 구역에서 자주 일어났다.

때문에 지질 조사대원과 수용소의 높은 분들은 자기 아내를 매니큐어 미용사들이 한 재산 모을 수 있는 큰 마을에 놔두었다.

그러나 다른 일면도 있었다. '육체적인 허전함'은 세라핌이 젊은 시절에 생각했던 것만큼 전혀 심각한 게 아니었다. 다만 그런 생각을 덜해야 했다.

채굴장에서는 수인들이 작업을 하는데, 세라핌은 주 갱도에 기어 들어갔다가 교대로 거기서 기어 나오는 수인들의 잿빛 줄을 여름에 여러 번 현관에서 보았다.

실험실에서는 수인 기사 두 명이 일했는데 호송대가 그들을 데려왔다 다시 데려갔다. 세라핌은 그들과 말하기가 두려웠다. 그들은 사무적인 일 — 분석이나 시험 결과 — 만 물어보았고, 그는 눈을 딴 데로 돌리고 대답했다. 세라핌은 극북으로 고용될 때 이미 모스크바에서 거기에 가면 위험한 국사범이 있다는 말을 듣고 그 점에 대해 몹시 놀란 터라 직장 동료에게 설탕 조각이나 흰 빵을 가져가기가 두려웠다. 그러나 대학을 졸업하자 곧바로 아주 많은 봉급과 높은 직위를 준다는 바람에 정신 나간 실험실 실장 프레스냐코프가 그의 뒤를 따랐다. 그는 자기 직원의 정치적 감시를 주된 업무로 생각했다(어쩌면 그에게 이 일만 요구되고 있었는지 모른다). 그리고 수인이나 자유노동자의 감시도.

세라핌은 실장보다 나이가 좀 많았으나 악명 높은 경계심과 용의주도함이라는 의미에서 그의 지시를 모두 순순히 따랐다.

1년 동안 그는 업무와 관계없는 테마에 대해 수인 기사들과 열마디도 하지 않았다.

당번이나 야간 수위와도 세라핌은 전혀 말이 없었다.

6개월마다 임시 고용 북국인의 봉급액은 10퍼센트씩 인상되었다. 두 번째로 증액된 봉급을 받고 나서 세라핌은 백 킬로미터밖에 되지 않는 이웃 마을로의 여행을 간곡히 부탁해서 얻었다. 무얼 좀 사고 영화관에도 가고 진짜 식당에서 식사를 하고 '여자도 보고' 이발관에 들러 머리도 깎기 위해서.

세라핌이 트럭 뒤에 기어올라 옷깃을 세우고 몸을 단단히 감싸자 트럭은 쏜살같이 내달렸다.

한 시간 반쯤 지나 트럭은 어떤 집 앞에 멈췄다. 세라핌은 차에서 내려 너무나도 강렬한 봄빛에 눈을 가늘게 떴다.

라이플을 든 두 사람이 세라핌 앞에 서 있었다.

"증명서!"

세라핌은 재킷 주머니에 손을 넣었지만 썰렁했다. 신분증명서를 깜박 잊고 집에 두고 온 것이다. 게다가 공교롭게도 그의 신분을 증명할 만한 어떤 서류도 없었다. 채굴장에서 오는 공기 냄새 외에는 아무것도 없었다. 그들은 세라핌에게 농가로 들어가라고 지시했다.

트럭은 떠났다.

면도를 하지 않고 머리를 짧게 깎은 세라핌은 책임자에게 자신을 믿게 할 도리가 없었다.

"어디서 도망쳤어?"

"아무 데서도 도망치지 않았소……."

느닷없이 한 방 얻어맞고 세라핌은 쓰러졌다.

"바른대로 대답해!"

"고발하겠어!" 세라핌은 큰 소리로 외쳤다.

"아, 고발하겠다고? 어이, 세묜!"

세묜이 뚫어지게 보더니 체조하는 동작으로 익숙하고 노련하게 세라핌의 명치 부분을 발로 걷어찼다.

세라핌은 아, 하고 의식을 잃었다.

그는 어디론가 그냥 길 위로 질질 끌려가고 방한모를 잃어버린 것을 희미하게 기억했다. 자물쇠 소리가 나고 문이 삐걱거렸다. 군인들은 세라핌을 악취 나는, 그러나 따뜻한 헛간에 던져 넣었다.

몇 시간 뒤에 세라핌은 정신이 들어 자기가 모든 탈출자와 징계 처분을 받는 군인들, 이를테면 마을의 수인들을 모아 놓은 영창에 들어와 있는 것을 알았다.

"담배 있어?" 누군가 어둠 속에서 물었다.

"아니. 안 피워." 미안하다는 듯 세라핌이 말했다.

"에이, 바보. 저놈은 무얼 가지고 있어?"

"없어, 아무것도. 이 가마우지들 뒤에 무엇이 남겠어?"

나에 대한 이야기를 하고 있으며, '가마우지'란 분명 호송병들의 탐욕과 잡식성을 두고 하는 말이라고 세라핌은 필사적인 노력으로 생각했다.

"나는 돈을 가지고 있었어."

"바로 '그거'야."

세라핌은 기뻐하며 입을 다물었다. 그는 여행비로 2천 루블을 가지고 왔는데 다행히도 이 돈은 압수되어 호송대에 보관돼 있다. 모든 일이 밝혀지면 세라핌은 석방되고 돈은 돌려받게 될 것이다. 세라핌은 즐거웠다.

'호송병들에게 백 루블을 줘야지.' 그는 잠시 생각했다. '보관해 줬으니.' 그러나 무슨 이유로 주나? 그를 두들겨 팼다고?

출입문을 통해서, 얼음에 덮인 벽 틈을 통해서 유일하게 공기가 흘러드는 창문 하나 없는 비좁은 농가에 스무 명가량이 땅바닥에 그대로 누워 있었다.

세라핌은 배가 고파 언제 저녁을 주느냐고 옆 사람에게 물었다.

"뭐라고, 정말 자유인인가 봐? 내일 먹게 될 거야. 우리는 관식을 받는 입장이잖아. 하루에 물 한 컵과 배급 빵 3백 그램. 그리고 7킬로그램의 장작."

세라핌은 아무 데도 호출되지 않고 여기서 만 5일을 보냈다. 닷새째 되는 날 그는 소리치고 문을 두드렸지만 당직 호송병이 교묘하게 개머리판으로 그의 이마를 후려친 뒤로는 불평을 그만두었다. 잃어버린 방한모 대신 세라핌에게 주어진 건 겨우 머리에 쓴 조그만 헝겊 뭉치 같은 것이었다.

엿새째 되는 날 그는 사무실로 호출되었다. 책상에는 그를 인수한 책임자가 앉아 있었고, 벽 옆에는 실험실 실장이 세라핌의 결근과 조수의 신분을 증명하기 위해 여행 시간을 허비한 데 따른 매우 불만스러운 얼굴을 하고 서 있었다.

프레스냐코프는 세라핌을 보고 아, 하고 가볍게 탄식했다. 오른쪽 눈 밑은 퍼런 멍이 들어 있었고 머리엔 헝겊으로 만든 다 떨어진 끈 없는 더러운 방한모를 쓰고 있었다. 세라핌은 단추 없는 너덜너덜한 작은 솜 점퍼 차림에 턱수염이 텁수룩하게 자라 지저분했고 — 모피 코트는 영창에 놔둬야 했다 — 눈은 빨갛게 충혈돼 있었다. 강렬한 인상을 주었다.

"에이," 프레스냐코프가 말했다. "바로 이 사람이오. 가도 됩니까?" 이렇게 말하고 실장은 세라핌을 출구로 끌고 갔다.

"도-돈은요?" 세라핌은 고집을 부리고 프레스냐코프를 밀치며 중얼거렸다.

"무슨 돈?" 실장의 목소리가 위협적으로 울렸다.

"2천 루블. 내가 가지고 왔어요."

"자, 보시오." 책임자는 킥 웃으며 프레스냐코프의 옆구리를 밀쳤다. "내가 말하지 않았소. 곤드레만드레가 되어 방한모도 쓰지 않고……."

세라핌은 문지방을 넘어 집 앞에 도착할 때까지 아무 말이 없었다.

그 일이 있고 나서 세라핌은 자살을 생각했다. 심지어 수인 기사에게 왜 자살하지 않느냐고 물어보기까지 했다.

기사는 깜짝 놀랐다. 세라핌은 1년 동안 그와 두 마디도 하지 않았다. 그는 세라핌을 이해하려고 애쓰며 잠시 침묵했다.

"대체 어떻게? 대체 어떻게 삽니까?" 세라핌이 떨린 목소리로 속삭였다.

"그래요, 수인의 삶이란 눈과 귀를 뜨는 순간부터 달콤한 잠이 들기까지 굴욕의 연속이지요. 그래요, 그건 다 맞는 말이지만 모든 것에 익숙해지지요. 그리고 여기도 좋은 날이 있고 나쁜 날이 있어요, 절망의 날이 희망의 날로 바뀌기도 하고. 사람이 사는 것은 무엇을 믿고 무엇을 기대하기 때문이 아니랍니다. 삶의 본능이 어느 동물이나 보호하듯 사람을 보호해 줘요. 게다가 어느 나무나 어느 돌도 그렇게 살 수 있을 겁니다. 자기 내부에서 생존 투쟁을 해야 할 때, 신경이 긴장되고 격해질 때 조심하세요. 의외의 방향에서 자신의 마음, 자신의 생각을 드러내는 데 조심하세요. 무엇에 대항할 힘의 여분을 한군데 집중시켜 두었다가 뒤에서 공격해 오는 걸 조심하세요. 익숙지 못한 새로운 싸움을 벌일 힘이 부족할 수 있으니까요. 모든 자살은 이중의 영향, 적어도 두 가지 이유의 필연적 결과입니다. 내 말 알겠어요?"

세라핌은 알았다.

지금 그는 검게 그을린 실험실에 앉아 자신의 여행을 왠지 부끄러운 마음으로, 그리고 영원히 그의 어깨에 걸린 무거운 책임감으로 떠올리고 있었다. 살고 싶지 않았다.

편지는 여전히 실험실의 검은 책상 위에 놓여 있었지만 집어 들기가 무서웠다.

세라핌은 편지의 행을, 아내의 필적, 왼쪽으로 기울여 쓴 필적을 상상했다. 그런 필적을 보면 그녀의 나이를 알 수 있었다. 1920년대 초등학교에선 오른쪽으로 기울여 쓰는 법을 가르쳐 주지 않아 누구나 제멋대로 썼다.

세라핌은 편지를 읽어 보기라도 한 듯 봉투를 뜯지 않고 편지의 행을 상상해 보았다. 편지는 이렇게 시작될 수 있었다. '나의 사랑하는', 또는 '사랑하는 시마', 또는 '세라핌'이라고. 마지막 말이 두려웠다.

편지를 집어 든다면 어떻게 할까, 읽지 말고 봉투를 갈기갈기 찢어 시뻘건 난롯불 속에 던져 버릴까? 모든 환상이 끝나면 또다시 그는 숨 쉬기가 쉬워질 것이다. 다음 편지를 받을 때까지라도. 하지만 그는 그 정도로 겁쟁이는 아니다! 전혀 겁쟁이가 아니다. 겁쟁이는 기사이다. 그걸 그에게 보여 줄 것이다. 모든 사람들에게 보여 줄 것이다.

그리고 세라핌은 편지를 집어 들고 주소 있는 쪽을 위로 뒤집어 보았다. 그의 추측은 맞았다. 편지는 모스크바의 아내에게서 온 것이다. 그는 봉투를 확 찢어 전등 쪽으로 가 서서 읽었다. 아내는 이혼에 대해 썼다.

세라핌이 편지를 난로 속에 던져 버리자 편지는 푸른 고리 모양의 흰 불꽃을 일으키며 사라졌다.

세라핌은 자신 있게 천천히 행동하기 시작했다. 호주머니 속에서 열쇠를 꺼내 프레스냐코프의 방 안에 있는 캐비닛을 열었다. 유리병에서 눈금이 있는 글라스에 회색 가루 한 줌을 쏟아붓고 양동이에서 물 한 컵을 떠 거기에 부은 뒤 휘저어 마셨다.

목구멍이 타고 구역질이 났다. 그게 전부였다.

그는 추 달린 벽시계를 보며 아무 생각 없이 30분 내내 앉아 있었다. 목구멍의 통증 말고는 어떤 효과도 없었다. 그러자 세라핌은 서둘렀다. 책상 서랍을 열고 펜나이프를 꺼내 왼팔의 정맥을 끊었다. 시꺼먼 피가 마룻바닥 위로 흘러내리기 시작했다. 세라핌은 기분 좋은 나른함을 느꼈다. 그러나 피는 점점 줄어들며 고요히 흘렀다.

세라핌은 피가 더 이상 나오지 않고 자기는 살아남을 것이며 몸을 지키려는 본능이 죽으려는 욕구보다 강하다는 걸 알았다. 이제 그는 무엇을 해야 할지 생각해 냈다. 한쪽 소매에 겨우 팔을 끼워 모피 반코트를 입고―모피 반코트를 입지 않고 바깥에 나가기란 너무 추웠다―방한모를 쓰지 않고 옷깃을 세우고 실험실에서 백 걸음 떨어진 곳에 흐르는 냇가로 달려갔다. 검은 찬 공기 속에서 끓는 물처럼 김을 피워 올리는 깊고 좁은 얼음 구멍이 나 있는 계류(溪流)였다.

세라핌은 지난해 늦가을에 첫눈이 내려 강에 살얼음이 낀 것을 떠올렸다. 늦게 날아온 오리가 눈과 싸우다 힘이 빠져 첫얼음에 빠지고 말았다. 세라핌은 수인 하나가 얼음 위로 쫓아 나가 우스꽝스럽게 양팔을 벌리고 오리를 잡으려 애쓰던 일을 떠올렸다. 오리는 얼음 위로 도망쳐 구멍까지 가서 그 밑으로 잠수했다가 다른 구멍으로 뛰어나오곤 했다. 그 남자는 오리에게 욕을 퍼부으며 쫓아갔다. 오리 못지않게 기진맥진했지만 이 구멍 저 구멍으로 계속 오리 뒤를 쫓아다녔다. 그는 두 번이나 얼음에 빠져 쌍욕을 해가며 빙판 위로 기어 나오느라 한참 걸렸다.

주위에는 사람들이 많이 서 있었지만 오리나 사냥꾼을 도와주는 사람은 하나도 없었다. 그의 포획물이고 그의 습득물이어도 도움의 대가는 지불하고 나누어 가져야 했다……. 기진맥진한 남자는 세상 모든 것을 저주하며 얼음 위로 천천히 걸어갔다. 그 일은 오리가 얼음 구멍으로 들어갔다 나오지 않은 것으로 끝났다. 아마 지친 나머지 익사한 것 같다.

세라핌은 그때 오리의 죽음을 상상하려고 애쓰던 일이며, 물에 빠진 오리가 얼음에 머리를 부딪치며 얼음을 통해 푸른 하늘을 보는 것을 떠올렸다. 지금 세라핌은 바로 그 강의 현장으로 달려가고 있었다.

그는 눈에 덮인 파란 얼음덩어리를 깨고 김이 나는 얼음물 속으로 곧장 뛰어내렸다. 물은 허리까지밖에 차지 않았지만 물살이 세어 세라핌은 넘어지고 말았다. 그는 모피 반코트를 던지고 양손을 합쳐 억지로 얼음 밑으로 잠수하려고 했다.

그러나 이미 주위에서 사람들이 소리치며 달려오고 판자를 끌고 와 얼음 구멍을 가로질러 맞추고 있었다. 누군가 세라핌의 머리를 잡았다.

그는 곧바로 병원으로 옮겨졌다. 옷을 벗기고 몸을 따뜻하게 하고 목구멍에 따뜻하고 달콤한 차를 부어 넣으려 했다. 세라핌은 잠자코 머리를 가로저었다.

병원 의사는 포도당액이 든 주사기를 들고 그에게 갔다가 찢어진 정맥을 보고 눈을 들어 세라핌을 보았다.

세라핌은 빙그레 웃었다. 포도당을 오른팔에 넣었다. 경험이 많은 늙은 의사는 스파텔(혀 누르개)로 세라핌의 이를 벌려 목구멍을 보고 외과의를 불렀다.

즉시 수술을 했지만 너무 늦었다. 위 내벽과 식도가 산 때문에 못 쓰게 되었다. 세라핌의 처음 계산은 완전히 옳았다.

휴일

검은 얼굴, 검은 꼬리에 하늘색 몸통의 다람쥐 두 마리가 은빛 낙엽송 저쪽에서 일어나고 있는 일을 열심히 보고 있었다. 나는 다람쥐가 가지 위에 앉아 있는 나무 바로 앞까지 다가갔다. 그제야 다람쥐는 나를 눈치챘다. 발톱이 나무껍질을 타고 바스락거리는 소리를 내더니 푸른 몸통의 작은 동물이 위로 황급히 달아나 어딘가 저 높은 곳에서 잠잠해졌다. 나무껍질 부스러기는 더 이상 눈 위에 떨어지지 않았다. 나는 다람쥐들이 무언가 살피고 있는 것을 보았다.

숲 속 초지에서 한 남자가 기도를 올리고 있었다. 헝겊으로 만든 귀 가리개 달린 방한모가 동그랗게 발 옆에 놓여 있고 짧게 깎은 머리는 서리로 이미 하얗게 되었다. 얼굴에 놀란 표정이 나타났다. 유년 시절이나 무언가 그 못지않은 소중한 것을 떠올리는 사람의 얼굴에 나타나는 바로 그런 표정이었다. 남자는 크게 빨리 성호를 그었다. 그것은 오른손 세 손가락을 포개 자신의 머리를 아래로 잡아당기는 듯한 모습이었다. 나는 그를 바로 알아보지 못했다. 얼굴에 새로운 면이 너무 많이 나타나 있었다. 그는 나와 같은 막사의 사제 수인 자먀틴이었다.

그는 아직 나를 못 보고 추위로 마비된 입술로 나직이 그리고 엄숙하게 유년 시절부터 암송해 온 익숙한 말을 입 밖에 내고 있었다. 러시아 정교의 성찬 예배였다. 자먀틴은 은빛 숲 속에서 성찬 예배를 드리는 중이었다.

그는 천천히 성호를 긋고 몸을 바로 세우더니 나를 보았다. 엄숙함과 감동적인 표정이 얼굴에서 사라지고 양미간에 눈에 익은 주름이 나타나며 눈썹이 좁혀졌다. 자먀틴은 비웃는 것을 좋아하지 않았다. 그는 모자를 집어 들고 흔들어 썼다.

"성찬 예배를 올렸군요." 내가 말을 꺼냈다.

"아니, 아닙니다." 자먀틴은 나의 무지에 웃으면서 말했다. "어떻게 성찬 예배를 올릴 수 있겠습니까? 성체도 영대(領帶)*도 없는데. 이건 관급 수건입니다."

그는 목에 걸친, 실제로 영대를 연상케 하는 바둑판무늬 모양의 더러운 넝마를 바로잡았다. 혹한으로 수건은 수정 같은 눈에 덮이고 수정은 햇빛에 닿아 무지갯빛으로 반짝였다. 자수를 놓은 교회의 직물처럼.

"게다가 부끄러운 일이지만 어디가 동쪽인지도 모릅니다. 해는 지금 두 시간이나 떠오르다 다시 얼굴을 내밀었던 산 너머로 지고 있습니다. 대체 동쪽이 어디지요?"

"동쪽이 어딘지 그게 그렇게 중요합니까?"

"물론 아니지요. 가지 마세요. 나는 지금 미사를 드리지 않고 또 드릴 수도 없다는 걸 당신에게 말하고 있는 겁니다. 그냥 주일 미사를 떠올리며 되풀이하고 있을 뿐이에요. 오늘이 일요일인지도 모릅니다."

"목요일입니다." 나는 말했다. "현장 감독이 아침에 말하더군요."

"거봐요, 목요일이잖아요. 아니, 아니, 그러니까 나는 미사를 드리고 있는 게 아니지요. 다만 이러는 게 편하니까요. 먹고 싶은 생각도 덜 나고." 자먀틴은 웃었다.

나는 안다. 여기서는 누구나 자신의 **최후의 것**, 다시 말해서 가장 중요한 것이 있다. 그것은 삶을 도와주고, 집요하고 끈질기게 우리에게서 앗아 가는 삶에 매달리도록 도와준다. 자먀틴에게 최후의 것이 이오안 즐라토우스트*의 성찬 예배였다면, 내 마지막 구원은 시였다. 다른 모든 것은 오래전에 망각되고 버려지고 기억에서 지워졌는데도 좋아하는 다른 사람의 시는 놀라울 정도로 기억이 또렷했다. 시는 피로에도, 혹한에도, 굶주림에도, 끝없는 모욕에도 아직 굴하지 않은 유일한 것이었다.

해가 졌다. 초겨울 밤의 어둠이 재빨리 나무와 나무 사이의 공간을 가득 채웠다. 나는 우리가 사는 막사로 겨우 걸어갔다. 아주 작은 마구간 같은 창문이 달린 나지막한 긴 오두막이었다. 얼음에 덮인 육중한 문을 양손으로 붙잡자, 옆 오두막에서 바스락거리는 소리가 들려왔다. 그곳은 '연장 창고'였다. 톱, 삽, 도끼, 쇠 지렛대, 광산 작업용 곡괭이 같은 연장을 보관해 두는 창고였다.

휴일마다 연장 창고에는 자물쇠가 채워졌지만 지금은 채워져 있지 않았다. 나는 창고 문지방 너머로 발을 디밀었다가 하마터면 육중한 문에 끼일 뻔했다. 창고에는 틈새가 많아 눈은 곧 어둠에 익숙해졌다.

깡패 두 명이 태어난 지 4개월 되는 셰퍼드 새끼를 간질이고 있었다. 강아지는 발랑 누워 비명을 지르며 네 발을 다 흔들어 댔다. 나이 많은 깡패가 강아지 목줄을 잡고 있었다. 내가 들어가도 깡패는 당황하지 않았다. 우리는 같은 작업반이었다.

"에이, 너, 바깥에 누가 있어?"

"아무도 없어." 나는 대답했다.

"자, 해 볼까." 나이 많은 깡패가 말했다.

"잠깐만요, 조금 더 놀다가요." 젊은 깡패는 대답했다. "몸부림치는 것 좀 봐요." 그는 강아지 심장 부근의 따뜻한 배를 만지며 간질였다.

강아지는 믿고 낑낑거리며 남자의 손을 핥았다.

"너, 핥는 거…… 더 이상 그렇게 핥지 못할 거야. 세냐……."

세묜은 왼손으로 강아지 줄을 잡고 오른손으로 등 뒤에서 도끼를 꺼내 짧게 빨리 치켜들더니 머리를 내리쳤다. 강아지는 갑자기 달아났고, 피는 연장 창고의 얼음 바닥에 뿌려졌다.

"더 꽉 붙잡아!" 세묜은 소리치며 다시 한 번 도끼를 쳐들었다.

"왜 붙잡아요, 닭이 아닌데." 젊은이는 말했다.

"따뜻할 때 가죽을 벗겨." 세묜이 가르쳐 주었다. "그리고 눈에 파묻어."

그날 저녁 개고기 수프 냄새 때문에 막사 안의 누구도 깡패가 개고기를 다 먹어 치울 때까지 잠을 이루지 못했다. 그러나 우리 막사에는 강아지 한 마리를 다 먹어 치우기엔 깡패의 수가 너무 적었다. 냄비 속에는 개고기가 아직 남아 있었다.

세몬이 나를 손짓해 불렀다.

"가져가."

"싫어." 나는 말했다.

"음, 그럼……." 세몬은 판자 침대를 둘러보았다. "그럼 사제에게 주지. 헤이, 신부, 우리 양고기 좀 가져가. 냄비는 씻어 주고……."

자먀틴이 어둠 속에서 가솔린 램프의 누런 불빛 속으로 나와 냄비를 받아 들고 사라졌다. 5분 뒤 그는 씻은 냄비를 들고 돌아왔다.

"벌써 다 먹었어?" 세몬은 호기심을 드러내며 물었다. "빨리도 먹어 치우네…… 갈매기처럼. 신부, 그건 양고기가 아니라 개고기였어. 늘 여기로 당신을 찾아오던 개 말이야. '노르드'라는."

자먀틴은 잠자코 세몬을 노려보았다. 그리고 돌아서 나갔다. 뒤따라 나도 나갔다. 자먀틴은 문밖으로 나가 눈 위에 서서 토해 냈다. 달빛 속에서 그의 얼굴은 납빛처럼 하얗게 보였다. 아교처럼 끈끈한 침이 푸른 입술에서 지르르 흘렀다. 자먀틴은 소매로 입을 문지르고 성난 얼굴로 나를 바라보았다.

"악당들." 나는 말했다.

"응, 물론이야." 자먀틴은 말했다. "그러나 고기는 맛있었어. 양고기 못지않아."

도미노

간호사들은 체중계 발판에서 나를 데리고 갔다. 그들의 힘센 차가운 손이 나를 바닥으로 내려가게 내버려 두지 않았다.

"몇 킬로그램이야?" 쓰러져도 안 쏟아지는 잉크병에 펜을 톡톡 소리 내어 담그며 의사가 소리쳤다.

"48입니다."

나는 들것에 뉘어졌다. 내 키는 180센티미터, 표준 체중은 80킬로그램. 뼈 무게는 총 체중의 42퍼센트인 32킬로그램이다. 이 얼음같이 싸늘한 저녁에 내 몸에는 피부, 살, 내장, 뇌수를 통틀어 정확히 1푸드*밖에 남지 않았다. 그때 나는 그런 것을 모두 계산할 수 없었겠지만, 나를 의심쩍게 바라보는 의사가 이런 것을 모두 계산하고 있다는 걸 어렴풋이 알았다.

의사는 책상 자물쇠를 열고 서랍을 빼내어 조심스럽게 체온계를 집더니 내 위로 몸을 구부려 왼쪽 겨드랑이 밑에 주의 깊게 끼웠다. 곧바로 간호사 한 명이 내 왼팔을 가슴에 누르고 다른 한 명은 양손으로 오른쪽 손목을 붙잡았다. 이 숙련된 기계적인 동작의 이유를 이해하게 된 것은 조금 뒤였다. 백 개의 병상을 보유하고 있는 병원 전체에 체온계는 단 한 개뿐이었다. 이 작은 유리 제품은 그 가치, 그 의의를 바꾸어 놓았다. 그것은 귀중품으로 매우 귀하게 취급되었다. 중환자나 재입원 환자만 이 기구로 체온을 재도록 허용되었다. 회복기에 있는 환자의 체온은 맥박으로 기록되고 의심되는 경우에만 책상 서랍이 열렸다.

추시계가 10분을 알리자 의사는 조심스럽게 체온계를 꺼내고 간호사들은 손을 놓았다.

"34도 3분." 의사는 말했다. "대답할 수 있어?"

나는 '할 수 있다'고 눈으로 표시했다. 나는 힘을 소중히 간직해 두었다. 말은 천천히 겨우 할 수 있을 정도였다. 마치 외국어를 번역하듯. 모든 것을 잊어버렸다. 회상하는 습관이 없어졌다. 차트 기록이 끝나자 간호사들은 내가 반듯이 누워 있는 들것을 가볍게 들어 올렸다.

"6호실로 데려가." 의사가 말했다. "난로 옆에."

나는 난롯가의 침대에 놓였다. 매트리스는 누운잣나무 가지로 채워졌고, 침엽은 떨어져 말라 버렸고, 벌거벗은 가지는 더러운 줄무늬 천 밑에서 위협하듯 불룩 튀어나와 있었다. 탱탱하게 속이 채워진 더러운 베개에서 건초 부스러기가 떨어져 내렸다. 회색 글자로 '발'*이라고 수놓은 닳아 떨어진 성긴 나사 담요가 온 누리에서 나를 감싸 주었다. 노끈처럼 가느다란 팔다리 근육이 쑤시고 동상에 걸린 손가락과 발가락이 근질거렸다. 그러나 통증보다 심한 것은 피로였다. 나는 등을 동그랗게 말고 양손으로 다리를 껴안고 악어가죽처럼 우툴두툴한 피부로 덮인 더러운 무릎을 턱에 기대고 잠들었다.

여러 시간이 지난 뒤에 잠에서 깼다. 몇 회분의 아침·점심·저녁이 침대 옆 바닥에 놓여 있었다. 나는 손을 뻗어 제일 가까운 양철 그릇을 집어 들고 모조리 먹기 시작했다. 이따금 같은 곳에 놓여 있는 배급 빵 조각을 조금씩 베어 먹기도 하면서. 옆 판자 침대의 환자들이 음식을 삼키는 내 모습을 보았다. 그들은 내가 누구이며 어디서 왔는지 물어보지 않았다. 악어가죽 같은 피부 자체가 말해 주고 있었던 것이다. 그들은 보지 않으려 했겠지만 — 나는 경험으로 그걸 알았다 — 음식을 먹는 사람의 광경에서 눈을 뗄 수 없었다.

놓인 음식을 다 먹었다. 따뜻함, 위 속의 매혹적인 무게, 그리고 다시 잠이 들었으나 오래 자지는 못했다. 간호사가 데리러 왔으므로. 나는 병실에 하나밖에 없는, 담배꽁초에 불구멍이 나고 수많은 사람의 땀이 배어들어 무거워진 더러운 '평상용' 가운을 어깨에 걸치고 큰 슬리퍼에 발을 끼워 신발이 벗겨지지 않도록 천천히 양발을 움직여 간호사의 뒤를 따라 겨우 걸어갔다.

그 젊은 의사는 창가에 서서 얼음으로 성에가 끼어 부수수한 유리창을 통해 거리를 내다보았다. 창턱 구석에는 넝마 조각이 늘어져 있고 거기서 물이 한 방울 한 방울 그 아래에 놓인 양철 밥그릇에 떨어졌다. 난로가 윙윙 소리를 냈다. 나는 양손으로 간호사를 잡고 걸음을 멈췄다.

"계속합시다." 의사는 말했다.

"추운데요." 나는 낮은 목소리로 말했다. 방금 먹은 음식은 이미 나를 따뜻하게 해 주지 못했다.

"난로 옆으로 가 앉아요. 밖에선 어디서 일했지요?"

나는 입술을 양옆으로 벌리고 턱뼈를 조금 움직였다. 틀림없이 웃음이 나올 것이다. 의사는 이를 알고 웃음으로 응답했다.

"나는 안드레이 미하일로비치라고 합니다." 그는 말했다. "당신은 치료받을 게 없습니다."

나는 명치 근처가 아파 왔다.

"그렇습니다." 의사가 큰 목소리로 되뇌었다. "당신은 치료받을 게 없습니다. 먹고 씻기만 하면 됩니다. 가만히 누워서 먹기만 하면 돼요. 사실, 우리 매트리스는 깃털이 아니지요. 어쨌든 당신은 아무것도 필요 없어요. 좀 더 많이 돌아눕도록 하세요. 그러면 욕창이 안 생길 겁니다. 두 달쯤 누워 계세요. 그러면 봄이지요."

의사는 피식 웃었다. 나는 물론 기쁨을 느꼈다. 당연한 일이다! 만 2개월! 그러나 기쁨을 표현할 힘이 없었다. 나는 양손으로 걸상을 잡고 잠자코 있었다. 의사가 차트에 무언가를 기입했다.

"그만 가 보세요."

나는 병실로 돌아와 먹고 자기만 했다. 일주일 뒤 나는 이미 부실한 다리로 내 병실이나 복도며 다른 병실을 걸어 다녔다. 씹고 있는 사람, 삼키고 있는 사람을 찾았다. 그들의 입도 쳐다보았다. 많이 쉴수록 먹고 싶은 생각도 더 많고 강렬했기 때문이다.

병원에서는 수용소와 마찬가지로 숟가락을 일절 지급하지 않았다. 우리는 이미 취조 감옥에서 포크와 나이프 없이 먹는 법을 배웠다. 우리는 오래전에 숟가락 없이 '그릇째' 음식 먹는 법을 배웠다. 수프도 카샤도 숟가락이 필요할 정도로 걸쭉하지 않았다. 손가락과 빵 껍질과 혀가 어떤 우묵한 접시나 냄비 바닥도 깨끗이 청소했다.

나는 돌아다니며 씹고 있는 사람을 찾았다. 그것은 끈질긴 절대적인 요구였고 이런 감정을 안드레이 미하일로비치는 잘 알았다.

어느 날 밤, 간호사가 나를 깨웠다. 병실은 병원의 일반적인 밤의 소음으로 시끄러웠다. 씩씩거리는 소리, 코 고는 소리, 신음 소리, 잠꼬대, 기침 — 그 모든 것이 한데 뒤섞여 독특한 음향의 하모니를 만들어 내고 있었다. 심포니가 그런 소리로 만들어질 수 있다면. 그러나 눈을 가린 채 그리로 데려가 보라. 그래도 나는 수용소 병원임을 알 것이다.

창턱에는 램프가, 어떤 기름(단, 생선 기름은 아니다!)과 솜으로 꼰 연기 나는 심지가 담긴 양철 접시가 놓여 있었다. 아마 시간은 아직 그리 늦지 않았을 것이다. 우리의 밤은 9시 소등부터 시작되었고, 발이 따뜻해지자마자 어쩐지 바로 잠이 들었다.

"안드레이 미하일로비치의 호출이야." 간호사가 말했다. "여기 코즐리크가 너를 안내할 거야."

코즐리크라는 환자가 내 앞에 서 있었다.

나는 양철 세면대 쪽으로 가서 세수를 하고 병실로 돌아와 베갯잇에 얼굴과 손을 닦았다. 낡은 줄무늬 매트리스로 만든 큰 타월은 1병실 30인에 한 장씩 아침에만 지급되었다. 안드레이 미하일로비치는 병원 안의 가장 먼 작은 병실 중 하나에 살았다. 그 병실들은 수술한 환자를 입원시키는 곳이다. 나는 방문을 노크하고 안으로 들어갔다.

테이블 위에는 책들이 한쪽으로 밀쳐진 채 놓여 있었다. 내가 그토록 여러 해 동안 손에 잡아 보지 못한 책이었다. 책은 나와 무관한, 비우호적이며 불필요한 것이었다. 책 옆에는 찻주전자와 양철 머그잔 두 개, 카샤가 가득 담긴 접시가 놓여 있었다…….

"도미노를 하지 않겠습니까?" 안드레이 미하일로비치가 호의적으로 나를 자세히 바라보며 말했다. "시간이 있다면."

나는 도미노를 아주 싫어한다. 가장 어리석고 가장 무의미하고 가장 따분한 게임이다. 트럼프, 다시 말해서 어떤 카드 게임을 막론하고 로또 같은 카드 게임도 이보다는 재미있다. 제일 좋은 것은 체스, 하다못해 체커가 되지 않을까. 나는 체스 판이 보이지 않나 싶어 찬장을 곁눈질해 보았지만 체스 판은 없었다. 그러나 청을 거절하여 안드레이 미하일로비치를 화나게 할 수는 없다. 그를 즐겁게 해 주어야 하고 선은 선으로 갚아야 한다. 나는 평생 한 번도 도미노를 해 본 적이 없었지만 그 기술을 습득하기 위해 큰 지혜는 필요 없다고 자신했다.

그다음에 — 테이블 위에는 차 두 잔과 카샤 한 접시가 놓여 있었다. 게다가 따뜻했다.

"차를 좀 마셔요." 안드레이 미하일로비치가 말했다. "여기 설탕이 있습니다. 사양하지 마세요. 이 카샤를 들고 나서 하고 싶은 말이 있으면 하세요. 그러나 이 두 가지 일을 동시에 할 수는 없겠죠."

나는 카샤와 빵을 먹고 설탕이 든 차 석 잔을 마셨다. 설탕은 몇 년 동안 구경해 보지 못했다. 몸이 따뜻해져 왔다. 안드레이 미하이로비치는 도미노 패를 섞었다.

6의 더블을 쥔 사람이 선(先)이라는 것을 나는 알았다. 그것을 내놓은 것은 안드레이 미하일로비치였다. 그다음부터 차례로 점수에 맞춰 패를 낸다. 다른 기술은 없었다. 나는 배가 불러 계속 땀을 흘리고 딸꾹질하며 용감하게 게임에 뛰어들었다.

우리는 안드레이 미하일로비치의 침대 위에서 게임을 했다. 깃털 베개에 씌운 눈부시게 흰 베갯잇을 보자 나는 기분이 좋았다. 깨끗한 베개를 보고 다른 사람이 그것을 손으로 구기는 걸 보면 육체적 쾌락을 느꼈다.

"우리의 게임은," 하고 나는 말했다. "도미노의 가장 중요한 매력을 잃고 있습니다. 게임을 하는 사람은 패를 낼 때 힘차게 테이블을 내리쳐야 합니다." 결코 농담으로 한 말이 아니었다. 바로 이 점이 도미노에서 가장 중요한 요소라고 나는 생각되었다.

"테이블로 자리를 옮기지요." 안드레이 미하일로비치는 친절하게 말했다.

"아니, 괜찮습니다. 나는 그저 이 게임의 모든 다면성을 떠올리고 있을 뿐입니다."

게임은 천천히 진행되었다. 우리는 서로 자신의 인생을 이야기했다. 의사 안드레이 미하일로비치는 채굴장의 일반 작업반에서 일해 본 적이 없어 채굴장에서 병원이나 시체 안치실로 던져지는 인간 폐기물, 찌꺼기, 쓰레기를 통해 채굴장을 부정적으로만 보았다. 나 또한 채굴장의 인간 광물 찌꺼기였다.

"음, 당신이 이겼습니다." 안드레이 미하일로비치는 말했다. "축하합니다. 상으로 이걸 드리지요." 그는 침대 옆 작은 탁자에서 플라스틱 담배 케이스를 꺼냈다. "오랫동안 못 피웠지요?"

나는 신문지 조각을 찢어 마호르카 담배를 말았다. 마호르카에는 신문지 이상 좋은 것은 없다고 생각한다. 인쇄 잉크 자국은 마호르카의 향기와 맛을 손상시키지 않을 뿐 아니라 더없이 돋우어 준다. 난로의 시뻘건 숯불에서 긴 종잇조각에 불을 댕겨 담뱃불을 붙이고 구역질 나는 들큼한 연기를 게걸스레 빨았다.

우리는 담배를 다 피워 버려 오래전에 끊어야 했다. 담배를 끊기에 최적의 조건이었지만 나는 결코 담배를 끊지 않았다. 이 유일한 수인의 큰 기쁨을 자의로 버릴 수 있다는 생각조차 하기 두려웠다.

"편히 주무세요." 안드레이 미하일로비치는 웃으면서 말했다. "나는 벌써 자려던 참이었습니다. 하지만 게임을 몹시 하고 싶었어요. 고맙습니다."

나는 그의 방에서 어두운 복도로 나왔다. 가는 길에 벽 옆에 누군가가 서 있었다. 코즐리크의 실루엣임을 알았다.

"뭐야 자네? 여기서 무얼 하는 거야?"

"한 대 피우려고. 한 대 피우고 싶어서. 주지 않던가?"

나 자신의 탐욕이 부끄러웠다. 코즐리크도, 같은 병실의 다른 누구도 생각하지 못하고 그들에게 담배꽁초나 빵 껍질, 한 줌의 카샤도 갖다줄 생각을 하지 못한 게 부끄러웠다.

코즐리크는 몇 시간이나 어두운 복도에서 기다렸었다.

……………………………………………………………

또 몇 년이 흘러 전쟁이 끝나고 블라소프 장군 휘하의 군인들*이 금광의 우리와 교대되었고, 나는 어느 작은 수용소, 서부 관구의 중계 감옥 막사에 떨어졌다. 다단계 판자 침대가 있는 거대한 막사는 5백 명에서 6백 명씩 수용했다. 여기서 서부 채굴장으로 보내는 이송이 진행되었다.

밤마다 수용소는 잠을 자지 않았다. 호송 수인단이 이송되고, 더러운 솜이불이 깔려 있는 깡패들의 '상좌'에서 밤마다 음악회가 열렸다. 어떤 음악회였을까? 쟁쟁한 가수와 만담가의 음악회였다. 수용소 선전 공작반원뿐 아니라 이들보다 높은 등급의 인물도 출연했다. 레센코*와 베르틴스키*를 모방하는 하얼빈 출신의 바리톤 가수, 자기 스타일로 노래를 부르는 바딤 코진*과 그 밖에 수많은 사람들이 여기서 깡패들을 위해 끝없이 노래하고 자신의 가장 훌륭한 레퍼토리로 무대에 올랐다. 옆 침대에는 전차 부대의 스베치니코프 중위가 누워 있었다. 업무상 범죄로 군법 회의에서 유죄 판결을 받은 상냥한 장밋빛 볼을 가진 청년이었다. 여기서 역시 조사를 받는 중이었다. 그는 채굴장에서 일하며 시체 안치실의 인육을 잘게 베어 먹은 사실이 발각되었다. 그가 태연히 설명하듯 인육은 "물론 기름기가 많지 않았다".

중계 감옥에서 옆 사람을 선택할 수는 없다. 그리고 인육을 먹는 것보다 나쁜 경우도 있을 것이다.

아주 드물게 작은 수용소에 보조 의사가 와서 열이 있는 사람을 진찰했다. 보조 의사는 나의 온몸에 잔뜩 난 부스럼을 보려고 하지 않았다. 병원 시체 안치실에서 보조 의사를 알게 된 내 이웃 스베치니코프는 그와 잘 아는 사이인 듯이 말했다. 갑자기 보조 의사가 안드레이 미하일로비치의 이름을 불렀다.

나는 안드레이 미하일로비치에게 메모를 전해 달라고 보조 의사에게 부탁했다. 그가 일하는 병원은 작은 수용소에서 1킬로미터 거리에 있었다.

내 계획은 바뀌었다. 이제부터 안드레이 미하일로비치의 답장이 올 때까지 수용소에 남아 있어야 했다.

작업 배정자는 이미 나를 눈여겨보아 두었다가 중계 감옥에서 출발하는 모든 호송 수인단에 내 이름을 집어넣었다. 그러나 호송 수인단을 받는 대표들은 하나같이 명단에서 무조건 나를 지워 버렸다. 그들은 불길한 일을 예감했고, 게다가 내 얼굴 모습 자체가 그것을 말해 주었다.

"너는 왜 안 가려는 거야?"

"몸이 아파서요. 입원해야겠어요."

"병원에선 할 일이 없어, 내일 도로 공사에 파견할 거야. 빗자루를 엮겠나?"

"도로 공사에는 가고 싶지 않아요. 빗자루도 엮고 싶지 않고요."

하루하루가 지나고 호송 수인단이 잇따라 출발했다. 그러나 보조 의사에 대해서도, 안드레이 미하일로비치에 대해서도 아무 소식이 없었다.

일주일이 다 되어 갈 무렵, 작은 수용소에서 1백 미터가량 떨어진 진료소로 나는 신체검사를 받으러 갈 수 있었다. 내 손에는 안드레이 미하일로비치에게 보내는 새 메모가 꼭 쥐어져 있었다. 의무실 통계 담당자가 내게서 메모를 받아 내일 아침 안드레이 미하일로비치에게 전해 주기로 약속했다.

진찰을 받는 동안 나는 의무실장에게 안드레이 미하일로비치에 대해 물었다.

"네, 수인 출신의 그런 의사가 있지요. 하지만 당신은 그를 만날 필요가 없어요."

"그 사람을 개인적으로 잘 압니다."

"그를 개인적으로 아는 사람은 많지요."

작은 수용소에서 내 메모를 받은 보조 의사가 바로 거기 서 있었다. 나는 낮은 목소리로 그에게 물었다.

"메모는 어디 있습니까?"

"아무 메모도 못 봤는데요……."

모레까지 안드레이 미하일로비치에 대해 아무 정보를 얻지 못하면 나는 가게 된다…… 도로 공사로, 농업으로, 채굴장으로, 악마 곁으로…….

다음 날 저녁, 이미 점호가 끝난 뒤 나는 치과 의사에게 가 보라는 지시를 받았다. 이건 무언가 잘못된 것이라고 생각하면서 가 보았지만, 복도에서 본 것은 안드레이 미하일로비치의 낯익은 검은 모피 반코트였다. 우리는 포옹했다.

또 하루 뒤 호출을 받았다. 수용소에서 네 명의 환자가 병원으로 옮겨졌다. 두 명은 농민의 썰매 마차 위에 서로 부둥켜안은 채 누웠고, 두 명은 썰매 뒤를 따라 걸어갔다. 안드레이 미하일로비치는 나에게 진단 결과를 미리 알려 줄 겨를이 없었다. 나는 무슨 병인지 몰랐다. 내 병 — 영양실조, 비타민 B 복합체 결핍증, 괴혈병 — 은 수용소에서 아직 입원이 필요할 정도로까지 악화되지 않았다. 나는 외과에 입원하는 줄 알았다. 안드레이 미하일로비치는 외과에서 근무하고 있었는데, 나는 어떤 외과의 질병을 보여 줄 수 있었을까. 헤르니아(탈장)는 없었다. 동상 후 발가락 네 개의 골수염 — 그건 고통스러웠지만 입원하기에는 전혀 충분치 않았다. 나는 안드레이 미하일로비치가 어디선가 만나 미리 알려 줄 것으로 믿었다.

마차가 병원에 이르자 간호사는 누워 있는 두 사람을 끌어 넣었고, 우리 — 나와 새로운 친구 — 는 벤치 위에서 옷을 벗고 몸을 씻었다. 각자 따뜻한 물 한 대야씩이 주어졌다.

목욕탕 안으로 흰 가운을 입은 중년의 의사가 들어와 안경 너머로 우리 두 사람을 유심히 훑어보았다.

"어떻게 왔나?" 그가 내 동료의 어깨를 손가락으로 찌르면서 물었다.

그는 뒤로 돌아 큰 샅굴 탈장을 의미 있는 듯이 가리켰다.

나는 배가 아프다고 하소연하기로 마음먹고 같은 물음을 기다렸다.

그러나 중년의 의사는 냉담하게 나를 힐끔 쳐다보고는 나가 버렸다.

"저 사람 누구요?" 내가 물었다.

"니콜라이 이바노비치, 여기 주임 외과 의사. 외과 과장이야."

간호사는 우리에게 속옷을 주었다.

"자네는 어디로 가는 거야?" 나에게 묻는 말이었다.

"누가 알아!" 나는 걱정이 사라지고 이미 두려움이 없었다.

"자, 솔직히 어디가 아픈 거야, 말해 봐."

"배가 아파."

"맹장염일 거야, 아마." 경험이 풍부한 간호사가 말했다.

안드레이 미하일로비치는 그다음 날에야 만날 수 있었다. 주임 외과 의사는 내가 급성 맹장염으로 입원한다는 말을 그에게서 미리 들었다. 그날 저녁 안드레이 미하일로비치는 자신의 우울한 과거를 말해 주었다.

그는 결핵에 걸렸다. 엑스레이 촬영과 실험실 검사는 위험한 것으로 나타났다. 지구 병원은 수인 안드레이 미하일로비치를 치료하기 위해 본토로 소환하도록 진정했다. 안드레이 미하일로비치가 이미 기선에 올랐을 때에 누군가가 위생부장 체르파코프에게 그의 병이 거짓이고 꾀병이며, 수용소 말로 '조작'이라고 밀고했다.

어쩌면 아무도 밀고하지 않았는지 모른다. 체르파코프 소령은 회의와 불신, 경계의 세기 그 당연한 아들이었다.

소령은 불같이 화를 내며 안드레이 미하일로비치를 기선에서 끌어 내려 가장 먼 벽지로 보내라고 명령했다. 우리가 만났던 관리소(수용소)보다 먼 벽지였다. 안드레이 미하일로비치는 이미 혹한 속을 1천 킬로미터나 여행했다. 그러나 먼 관리소에 도착해 보니 인공 기흉을 할 수 있는 의사가 한 명도 없었다. 안드레이 미하일로비치에게 이미 기체 주입 치료가 몇 번이나 실시되었지만, 잔인한 소령은 기흉을 기만과 사기라고 했다.

안드레이 미하일로비치의 병은 점점 악화되었다. 기흉을 할 줄 아는 의사가 있는 가장 가까운 서부 관리소로 이송 허가를 체르파코프에게 받을 때까지 그는 겨우 목숨을 부지했다.

이제 안드레이 미하일로비치는 조금 나아졌다. 몇 번의 기체 주입 치료가 성공적이어서 그는 외과 치료 의사로 근무했다.

몸이 좀 튼튼해지자 나는 안드레이 미하일로비치 밑에서 간호사로 일하기 시작했다. 그의 추천과 강력한 요구로 나는 보조 의사 과정을 밟으러 가서 수료한 뒤에 보조 의사로 일하다가 본토로 돌아갔다. 안드레이 미하일로비치는 내 생명을 구해 준 은인이기도 하다. 그 자신은 결핵으로 오래전에 죽었고, 체르파코프 소령은 자신의 임무를 다했다.

함께 근무하던 병원에서 우리는 친하게 지냈다. 형기도 같은 해에 만료되었는데, 그것이 우리의 운명을 맺어 주고 친밀하게 만들어 준 것 같다.

어느 날 저녁, 청소가 끝났을 때 간호사들이 한구석에 앉아 도미노 패를 딱딱 소리 내어 치기 시작했다.

"어리석은 게임이야." 안드레이 미하일로비치는 눈으로 간호사들을 가리키면서 패를 치는 소리에 이맛살을 찌푸리며 말했다.

"도미노를 해 본 것은 일생에 딱 한 번뿐입니다." 나는 말했다. "당신과. 당신의 초대로. 게다가 내가 이기기까지 했지요."

"이기는 것도 놀라운 일은 아니지요." 안드레이 미하일로비치는 말했다. "나 또한 그때 처음으로 도미노를 잡아 봤습니다. 당신이 즐거워할 일을 해 주고 싶었거든요."

헤르쿨레스*

병원장 수다린의 은혼식에 제일 늦게 찾아온 손님은 안드레이 이바노비치 두다르 의사였다. 그는 버드나무 가지로 엮어 만든 바구니를 거즈로 싸서 종이꽃으로 장식하여 양손에 들고 왔다. 컵 두드리는 소리와 은혼식을 축하하는 사람들의 술 취해 떠드는 고르지 않은 말소리에 맞춰 안드레이 이바노비치는 바구니를 은혼식 주인공에게 바쳤다. 수다린은 바구니를 손에 들고 무게를 달아 보았다.

"이게 뭐지요?"

"거기 직접 확인해 보시지요."

거즈를 풀었다. 바구니 안에 날개가 빨간 큰 수탉 한 마리가 들어 있었다. 그는 소란스러운 술 취한 손님들의 새빨간 얼굴을 둘러보며 가만히 고개를 돌렸다.

"아, 안드레이 이바노비치, 마침 잘 가져오셨어요." 머리가 희끗희끗한 은혼식 여주인공이 수탉을 쓰다듬으며 재잘거렸다.

"멋진 선물이에요." 여의사들이 중얼거렸다. "그리고 정말 예뻐요. 이건 당신이 좋아하는 닭이잖아요, 안드레이 이바노비치? 그렇죠?"

은혼식 주인공은 진심으로 두다르의 손을 잡았다.

"보여 주시오, 나한테도 보여 주시오." 갑자기 쉰 새된 목소리가 말했다.

주인의 오른편 테이블 윗자리 귀빈석에 외지에서 온 유명한 손님이 앉아 있었다. 그는 친구의 은혼식에 참석하기 위해 '포베다(승리)' 승용차를 타고 6백 베르스타나 되는 주도(州都)에서 아침에 도착한 수다린의 오랜 친구인 환경 위생 설비·위생 공사용품·욕실 설비 회사 사장 체르바코프였다.

수탉이 들어 있는 바구니가 외지에서 온 손님의 흐릿한 눈앞에 나타났다.

"음, 아주 멋진 닭이야. 당신 거요?" 귀빈의 손가락이 안드레이 이바노비치를 가리켰다.

"이젠 내 거지." 은혼식 주인공이 웃으면서 말했다.

귀빈은 그 주위에 있는 머리가 희끗희끗하게 벗어진 신경병 전문의, 외과의, 내과의, 결핵 전문의 들보다 눈에 띄게 젊어 보였다. 나이는 마흔 살 정도였다. 병약하고 누렇게 부은 얼굴, 작은 회색 눈, 의무계 대령의 은색 견장을 단 멋있는 스탠드칼라 제복. 제복은 분명 대령의 몸에 꼭 끼어 똥배가 확실히 나오기 전에 이미 지은 것으로 보였고 목은 아직 스탠드칼라에 꼭 끼지 않았다. 귀빈의 얼굴에는 무료한 표정이 아직 남아 있었지만 보드카를 한 잔씩 들이켤 때마다(러시아인처럼, 게다가 북국인처럼 귀빈은 다른 술은 마시지 않았다) 얼굴은 점점 활기를 띠고, 주위에 있는 의료계 숙녀들에게 자주 눈길을 돌리고, 떨리는 테너 소리가 날 때는 변함없이 고요해지는 대화에 자주 끼어들었다.

마음의 절도가 적당한 수준에 달하면 귀빈은 식탁 뒤에서 나와 비켜 갈 수 없는 어떤 여의사를 떠밀고 양 소매를 걷어 올리고 오른손과 왼손을 번갈아 가며 한 손으로 의자 앞다리를 잡고 조화롭게 발달한 육체를 과시하면서 무거운 낙엽송 의자를 들어 올리기 시작했다.

감탄한 손님 가운데 누구도 귀빈만큼 여러 번 의자를 들어 올리지 못했다. 의자에서 안락의자로 옮겨 가면서도 그의 들어 올리기는 여전했다. 다른 의자들을 들어 올리는 동안 귀빈은 억센 손으로 행복으로 볼그레해진 젊은 여의사들을 끌어당겨 긴장된 이두근을 만져 보게 했고, 그들은 완전히 넋을 잃고 시키는 대로 따라 했다.

이 운동이 끝난 뒤 아이디어가 무진장한 귀빈은 러시아 민속 종목으로 옮겨 갔다. 팔꿈치를 세운 손으로 같은 자세로 세운 상대의 손을 책상에 내리누르는 것이었다. 머리가 희끗희끗하게 벗어진 신경병 전문의와 내과의들은 크게 저항하지 못했고, 외과 주임만이 다른 의사들보다 좀 더 오래 버텼다.

귀빈은 자기 러시아의 힘을 과시하기 위해 새로운 시험을 찾았다. 숙녀에게 용서를 빌고 스탠드칼라 제복을 벗자 안주인이 얼른 받아 의자 등받이에 걸어 놓았다. 얼굴에 나타난 돌발적인 활기로 보아 귀빈이 무언가 생각해 낸 게 분명했다.

"아시겠어요, 나는 양, 양 머리도 비틉니다. 크라크* — 준비 완료." 귀빈은 안드레이 이바노비치의 단추를 잡았다. "당신의 이⋯⋯ 선물, 살아 있는 선물의 머리를 잡아 뜯겠소." 자기가 준 인상에 감탄하면서 그는 말했다. "닭은 어디 있소?"

닭은 근면한 여주인이 이미 넣어 둔 집 안의 닭장에서 꺼내 왔다. 북국에서 높은 사람들은 모두 아파트 안에(물론 겨울에) 닭을 몇 십 마리씩 키운다. 독신이든 기혼자든. 어쨌든 닭은 대단한 수입 항목이다.

귀빈은 양손에 닭을 들고 방 한가운데로 나왔다. 안드레이 이바노비치가 좋아하는 닭은 그대로 가만히 두 다리를 접고 고개를 한쪽으로 갸우뚱 숙이고 있었고, 안드레이 이바노비치는 2년 전쯤에 혼자 사는 자기 아파트에 닭을 그렇게 데려왔다.

힘센 손이 닭의 목을 꽉 움켜잡았다. 귀빈의 얼굴에는 깨끗하지 못한 두꺼운 피부를 통해 붉은빛이 비쳤다. 그리고 편자를 잡아 펴는 동작으로 귀빈은 닭 머리를 잡아 찢었다. 닭 피가 다리미질한 바지와 멋진 셔츠에 튀었다.

숙녀들은 향긋한 손수건을 꺼내 앞다투어 귀빈의 바지를 닦으러 달려갔다.

"오드콜로뉴를."

"암모니아수로 닦아요."

"찬물로 씻어요."

"하지만 힘, 힘이야. 이게 러시아식이지. 크라크 — 준비 완료."

은혼식 주인공은 감탄했다.

피를 씻기기 위해 귀빈을 욕실로 끌고 갔다.

"이제 홀에 가서 춤을 춥시다." 은혼식 주인공은 부산을 떨었다. "자, 헤르쿨레스……."

축음기를 가져갔다. 바늘이 쉬쉬 소리를 내기 시작했다.

안드레이 이바노비치는 댄스파티에 참석하려고 식탁 뒤에서 나오다가(귀빈은 모두 춤추기를 좋아했다) 무언가 물컹거리는 물체를 밟았다. 허리를 굽혀 보니 죽은 수탉의 몸통이었다. 자기가 좋아하는, 머리 없는 닭의 시체였다.

안드레이 이바노비치는 허리를 펴고 주위를 둘러보며 죽은 날짐승을 식탁 아래로 깊이 차 넣었다. 그러고 나서 급히 방 밖으로 나갔다. 귀빈은 댄스파티에 늦는 걸 좋아하지 않았다.

충격 요법

인생에서 더없이 행복했던 어느 시절, 메르즐랴코프는 마구간지기로 일하면서 수제 탈곡기 — 체처럼 바닥이 뚫린 큰 통조림 깡통 — 를 사용하여 말에게 주려고 받은 귀리를 가지고 사람이 먹을 곡식으로 만든 뒤 카샤를 끓여 그 뜨거운 쓴 혼합 음식물로 배고픔을 참고 달래면서 그때 한 가지 간단한 문제만 생각했다. 본토에서 온 짐 싣는 큰 말은 털이 북실북실하고 땅딸막한 작은 야쿠티야 말보다 갑절이나 많은 귀리 양을 국고에서 매일 지급받지만 둘 다 똑같이 조금밖에 짐을 나르지 못했다. 잡종 페르슈롱* 만마(輓馬) **천둥소리**의 여물통에는 '야쿠티야 말' 다섯 마리가 먹어도 충분할 귀리를 쏟아붓는다. 그건 정말이며 어디서나 그랬다. 하지만 메르즐랴코프를 괴롭힌 것은 그게 아니었다. 수용소의 인간을 위한 식량 배급이, 수인들이 섭취하도록 정해진 단백질, 지방, 비타민, 칼로리 그리고 이른바 급식 용지라는 불가사의한 목록이 왜 인간의 생체 중량을 전혀 고려하지 않고 만들어졌는지 이해되지 않았다. 만약 인간을 일하는 가축과 동일시한다면, 사무실에서 생각해 낸 어떤 산술적 평균에 머물지 말고 식량의 정량에 있어서도 좀 더 철저해야 한다. 아무리 호의적인 눈으로 보더라도 이 무서운 평균은 왜소한 수인들에게만 유리하며, 실제로 그들은 다른 수인보다 오래 살았다. 메르즐랴코프는 체격이 페르슈롱 만마 천둥소리와 같았다. 아침으로 주는 빈약한 카샤 세 숟가락으로는 위의 둔통을 증가시킬 뿐이었다. 사실 작업반원은 배급 식량 외에 거의 아무것도 받지 못했다. 가장 중요한 식료품 — 버터, 설탕, 고기 — 은 급식 용지에 기록된 양만큼 솥에 들어가 본 적이 한 번도 없었다. 메르즐랴코프는 다른 것도 보았다. 키 큰 사람이 먼저 죽었다. 중노동에 아무리 익숙해도 거기엔 역시 아무 변함이 없었다. 수용소의 식량 배급량에 따라 똑같이 먹여도 여윈 지식인이 타고난 땅꾼 칼루가* 거인보다 역시 오래 살았다. 생산 비율로 배급량을 늘려도 역시 별로 득 될 것이 없었다. 기본 목록이 키 큰 사람을 전혀 고려하지 않는 옛날 그대로 남아 있었기 때문이다. 더 잘 먹기 위해서는 일을 더 잘해야 하고, 일을 더 잘하기 위해서는 더 잘 먹어야 했다. 에스토니아인, 리투아니아인, 라트비아인은 어디서나 먼저 죽었다. 그들이 먼저 죽는 것을 의사는 항상 이렇게 설명했다. 이 모든 발트 해 연안 국민들이 러시아인보다 조금 약하다는 것이다. 사실 라트비아인이나 에스토니아인의 고국 생활 양식은 러시아 농민의 생활 양식보다 수용소 생활과 거리가 멀었기 때문에 그들에겐 더 힘들었다. 그러나 주요한 이유는 그래도 역시 다른 데 있었다. 그들은 참을성이 더 모자랐고 단순히 키만 더 컸던 것이다.

1년 반 전쯤 메르즐랴코프는 신참으로 온 지 얼마 안 되어 덮친 괴혈병을 앓고 난 뒤 임시 간호사로 지방 병원에서 일하게 되었다. 거기서 그는 약의 복용량이 환자의 체중에 따라 선택되는 것을 보았다. 신약 실험이 집토끼, 쥐, 기니피그*로 이루어지고 사람의 복용량이 체중으로 환산하여 정해진다. 때문에 어린이 복용량은 성인보다 적었다.

그러나 수용소의 급식량은 사람의 체중에 따라 계산되지 않는다. 바로 이것이 메르즐랴코프를 놀라게 하고 걱정스럽게 만든 잘못된 결정의 문제였다. 하지만 그는 완전히 쇠약해지기 전에 기적적으로 마구간지기 자리를 얻어 거기서 말의 사료인 귀리를 훔쳐 자기 위(胃)를 채울 수 있었다. 메르즐랴코프는 이미 겨울을 넘길 생각을 하고 있었다. 그다음엔 무슨 수가 생길 것이다. 그러나 그렇게 되지 않았다. 마구간 관리인이 음주로 해고되고 고참 마구간지기가 그 자리에 임명되었다. 전에 메르즐랴코프에게 양철 탈곡기 사용법을 가르쳐 준 사람 중 하나였다. 고참 마구간지기 자신이 한때 귀리를 적잖이 훔쳐 왔으므로 그런 일이 어떻게 행해지는지 잘 알고 있었다. 그는 상부에 잘 보이려고 애쓰면서 더 이상 귀리는 필요 없다고 탈곡기를 전부 찾아내어 자기 손으로 부숴 버렸다. 마구간지기들은 귀리를 튀기거나 삶아 자연 상태로 먹기 시작하며 자기 위를 말의 위와 똑같이 만들었다. 새 관리인은 상부에 보고서를 썼다. 메르즐랴코프를 포함한 몇 명의 마구간지기는 귀리를 훔친 죄로 징계방에 수감되었다가 마구간에서 그가 떠나왔던 일반 작업장으로 되돌아가게 되었다.

....

일반 작업장에서 메르즐랴코프는 죽음이 임박했음을 곧 알았다. 그는 자신이 운반해야 할 통나무 무게에 짓눌려 비틀거렸다. 이 게으른 건장한 인간('건장한 인간'은 방언으로, '키 큰 사람'을 의미한다)을 싫어했던 조장은 매번 메르즐랴코프를 통나무 '밑동'에 세워 굵은 통나무의 맨 밑동을 운반하게 했다. 어느 날 메르즐랴코프는 쓰러져 눈 바닥에서 바로 일어날 수 없게 되자 갑자기 결심하고 그 저주받을 통나무 운반을 거부했다. 이미 시간이 늦어 날이 어두워지자 호송병들은 정치 학습에 가기 위해 서둘렀고, 일꾼들은 빨리 막사나 식사를 하러 가려 했고, 조장은 그날 저녁 카드 전투에 늦었다. 그 책임은 모두 메르즐랴코프에게 돌아갔다. 그는 벌을 받았다. 처음에는 동료들에게, 다음에는 조장과 호송병들에게 두들겨 맞았다. 통나무는 눈 속에 그대로 방치되고 그 대신 메르즐랴코프가 수용소로 운반되었다. 그는 작업에서 해방되어 판자 침대 위에 누워 지냈다. 허리가 아팠다. 보조 의사는 메르즐랴코프의 등에 그리스(grease)를 발라 주었다. 의무실에는 마사지할 어떤 약품도 떨어진 지 오래였기 때문이다. 메르즐랴코프는 몸을 반쯤 구부린 채 계속 누워 집요하게 요통을 호소했다. 통증은 이미 오래전에 사라졌고 부러진 늑골은 아주 빨리 유착되어 메르즐랴코프는 무슨 거짓말을 해서라도 작업 복귀 서명을 늦추려고 애썼다. 서명은 나지 않았다. 어느 날 그는 옷이 입혀 들것에 뉜 채 트럭 뒤에 실려 다른 환자들과 함께 지구 병원으로 이송되었다. 거기에는 엑스레이실이 없었다. 이제 모든 일을 진지하게 생각해야 했고, 메르즐랴코프는 그것만을 생각했다. 그는 몇 개월 동안 허리를 펴지 않은 채 누워 있다가 중앙 병원으로 이송되었다. 거기에는 물론 엑스레이실이 있었고 메르즐랴코프는 외과의 외상 병실에 입원했는데, 환자들은 그 신소리의 쓴맛을 생각하지도 않고 이 병을 '연극'병이라고 했다.

....

"이 환자도," 외과의가 메르즐랴코프의 차트를 가리키면서 말했다. "당신 쪽으로 옮깁시다, 표트르 이바노비치. 외과에서는 이 환자를 치료할 게 없으니까요."

"그러나 진단서에는 '척추 외상에 의한 관절 강직'이라고 쓰여 있지 않습니까. 내게 그자가 왜 필요합니까?" 신경병 전문의가 물었다.

"글쎄, 물론 관절 강직이지요. 더 이상 뭐라고 쓰겠습니까? 구타 뒤에 생길 수 있는 것은 그런 게 아니지요. 나의 '세리' 광산에서 사고가 있었어요. 조장이 한 노동자를 두들겨 팼지요……."

"당신 사고 얘기 들을 시간이 없습니다, 세료자. 내가 묻는 건 왜 그를 내 쪽으로 보내느냐는 겁니다."

"'조서를 작성하기 위한 검사'라고 내가 썼지요. 당신이 바늘로 그를 좀 찔러 보고 조서를 작성합시다. 그리고 그를 배에 싣는 거지요. 자유인이 되게."

"그러나 엑스레이는 찍었습니까? 바늘 없이 장애가 보여야만 합니다."

"찍어 놨습니다. 보십시오." 외과 의사가 거즈 커튼 위로 검은 네거티브 필름을 쳐들었다. "이 사진 속에서는 아무것도 찾아낼 수 없을 겁니다. 훌륭한 광선, 훌륭한 전류가 나오기 전까진 우리 엑스레이 기사들은 계속 이런 흐릿한 사진만 만들어 낼 겁니다."

"정말 흐리네요." 표트르 이바노비치는 말했다. "좋습니다, 그럼 그렇게 합시다." 이렇게 말하면서 그의 차트에 서명하고 메르즐랴코프를 자기 병실로 옮기는 데 동의했다.

외과 병실은 동상, 탈골, 골절, 화상 환자로 넘쳐 시끄럽고 혼란스러웠으며 — 북국 지방 광산은 농담이 아니었다 — 환자 일부는 병실이나 복도 바닥에 그대로 누워 있었고, 파죽음이 된 젊은 외과 의사 하나가 보조 의사 네 명과 함께 일하고 있었다. 그들은 모두 하루에 서너 시간밖에 자지 못해 메르즐랴코프에게 주의를 기울일 수 없었다. 메르즐랴코프는 갑자기 옮겨 온 신경과에서 진짜 조사가 시작된다는 걸 알았다.

수인으로서 그의 필사적인 의지는 온통 오래전부터 허리를 펴선 안 된다는 한 가지 점에만 집중되어 있었다. 그리고 허리를 펴지 않았다. 몸은 잠시라도 펴고 싶어 못 견딜 지경이었다. 그러나 광산과 숨 쉬기 고통스러운 추위, 혹한으로 반질반질하게 얼어붙은 미끄러운 금광의 돌, 식사 때면 불필요한 숟가락을 사용하지 않고 단숨에 마셔 버리는 수프 접시, 호송병의 개머리판과 조장의 부츠를 떠올리며 그는 몸을 펴지 않으려고 자기 내부에서 힘을 찾고 있었다. 그러나 지금은 이미 처음 몇 주보다 수월했다. 그는 잠결에 허리를 펼까 봐 조금밖에 자지 않았다. 당직 간호사들이 거짓을 적발해 내기 위해 오래전부터 그를 감시하도록 지시가 내려진 것을 알았다. 적발되면 뒤이어 — 그것 역시 메르즐랴코프는 알았다 — 누구나 징벌 광산으로 보내졌고, 보통 사람이라도 메르즐랴코프에게 그런 무시무시한 추억을 남겼다면 어떤 사람이든 당연히 징벌 광산감이다.

메르즐랴코프는 이관된 지 이튿날, 의사에게 인도되었다. 과장은 발병 시초에 대해 간단히 묻고 동정하듯 머리를 끄덕였다. 내친김에 말하듯, 건강한 근육도 여러 달 동안 부자연스러운 상태로 있으면 그런 상태에 익숙해지고 사람은 스스로 자신을 불구자로 만들 수 있다고 했다. 그러고 나서 표트르 이바노비치는 검진했다. 바늘을 찌르고 고무망치로 톡톡 두드리고 누르며 어떠냐고 물으면 메르즐랴코프는 아무렇게나 대답했다.

표트르 이바노비치는 진찰 시간의 절반 이상을 꾀병 환자를 적발하는 데 썼다. 그는 물론 수인을 꾀병으로 몰아넣은 이유를 알았다. 표트르 이바노비치 자신이 얼마 전까지 수인이었으므로 꾀병 환자들의 어린애 같은 고집이나 속임수의 경솔한 유치함에 놀라지 않았다. 과거 시베리아의 한 의학 연구소 부교수였던 표트르 이바노비치는 환자들이 그를 속여 자신의 생명을 구하는 바로 그 눈 더미에서 자신의 학문적 경력을 쌓았다. 그가 사람을 가엾게 여기지 않는다고 말할 수는 없다. 그러나 인간이라기보다 우선은 의사였고 무엇보다 전문의였다. 그는 1년간의 일반 노동이 그에게서 전문의를 내쫓지 못한 것을 자랑으로 여겼다. 그는 꾀병 환자의 적발이라는 과제를 어떤 고귀한 국가 전체의 관점이나 도덕의 관점에서 전혀 이해하고 있지 않았다. 오히려 그것, 그 일에서 굶주리고 반쯤 미쳐 버린 불행한 인간들이 과학의 더 큰 명예를 위해 필연코 빠져들게 될 덫을 놓는 자기 지식, 자기 심리학적 능력을 가치 있게 사용할 수 있음을 보았다. 의사와 꾀병 환자 이 양자의 싸움에선 의사 편에 모든 이점이 있었다. 이를테면 수천 가지 기묘한 약품, 수백 가지 교과서, 풍부한 시설, 호송병의 도움, 전문가의 오랜 경험이 있었고, 환자 편에는 오로지 그가 떠나왔던 세계와 그가 되돌아가기 두려워하는 세계에 대한 공포만 있었다. 바로 그 공포가 환자에게 투쟁할 힘을 주었다. 차례가 된 사기꾼을 적발하면서 표트르 이바노비치는 깊은 만족감을 맛보았다. 다시 한 번 그는 자신이 훌륭한 의사이며, 자질을 잃지 않았을 뿐 아니라 반대로 그것을 갈고닦아 한마디로 지금도 그 일을 할 수 있다는 삶의 증거를 얻고 있는 것이다.

'이 외과의들은 바보야.' 메르즐랴코프가 나간 뒤 그는 담뱃불을 붙이며 생각했다. '국소 해부학을 몰랐거나 잊어버렸든지, 반사 작용을 결코 몰랐던 거야. 오직 엑스레이에만 의존하는 거지. 엑스레이가 없으면 간단한 골절조차 자신 있게 말 못해. 꼴에 거드름은 얼마나 피우는지!' 메르즐랴코프가 꾀병 환자라는 것은 물론 표트르 이바노비치의 눈에 뻔히 보였다. '음, 일주일간 누워 있게 내버려 둬. 그동안 모든 것이 형식에 맞도록 모든 검사를 수집하는 거야. 차트에 들어갈 자질구레한 서류도 첨부하고.'

표트르 이바노비치는 새로 적발해 낼 극적 효과를 미리 맛보면서 빙그레 웃었다.

일주일 뒤 병원에서는 배에 실어 본토로 보낼 환자 호송단을 준비했다. 보고서는 바로 이곳 병원에서 작성되었으며, 관리소에서 온 의료 위원회 의장이 병원에서 출발 준비를 해 둔 환자들을 직접 살펴보았다. 그의 역할은 서류를 검토하고 소정의 서류 작성을 체크하는 것으로 끝났다. 환자의 개인 검사는 30분이 소요된다.

"제 명단에는," 하고 외과 의사는 말했다. "메르즐랴코프라는 자가 있습니다. 1년 전 호송병들이 그의 척추를 부러뜨렸습니다. 그를 보낼까 합니다. 최근에 신경과로 이관되었습니다. 출발 서류는 여기 준비돼 있습니다."

의료 위원회 의장이 신경병 전문의 쪽으로 향했다.

"메르즐랴코프를 데려오시오." 표트르 이바노비치가 말했다.

약간 구부정한 메르즐랴코프를 데려왔다. 의장은 그를 한 번 흘낏 쳐다보았다.

"엄청난 고릴라네!" 그는 말했다. "그래요, 물론 저런 자들을 여기 붙들어 둘 이유가 없지." 의장은 펜을 들어 명단 쪽으로 손을 뻗었다.

"제 사인은 하지 않겠습니다." 표트르 이바노비치는 크고 분명한 목소리로 말했다. "이자는 꾀병 환잡니다. 내일 그를 의장님에게도 외과 의사에게도 증명해 보인다면 영광이겠습니다."

"그럼 그자는 놔두기로 하죠." 의장은 펜을 놓고 냉담하게 말했다. "대충 일을 끝내도록 합시다. 이미 시간도 늦었으니."

"그는 꾀병 환잡니다, 세료자." 그들이 병실을 나설 때 외과 의사의 팔을 잡으며 표트르 이바노비치가 말했다.

외과 의사는 팔을 뺍았다.

"그럴지도 모르지요." 그러곤 더럽다는 듯 미간을 찌푸리며 말했다. "부디 적발에 성공하기 바랍니다. 아주 만족하시겠습니다."

이튿날 표트르 이바노비치는 병원장실 회의에서 메르즐랴코프에 대해 상세히 보고했다.

"제 생각으로는," 그가 결론적으로 말했다. "메르즐랴코프의 꾀병을 두 가지 방법으로 적발해 내는 겁니다. 첫 번째 방법은 당신이 잊어버린 라우시 마취(Rausch narcosis)가 될 것입니다, 세르게이 표도로비치." 그는 외과 의사 쪽을 향해 의기양양하게 말했다. "이건 당장 해야 합니다. 라우시도 아무 성과가 없으면, 그럼……." 표트르 이바노비치는 양손을 펼쳐 보였다. "그럼 충격 요법이 있지요. 그건 매우 흥미로운 일입니다, 틀림없이."

"그건 지나치지 않습니까?" 병원에서 가장 큰 병과의 과장인 알렉산드라 세르게예브나가 말했다. 최근 본토에서 온 뚱뚱하고 육중한 그녀는 결핵과를 맡고 있었다.

"자," 원장은 말했다. "그런 개새끼는……." 그는 여자들이 있어 다소 말을 삼갔다.

"라우시 결과를 가지고 봅시다." 표트르 이바노비치는 중재하듯 말했다.

라우시는 단시간의 효과를 위해 기절시키는 에테르 마취이다. 환자는 15~20분 안에 잠이 든다. 그동안 외과 의사는 탈골 부위를 바로 맞추고 손가락을 절단하거나 아픈 종기를 절개할 수 있어야 한다.

흰 가운을 입은 병원 지도부는 약간 구부정한 순종적인 메르즐랴코프를 응급 치료실에 눕혀 놓고 수술대 주위에 둘러섰다. 간호사들은 일반적으로 환자를 수술대에 묶는 마포 끈을 붙잡았다.

"필요 없어, 필요 없어!" 표트르 이바노비치가 달려오며 소리쳤다. "끈은 필요 없어."

메르즐랴코프의 얼굴이 위로 돌려졌다. 외과 의사는 그 위에 마취 마스크를 얹고 다른 손에 에테르 병을 잡았다.

"시작하시오, 세료자!"

에테르가 떨어지기 시작했다.

"더 깊이, 더 깊이 숨을 쉬어, 메르즐랴코프! 큰 소리로 세어!"

"26, 27," 하고 메르즐랴코프는 느린 목소리로 숫자를 세더니 갑자기 셈을 멈추고 무언가 바로 알아들을 수 없는 단속적인 말을 쌍욕과 함께 내뱉었다.

표트르 이바노비치는 자기 손으로 메르즐랴코프의 왼손을 붙잡았다. 몇 분 뒤 그 손에서 힘이 쭉 빠졌다. 표트르 이바노비치는 손을 놓았다. 그러자 그 손이 죽은 듯 부드럽게 수술대 가장자리로 떨어졌다. 표트르 이바노비치는 천천히 그리고 엄숙하게 메르즐랴코프의 몸을 폈다. 모두 탄성을 질렀다.

"이제 저자를 묶어 매." 표트르 이바노비치는 간호사들에게 말했다.

메르즐랴코프는 눈을 뜨고 병원장의 털북숭이 주먹을 보았다.

"이게 뭐야, 더러운 놈." 원장은 쉰 목소리로 말했다. "이제 네놈은 다시 재판을 받게 될 거야."

"잘했소, 표트르 이바노비치, 잘했소!" 위원회 의장은 신경병 전문의의 어깨를 툭툭 치며 되뇌었다. "사실 어제 이 고릴라를 완전히 풀어 주려고 했는데!"

"그를 풀어 줘!" 표트르 이바노비치가 지시했다. "수술대에서 내려!"

메르즐랴코프는 아직 완전히 제정신으로 돌아오지 않았다. 관자놀이가 팔딱팔딱 뛰고 입안에서 에테르의 역겨운 단내가 났다. 메르즐랴코프는 지금도 이것이 꿈인지 생신지 몰랐다. 어쩌면 그런 꿈을 전에도 자주 꾸었는지 모른다.

"당신들 모두 지옥에나 가 버려!" 그는 갑자기 소리치고 전처럼 몸을 구부렸다.

어깨가 넓고 뼈대가 굵은, 흐릿한 눈길과 부스스한 머리를 한, 실제로 고릴라 같은 메르즐랴코프는 길고 통통한 손가락을 바닥에 닿다시피 축 늘어뜨린 채 응급 치료실 밖으로 나갔다. 메르즐랴코프 환자가 평소와 같은 자세로 침대 위에 누워 있다는 보고가 표트르 이바노비치에게 올라왔다. 의사는 그를 자기 사무실로 데려오도록 지시했다.

"너는 들통 났어, 메르즐랴코프." 신경병 전문의는 말했다. "그러나 원장님에게 부탁했어. 너를 재판에 넘기거나 징벌 광산에 보내지 않고 그냥 퇴원시킬 거야. 옛 일터인 광산으로 되돌아가는 거야. 너는 영웅이야, 형제. 너는 1년 동안 우리를 우롱했어."

"무슨 말인지 통 모르겠는데요." 눈을 쳐들지 않고 고릴라는 말했다.

"무얼 몰라? 우리가 방금 네 몸을 폈단 말이야!"

"아무도 내 몸을 펴지 않았습니다."

"이봐, 친구." 신경병 전문의가 말했다. "그래 봤자 아무 소용 없어. 나는 네게 잘해 주고 싶었어. 그러니 정신 차려. 일주일 후면 네 스스로 퇴원시켜 달라고 빌게 될 걸."

"일주일 후면 거기서 또 무슨 일이 일어날지 누가 알아." 메르즐랴코프는 조용히 말했다. 광산이 아닌 다른 곳에서 보낸 여분의 일주일, 여분의 하루, 여분의 한 시간조차 그의, 메르즐랴코프의 행복이라는 것을 의사에게 어떻게 설명할 수 있었을까. 의사 자신이 그것을 이해하지 못하는데 어떻게 그에게 설명할 수 있을까? 메르즐랴코프는 잠자코 마룻바닥을 보았다.

메르즐랴코프는 끌려 나갔고, 표트르 이바노비치는 병원장에게 갔다.

"그러니까 우리는 일주일 후가 아니라 내일 그 일을 처리할 수 있소." 원장이 표트르 이바노비치의 제안을 듣고 말했다.

"저는 그에게 일주일을 약속했습니다." 표트르 이바노비치는 말했다. "병원이 망하진 않을 겁니다."

"그럼, 좋소." 원장이 말했다. "일주일 후에 처리합시다. 단, 그때 나를 불러 주시오. 그를 묶어 맬 건가요?"

"묶어 매선 안 됩니다." 신경병 의사가 말했다. "팔이나 다리가 탈구될 수 있으니까요. 붙잡고 있을 겁니다." 이렇게 말하고 신경병 의사는 메르즐랴코프의 차트를 잡아 치료란에 '충격 요법'이라고 쓰고 날짜를 기입했다.

충격 요법 시에는 환자의 혈액 속에 장뇌유가 일정량 주사되고, 중환자의 심장 활동을 유지하기 위해 장뇌유를 피하 주사 할 때는 그 양을 몇 배나 더 늘린다. 그것은 격렬한 발광이나 간질 발작과 유사한 돌발적인 발작을 일으킨다. 장뇌 쇼크로 인해 모든 근육 활동과 인간의 모든 원동력이 급격히 상승한다. 근육은 유례없이 긴장하고 의식을 잃은 환자의 힘은 열 배나 증가한다. 그리고 발작은 몇 분간 지속된다.

며칠이 지났지만 메르즐랴코프는 스스로 몸을 펼 생각도 하지 않았다. 차트에 기록된 아침이 오자 메르즐랴코프를 표트르 이바노비치에게 데려갔다. 극북에서는 어떤 오락도 소중히 여긴다. 의사의 진료실은 만원이었다. 여덟 명의 건장한 간호사가 벽을 따라 정렬해 있었다. 진료실 한가운데에 소파 베드가 놓여 있었다.

“여기서 합시다.” 표트르 이바노비치가 책상에서 일어나며 말했다. “외과 의사들에게 갈 것 없이. 그런데 세르게이 표도로비치는 어디 있습니까?”

“못 오실 거예요.” 당직 간호사 안나 이바노브나가 말했다. “‘바쁘다’고 하던데요.”

“바쁘다, 바쁘다.” 표트르 이바노비치는 되뇌었다. “그 사람을 위해 내가 어떻게 그의 일을 하는지 보면 좋을 텐데.”

보조 의사가 메르즐랴코프의 옷소매를 걷어 올리고 팔에 요오드를 발랐다. 오른손에 주사기를 잡고 보조 의사는 팔꿈치 관절 가까운 정맥에 바늘을 찔렀다. 시꺼먼 피가 바늘에서 주사기 안으로 쏟아졌다. 보조 의사가 엄지손가락을 부드럽게 놀려 피스톤을 누르자 누런 용액이 정맥 안으로 들어가기 시작했다.

"좀 더 빨리 넣어!" 표트르 이바노비치는 말했다. "그리고 빨리 한쪽으로 비켜. 당신들은," 하고 그는 간호사들을 향해 말했다. "그를 붙잡고 있어."

메르즐랴코프의 거대한 몸통이 펄떡 뛰어오르더니 간호사들의 손안에서 버둥거리기 시작했다. 여덟 명이 그를 붙잡았다. 그는 씨근거리고 몸부림치며 발로 걷어찼지만, 간호사들이 꽉 붙잡고 있어 잠잠해졌다.

"호랑이도, 호랑이도 저렇게 잡을 수 있어요." 표트르 이바노비치가 미칠 듯이 기뻐하며 소리쳤다. "자바이칼리에에선 호랑이를 저렇게 맨손으로 잡아요. 이제 잘 보세요." 그는 원장에게 말했다. "고골*이 어떻게 과장하는지. 『타라스 불바(대장 불바)』의 끝을 기억하시지요? '그의 팔다리에 매달린 사람이 거의 서른 명이었다.' 이 고릴라는 불바보다 좀 더 큽니다. 그런데 단 여덟 명으로 붙잡았어요."

"맞아, 맞아" 하고 원장이 말했다. 그는 고골의 말을 기억하지 못했지만 충격 요법은 마음에 썩 들었다.

이튿날 아침 표트르 이바노비치는 회진 중에 메르즐랴코프의 침대 옆에 멈췄다.

"그래, 어때?" 그가 물었다 "어떤 결정을 내렸나?"

"퇴원시켜 주십시오." 메르즐랴코프는 말했다.

누운잣나무

극북의 타이가와 툰드라 경계에 있는 난쟁이 자작나무 숲이나 뜻밖에 연노란 물기 많은 굵은 열매가 주렁주렁 매달린 나지막한 마가목 숲 속에, 보통 3백 년에 걸쳐 자라는 6백 년 된 낙엽송 숲 속에 특별한 나무 하나가 살고 있다. 누운잣나무이다. 히말라야삼나무의 먼 친척뻘 되는 난쟁이 소나무로, 줄기는 사람의 팔뚝보다 좀 굵고 길이는 2~3미터쯤 되는 상록의 침엽수 관목이다. 이 나무는 장소를 가리지 않고 뿌리로 산비탈 바위틈에 딱 달라붙어 자란다. 모든 북국의 나무처럼 이 나무도 남자답고 완강하다. 그 감성은 비상하다.

늦가을, 오래전에 눈이 내리고 겨울이 왔어야 할 때이다. 반상출혈처럼 푸르스름한 검은 구름이 여러 날 동안 하얀 하늘 한구석에 낮게 떠다닌다. 오늘 아침부터 살 속으로 스며드는 가을바람이 위협하듯 고요해졌다. 눈 냄새인가? 아니다. 눈은 내리지 않을 것이다. 누운잣나무가 아직 눕지 않았다. 그리고 며칠이 지나도 눈은 내리지 않고, 검은 구름은 구릉 저 너머 어딘가로 떠다니고, 높은 하늘 위로 창백한 작은 해가 떠오르고, 모든 것이 가을처럼…….

누운잣나무가 휘어진다. 계속 불어나는 과도한 무게에 짓눌리듯 점점 아래로 처진다. 에메랄드빛 가지를 뻗치며 머리로 바위를 문지르고 지면에 바싹 달라붙는다. 땅 위를 긴다. 그것은 녹색 깃털을 입은 문어와 같다. 나무가 드러누워 하루 이틀 기다리는 동안 하얀 하늘에선 가루 같은 눈이 내린다. 그리고 누운잣나무는 곰처럼 겨울잠에 빠진다. 흰 산등성이에 큰 눈 혹이 부풀어 오른다. 누운잣나무가 동면을 하려고 누운 거다.

겨울이 끝나 가는데도 대지는 아직 3미터나 되는 두꺼운 눈으로 층층이 덮여 있고 골짜기에서는 쇠붙이에나 굴복할 정도로 단단한 눈을 눈보라가 밟아 다지고 있는데 사람들은 헛되이 자연에서 봄의 징조를 찾고 있다. 달력으로는 이미 봄이 와야 할 때이지만. 그러나 겨울날과 다름없다. 공기는 희박하고 건조했으며 1월의 대기와 전혀 다름없다. 다행히 인간의 감각은 너무 둔하고 감수성도 너무 단순하다. 게다가 인간의 감각은 적어서 기껏해야 다섯 개밖에 되지 않는다. 그것으로 예언하고 예지하기엔 부족하다.

자연은 감각 면에서 인간보다 섬세하다. 우리는 그것을 어느 정도 안다. 연어과의 물고기가 생장한 곳에서 산란하려고 모천(母川)으로만 돌아가는 것을 기억하는가? 철새의 신비한 이동 경로를 기억하는가? 기압을 감지하는 식물이나 꽃도 우리는 잘 안다.

그리고 끝없는 흰 눈 속에서 봄의 희망이 전혀 보이지 않을 때, 갑자기 누운잣나무는 머리를 쳐든다. 누운잣나무는 눈을 털고 온

몸을 쭉 펴고 일어나 얼음에 덮인 약간 불그레한 녹색 침엽 가지를 하늘로 쳐든다. 누운잣나무는 우리 인간에겐 들리지 않는 봄의 부름을 듣고 봄이 온 것을 알고 극북에서 제일 먼저 일어난다. 겨울은 끝났다.

그렇지 않은 경우도 있다. 모닥불이다. 누운잣나무는 너무 쉽게 믿는다. 겨울을 싫어해 모닥불의 따뜻함을 믿으려 한다. 겨울처럼 몸을 잔뜩 구부린 누운잣나무 관목 옆에 모닥불을 피우면 겨울에도 일어난다. 모닥불이 꺼지면 실망한 난쟁이 나무는 분해서 울며 다시 몸을 구부리고 제자리에 도로 눕는다. 그리고 눈에 파묻힌다.

아니, 누운잣나무는 기상 예보자에 그치지 않는다. 그는 희망의 나무, 극북에서 유일한 상록수이다. 눈부시게 빛나는 흰 눈 속에서 누운잣나무 가지의 윤기 없는 녹색 침엽은 남국을, 따뜻함을, 삶을 말해 준다. 여름에는 얌전히 있어 눈에 띄지 않는다. 주위의 모든 것이 짧은 북국 여름에 꽃을 피우려고 애쓰며 서둘러 꽃을 피운다. 봄, 여름, 가을 꽃들이 앞다투어 끊임없이 폭풍처럼 꽃을 피운다. 그러나 가을이 가까워지면 낙엽송은 이미 누런 작은 침엽을 떨어뜨리며 벌거벗고, 누르스름한 풀은 말라 오그라들고, 숲은 텅 빈다. 그때 창백한 누런 풀과 회색 이끼 사이로 누운잣나무의 큰 녹색 횃불이 숲 속에서 타오른다.

나에게 누운잣나무는 언제나 가장 시적인 러시아 나무로 생각되고, 시로 찬미되는 수양버들이나 플라타너스, 사이프러스보다 좀 낫게 생각된다. 게다가 누운잣나무 장작은 더 따뜻하다.

적십자

수용소 생활 구조는 의료 관계자만 수인에게 실제적이고 현실적인 도움을 줄 수 있게 돼 있다. 노동 보호는 건강 보호, 건강 보호는 생명 보호이다. 수용소 지도부는 여러 명으로 구성돼 있다. 수용소 소장과 그에 예속된 간수, 경비병과 호송병 부대를 지휘하는 경비대장, 취조 기관을 통괄하는 내무부 지구 위원장, 수용소 교육 분야 활동가—문화 교육 부장과 그의 모든 감독관. 이들의 뜻은 좋든 나쁘든 규칙대로 행동해야 하는 것으로 모두 믿고 있다. 수인의 눈에는 이 지도부가 모두 억압과 강제의 상징으로 비친다. 이들은 수인에게 노동을 강제하고, 밤낮없이 탈출을 경계하고, 정해진 이상으로 먹고 마시지 못하도록 수인을 감시한다. 이들은 모두 매일 매 시간 수인에게 한마디 말만 한다. 일하라! 일하라!

수인에게 수용소의 그 무섭고 진절머리 날 만큼 혐오스러운 말을 하지 않는 것은 오직 한 사람뿐이다. 바로 의사이다. 의사는 다른 말을 한다. 쉬어, 자네는 지쳤어, 내일은 일하지 마, 자네는 환자야. 겨울의 흰 어둠 속으로, 얼음처럼 차가운 채석장으로 수인을 매일 장시간 내보내지 않는 것은 의사뿐이다. 의사는 업무상 지도부의 전횡에서, 수용소 근무의 베테랑들이 보여 주는 지나친 열의로부터 수인을 보호하는 옹호자이다.

어느 시기에는 수용소 막사 벽에 '수인의 권리와 의무'라는 큰 인쇄물이 게시되었다. 여기에는 의무는 많았지만 권리는 적었다. 소장에게 청원서를 낼 '권리'가 있었다. 집단적인 청원이 아닌 한…… 수용소의 검열을 거쳐 가족에게 편지 쓸 '권리'…… 치료받을 '권리'가 있었다…….

이 마지막 권리는 매우 중요했다. 많은 광산 의무실에서는 망간산가리 용액으로 이질을 치료하고 같은 용액을 농도만 조금 짙게 하여 화농이나 동상 부위에 바르고 있었지만.

의사는 장부에 기록하여 공식적으로 작업을 면제시킬 수 있고, 입원시킬 수 있고, 요양 시설에 보낼 수 있고, 배급을 늘릴 수도 있다. 그리고 노동 수용소에서 가장 중요한 것은 의사가 '노동 카테고리', 노동 능력의 단계를 정하며 그에 따라 작업의 기준량이 산정된다는 점이다. 의사는 노동 불능이라는 이유로 유명한 제458조에 따라 석방까지 권고할 수 있다. 질병을 이유로 면제된 자는 아무도 작업을 시킬 수 없다. 이런 자신의 행위에서 의사는 누구의 통제도 받지 않는다. 그를 통제할 수 있는 것은 상위의 의료 관계자뿐이다. 의료 행위에서 의사는 어느 누구에게도 예속되지 않는다.

또 하나 기억해야 할 것은 가마솥에 식재료를 넣는 일을 감독하는 것도 식사의 질을 감독하는 일과 마찬가지로 의사의 의무라는 점이다.

수인의 유일한 참된 옹호자는 수용소의 의사이다. 그의 힘은 막강하다. 수용소 지도부의 누구도 전문가인 의사의 행위를 통제할 수 없다. 의사가 비양심적인 그릇된 결론을 내려도 이를 판단할 수 있는 것은 상급 또는 동등한 의료 관계자뿐이다. 그들 역시 전문가이다. 수용소 지도부는 거의 언제나 의사들과 반목 상태에 있었다. 일의 성격 자체가 양자를 다른 방향으로 갈라놓고 있었기 때문이다. 소장은 'C' 그룹(질병으로 잠시 작업을 면제받은 자들)의 수가 줄어들어 좀 더 많은 수인을 작업에 내보내기를 바랐다. 그러나 의사는 선악의 경계가 수용소에서 바뀌어 버린 지 옛날이며, 작업에 나가는 수인들이 아프고 피로하고 쇠약해져 수용소 당국의 생각보다 훨씬 더 많이 작업을 면제받을 권리가 있다고 보았다.

아주 강한 의지를 가지고 있다면 의사는 수인의 작업 면제를 주장할 수 있었다. 의사의 승낙 없이는 수용소의 어떤 높은 관리라 해도 수인을 작업에 내보내지 못할 것이다.

의사는 수인을 중노동에서 구할 수 있었다. 모든 수인은 말처럼 '노동 카테고리'로 분류된다. 이 노동 그룹은 3, 4, 5단계가 있었지만 어느 것이나 '노동 카테고리'로 불렸다. 이 용어는 철학 사전에서 나온 것 같다. 이것은 인생의 한 신산(辛酸), 더 정확히 말해서 인생의 한 추악한 단면이다.

가벼운 노동의 카테고리를 주는 것은 자주 사람을 죽음에서 구하는 것을 의미했다. 무엇보다 슬픈 일은 가벼운 노동 카테고리를 받기 위해 의사의 눈을 속이려고 애쓰는 사람들이 실은 자신이 생각하는 것 이상으로 훨씬 중환자였다는 거다.

의사는 노동에서 휴식을 주고, 병원으로 보내고, '작업을 면제'시켜 주기까지 하고, 다시 말해 노동 불능 증명서를 작성할 수도 있다. 그러면 수인은 당연히 본토로 소환된다. 실제로 입원이나 작업 면제 결정은 증명서를 발부하는 의사에 달려 있지 않고 의료 위원회에 있지만 그런 절차를 밟는 것이 중요했다.

이 모든 일과, 이와 관련된 또 다른 많은 일상적인 일을 깡패는 잘 알고 염두에 두었다. 그 결과, 의사와 특별한 관계를 갖는 것은 깡패의 도덕률이 되었다. 수용소와 감옥 세계에서 감옥의 배급 식량과 신사 깡패와 함께 '적십자' 전설도 정착되었다.

'적십자'란 깡패 용어이다. 나는 이 말을 들을 때마다 긴장한다.

깡패는 의료 관계자에게 시위하듯 경의를 표하고, 수많은 '정치범'과 '범죄자가 아닌 사람' 가운데서 의사를 다르게 대하며 그에게 온갖 지원을 약속한다.

그렇게 만들어진 전설은 지금까지도 수용소에 존재한다. 좀도둑 '송사리'가 어떻게 의사의 물건을 훔치는가, 거물 도둑이 어떻게 그것을 찾아내어 사과하면서 도난품을 되돌려 주는가. 그건 마치 '브레게 시계'*와 꼭 같다.

그러기는커녕 실제로 의사의 물건을 훔치지 않았고 훔치지 않으려고 노력했다. 상대가 자유노동자인 의사라면 여러 가지 물건이나 돈 같은 것을 선물한다. 상대가 수인 의사라면 사정하거나,

죽이겠다고 위협한다. 깡패에게 도움을 주는 의사는 때때로 칭찬을 받는다.

'낚시'로 의사의 코를 꿰는 것은 모든 깡패 무리의 꿈이다. 깡패는 어떤 높은 관리에게도 난폭하고 건방지게 굴 수 있지만(어떤 경우에는 이런 멋 부림, 이런 정신을 아주 명쾌하게 보여 줘야 했다), 의사 앞에서는 아첨을 떨고 때론 굽실거리며 의사에 대해 난폭한 말을 못 쓰게 한다. 상대가 그들을 신용하지 않고 그들의 파렴치한 요구를 아무도 들어주려고 하지 않는다는 사실을 알 때까지는.

의료 요원은 어느 한 사람 수용소에서 자기 운명을 걱정할 필요가 없다는 말이다. 깡패가 물질적으로 정신적으로 도와주기 때문에. 물질적 도움은 도난당한 '양복'과 '바지'이고, 정신적 도움은 의사를 방문하여 대화 상대가 되어 주고 호의를 베푸는 것이다.

힘겨운 노동, 불면증, 구타로 쇠약해진 병든 정치범 대신 건강한 동성애 살인범과 금품 강요자를 입원시키는 것은 쉬운 일이다. 입원시키고 스스로 퇴원하겠다고 할 때까지 병상에 놓아두는 것도 마찬가지다.

'편하게 잘 지낼' 수 있도록 깡패에게 규칙적으로 작업을 면제시켜 주는 것은 쉬운 일이다.

만약 깡패가 그들 자신의 어떤 숭고한 목적을 위해 병원에 가야 할 필요가 있다면, 의료 증명서로 다른 병원에 보내 주는 것은 쉬운 일이다.

꾀병 부리는 깡패를 숨겨 주는 것은 쉬운 일이다. 깡패는 모두 꾀병쟁이이며 과장의 명수로서 종아리나 대퇴부에 영구히 없어지지 않는 영양성 궤양 같은 '고의로 낸 상처'가 있고, 복부에 가볍지만 인상 깊은 칼자국 등이 있다.

은혜를 베푸는 깡패에게 '가루약'과 '코데인', '카페인'을 대접하고 마취제와 알코올 팅크제 비축분을 전부 사용하도록 할당하는 것은 쉬운 일이다.

나는 여러 해 동안 계속 수용소의 큰 병원에서 호송 수인단을 인수해 왔지만 의사의 증명서로 온 꾀병쟁이는 백 퍼센트 깡패였다. 깡패는 지구의 의사를 매수하거나 위협하여 의사에게 허위 서류를 쓰게 했다.

지구의 의사 또는 지구의 수용소 소장이 자기 관할 지구의 지겨운 위험 분자에게서 벗어나기 위해 그들이 완전히 사라지지 않더라도 관할 지구가 일시적인 휴식을 얻고자 깡패를 병원에 보내는 일도 자주 있다.

의사가 매수되는 경우는 좋지 않다. 아주 좋지 않다. 그러나 협박을 받으면 허용할 수밖에 없다. 깡패의 협박은 전혀 빈말이 아니기 때문이다. '스파코이니' 광산 진료소에는 깡패가 많았는데 젊은 의사가, 요컨대 최근 모스크바 의대를 졸업한 젊은 수인 수로비가 병원에서 그곳으로 파견되었다. 친구들은 가지 말라고 말렸다. 그는 분명히 위험한 일터로 가는 대신 이를 거절하고 일반 노동으로 갈 수 있었다. 그러나 수로비는 일반 노동에서 병원으로 갔다. 그리로 되돌아가는 것이 두려워 전문직에서 일하기 위해 광산으로 가겠다고 동의했다. 수용소 당국은 수로비에게 지령을 내렸지만 어떻게 처신하라는 조언은 해 주지 않았다. 건강한 깡패를 광산에서 병원으로 보내는 일은 그에게 절대적으로 금지돼 있었다. 1개월 뒤 그는 진찰 중에 살해되었다. 쉰두 군데의 자상이 몸에 나 있었다.

다른 광산의 여자 감옥에서는 중년의 여의사 시첼이 자기 간호사의 도끼에 참살되었다. 여자 깡패 크로시카가 다른 깡패들이 내린 선고를 집행했던 것이다.

이처럼 적십자 활동이 실제로 보이는 것은 의사가 말을 잘 듣지 않거나 뇌물을 받지 않는 경우이다.

순진한 의사들은 깡패 세계의 이론가로부터 모순의 설명을 찾았다. 그 지도자 격인 철학자 중 하나가 그때 외과에 입원해 있었다. 2개월 전 징계방에 들어가 있을 때 거기서 나오려는 생각에 일반적으로 실패가 없는 위험한 방법을 사용했다. 자기 양 눈에, 더 확실을 기하기 위해 양 눈에 화학 연필 가루를 뿌렸다. 그러나 구급대가 늦게 도착해 깡패는 실명하고 말았다. 그는 노동 불능자로 입원하여 본토로 돌아갈 준비를 했다. 그러나 『로캉볼(*Rocambole*)』*의 저명한 기욤 경처럼 그는 맹인이면서도 범죄 계획에 참여했고, 명예의 재판*에서는 그저 절대적 권위로 존중되었다. '적십자'와 광산에서 강도들에 의해 자행된 의사 살해 사건에 대한 의사의 물음에 이 기욤 경은 모든 깡패들의 말버릇처럼 쉬-음(ж, ч, ш, щ) 뒤에 모음을 부드럽게 발음하며 대답했다.

"삶에는 법이 적용되지 말아야 할 여러 가지 상황이 있을 수 있습니다." 이 기욤 경은 변증가였다.

도스토옙스키는 『죽음의 집의 기록』에서 큰 아이처럼 행동하고 연극에 열중하는, 화내지 않고 어린애처럼 서로 말다툼하는 불행한 사람들의 행동을 눈치채고 감동한다. 도스토옙스키는 진짜 깡패 세계의 인간을 만나 보지 못했고 알지 못했다. 그런 세계에 대해선 그 자신이 어떤 동정의 말도 못하게 했을 것이다.

수용소 내에서 강도들이 저지르는 만행은 수없이 많다. 불행한 사람은 강도에게 마지막 넝마를 빼앗기고 마지막 돈을 빼앗기는 노동자들이다. 그들은 고발을 두려워한다. 강도가 수용소 당국보다 막강하다는 걸 알기 때문이다. 강도는 노동자를 구타하고 노동을 강제한다. 수만 명이 강도에게 맞아 죽었다. 수용소에 수감된 수십만 명이 강도의 이데올로기에 정신적으로 타락하여 인간이기를 포기했다. 깡패의 무엇이 수인의 영혼 속에 영원히 자리를 잡았고, 강도와 강도의 모럴은 모든 사람의 영혼에 지울 수 없는 흔적을 영원히 남겼다.

수용소 관리는 난폭하고 잔인하며, 교육 담당자는 거짓말쟁이이고, 의사는 양심이 없다. 그러나 사람의 정신을 타락시키는 깡패 세계의 폭력에 비하면 이런 일은 모두 아무것도 아니다. 수용소 당국은 그래도 인간이다. 그렇다, 그렇다, 게다가 그들에게는 인간적인 면이 보인다. 그러나 깡패는 인간이 아니다.

깡패의 도덕이 수용소 생활에 미치는 영향은 무한하고 전면적이다. 수용소는 완전히 나쁜 인생 학교이다. 유익하고 필요한 것은 누구나 아무것도 거기서 얻지 못한다. 수인 자신도, 그 관리도, 경비도, 우연한 목격자도, 이를테면 기사, 지질학자, 의사도, 수용소의 상관도, 그 부하도.

수용소 생활의 1분 1초가 독이 되지 않는 시간이 없다.

거기엔 인간이 알아서는 안 될, 보아서는 안 될 일이 너무 많다. 만약 보았다면 죽는 편이 낫다.

수인은 거기서 노동에 대한 혐오를 배운다. 다른 것은 아무것도 배울 수 없다.

수인은 거기서 아첨과 거짓말, 크고 작은 비열한 행위를 배우면서 이기주의자가 된다.

자유의 몸으로 돌아갈 때 수인은 수용소 시절 동안 자신이 성숙하지 못했을 뿐 아니라, 자기의 관심이 편협하고 부족하고 난폭해진 것을 안다.

도덕의 벽이 어디론가 옆으로 밀려났다.

비열한 짓을 하고도 살 수 있다는 것을 안다.

거짓말하고도 살 수 있다.

약속은 할 수 있지만 약속을 지키지 않고도 살 수 있다.

친구의 돈을 술값으로 써 버릴 수 있다.

구걸하며 살 수 있다! 걸식하며 살 수 있다!

사람은 비열한 짓을 하고도 죽지 않는다는 걸 안다.

수인은 태만, 거짓, 모든 사람과 모든 것을 증오하는 데 익숙해진다. 자기 운명을 슬퍼하며 온 세상을 비난한다.

사람에게 저마다의 슬픔이 있다는 것을 망각하고 자신의 고통을 과대평가한다. 타인의 슬픔에 대한 동정을 잊어버린다. 그냥 타인의 슬픔을 이해하지 못하고 이해하려고도 하지 않는다.

회의. 그것은 아직 괜찮다. 그것은 수용소의 유산 중 아직 나은 편에 속한다.

사람을 미워하는 것을 배운다.

그는 두려워한다. 겁쟁이가 된다. 자신의 운명이 반복되는 것을 두려워한다. 밀고를 두려워하고, 이웃을 두려워하고, 인간이 두려워하지 않아도 될 모든 것을 두려워한다.

그는 도덕적으로 분쇄되었다. 도덕관이 변했는데, 그 자신은 그걸 눈치채지 못한다.

소장은 수용소에서 수인에 대해 거의 무제한의 권력을 휘두르는 데 익숙한 나머지 자신을 신으로, 정부의 유일한 전권 위원으로, 숭고한 인종으로 보는 데 익숙해진다.

사람의 생명을 자주 손아귀에 쥐고 금지 구역 밖으로 나가는 자를 밥 먹듯이 사살하는 호송병은 극북에서 하는 자기 일에 대해 약혼녀에게 뭐라고 할까? 배고파 걸을 수 없는 노인을 어떻게 개머리판으로 때렸는지 말할까?

수용소에 들어온 젊은 농민은 이 지옥에서 깡패만이 비교적 잘 살고 존중받으며, 전능한 수용소 당국조차 그들을 조금 두려워한다는 것을 안다. 깡패는 언제나 옷 걱정이 없고 배불리 먹으며 서로 돕는다.

농민은 생각에 잠긴다. 수용소 생활의 진실은 깡패에게 있고 자기 행동에서 그들을 모방해야만 현실적으로 생명을 구할 수 있는 길을 걷게 된다는 생각이 들기 시작한다. 가장 밑바닥에서도 살 수 있는 사람들이 있다는 걸 안다. 그리고 농민은 자기 행동, 자기 행위에서 깡패를 모방하기 시작한다. 깡패의 말 한마디 한마디에 맞장구를 치고, 그들의 어떤 부탁도 들어줄 각오가 되어 있고, 공포와 외경심을 가지고 그들에 대해 말한다. 농민은 서둘러 깡패들이 쓰는 말로 자기 말을 꾸미려 한다. 콜리마에 갔던 사람치고 이 깡패의 말을 안 배워 온 사람은 하나도 없다. 남자나 여자나, 수인이든 자유인이든.

이 말은 유해물이며 인간의 영혼에 잠입하는 독이다. 바로 이 깡패의 말을 배우면서 순진한 사람도 깡패 세계와 가까워지기 시작한다.

지식인 수인은 수용소에 압도된다. 과거 귀중했던 모든 것은 짓밟혀 수포로 돌아가고, 문명과 문화는 몇 주일의 아주 짧은 기간에 인간으로부터 날아가 버린다.

논쟁의 근거는 주먹이나 몽둥이다. 강제 수단은 개머리판이나 주먹으로 이빨을 후려치는 것이다.

지식인은 겁쟁이로 변하고 두뇌는 자기 행위가 정당하다고 속삭인다. 그는 무엇이든 마음대로 하도록 스스로를 설득시킬 수 있고 논쟁의 어느 편에도 가담할 수 있다. 깡패 세계에서 지식인은 '인생의 선생', '인민의 권리를 위한' 투사를 본다.

'따귀 때림', 구타는 지식인을 어떤 세네치카나 코스테치카의 순종적인 종으로 만들어 버린다.

육체의 영향은 정신의 영향이 된다.

지식인은 영원히 겁을 집어먹는다. 정신은 파괴된다. 이 놀라움과 파괴된 정신을 그는 자유인의 생활로 가져간다.

달스트로이와의 계약으로 콜리마에 온 기사, 지질학자, 의사 들은 순식간에 타락한다. '쉽게 번 돈', '타이가는 법이다', 그토록 쉽고 유리하게 이용할 수 있는 노예 노동, 문화적 관심의 축소—이 모든 것이 지식인의 몸을 망쳐 버리고 타락시킨다. 수용소에서 오랫동안 일한 지식인은 본토로 돌아가지 않는다. 거기에 가면 무용지물이 될 것이고, 보장된 풍요로운 삶에 익숙해졌기 때문이다. 이런 타락을 문학에선 '극북의 부름'이라고 한다.

인간 정신의 이런 타락에는 깡패의 세계, 형사 상습범의 책임이 크다. 그들의 취향이나 습관이 콜리마의 생활 전반에 나타난다.

법률가들의 음모

시멜료프 작업반에는 인간 찌꺼기를 긁어모았다. 금광의 인간 폐기물이다. 모래를 채취하고 이탄을 제거하는 노천 채굴장에서 밖으로 나가는 것은 세 길뿐이다. '구릉 밑으로', 즉 이름 없는 형제들의 공동묘지로, 병원과 시멜료프 작업반으로. 이것이 도호댜가가 가는 세 길이다. 이 작업반은 다른 사람들과 같은 지역에서 일했지만 맡겨진 일은 그리 중요하지 않았다. '계획 수행은 법이다', '계획을 광부에게 전달할 것'—이 슬로건은 단순한 구호가 아니었다. 이것은 노르마를 수행하지 못하면 법을 어기고 국가를 기만하는 것이 되어 형기 연장으로, 아니면 자신의 목숨으로 보답해야 한다는 뜻으로 해석되었다.

시멜료프 작업반은 급식이 나쁘고 적었다. 하지만 나는 이곳 속담을 잘 기억했다. "수용소에서 사람을 죽이는 것은 적은 배급 식량이 아니라 많은 배급 식량이다." 나는 주요 광산 작업반의 많은 배급 식량을 노리지 않았다.

나는 최근 3주 전쯤에 시멜료프 작업반으로 편입되어 아직 그의 얼굴을 몰랐다. 한겨울이어서 반장의 머리는 너덜너덜한 목도리로 요란하게 감겨 있었고 저녁에는 막사 안이 어두웠다. 콜리마 가솔린 등(燈)이 겨우 방문을 비추고 있었기 때문이다. 나는 지금 반장의 얼굴을 기억조차 못한다. 그저 감기에 걸린 듯한 쉰 목소리만 기억할 뿐이다.

12월에 우리는 심야반에서 일했는데 매일 밤이 고문처럼 생각되었다. 영하 50도는 장난이 아니다. 그래도 밤은 나았다. 낮보다 조용한 데다 광산에는 상관도 적었고 욕설과 구타도 적었다.

작업반은 일하러 나가기 위해 열을 지었다. 겨울에는 막사 안에서 열을 지었는데, 12시 교대를 위해 얼음같이 찬 밤으로 나가기 전의 그 마지막 몇 분을 떠올리면 지금도 괴롭다. 거기, 얼음같이 싸늘한 증기가 흘러나오는 반쯤 열린 방문 앞에서 망설이는 그 혼잡 속에서 인간의 성격이 드러난다. 어떤 사람은 몸이 덜덜 떨려 오는 걸 참고 곧장 어둠 속으로 걸어 나갔고, 어떤 사람은 마호르카라고는 냄새도 흔적도 없는 곳에서 어디서 났는지 그 꽁초를 급히 빨아 댔다. 또 어떤 사람은 찬 바람을 막기 위해 얼굴을 가리고, 또 다른 사람은 난로 위에 벙어리장갑을 들고 그 속에 온기를 모으려고 서 있었다.

당직이 꼴찌 몇 명을 막사 밖으로 끌고 나갔다. 어디서나 어떤 작업반에서나 가장 약한 자는 그런 취급을 받았다.

이 작업반에서 나는 아직 끌려 나가 본 적이 없었다. 여기에는 나보다 약한 사람들이 있어 그것이 뜻밖의 어떤 위안이나 기쁨을 가져다주었다. 여기서 나는 당분간 아직 인간이었다. 당직의 밀칩이나 주먹은 '황금' 작업반에 놔두고, 나는 시멜료프에게 오게 되었다.

작업반은 막사 문 앞에 서서 작업 나갈 준비를 했다. 시멜료프가 나에게 다가왔다.

"너는 막사에 남아." 그는 쉰 목소리로 말했다.

"아침반으로 바뀐 건가요?" 의심스러운 듯이 내가 물었다.

이 작업반에서 다른 반으로 옮기는 것은 일하는 날이 낭비되지 않도록 언제나 시침에 맞춰 시행되는 바람에 죄수는 어느 정도 여분의 휴식 시간도 받을 수 없었다. 그 역학을 나는 알았다.

"아니야, 로마노프의 호출이야."

"로마노프? 로마노프가 누굽니까?"

"아니, 이 비열한 새끼, 로마노프도 몰라." 당직이 끼어들었다.

"전권 위원이야, 알았어? 사무실 바로 옆에 살고 계셔. 8시에 오실 거야."

"8시요?"

나는 더할 수 없는 안도감에 휩싸였다. 전권 위원이 나를 12시까지, 야식 시간이나 그 이상까지 붙잡아 둔다면 오늘은 당연히 일하러 나가지 않아도 된다. 이내 몸이 나른해 오는 것을 느꼈다. 그러나 기분 좋은 나른함이었다. 근육이 쑤셔 왔다.

나는 허리띠를 풀고 솜 반코트 단추를 끄른 뒤 난롯가에 앉았다. 바로 몸이 따뜻해 오며 작업복 아래서 이가 스멀거리기 시작했다. 물어뜯은 손톱으로 목과 가슴을 긁었다. 그리고 졸기 시작했다.

"시간 됐어, 시간 됐어." 당직이 내 어깨를 잡아 흔들었다. "가서 피울 걸 가져와, 잊지 마."

나는 전권 위원이 사는 집 방문을 노크했다. 빗장과 자물쇠 소리가 들리고, 많은 빗장과 자물쇠 소리가 나더니 보이지 않는 누군가가 문 뒤에서 소리쳤다.

"누구야?"

"수인 안드레예프, 호출을 받고 왔습니다."

요란한 빗장 소리와 자물쇠 소리가 나더니 만물이 고요해졌다.

추위가 솜 반코트 밑으로 파고들고 발이 얼어 왔다. 나는 부츠를 탁탁 부딪치기 시작했다. 우리가 신은 것은 보통 펠트 부츠가 아니라 헌 바지와 솜 점퍼로 기워 만든 누비솜 부츠였다.

다시 빗장 소리가 나고 이중문이 열리면서 불빛과 온기와 음악이 흘러나왔다.

나는 문 안으로 들어갔다. 현관에서 식당으로 들어가는 문은 닫혀 있지 않았다. 거기서 라디오 소리가 났다.

전권 위원 로마노프가 내 앞에 서 있었다. 더 정확히 말하면 내가 그 앞에 서 있었다. 키가 작고 통통한, 향수 냄새를 풍기는 활달한 그는 내 주위를 돌면서 검은 눈으로 재빨리 나를 살펴보았다.

수인 냄새가 콧구멍에 닿자 그는 눈처럼 흰 손수건을 꺼내 흔들었다. 음악과 온기, 오드콜로뉴 물결이 나를 감쌌다. 중요한 것은 온기였다. 네덜란드풍의 난로가 벌겋게 달아 있었다.

"자, 이제 우리는 아는 사이가 됐어." 로마노프가 내 주위를 왔다 갔다 하고 향긋한 손수건을 흔들며 열광적으로 되뇌었다. "자, 이제 우리는 아는 사이가 됐어. 들어와." 이렇게 말하고는 옆방 문을 열었다. 책상 하나와 의자 두 개가 있는 사무실이었다.

"앉아. 내가 왜 자네를 불렀는지 전혀 짐작이 안 갈 거야. 담배 피워."

그는 책상 위에 있는 서류를 뒤적였다.

"이름이 뭐지? 부칭은?"

나는 대답했다.

"생년은?"

"1907년생입니다."

"법률간가?"

"사실대로 말하면 법률가가 아니라 1920년대 후반에 모스크바 대학 법학부에서 공부했습니다."

"그럼 법률가지. 좋아. 이제 앉아. 어디에 전화를 걸고 나서 같이 가자고."

로마노프는 가만히 방 밖으로 빠져나가 곧 식당에서 음악을 껐다. 그리고 전화 통화가 시작되었다.

나는 걸상에 앉아 졸기 시작했는데, 꿈까지 꾸었다. 로마노프는 사라졌다가 다시 나타났다.

"이봐, 막사에 물건을 두고 온 게 있나?"

"모두 소지하고 있습니다."

"응, 좋아, 정말 좋아. 자동차가 곧 올 테니 나하고 같이 가. 우리가 어디로 가는지 알겠나? 짐작하지 못할 거야! 바로 핫티나흐 본부로 가는 거야! 거기 가 봤어? 응, 농담이야, 농담……."

"상관없습니다."

"좋아."

나는 부츠를 벗은 뒤 양손으로 발가락을 주무르고 각반을 뒤집었다.

추 달린 벽시계는 11시 30분을 가리키고 있었다. 핫티나호에 대한 그 모든 것이 농담이라도 상관없다. 오늘은 일하러 나가지 않을 테니까.

자동차가 가까이서 부르릉거리더니 헤드라이트 불빛이 셔터를 따라 미끄러져 사무실 천장에 와 닿았다.

"자, 가자."

로마노프는 하얀 모피 반코트에 야쿠티야 모피 모자를 쓰고 무늬가 그려진 사슴 가죽 부츠를 신었다.

나는 솜 반코트 단추를 채우고 허리띠를 매고 난로 위에 벙어리장갑을 잠시 쬐었다.

우리는 자동차 있는 데로 나갔다. 짐칸 덮개가 열려 있는 반 톤 트럭이었다.

"오늘은 몇 도야, 미샤?" 로마노프가 운전사에게 물었다.

"영하 60도입니다, 전권 위원 동지. 심야반은 작업이 면제됐습니다."

그것은 우리 시멜료프 작업반도 막사 안에 있다는 걸 의미한다. 결국 나는 그다지 운이 좋은 게 아니었다.

"자, 안드레예프," 로마노프가 내 주위를 뛰어다니며 말했다. "넌 뒤에 타. 조금만 가면 돼. 미샤가 빨리 달릴 테니까. 맞지, 미샤?"

미샤는 아무 말이 없었다. 나는 트럭 뒤에 기어올라 몸을 웅크리고 양팔로 다리를 감쌌다. 로마노프가 운전석으로 간신히 들어가자 우리는 출발했다.

길이 나빠 나는 몸이 얼어붙지 않을 정도로 심하게 흔들렸다.

나는 아무 생각도 하고 싶지 않았고, 또 추위 때문에 생각할 수도 없었다.

두 시간쯤 지나 불빛이 번쩍거리더니 트럭은 2층 통나무집 옆에 멈췄다. 사방은 캄캄하고 2층 창문 하나에만 불이 켜져 있었다. 모피 코트를 입은 초병 둘이 큰 현관 계단 옆에 서 있었다.

"자, 드디어 도착했군. 좋아. 그는 여기 서 있게 해." 이렇게 말하고 로마노프는 큰 계단 위로 사라졌다.

새벽 2시였다. 사방에 불이 꺼져 있고 당직 장교의 책상 램프만 켜져 있었다.

오래 기다리지 않아도 되었다. 로마노프는 어느새 내무 인민 위원부(NKVD)* 제복으로 갈아입고 계단에서 뛰어 내려와 양손을 흔들었다.

"이리 와, 이리."

당직 장교의 보좌관과 함께 우리는 위층으로 가서 2층 복도의 '내무 인민 위원부 전권 위원장 스메르틴'이라는 팻말이 붙은 문 앞에 멈췄다. 그토록 위협적인 익명(이것은 본명이 아니다*)은 극도로 피곤한 나에게조차 인상적이었다.

'익명치곤 지나친데.' 나는 잠시 생각했지만, 우리는 이미 방 안으로 들어가 벽 한 면 가득 스탈린 초상화가 걸린 큰 방을 지나 큼지막한 멋진 책상 앞에 서서 창백하고 불그레한 남자의 얼굴을 살펴보아야 했다. 방 안에서, 바로 이런 방 안에서 일생을 보낸 남자의.

로마노프는 정중하게 책상 앞에서 허리를 굽혔다.

전권 위원장 스메르틴 동지의 흐리멍덩한 푸른 눈이 나에게 와서 멈췄다. 하지만 그리 오래 머물진 않았다. 그는 책상 위에서 무엇을 찾아 서류를 이리저리 넘기며 조사하고 있었던 것이다. 로마노프의 친절한 손길이 그가 찾아야 할 것을 찾아냈다.

"성은?" 서류를 유심히 들여다보며 스메르틴은 물었다. "이름은? 부칭은? 죄명은? 형기는?"

나는 대답했다.

"법률간가?"

"네."

창백한 얼굴이 책상에서 올라왔다.

"불만을 써낸 적이 있나?"

"있습니다."

스메르틴은 씨근거리며 말했다.

"빵에 대해서?"

"네, 그저 아무 생각 없이 말했습니다."

"좋아, 데려가."

나는 무엇을 해명하거나 물어보려는 어떤 시도도 하지 않았다. 왜? 어쨌든 나는 추운 곳에 있지 않았고 밤에 금광에서 일하지 않았잖은가. 마음대로 해석하라지.

당직 장교의 보좌관이 쪽지를 들고 와 나는 밤중에 마을을 지나 변방으로 끌려갔다. 거기에는 삼중 철조망 울타리 저 너머 네 개의 감시탑 경비 아래 수용소 감옥인 징계 독방이 있었다.

감옥에는 여러 사람을 수용하는 큰 방과 독방이 있었다. 그 독방 중 하나에 나를 밀어 넣었다. 나는 옆 사람에게 아무것도 물어보지 않고 대답도 기대하지 않은 채 나 자신에 대해 이야기했다. 내가 이식되었다고 생각 못하게 해야 한다.

아침이 되었다. 일반적인 콜리마의 겨울 아침이었다. 빛도 없고 해도 없는, 처음에는 밤과 구별되지 않는 아침이었다. 망치로 레일을 때리고, 김이 나는 뜨거운 물 양동이를 가져왔다. 호송대가 나를 데리러 와 동료들과 작별 인사를 했다. 나는 그들에 대해 아무것도 몰랐다.

그들은 같은 집으로 나를 데려갔다. 집은 밤에 보았을 때보다 작게 보였다. 나는 이미 스메르틴의 밝은 눈앞으로 가도록 허용되지 않았다.

당직 장교가 앉아서 기다리라고 하여 나는 귀에 익은 목소리가 들릴 때까지 앉아서 기다렸다.

"좋아! 아주 좋아! 이제 당신은 떠나는 거야!" 다른 지역에서 로마노프는 나를 '당신'이라고 불렀다.

여러 가지 생각들이 머릿속에서 느릿느릿 움직였다. 몸으로 거의 감지할 수 있을 정도로. 나는 익숙하지 않은, 내가 모르는 새로운 무엇을 생각해야만 했다. 그건 금광이 아닌 새로운 것이다. 만약 우리가 '파르티잔' 광산으로 돌아간다면 로마노프는 이렇게 말했을 것이다. "이제 우리는 떠나는 거야." 그건 나를 다른 곳으로 데려간다는 말이다. 썩 꺼져!

로마노프는 껑충껑충 뛰다시피 계단을 내려왔다. 지금이라도 막 개구쟁이 소년처럼 난간을 타고 미끄러져 내릴 것만 같았다. 그는 거의 온전한 빵 한 덩어리를 들고 왔다.

"여기, 이건 여행을 위해 주는 거야. 그리고 더 있어." 그는 위층으로 사라졌다가 청어 두 마리를 들고 돌아왔다. "만사 오케이, 그렇지? 다 된 것 같아……. 한데 가장 중요한 걸 잊었군. 담배 안 피우는 사람이 무엇을 의미하는가를."

로마노프는 위층으로 올라갔다가 다시 신문을 들고 나타났다. 신문지 위에는 마호르카 담배가 수북이 쌓여 있었다. '아마 세 갑 정도는 되겠는걸.' 경험자의 눈으로 나는 산정했다. 8분의 1절지 크기의 한 통에는 성냥갑 여덟 개의 마호르카가 들어간다. 이것은 수용소 용량 단위이다.

"이건 여행을 위해 주는 거야. 말하자면 휴대 식량이지."

나는 말없이 고개만 끄덕였다.

"호송대는 불렀소?"

"불렀습니다." 당직 장교는 대답했다.

"선임 호송병을 위로 올려 보내시오."

그리고 로마노프는 계단 위로 사라졌다.

두 호송병이 도착했다. 한 명은 얼굴에 곰보 자국이 있는 연장자로 캅카스식 방한모를 썼고, 또 한 명은 양 볼이 볼그레한 스무 살쯤 된 젊은이로 붉은 군대 헬멧을 썼다.

"이 사람이야." 당직 장교가 나를 가리키며 말했다.

두 호송병인 젊은이와 곰보는 머리끝에서 발끝까지 나를 주의 깊게 훑어보았다.

"위원님은 어디 계십니까?" 곰보가 물었다.

"위층에. 거기 한 봉지가 또 있어."

곰보가 위층으로 가더니 로마노프와 함께 곧 돌아왔다.

두 사람은 조용히 말하더니 곰보가 나를 가리켰다.

"좋아." 마침내 로마노프가 말했다. "우리가 메모를 주겠어."

우리는 거리로 나갔다. '파르티잔' 광산에서 온 트럭이 서 있는 현관 계단 옆에 쾌적한 수인 호송차 '큰까마귀'가 서 있었다. 격자창이 달린 형무소 버스였다. 나는 안쪽으로 탔다. 격자문이 닫히고 두 호송병이 뒤에 자리를 잡자 트럭이 출발했다. 잠시 동안 '큰까마귀'는 간선 도로를 따라, 콜리마 전체를 절반으로 가로지르는 중앙 고속 도로를 따라 가다가 나중에 한쪽으로 구부러졌다. 길은 구릉 사이로 굽이치고 엔진은 오르막길에서 계속 부릉부릉 소리를 냈다. 그리고 성긴 낙엽송 숲이 있는 깎아지른 듯한 암벽과 서리로 덮인 버드나무 가지들이 나타났다. 마침내 구릉 주위를 몇 굽이 돌아 하천 바닥을 달리던 버스는 작은 공지로 나갔다. 여기에는 나무를 베어 낸 숲 속 길과 감시탑들이 있었고, 3백 미터 정도 떨어진 깊숙한 곳에 또 다른 경사진 감시탑들과 철조망에 둘러친 막사의 거대한 검은 집채가 서 있었다.

길 위에 있는 작은 경비 초소 문이 열리더니 허리에 리볼버를

찬 당직이 나왔다.

버스는 엔진을 끄지 않은 채 멈췄다.

운전사는 운전석에서 뛰어내려 내 차창 옆을 지나갔다.

"아, 뺑뺑이를 돈 것 같구먼. 정말 '세르판틴나야'*야."

그 이름은 나에게 친숙했으며 스메르틴의 이름보다 더 위협적으로 들렸다. 그것은 지난해 그토록 많은 사람들이 죽은 콜리마의 유명한 조사 감옥 '세르판틴나야'이다. 그들의 시체는 아직 부패하지 않았다. 그러나 그 시체는 영원히 부패하지 않을 것이다. 영구 동토의 시체이므로.

선임 호송병은 오솔길을 따라 감옥으로 가고, 나는 차창 가에 앉아 이제 나의 시간, 내 차례가 왔다고 생각했다. 죽음에 대한 생각은 그 어떤 생각보다 힘들었다. 나는 자신의 어떤 총살 장면도 머릿속에 그릴 수가 없었다. 그저 앉아서 기다리기만 했다.

이미 겨울의 어스름이 찾아들고 있었다. '큰까마귀'의 문이 열리고 선임 호송병은 나에게 펠트 부츠를 던져 주었다.

"이걸 신어! 누비 부츠는 벗고."

나는 누비 부츠를 벗고 펠트 부츠를 신어 보았지만 맞지 않았다. 너무 작았다.

"누비 부츠를 신고는 못 가." 곰보가 말했다.

"이대로 가겠습니다."

곰보는 펠트 부츠를 버스 한구석에 던졌다.

"가자!"

버스는 방향을 바꿔 '세르판틴나야' 감옥에서 저쪽으로 내달렸다.

얼마 안 있어 옆으로 퍼뜩퍼뜩 스쳐 가는 자동차를 보고서야 우리가 다시 간선 도로로 나왔다는 걸 나는 알았다.

버스는 속력을 늦췄다. 주위에서 큰 마을의 불빛이 빛났다. 버스는 불빛이 밝게 비친 건물 현관 앞에 도착했다. 나는 스메르틴 전권 위원이 주인으로 있는 건물의 그것과 아주 비슷한 밝은 복도로 들어갔다. 나무 울타리 너머 벽걸이 전화 옆에 허리에 권총을 찬 당직이 앉아 있었다. 그곳은 야고드니 마을이었다. 첫날 우리는 17킬로미터밖에 달리지 못했다. 우리는 어디로 가는 것일까?

당직은 판자 침대와 물 양동이와 변기통이 있는 먼 징계방으로 나를 데리고 갔다. 방문에는 '감시 구멍'이 뚫려 있었다.

거기서 이틀을 지냈다. 나는 붕대를 말려 다리에 다시 감을 수도 있었다. 괴혈병 궤양이 있는 다리가 곪고 있었다.

내무 인민 위원부 지부 건물에는 벽지 특유의 정적이 깃들어 있었다. 나는 작은 방 안에 갇힌 채 긴장하여 바깥에 귀를 기울였다. 낮에도 누군가가 가끔씩 복도를 걸어 다녔다. 이따금 바깥문이 열리고 문에서 열쇠가 돌아갔다. 당직은, 언제나 같은 당직은 면도를 하지 않고 헌 솜 점퍼에 어깨에 모신나강 연발 권총을 차고 있었다. 그 모든 것은 스메르틴 동지가 고도의 정책을 시행해 온 빛나는 핫티나흐와 비교하면 촌스럽게 보였다. 전화벨이 드문드문 울렸다.

"그렇습니다. 그들은 배불리 먹고 있습니다. 그렇습니다. 저는 모릅니다, 대장 동지."

"좋아, 그들에게 전하지."

그때 그들은 누구를 두고 말한 것일까? 내 호송병? 하루에 한 번 저녁나절에 감방 문이 열리고 당직은 수프 한 냄비, 빵 한 조각을 넣어 주었다.

"먹어!"

이것이 내 식사이다. 관에서 주는. 그리고 숟가락을 가져왔다. 두 번째 음식은 첫 번째 음식과 한데 합쳐 수프에 부었다.

나는 냄비를 들고 와 다 먹고 나서 광산의 습관대로 바닥을 깨끗이 핥아 먹었다.

사흘째 되던 날, 감방 문이 열리고 모피 반코트 위에 긴 모피 코트를 겹쳐 입은 곰보 전사가 징계방 문지방 너머로 들어섰다.

"그래, 좀 쉬었나? 떠나자."

나는 현관에 서 있었다. 우리가 또다시 따뜻한 형무소 버스를 타고 가려니 생각했지만 '큰까마귀'는 아무 데도 보이지 않았다. 일반 3톤 트럭이 현관 앞에 서 있었다.

"타."

나는 얌전히 트럭 옆으로 기어올랐다.

젊은 전사는 운전석으로 밀고 들어갔다. 곰보는 내 옆에 앉았다. 트럭이 출발하고 나서 몇 분 뒤 우리는 간선 도로로 들어섰다.

나를 어디로 데려가는 걸까? 북쪽인가 남쪽인가? 서쪽인가 동쪽인가?

물어볼 필요가 없었다. 호송병은 말해서는 안 되기 때문이다.

다음 구역으로 넘기는 건가? 어떤 구역일까?

트럭은 여러 시간 동안 덜커덩거리며 가다가 갑자기 멈췄다.

"여기서 우리는 점심을 먹을 거야. 내려."

나는 내렸다.

우리는 간선 도로 식당으로 들어갔다.

간선 도로는 콜리마의 동맥이며 중추 신경이다. 설비 화물은 경비 없이 양쪽으로 왔다 갔다 하고 식료품은 의무적으로 경호가 붙는다. 탈출자가 공격하여 약탈해 가기 때문이다. 게다가 호송대는 미덥지 못해도 운전사와 공급 요원으로부터 화물을 지키고 도난을 예방할 수 있다.

식당에서는 지질학자, 쉽게 번 돈으로 휴가를 가는 광산 지질조사대원, 담배와 치피르 차 암거래상, 북국의 영웅과 비열한들을 만나게 된다. 식당에서는 이 지방의 술도 언제나 판다. 그들은 만나면 언쟁을 벌이고 싸우고 뉴스를 교환하고 서두르고 서두른다……. 그들은 일하려고 엔진을 끄지 않은 채 트럭을 세워 두지만 운전사 자신은 잠깐 쉬었다 다시 가기 위해 두세 시간 운전석에서 잠을 잔다. 그때 수인들은 깨끗하고 단정하게 그룹을 지어 위로 타이가로 실려 가고, 더러운 인간쓰레기 더미는 위에서 타이가에서 다시 실려 온다. 식당에는 탈출자를 붙잡으려는 형사들도 있다. 탈출자들은 자주 군복을 입고 있었다. 이 모든 사람들의 생사 여탈권을 쥐고 있는 높은 분들은 지스*를 타고 이 식당을 거쳐 간다. 드라마 작가는 바로 그 간선 도로 식당에서 극북을 보여 줘야 한다. 그것이 가장 멋진 장면이다.

나는 식당에 서서 시뻘겋게 달아오른 큰 난로 통 곁으로 좀 더 가까이 비집고 들어가려 했다. 호송병은 내가 도망칠 걱정을 하지 않았다. 너무 허약하여 그런 게 훤히 내다보였기 때문이다. 도호댜가에게 영하 50도에 도망칠 곳이 없다는 건 누가 봐도 뻔한 일이었다.

"저기 앉아 먹어."

호송병은 나에게 뜨거운 수프 한 접시를 사 주고 빵을 조금 주었다.

"이제 떠날 거야." 젊은 호송병이 말했다. "대장이 오면 우리는 떠날 거야."

그러나 곰보는 혼자 오지 않았다. 모피 반코트를 입고 소총을 든 늙은 전사(그 당시 그들은 아직 군인으로 불리지 않았다)와 함께 왔다. 그는 나를, 곰보를 쳐다보았다.

"응, 잘될 것 같아." 그가 말했다.

"가자." 곰보는 나에게 말했다.

우리는 큰 식당의 다른 구석으로 갔다. 저쪽 벽 옆에 솜 반코트와 검은 플란넬 귀 가리개가 달린 밤 수용소* 방한모를 쓴 남자가 몸을 구부리고 앉아 있었다.

"여기 앉아." 곰보는 나에게 말했다.

나는 얌전히 그 남자 옆 바닥에 앉았다. 그는 고개를 돌리지 않았다.

곰보와 낯선 전사는 가 버렸다. 젊은 호송병이 우리와 함께 남았다.

"그들은 쉬고 있어, 알았어?" 수인 방한모를 쓴 남자가 갑자기 나에게 속삭였다. "그럴 권리는 없지."

"맞아, 정신이 나갔어." 내가 말했다. "저들 하고 싶은 대로 내버려 둬. 어때, 그 때문에 불만인가?"

그 남자는 머리를 쳐들었다.

"내 말은 저들에게 그럴 권리가 없다는 거야……."

"우리를 어디로 데려가는 거지?" 내가 물었다.

"당신을 어디로 데려가는지는 모르지만, 나는 마가단으로 가. 총살형을 받으러."

"총살형을 받으러?"

"응, 나는 이미 선고받았어. 서부 관리소에서. 수수만으로부터."

그 뉴스는 전혀 내 마음에 들지 않았다. 그러나 나는 규정을, 사형 집행의 절차상 규정을 정말 몰랐다. 당혹스러워 침묵했다.

곰보 전사는 우리의 새 길동무와 같이 왔다.

그들은 저희들끼리 뭐라고 말하기 시작했다. 호송병이 많아지자 그들은 더 사납고 거칠어졌다. 이제 식당에서 더 이상 나에게 수프를 사 주지 않았다.

우리는 몇 시간을 더 달렸다. 어느 식당에서 세 명의 죄수를 우리에게 더 데려왔다. 호송 수인단 무리는 이미 꽤 많아졌다.

새로 데려온 세 사람은 콜리마의 도호다가처럼 나이를 알아볼 수 없었다. 부어오른 뿌연 피부, 부석부석한 얼굴이 굶주림과 괴혈병을 말해 주고 있었다. 얼굴은 동상으로 얼룩져 있었다.

"당신들은 어디로 실려 가는 거요?"

"마가단으로 가요. 총살형을 받으러. 이미 선고를 받았어요."

우리는 3톤 트럭 뒤에 몸을 구부리고 얼굴을 무릎 사이에, 서로 등에 파묻고 누워 있었다. 3톤 트럭은 스프링이 좋고, 길도 아주 좋아 우리는 거의 흔들리지 않았다. 몸이 얼어붙기 시작했다.

우리는 소리치고 신음했지만 호송병은 완고했다. 어둡기 전에 '스포르니'에 도착해야 했다.

총살형을 선고받은 자는 5분이라도 몸을 '녹이게 해 달라'고 간청했다.

트럭이 '스포르니'에 이르렀을 때 불빛은 이미 빛나고 있었다.

곰보가 왔다.

"너희들은 수용소 징계방에 들어가 하룻밤을 자고 내일 아침에 다시 출발한다."

나는 뼛속까지 꽁꽁 얼어붙고 추위로 몸이 마비되어 마지막 힘을 다해 부츠 바닥으로 눈을 쿵쿵 굴렀다. 그래도 몸이 따뜻해 오지 않았다. 전사들은 모두 수용소의 상관을 찾고 있었다. 마침내 한 시간 뒤 우리는 난방이 안 된 얼어붙은 수용소 징계방으로 끌려갔다. 온 벽이 서리로 뒤덮이고 흙바닥은 얼음으로 깔려 있었다. 누군가 물 양동이를 가져왔다. 자물쇠 소리가 철거덩거렸다. 장작인가? 난론가?

여기 '스포르니'에서 그날 밤 나는 다시 발가락 열 개가 모두 얼어 버려 잠시라도 눈을 붙여 보려는 노력은 수포로 돌아가고 말았다.

아침에 그들은 우리를 데리고 나가 트럭에 태웠다. 구릉이 어른거리기 시작하고 마주 오는 차들이 쉭쉭 소리를 내며 지나갔다. 트럭이 고갯길을 내려가자 우리는 너무 따뜻하여 아무 데도 가지 말고 여기서 기다리며 이 기적 같은 땅을 잠시라도 걷고 싶었다.

온도 차이는 적어도 10도 이상 되었다. 거기다 바람이 따뜻하여 거의 봄날 같았다.

"호송병! 소변 좀 봅시다!"

따뜻함, 남쪽 바람, 마음속까지 얼어붙게 하는 타이가에서 해방되는 우리의 기쁨을 어떻게 호송병들에게 설명할 수 있을까.

"좋아, 내려!"

호송병들 역시 굳은 몸을 풀고 담배를 피우게 되어 기뻐했다. 내 정의의 탐색자는 이미 호송병 쪽으로 다가가고 있었다.

"담배 한 대 피워도 되겠습니까, 전사님?"

"좋아. 그러나 네 자리로 돌아가."

신참 중 하나는 차에서 내리려 하지 않았다. 그러나 소변보는 시간이 길어지는 것을 보고 트럭 옆구리로 옮겨 와 나를 손짓해 불렀다.

"내리게 좀 도와줘."

나는 도호댜가에게 두 손을 내밀었다가 뜻밖에 그의 몸이 이상하게 가벼운, 무언가 죽은 듯이 가벼운 것을 느꼈다. 나는 뒤로 물러섰다. 그는 양손으로 트럭 옆쪽을 잡고 몇 걸음 떼어 놓았다.

"참 따뜻하다." 하지만 그의 눈은 흐릿하고 아무 표정이 없었다.

"자, 가자, 가자. 영하 30도다."

매 시간 날은 점점 따뜻해졌다.

팔라트카 마을 식당에서 우리 호송병들은 마지막으로 식사를 했다. 곰보는 나에게 빵 1킬로그램을 사 주었다.

"이 벨랴시* 받아. 저녁에 도착할 거야."

저 아래로 마가단의 불빛이 보였을 때 가랑눈이 내리고 있었다. 기온은 영하 10도쯤 되었다. 바람은 없었다. 눈은 거의 수직으로 떨어졌다. 아주 가는 눈송이였다.

트럭은 내무 인민 위원부 지부 근처에 멈췄다. 호송병들이 건물 안으로 들어갔다.

민간복 차림의 남자가 모자를 쓰지 않고 나왔다. 그는 양손에 찢어진 봉투를 들고 있었다.

그는 누군가의 이름을 습관적으로 큰 소리로 불렀다. 몸이 가벼운 남자가 그의 신호에 따라 한옆으로 기어 나갔다.

"감옥!"

양복을 입은 남자는 건물 안으로 사라졌다가 바로 나타났다.

양손에 새로운 봉투가 들려 있었다.

"이바노프, 콘스탄틴 이바노비치!"

"감옥!"

"우그리츠키, 세르게이 표도로비치!"

"감옥!"

"시모노프, 예브게니 피트로비치!"

"감옥!"

나는 호송병과도, 함께 마가단으로 가던 수인들과도 작별 인사를 나누지 않았다. 그건 관례가 아니었다.

지부 사무실 현관 앞에는 나 혼자만 호송병들과 함께 있었다.

양복 입은 남자가 봉투를 들고 현관에 나타났다.

"안드레이! 지부로 데려가! 지금 인수증을 주겠어." 남자는 호송병에게 말했다.

나는 건물 안으로 들어갔다. 제일 먼저 난로가 어디 있는지 찾았다. 난로는 중앙난방식이었다. 목책 너머에 당직이 있었다. 전화가 있었다. 그 방은 핫티나흐의 스메르틴 동지 것보다 빈약했다. 내 콜리마 생활에서 본 첫 번째 사무실이었기 때문인지도 모른다.

복도를 따라 위쪽으로 가파른 계단이 2층으로 나 있었다.

나는 잠시 기다렸다. 밖에서 우리를 인수했던 양복 차림의 남자가 아래로 내려왔다.

"이리로 오시오."

좁은 계단을 따라 우리는 2층으로 올라가 '전권 위원장 Ya. 아틀라스'라는 팻말이 붙은 문 앞에 이르렀다.

"앉아요."

나는 앉았다. 아주 작은 사무실 안에 중요한 자리를 책상이 차지했다. 서류, 서류철, 무슨 명단이 그 위에 쌓여 있었다.

아틀라스는 38세나 40세쯤 되는 남자였다. 이마가 약간 벗어진 검은 머리에 스포츠맨 같은 통통한 사내였다.

"성은?"

"안드레이입니다."

"이름, 부칭, 죄명, 형기는?"

나는 대답했다.

"법률간가?"

"그렇습니다."

아틀라스는 자리에서 벌떡 일어나 책상 주위를 돌았다.

"좋아! 레브로프 대위가 당신과 이야기할 거야!"

"레브로프 대위님은 어떤 분입니까?"

"중등 직업 교육(SPO) 책임자야. 내려가 봐요."

나는 라디에이터 옆 내 자리로 돌아갔다. 새 뉴스를 곰곰이 생각하고 나서 나는 호송병이 준 '벨랴시' 1킬로그램을 미리 먹어 두려고 마음먹었다. 물통과 거기다 쇠사슬로 묶어 놓은 머그잔이 거기에 있었다. 추 달린 벽시계가 규칙적으로 째깍째깍 소리를 냈다. 잠깐 조는 사이에 누군가가 빠른 걸음으로 내 옆을 지나 위층으로 올라가는 소리가 들리더니 당직이 나를 깨웠다.

"레브로프 대위에게 데려가."

나를 2층으로 데려갔다. 작은 사무실 문이 열리자 날카로운 목소리가 들렸다.

"이리 와, 이리!"

두 시간 전쯤 내가 들렀던 방보다 좀 더 큰 일반 사무실이었다. 레브로프 대위의 유리알 같은 두 눈이 나에게 똑바로 쏠렸다. 책상 한 귀퉁이에 미처 다 마시지 않은 레몬차 잔이 놓여 있고 받침 접시 위에는 주변을 갉아 먹다 만 치즈 조각이 놓여 있었다. 전화, 서류철, 초상화 들도 있었다.

"성은?"

"안드레이입니다."

"이름은? 부칭은? 죄명은? 형기는? 법률간가?"

"법률갑니다."

레브로프 대위가 책상 너머로 몸을 구부리고 유리알 같은 눈을 내게로 가까이 가져오며 물었다.

"파르펜티예프를 아시오?"

"네, 압니다."

파르펜티예프는 내가 시멜료프 작업반에 떨어지기 전에 있었던 광산 채굴반장이었다. 나는 파르펜티예프 작업반에서 포투라요프 작업반으로, 거기서 다시 시멜료프 반으로 편입되었다. 파르펜티예프 작업반에서 몇 개월간 일한 적이 있다.

"네. 압니다. 내 작업반장 드미트리 티모페예비치 파르펜티예프였습니다."

"그래. 좋아. 그러니까 파르펜티예프를 안다는 말이지요?"

"네, 압니다."

"그럼 비노그라도프는 알아요?"

"비노그라도프는 모릅니다."

"극동 조선소 소장 비노그라도프 말이야?"

"모릅니다."

레브로프 대위는 담배에 불을 붙여 깊이 빨아들이더니 무슨 생각을 하며 나를 계속 살펴보았다.

그러고는 작은 접시에 담뱃불을 비벼 껐다.

"그러니까 비노그라도프는 알고 파르펜티예프는 모른단 말이지?"

"아닙니다, 비노그라도프를 모릅니다……."

"아아, 그렇지. 파르펜티예프는 알고 비노그라도프를 모른다. 응, 좋아!"

레브로프 대위는 벨을 눌렀다. 내 등 뒤에서 문이 열렸다.

"감옥으로 보내!"

담배꽁초와 먹다 만 마른 치즈 조각이 담긴 작은 접시가 SPO 책임자의 사무실 책상 오른쪽 물병 옆에 남아 있었다.

심야에 호송병은 잠든 마가단 거리로 나를 데려갔다.

"빨리 걸어."

"서둘러 갈 데가 있어야지."

"더 지껄였다간 봐!" 호송병은 권총을 꺼냈다. "개새끼처럼 쏴 죽여 버릴 거야. 이름 하나 지워 버리는 건 아무 일도 아니야."

"못 지울걸." 내가 말했다. "레브로프 대위가 책임져야 하니까."

"걸어, 악마 같은 놈!"

마가단은 작은 도시이다. 우리는 곧 그 지방 형무소라는 '바시코프 집'에 도착했다. 바시코프는 마가단이 건설될 때 베르진의 대리인이었다. 목조 형무소는 마가단의 첫 건물 중 하나였다. 형무소는 그것을 지은 사람의 이름을 보존했다. 마가단에는 오래전에 석조 형무소가 세워졌는데 신식 말로 징계 시설이 '완비된' 이 새로운 건물을 '바시코프 집'으로 불렀다.

경비실에서 간단한 이야기 끝에 나는 '바시코프 집' 마당으로 들여보내졌다. 매끈하고 묵직한 낙엽송 통나무로 지은 나지막한 작고 긴 형무소 건물이었다. 마당을 지나자 목조 건물의 두 날개가 있었다.

"둘째 동으로." 뒤에서 목소리가 말했다.

나는 손잡이를 잡아 문을 열고 들어갔다.

사람들로 꽉 찬 2층 판자 침대가 놓여 있었다. 하지만 비좁거나 바싹 붙어 있지는 않았다. 흙바닥. 긴 철제 다리가 달린 반 보치카* 통으로 만든 난로. 땀과 리졸, 더러운 몸 냄새가 진동했다.

나는 겨우 위층으로 기어올라 빈자리로 갔다. 그래도 거기는 따뜻했다.

옆 사람이 잠을 깼다.

"타이가에서 왔어?"

"응."

"이가 있겠네."

"있어."

"그럼 구석으로 가서 누워. 우린 이가 없어. 여기서는 소독을 하니까."

'소독, 좋지.' 나는 생각했다. '그러나 따뜻한 게 최고지.'

아침에 식사를 주었다. 빵과 뜨거운 물이었다. 나는 아직 빵을 먹어서는 안 되었다. 나는 누비 부츠를 벗어 머리맡에 놓고 발을 녹이기 위해 솜바지를 내리고 잠이 들었다가 만 하루 만에 깨어났다. 그제야 빵을 주었고, 나는 '바시코프 집'의 완전한 급양 대상자 수에 들어가게 되었다.

점심에는 만둣국과 밀죽 세 숟가락을 주었다. 다음 날 아침 당직의 거친 목소리가 깨울 때까지 나는 잠을 잤다.

"안드레예프! 안드레예프! 안드레예프가 누구야?"

나는 침대에서 기어 내려왔다.

"납니다."

"마당으로 나가. 저기 저 현관으로 가."

진짜 '바시코프 집' 문이 열리고 나는 불빛이 어두침침한 낮은 복도 속으로 들어갔다. 간수가 자물쇠를 열어 육중한 쇠 빗장을 벗기고 2층 판자 침대가 있는 작은 감방 문을 열었다. 두 사람이 등을 구부린 채 아래층 판자 침대 모서리에 앉아 있었다.

나는 창가로 가 앉았다.

누군가 내 어깨를 잡아 흔들었다. 나의 금광 작업반장 드미트리 티모페예비치 파르펜티예프였다.

"자네 무언가 이해하겠어?"

"아무것도. 언제 왔어?"

"사흘 전에. 아틀라스가 나를 승용차에 태워 데려왔어."

"아틀라스? 그 친구가 지부에서 나를 심문했어. 나이가 마흔 살쯤 된, 이마가 약간 벗어진 사람이지. 민간복을 입은."

"나랑 올 때는 군복을 입었던데. 레브로프 대위는 자네에게 뭐라고 묻던가?"

"비노그라도프를 아냐고."

"그래?"

"어떻게 내가 알겠어?"

"비노그라도프는 극동 조선소 소장이야."

"자네는 그를 알지만 나는 비노그라도프가 누군지 몰라."

"나는 그와 같이 공부했어."

나는 조금 이해하게 되었다. 파르펜티예프는 체포되기 전에 첼랴빈스크 주(州) 검사, 카렐리야 공화국 검사였다. 비노그라도프는 '파르티잔' 광산을 거치면서 대학 친구가 채굴장에 있다는 걸 알고 그에게 돈을 주며 '파르티잔' 소장 아니시모프에게 파르펜티예프를 도와 달라고 부탁했다. 파르펜티예프는 대장간 대장장이로 전속되었다. 아니시모프는 비노그라도프의 청탁을 내무 인민 위원부의 스메르틴에게 알렸고, 스메르틴은 마가단의 레브로프에게 알려 SPO의 장(長)은 비노그라도프 사건 조사에 착수했다. 그리고 극북 지방의 모든 채굴장에 있는 법률가 출신 수인들은 모두 체포되었다. 나머지는 조사 기술의 문제였다.

"한데 우리가 왜 여기 와 있는 거지? 나는 날개에 있었는데……."

"우린 석방되는 거야, 바보." 파르펜티예프가 말했다.

"석방된다고? 자유의 몸이 된다고? 다시 말하면 자유의 몸이 되는 게 아니라 중계 감옥, 즉 통과 수용소로 가는 거겠지."

"맞아." 또 다른 사람이 불빛 쪽으로 기어 나와 분명히 경멸적인 눈으로 나를 훑어보며 말했다.

통통하게 살찐 불그레한 얼굴이었다. 그는 검은 모피 코트를 입었는데 얇은 면 셔츠는 가슴이 열려 있었다.

"어때 너희들 아는 사이지? 레브로프 대위가 너희들을 목 졸라 죽이지 못했다니. 인민의 적……."

"그럼 너는 인민의 친군가?"

"그럼, 적어도 정치범은 아니지. 마름모 계급장*을 달지도 않았고, 노동자를 우롱하지도 않았어. 너희 같은 인간들 때문에 우리가 감옥에 가는 거야."

"깡패가?" 내가 말했다.

"깡팰 수도 있고 재봉사일 수도 있지."

"자, 그만들 둬, 그만들 둬." 파르펜티예프는 내 편을 들었다.

"악당! 못 참겠어!"

문들이 철꺽철꺽 소리를 내며 열렸다.

"나와!"

경비실 옆에 일곱 명 정도가 모여 있었다. 나와 파르펜티예프는 그들 곁으로 다가갔다.

"당신들 뭐요, 법률간가?" 파르펜티예프는 물었다.

"그렇소! 그렇소!"

"무슨 일이 일어났소? 왜 우리를 석방하는 거요?"

"레브로프 대위가 체포됐어. 그의 명령에 따라 체포된 자는 전원 석방하라는 명령이 떨어졌어." 어느 만물박사가 조용히 말했다.

티푸스 검역

흰 가운을 입은 남자가 한 손을 내밀자 안드레예프는 손톱을 깎고 깨끗이 씻은 쫙 벌린 장밋빛 손에 소금기 있는 뻣뻣한 군복 상의를 올려놓았다. 남자는 손을 얼른 당겨 흔들었다.

"속옷은 없어요." 안드레예프는 냉정하게 말했다.

그러자 보조 의사는 안드레예프의 상의를 양손으로 잡고 익숙한 동작으로 재빨리 소매를 뒤집어 열심히 살펴보았다.

"있습니다, 리디야 이바노브나." 이렇게 말하고 안드레예프를 나무랐다. "왜 이렇게 이투성이야, 응?"

그러나 여의사 리디야 이바노브나는 그에게 더 이상 말을 못하게 했다.

"그게 그들 잘못인가?" 리디야 이바노브나는 **그들**이라는 말을 강조하며 작은 목소리로 나무라듯 말하고 테이블 위에서 청진기를 잡았다.

안드레예프는 이 붉은 머리의 리디야 이바노브나를 평생 잊지 않고 언제나 정다운 따뜻한 마음으로 떠올리며 얼마나 고마워했는지 모른다. 무엇에 감사했을까? 안드레예프가 그녀에게 들은 유일한 이 말 중에 **그들**이라고 강조한 것에 감사했고, 때마침 나온 친절한 말에 감사했던 것이다. 이 감사한 마음이 그녀에게 전달되었을까?

진찰은 길지 않았다. 진찰에 청진기는 필요 없었다.

리디야 이바노브나는 보라색 스탬프에 입김을 후 불어 인쇄용지에 양손으로 꾹 눌렀다. 그녀가 거기에 몇 단어를 써넣자 안드레예프를 데려갔다.

의무실 현관에서 기다리던 호송병은 안드레예프를 감옥이 아니라 마을 깊숙한 곳에 있는 대형 창고로 데려갔다. 창고 옆 마당은 규칙에 따라 열 가닥의 철조망으로 둘러친 대문이 있었는데, 모피 코트를 입고 라이플을 든 초병이 그 주위를 왔다 갔다 하고 있었다. 두 사람은 마당 안으로 들어가 임시 보관용 창고 쪽으로 갔다. 밝은 전등 빛이 문틈으로 새어 나왔다. 호송병은 사람이 아니라 자동차를 위해 만들어진 큰 문을 겨우 열고 창고 안으로 사라졌다. 더러운 몸 냄새와 오래된 옷가지, 시큼한 사람의 땀 냄새가 안드레예프에게 풍겼다. 분명치 않은 시끄러운 사람들의 목소리가 거대한 상자 같은 건물을 가득 채우고 있었다. 낙엽송을 통째로 베어 만든, 방 안에 꽉 들어찬 4층 침대는 케사르의 교량처럼 영구적으로 계산된 영원한 구조물이었다. 거대한 창고 선반 위에는 천 명 이상이나 되는 사람이 누워 있었다. 그것은 바닥에서 천장까지 살아 있는 새 물품으로 가득 찬 20개 창고 중 하나였다.

항구에 티푸스 검역이 있어 반출 또는 감옥 식으로 말해 '호송 수인단'이 여기서 1개월 이상 나오지 못했다. 수용소의 혈액 순환은 파괴되었다. 그 적혈구에 해당하는 것이 살아 있는 인간이었다. 그러나 이를 수송하는 자동차는 멈춰 서 있었다. 광산은 수인의 노동 일수를 늘렸다. 도시의 빵 공장은 빵을 제대로 구워 내지 못했다. 한 사람에게 매일 빵 5백 그램씩을 지급해야 했으므로. 그래서 일반 가정에서도 빵을 구우려고 애썼다. 광산에서 쓰다 버린 수인 광물 찌꺼기가 타이가에서 시내로 조금씩 들어오면서 수용소 당국의 증오는 더욱 커졌다.

'섹션(구획)' — 창고는 시쳇말로 이렇게 불렸는데 안드레예프가 끌려간 그 구획에는 천 명 이상이나 있었다. 그러나 그 많은 수가 당장 눈에 띄진 않았다. 침대 위층에는 사람들이 더워서 벌거벗은 채 누워 있고, 아래층과 밑바닥에는 솜 반코트와 솜 점퍼를 입고 방한모를 쓴 채 누워 있었다. 대부분이 위로 향하거나 엎드려 있어(수인들이 왜 거의 옆으로 누워 자지 않는지 아무도 설명하지 않을 것이다) 거대한 판자 침대에 누워 있는 그들의 몸은 나무 옹이나 마디가 아니면 굽은 판자처럼 보였다.

사람들은 이야기꾼인 '소설가' 주위나 사건이 일어나는 주위에 밀집해 있는 무리 곁으로 갔다. 이처럼 많은 사람들이 있는 데서는 당연히 끊임없이 사건이 일어났다. 사람들은 여기서 이미 1개월 이상 누워 작업을 하러 다니지 않았다. 나다니는 곳은 옷을 소독하기 위해 가는 목욕탕뿐이었다. 수용소는 매일 2만 노동일, 16만 노동 시간, 32만 시간을 잃어버렸을지 모른다. 노동일은 여러 가지가 있다. 또는 2만 일분의 생명이 보존되었다고 할 수 있을 것이다.

2만 일분의 생명. 숫자는 여러 가지로 판단할 수 있다. 통계는 교활한 학문이다.

식사가 배식될 때는 모두 제자리에 있었다(식사는 열 명씩 배식되었다). 사람이 너무 많아 배식 담당들이 아침 배식을 끝내기 무섭게 점심 배식 시간이 왔다. 그리고 점심 배식이 끝나자마자 저녁을 배식하기 시작했다. 섹션에서는 아침부터 저녁까지 음식을 배식했다. 아침에는 하루분의 빵과 차(따뜻하게 끓인 물)만 나오고, 하루 걸러 청어 반 마리씩 나오고, 점심에는 수프만, 저녁에는 죽만 나왔다.

한데도 그런 식사를 배식할 시간이 모자랐다.

작업 배정자가 안드레예프를 판자 침대 쪽으로 데려가더니 두 번째 침대를 가리켰다.

"이게 네 자리야!"

위에서 항의하는 소리가 들렸지만 작업 배정자는 욕을 퍼부었다. 안드레예프는 양손으로 판자 침대 끝을 꽉 잡고 오른발을 침대에 걸치려다 실패했다. 그는 작업 배정자의 억센 손에 의해 위로 내던져져 나체 더미 한복판에 쿵 떨어졌다. 아무도 그에게 주의를 기울이지 않았다. '등록'과 '입주' 수속이 끝났다.

안드레예프는 잠이 들었다. 잠을 깨는 것은 배식 때뿐이고, 식사를 마치면 정확히 조심스럽게 양손을 핥고 나서 다시 잤지만 깊이 잠들진 못했다. 이가 깊이 잠들게 내버려 두지 않았기 때문이다.

이 중계 감옥 전체에 타이가에서 돌아온 사람은 많지 않고 나머지는 모두 타이가로 갈 운명이었으나 아무도 그에게 물어보지 않았다. 그들은 그걸 알고 있었다. 바로 그 때문에 피할 수 없는 타이가에 대해 아무것도 알고 싶어 하지 않았다. 그건 옳다고 안드레예프는 생각했다. 그가 본 모든 것을 그들이 알 필요는 없었다. 아무것도 피할 수 없고, 아무것도 내다볼 수 없다. 그런데 왜 과잉 공포가 필요한가? 여기 있는 것은 아직 살아 있는 인간인데 안드레예프는 죽은 자의 대표였다. 그의 지식, 죽은 자의 지식이 아직 살아 있는 그들에게 소용될 리는 없었다.

이틀쯤 뒤에 목욕일이 왔다. 소독과 목욕에는 이미 다 넌더리가 나 있어 마지못해 준비하고 있었지만 안드레예프는 자기 몸의 이와 헤어지기를 간절히 바랐다. 이제 시간은 얼마든지 있었다. 그래서 하루에 몇 번씩 하얗게 된 군복 상의 솔기를 샅샅이 살펴보았다. 그러나 결정적인 성공을 안겨 줄 수 있는 것은 소독실뿐이었다. 그래서 그는 기꺼이 목욕탕으로 갔다. 속옷을 주지 않아 축축한 상의를 맨몸에 그대로 입어야 했지만 상습적으로 이가 깨무는 것을 느끼지는 못했다.

목욕탕에서는 일정량의 물만 주었다. 뜨거운 물 한 대야와 찬 물 한 대야만 주었는데 안드레예프는 목욕 담당을 속여 한 대야를 더 받았다.

작은 비누 한 조각을 받았지만 바닥에서 쓰다 남은 비누 조각을 주웠다. 안드레예프는 충분히 씻으려고 애썼다. 최근 1년 동안에 한 가장 멋진 목욕이었다. 피와 농이 안드레예프의 종아리에

난 괴혈병 상처에서 흘러도 좋다. 목욕탕에서 사람들이 그를 피해도 좋다. 이투성이 옷을 보고 꺼림칙하게 여기며 멀리해도 좋다.

소독실에서 옷이 나왔다. 안드레예프의 이웃 아그뇨프는 양모 양말 대신 인형 양말을 받았다. 그만큼 가죽이 오그라들었던 거다. 아그뇨프는 울음을 터뜨렸다. 양모 양말은 극북에서 그를 구해 준 물건이다. 그러나 안드레예프는 무시했다. 이런저런 이유로 우는 남자를 수없이 보았다. 교활한 위선자도 있었고, 신경병 환자도 있었고, 희망을 잃어버린 사람도 있었고, 화를 내는 사람도 있었다. 추워서 우는 사람도 있었다. 그러나 배고파 우는 사람을 안드레예프는 보지 못했다.

그들은 어둡고 조용한 시내를 거쳐 돌아갔다. 알루미늄 빛깔의 웅덩이는 얼어붙었지만 공기는 신선한 봄이었다. 목욕을 한 뒤로 안드레예프는 특히 잠을 푹 잤다. 이미 목욕탕에서 있었던 일을 잊어버린 이웃 아그뇨프의 말처럼 '배불리 잤다'.

아무도 어디로도 내보내 주지 않았다. 그런데도 이 섹션에는 철조망 밖으로 나가게 하는 유일한 임무가 있었다. 사실, 이것은 수용소촌에서 바깥 철조망 밖으로 나가는 걸 말하는 게 아니다. 다시 말해 가느다란 가시 철사 열 가닥으로 둘러친 삼중 울타리와 또 팽팽히 당겨진 낮은 철조망으로 둘러친 금지 구역 밖으로 나가는 걸 말하는 게 아니다. 그런 일은 누구나 꿈도 꾸지 못한다. 이것은 철조망으로 둘러친 가운데 마당에서 나가는 걸 말한다. 거기에는 식당, 취사장, 창고, 병원이 있었다. 한마디로 안드레예프에게 금지된 다른 생활이 있었다. 철조망 밖으로 나다닐 수 있는 사람은 청소부 한 명뿐이었다. 한데 그가 갑자기 죽자(인생은 행운의 우연으로 가득 차 있다) 안드레예프의 이웃 아그뇨프가 에너지와 기지의 기적을 발휘했다. 이틀 동안 빵을 먹지 않고 놔뒀다가 나중에 커다란 인조 가죽 트렁크와 바꿨다.

"만델 남작의 트렁크야, 안드레예프!"

만델 남작! 푸시킨의 후예! 저기, 저기에 남작이 온다. 길고 어깨 폭이 좁은 작은 대머리 남작이 멀리 보였다. 그러나 안드레예프는 그와 인사할 기회가 없었다.

아그뇨프는 밖에서 가져온 모직 재킷을 아직도 가지고 있었다. 아그뇨프는 격리된 지 불과 몇 개월밖에 되지 않았다.

아그뇨프는 재킷과 인조 가죽 트렁크를 작업 배정자에게 진상하고 죽은 청소부 일을 인수받았다. 2주쯤 후에 깡패들이 어둠 속에서 아그뇨프의 목을 조르고 — 다행히 죽지는 않았다 — 약 3천 루블의 돈을 빼앗아 갔다.

안드레예프는 상거래에 한창 바쁜 아그뇨프와 거의 만나지 못했다. 두들겨 맞아 중상을 입은 아그뇨프는 밤중에 그전 자리로 돌아와 안드레예프에게 고백했다.

안드레예프는 광산에서 본 것을 이야기해 줄 수 있었지만, 아그뇨프는 조금도 후회하거나 불평하지 않았다.

"오늘은 놈들이 나를 빈털터리로 만들었지만 내일은 내가 놈들을 이길 거야. 내가 놈들을…… 이길 거야…… 스토스(stoss)로, 테르즈(terz)로, 부라(bura)로 이길 거야. 몽땅 되찾고 말겠어!"

아그뇨프는 빵이나 돈으로 안드레예프를 도와준 일이 없었지만 그런 경우 그건 관례가 아니었다. 수용소 윤리의 관점에서 보면 모든 일이 정상적으로 되어 가고 있었던 거다.

어느 날 안드레예프는 자기가 아직 살아 있는 것에 놀랐다. 판자 침대 위로 오르기가 무척 힘들었으나 그래도 올라갔다. 요컨대 그는 일하지 않고 누워서 지냈다. 하루에 흑빵 5백 그램, 카샤 세 숟갈, 멀건 수프 한 접시만 있어도 인간은 소생할 수 있다. 일만 하지 않는다면.

바로 여기서, 그는 자기가 두려움이 없고 생명을 소중히 여기지 않는다는 것을 알았다. 또 큰 시련을 겪으면서 살아남게 되었다는 것도 알았다. 광산에서 겪은 무서운 체험을 자신의 이익을 위해 활용할 운명이라는 것도 알았다. 수인의 선택, 자유 의지를 행사할 가능성이 아무래도 적지만 그래도 역시 있다는 것을 알았다. 이 가능성은 현실이며 때로 생명을 구할 수도 있다. 그리고 맹수에게 맹수의 교활함을 가지고 대항해야 한다면 안드레예프는 그 위대한 전투에 임할 각오가 돼 있었다. 그는 속아 왔다. 이번에는 그쪽에서 속일 것이다. 그는 죽지 않을 것이고, 죽으려고도 하지 않을 것이다.

그는 육체의 갈망을 채울 것이다. 금광에서 육체가 그에게 말한 갈망을. 광산에서는 전투에 패했다. 하지만 그건 마지막 전투가 아니었다. 그는 광산에서 버려진 광물 찌꺼기다. 그리고 또다시 광물 찌꺼기가 될 것이다. 그는 리디야 이바노브나의 양손으로 어떤 서류에 찍은 보라색 스탬프, LFT—가벼운 육체노동이라는 세 글자의 스탬프를 보았다. 안드레예프는 이 스탬프에도 광산에서는 주의를 기울이지 않는다는 것을 알았지만 이 도시에서는 가능한 모든 것을 이 스탬프에서 뽑아내려고 했다.

그러나 가능성은 희박했다. 작업 배정자에게 이런 말을 할 수 있었다. "나, 안드레예프는 여기 누워 아무 데도 가고 싶지 않다. 만약 나를 광산으로 보낸다면 첫 산 고개에서 차가 브레이크를 잡을 때 뛰어내리겠다. 호송병에게 사살되어도 좋다. 어쨌든 금광에는 다시 가지 않겠다."

가능성은 희박했다. 그러나 여기서 더 현명해지고 몸을 더 믿을 것이다. 몸은 그를 속이지 않는다. 그는 가족에 속고 나라에 속았다. 사랑, 에너지, 재능 — 모든 것이 짓밟히고 파괴되었다. 두뇌가 찾아낸 변명은 모두 꾸며 낸 것이고 거짓이었다. 안드레예프는 그것을 알았다. 광산에서 눈뜬 맹수의 본능만이 출구를 가르쳐 줄 수 있었고 실제로 가르쳐 주었다.

바로 여기서, 이 커다란 판자 침대에서 안드레예프는 자기가 무언가 가치 있는 존재라는 것을, 자신을 존중할 수 있다는 것을 알았다. 그는 여기서 아직 살아 있으며, 취조 중에도 수용소에서도 누구 하나 배신하거나 팔아먹은 적이 없었다. 진실을 얼마든 말할 수 있었고 공포심을 억제할 수 있었다. 아무것도 두려워하지 않는다는 게 아니다. 아니, 도덕의 벽은 이전보다 분명하고 명확하게 정해졌다. 모든 것이 더 단순하고 분명해졌다. 예컨대 안드레예프가 살아남을 수 없다는 건 분명했다. 옛날의 건강은 흔적 없이 사라지고 영원히 망가져 버렸다. 영원히? 이 도시로 실려 왔을 때 그는 2~3주밖에 살지 못할 거라고 생각했다. 이전의 기력을 되찾기 위해서는 완전한 휴식이 필요했다. 여러 달 동안 깨끗한 공기 속에서, 요양소 같은 조건 아래 우유를 마시고 초콜릿을 먹으면서. 안드레예프는 그런 요양을 못 볼 것이 불을 보듯 뻔하므로 죽을 수밖에 없다. 하지만 그런 건 역시 무섭지 않다. 많은 동료들이 죽었다. 그런데 죽음보다 강한 무엇이 그를 죽게 내버려 두지 않았다. 사랑? 증오? 아니다. 인간은 나무나 돌, 개가 사는 것과 같은 이유로 산다. 안드레예프는 그걸 알았고, 알았을 뿐만 아니라 확실히 느꼈다. 바로 여기, 도시 속의 중계 감옥에서, 티푸스 검역 때.

피부에 긁힌 상처는 안드레예프의 다른 상처보다 훨씬 빨리 아물었다. 광산에서 거북의 갑옷으로 변한 인간의 피부가 조금씩 사라졌다. 동상에 걸린 밝은 장밋빛 손가락 끝은 시꺼멓게 변했다. 동상의 물집이 터진 뒤에 손가락을 덮고 있던 얇은 살갗은 약간 가슬가슬해졌다. 그리고 뭐니 뭐니 해도 왼쪽 손목이 펴지기까지 했다. 광산에서 일하는 1년 반 동안 양 손목은 삽이나 곡괭이의 굵은 자루에 구부러져 영원히 굳어 버린 것처럼 생각했었다. 식사 때는 다른 동료들처럼 세 손가락 끝으로 숟가락을 잡았으며 달리 잡을 수 있다는 걸 잊어버렸다. 살아 있는 손은 갈고리 모양의 의수와 같았다. 손은 의수의 움직이는 기능만 했다. 그 밖에 안드레예프가 신에게 기도를 드리려 한다면 성호를 그을 수 있을 것이다. 그러나 마음속에는 원한밖에 존재하지 않았다. 마음의 상처는 쉽게 치유되지 않았다. 절대로 치유되지 않았다.

그래도 안드레예프는 손을 펴 보았다. 어느 날 목욕탕에서 왼손

손가락이 펴졌다. 안드레예프는 놀랐다. 다음은 아직 옛날처럼 구부러져 있는 오른손 차례이다. 밤마다 안드레예프는 가만히 오른손을 만져 보고 손가락을 펴 보려고 했다. 그러자 당장 손이 펴질 것만 같았다. 그는 손톱을 아주 깔끔하게 물어뜯어 더럽고 두꺼운, 조금 부드러워진 살갗을 조금씩 긁어 보았다. 이 위생적인 작업은 먹고 자지 않을 때 안드레예프가 하는 오락 중 하나였다.

발바닥에 난 피투성이 균열은 이전만큼 병적이지 않았다. 다리의 괴혈성 상처는 아직 아물지 않아 붕대가 필요했지만 상처는 점점 작아졌다. 상처 자리는 검푸른 반점으로 변해 갔다. 그 반점은 화인, 흑인을 사고파는 노예 상인의 낙인과 같았다. 아물지 않은 것은 양발의 엄지발가락뿐이었다. 동상이 골수까지 침식하여 거기서 농이 조금씩 흐르고 있었다. 물론 농은 이전보다 훨씬 줄어들었다. 광산에서는 농과 피가 수인의 여름 신발인 고무 덧신 위로 흥건히 흘러내려 발걸음을 뗄 때마다 웅덩이를 걷는 것처럼 발에서 절벅절벅 소리가 났다.

안드레예프의 이런 발가락들이 아물기까지는 여러 해가 더 지나야 할 것이다. 아물고 나서도 여러 해 동안 조금만 추워도 둔한 통증으로 북국의 광산을 생각나게 할 것이다. 그러나 안드레예프는 미래를 생각하지 않았다. 하루 앞의 삶도 내다보지 못한다는 걸 광산에서 배운 그는 죽음과 가까운 거리에 있는 사람이라면 누구나 그러듯 눈앞의 것을 위해 싸우려고 애썼다. 지금 그가 바라는 건 오직 하나 — 티푸스의 검역이 언제까지나 계속되었으면 하는 것이다. 하지만 그런 일은 있을 수 없었고, 검역이 끝나는 날이 왔다.

그날 아침, 섹션의 주민이 전부 마당으로 내몰렸다. 수인들은 철조망 울타리 뒤에서 한 시간 이상 잠자코 서성거리느라 몸이 얼어붙었다. 작업 배정자가 통 위에 서서 쉰 목소리로 필사적으로 이름을 불러 댔다. 호명된 자들은 대문을 통해 밖으로 나갔다. 영원히. 간선 도로에서는 트럭이 굉음을 울렸다. 아침의 냉기 속에 작업 배정자의 목소리가 들리지 않을 만큼 큰 굉음을 울렸다.

'내 이름만 부르지 마라, 내 이름만 부르지 마라.' 어린애 같은 주문을 외며 안드레예프는 운명에 간절히 바랐다. 아니, 잘되지 않을 것이다. 오늘은 부르지 않아도 내일은 부를 것이다. 그는 다시 금광으로, 굶주림으로, 구타와 죽음으로 갈 것이다. 동상에 걸린 손가락과 발가락이 쑤셔 오고 귀와 뺨이 쑤셔 왔다. 안드레예프는 점점 자주 발을 이리저리 움직이며 몸을 굽히고 관처럼 동그랗게 마주 잡은 손가락을 호호 불었으나 마비된 발과 아픈 손은 쉽게 녹지 않았다. 모든 것이 소용없었다. 톱니가 그의 몸을 때려 부수는 이 거대한 기계와의 싸움에서 그는 무력했다.

"보로노프! 보로노프!" 작업 배정자가 큰 소리로 불렀다. "보로노프! 여기 있으라고 했잖아, 개새끼!" 이렇게 말하고 작업 배정자는 화를 내며 얄팍한 누런 '신상서'철을 통 위에 내던지고는 발로 짓밟았다.

그때 안드레예프는 모든 걸 이내 깨달았다. 그것은 구원의 길을 일러 주는 번갯불이었다. 흥분으로 열이 올랐지만 그는 곧바로 용기를 내어 작업 배정자 앞으로 나아갔다. 그가 차례로 호명하면 사람들은 잇따라 마당에서 나갔다. 그러나 남은 사람은 아직 많았다. 자, 이제, 이제…….

"안드레예프!" 작업 배정자가 큰 소리로 불렀다.

안드레예프는 아무 말 없이 면도한 작업 배정자의 뺨을 자세히 살펴보았다. 양 뺨을 관찰하고 나서 그의 시선은 '신상서'철로 옮겨 갔다. 아주 조금밖에 남지 않았다.

'이게 마지막 차다.' 안드레예프는 생각했다.

작업 배정자가 안드레예프의 서류철을 손에 들고 다시 호명하지 않고 옆으로 통 위에 놓았다.

"시쵸프! 이름과 부칭을 대!"

"블라디미르 이바노비치입니다!" 모든 규칙에 따라 어떤 중년의 수인이 대답하고 군중을 밀어젖혔다.

"죄명은? 형기는? 나가!"

또 몇 명이 호명에 답하고 나갔다. 작업 배정자도 뒤따라 나갔다. 남은 수인들은 섹션으로 돌려보냈다.

기침, 발 구르는 소리, 고함 소리가 수백 명의 시끄러운 이야기 소리에 묻혀 사라졌다.

안드레예프는 살고 싶었다. 그는 두 개의 간단한 목표를 세우고 이를 달성하려고 결심했다. 될 수 있는 한, 여기서 오랫동안 마지막 날까지 버텨야 한다는 건 명확한 일이었다. 잘못을 저지르지 말고 자제하도록 노력해야 한다……. 금은 죽음이다. 이 중계 감옥에서 안드레예프보다 그걸 더 잘 아는 사람은 없다. 무슨 일이 있든 타이가를, 금광을 피해야 한다. 그러나 아무 권리도 없는 노예 안드레예프가 어떻게 이 목표를 달성할 수 있을까? 답은 이렇다. 타이가는 검역 기간 동안 사람이 없어진다. 추위, 굶주림, 장시간의 중노동과 불면이 타이가에서 사람을 앗아 갔다. 이는 곧 제일 먼저 검역에서 '금광' 관리소로 차를 보내고, 금광으로부터 요청한 사람의 주문(공식 전문에는 '2백 개의 나무를 보내라'고 쓰여 있다)이 충족되고 나면 그제야 타이가가 아닌, 금광이 아닌 다른 곳으로 보낸다는 말이다. 어디로 가든 안드레예프는 상관없다. 금광만 아니라면.

이 모든 사실을 안드레예프는 누구에게도 말하지 않았다. 어느 누구와도 상의하지 않았다. 아그냐프와도, 광산 동료 파르펜티예프와도, 판자 침대에 같이 누워 있는 천 명 중 어느 누구와도. 자기 계획을 이야기하면 누구나 그를 당국에 팔아넘긴다는 걸 알았기 때문이다. 칭찬을 받기 위해, 마호르카 담배꽁초를 얻기 위해, 단순히 아무 생각 없이……. 그는 비밀의 무게, 비밀이 어떤 것인지 알았기에 그것을 지킬 수 있었다. 그런 경우에만 그는 두려워하지 않게 되었다. 혼자서 기계의 톱니바퀴 사이를 빠져나가는 게 두서너 배나 쉬웠다. 그의 게임은 오로지 그만의 게임이었다. 그것 역시 광산에서 잘 배웠다.

안드레예프는 여러 날 동안 대답하지 않았다. 수인들은 검역이 끝나기 무섭게 작업으로 내몰렸다. 나갈 때는 큰 그룹에 속하지 않도록 약삭빠르게 굴어야 했다. 그들은 보통 쇠 지렛대와 곡괭이와 삽을 사용하는 토목 작업에 보내졌다. 2~3인으로 된 소그룹에는 언제나 여분의 빵 조각이나 설탕까지 챙길 가망이 있었다. 안드레예프는 1년 반 이상 설탕 구경을 못했다. 이런 계산은 어렵지 않았고 전적으로 옳았다. 물론 그런 작업은 다 위법이었다. 수인들은 호송 수인단 명단에 실리고, 무임 노동력을 이용하려는 희망자는 많았다. 토목 작업에 나가는 자들은 어디선가 담배나 빵을 좀 얻어 볼 심산에서 그리로 나다녔다. 그런 일은 지나가는 사람으로부터도 성공하는 일이 있었다. 안드레예프는 채소 창고에 다니며 거기서 사탕무와 당근을 실컷 먹었고, 생감자 몇 톨을 '집'으로 가져가 난로 잿불 속에 구워 설익은 채로 꺼내 먹었다. 이곳의 삶은 모든 식료품 배송이 빨리 이루어지도록 요구하고 있었다. 주위에는 굶주린 사람이 너무 많았다.

어떤 활동으로 가득 찬, 거의 의미 있는 나날이 시작되었다. 매일 아침부터 두 시간 정도 추위 속에 서 있어야 했다. 그리고 작업 배정자가 소리쳤다. "에이, 너희들, 이름과 부칭을 대." 그리고 매일 몰록 신*에게 제물을 바치고 나면 모두 저벅저벅 소리를 내며 막사로 달려갔다. 거기서 그들은 작업에 끌려 나갔다. 안드레예프는 빵 공장에도 다녔고, 여자 중계 감옥에서 쓰레기를 치우기도 하고, 경비대 숙소 바닥을 씻기도 했다. 경비대 숙소 그 어스름한 식당 안에 있는 지휘관 식탁의 남은 접시에서 먹다 남은 끈적끈적한 맛있는 고기를 모았다. 일이 끝나면 달콤한 젤리나 산더미 같은 빵을 취사장으로 가지고 가서 모두 둘러앉아 먹고 주머니에 빵을 가득 채웠다.

안드레예프의 계산이 틀린 것은 한 번뿐이었다. 그룹의 규모는

작을수록 좋았다. 이건 그의 계율이었다. 가장 좋은 것은 혼자일 때다. 그러나 혼자 어디로 데려가는 일은 드물었다. 어느 날 이미 안드레예프의 얼굴을 기억하던 작업 배정자(그가 무라비요프임을 알았다)가 말했다.

"너에게 영원히 잊지 못할 일을 찾았어. 높은 어른을 위해 땔감을 톱질하는 거야. 둘이서 갈 거야."

두 사람은 기병 코트를 입은 호송병 앞에서 즐겁게 달려갔다. 부츠를 신은 호송병은 미끄러지고 발을 헛디디며 웅덩이를 뛰어넘어 양손으로 코트 자락을 잡고 달음질쳐 그들을 따라잡았다. 그들은 곧 울타리 위로 철조망이 쳐진, 문이 잠겨 있는 작은 건물로 갔다. 호송병은 노크했다. 마당에서 개가 짖기 시작했다. 수용소 소장의 당번병이 문을 열고 잠자코 그들을 헛간으로 데려가 그 안에 넣고 문을 잠근 뒤 마당에 큰 셰퍼드를 풀어 놓았다. 물 한 양동이를 가져왔다. 수인들이 헛간에서 땔감을 다 톱질하고 쪼갤 때까지 개는 그들을 가둬 놓았다. 저녁 늦게 수용소로 데려갔다. 다음 날도 그들은 그리로 보내도록 되어 있었지만 안드레예프는 판자 침대 밑에 숨어 그날은 어떤 작업에도 나가지 않았다.

이튿날 아침 빵이 배급되기 전에 안드레예프의 머리에 어떤 간단한 생각이 떠올랐다. 그리고 그것을 바로 실행에 옮겼다.

그는 펠트 부츠를 벗어 바닥을 바깥으로 향해 판자 침대 끝에 포개 놓았다. 그 자신이 부츠를 신은 채 판자 침대 위에 누워 있기라도 하듯. 그는 팔 위에 머리를 얹고 부츠 옆에 엎드렸다.

배급 담당자는 순번이 된 열 명을 빨리 세어 안드레예프에게 10인분의 빵을 주었다. 안드레예프에겐 2인분이 남았다. 그러나 이런 방법은 미덥지 못하고 우연이었을 뿐이다. 안드레예프는 다시 막사 밖에서 일을 찾기 시작했다…….

그때 그는 가족을 생각했을까? 아니다. 자유를 생각했을까? 아니다. 무엇을 기념하여 시를 읊었을까? 아니다. 과거를 회상했을까? 아니다. 그는 무관심한 증오만으로 살았다. 바로 그때 슈나이더 선장을 만났다.

깡패들은 난로 가까운 자리를 차지하고 있었다. 판자 침대에는 더러운 솜이불이 깔려 있고 다양한 사이즈의 많은 깃털 베개가 덮여 있었다. 솜이불은 성공한 강도의 필수적인 길동무이며 강도가 감옥이나 수용소에 항상 가지고 다니는 유일한 물건이다. 없는 경우에는 훔치거나 남의 것을 빼앗는다. 베개는 머리 받침대일 뿐만 아니라 끊임없이 계속되는 카드전의 탁자이기도 하다. 이 탁자에는 어떤 모양도 부여할 수 있다. 하지만 그것은 베개이다. 트럼프광들은 베개에 앞서 바지를 잃는다.

이불과 베개 위에는 두목들이, 더 정확히 말해 그 순간 두목과 같은 지위에 있던 사람들이 자리 잡고 있었다. 더 높은 컴컴한 3층 침대에도 또 이불과 베개가 놓여 있었다. 거기로 여자와 같은 좀도둑이 끌려갔다. 좀도둑뿐만이 아니었다. 거의 모든 강도가 호모였다.

강도들은 충복과 하인 무리에 둘러싸여 있었다. 궁정 이야기꾼이다. 깡패는 '소설'에 흥미를 가지는 것을 좋은 태도로 생각했기 때문이다. 이런 상황에서도 작은 향수병을 가진 궁정 이발사가 있고, 빵 조각을 떼어 주거나 수프를 가득 따라만 주면 무슨 일이든

할 용의가 있는 봉사자 무리가 또 있다.

"조용히 해! 세네치카가 뭐라고 하잖아. 조용히 해, 세네치카가 자려고 하니까……."

광산의 낯익은 광경이다.

구걸하는 사람과 깡패의 영원한 시종 무리 속에서 문득 안드레예프는 낯익은 얼굴, 낯익은 용모를 보았고 귀에 익은 목소리를 들었다. 의심할 여지가 없었다. 안드레예프의 부티르카 감옥 동료인 슈나이더 선장이었다.

슈나이더 선장은 독일의 공산주의자, 러시아어를 멋지게 구사하는 코민테른의 활동가, 괴테에 통달한 사람이며 교양 있는 마르크스주의 이론가였다. 안드레예프의 기억 속에는 그와의 대화, 감옥의 긴 겨울밤에 나누던 '고혈압' 대화가 남아 있었다. 태어나면서부터 쾌활한 사람인 과거의 원양선 선장은 독방의 투쟁 정신을 유지하고 있었다.

안드레예프는 자기 눈을 의심했다.

"슈나이더!"

"응? 무슨 일이야?" 슈나이더는 돌아섰다. 그의 흐릿한 푸른 눈길은 안드레예프를 알아보지 못했다.

"슈나이더!"

"응, 무슨 일이야? 조용히 해! 세네치카가 깨겠어."

그러나 이미 담요 끝이 들리더니 창백하고 병적인 얼굴이 불빛으로 튀어나왔다.

"아아, 선장." 세네치카의 테너가 나른하게 울렸다. "잠이 안 와,

자네가 없어서."

"지금 바로 갈게." 슈나이더는 부산을 떨었다.

그는 판자 침대로 기어올라 담요를 걷어 올리고 앉아 한 손을 그 밑으로 디밀어 세네치카의 발뒤꿈치를 긁기 시작했다.

안드레예프는 천천히 자기 자리로 돌아갔다. 살고 싶지 않았다. 그것은 그가 보았던 것, 머지않아 볼 수밖에 없었던 것에 비하면 대수롭지 않고 무섭지 않은 사건이었지만 슈나이더 선장의 일은 영원히 기억에 남았다.

사람이 점점 줄어들어 중계 감옥은 텅 비었다. 안드레예프는 작업 배정자와 얼굴을 딱 마주쳤다.

"네 이름이 뭐지?"

그러나 안드레예프는 이미 오래전에 그런 물음에 대해 준비가 돼 있었다.

"구로프입니다." 그는 얌전히 대답했다.

"기다려!"

작업 배정자는 얇은 종이 명단을 잠시 넘겼다.

"아니야, 없어."

"가도 좋습니까?"

"가 봐, 개새끼!" 작업 배정자는 큰 소리로 외쳤다.

어느 날 그는 떠나는 노역 면제자와 형기를 마친 자들을 위한 중계 감옥 식당으로 식기를 닦고 청소를 하러 갔다. 파트너는 초췌한 남자로, 지방 감옥에서 갓 석방된 연령 미상의 도호댜가였다. 도호댜가는 수인으로서 첫 출근이었다. 그는 계속 물어보았다. 우리가 무슨 일을 하는지, 먹을 걸 주는지, 일하기 전에 먹을 걸 조금이나마 달라고 해도 괜찮은지. 도호댜가는 신경 전문의 교수라고 했다. 안드레예프는 그의 이름을 기억했다.

안드레예프는 경험으로 알았다. 수용소의 요리사들은, 아니 요리사들뿐 아니라 다른 사람들도 이반 이바노비치들을 좋아하지 않았다. 그들은 지식인을 경멸 조로 그렇게 불렀다. 안드레예프는 교수에게 아무것도 미리 요구하지 말라고 충고한 뒤 식기 닦기와 청소 같은 중요한 일은 그의, 안드레예프의 몫이 되겠구나 생각하자 우울한 기분이 들었다. 교수는 몸이 너무 쇠약했다. 맞는 말이었다. 그러나 화를 내서는 안 되었다. 금광에 있을 때 안드레예프 자신도 당시 동료들에게 얼마나 허약한 나쁜 파트너였던가. 그래도 누구 하나 말 한마디 한 적이 없었다. 그들은 모두 어디에 있을까? 셰이닌은, 류틴은, 흐보스토프는 어디에 있을까? 그들은 모두 죽고 안드레예프 혼자만 살아났다. 하지만 그는 아직 살아난 게 아니며, 아마 살아나지 못할 것이다. 그러나 삶을 위해 싸울 것이다.

안드레예프의 예상은 옳았다. 교수는 분주한 도우미였지만 실제로 몸이 허약했다.

일이 끝나자 요리사는 그들을 취사장에 앉히고 걸쭉한 생선 수프가 든 큰 나무 접시와 카샤가 든 큰 금속 접시를 그들 앞에 내놓았다. 교수는 기뻐서 가볍게 손뼉을 쳤지만, 안드레예프는 빵이

곁든 풀코스 점심 20인분을 혼자 먹는 것을 보았으므로 손님 대접을 비난하듯 흘겨보았다.

"빵은 없소?" 안드레예프는 얼굴을 찌푸리고 물었다.

"물론 있지, 좀 줄게." 요리사는 찬장에서 빵 두 조각을 꺼냈다.

손님 대접은 빨리 끝났다. 이렇게 '손님'으로 초대받을 때 사려 깊은 안드레예프는 반드시 빵을 빼고 음식을 먹었다. 이번에도 그는 빵을 주머니 속에 넣었다. 교수는 빵을 떼어 수프를 삼키고 씹어 먹었다. 더러운 굵은 땀방울이 짧게 깎은 희끗희끗한 머리 위에 송골송골 돋아났다.

"자네들한테 또 1루블씩 주는 거야." 요리사는 말했다. "빵은 이제 더 없어."

훌륭한 노인이었다.

중계 감옥에는 작은 매점이 있는데 자유노동자는 거기서 빵을 살 수 있었다. 안드레예프는 그걸 교수에게 말해 주었다.

"네, 네, 당신 말이 맞아요." 교수는 말했다. "한데 나는 거기서 달콤한 크바스*를 파는 걸 봤어요. 아니, 레모네이드였던가? 레모네이드가 너무 마시고 싶어요. 어쨌든 무언가 달콤한 걸 먹고 싶어요."

"당신 뜻대로죠, 교수. 그러나 내가 당신 입장이라면 빵을 사는 편이 나을 텐데."

"네, 네, 당신 말이 맞아요." 교수는 되뇌었다. "하지만 달콤한 걸 너무 먹고 싶어요. 당신도 좀 마셔 봐요."

그러나 안드레예프는 크바스를 단호히 거절했다.

결국 안드레예프는 단독으로 하는 일을 맡게 되었다. 중계 감옥의 경리과 사무실 마룻바닥을 닦기 시작했다. 매일 저녁 당직병이 그를 데리러 왔다. 사무실을 깨끗이 유지하는 게 그의 임무였다. 사무실은 테이블로 가득 찬, 각각 4제곱미터쯤 되는 아주 작은 방 두 개였다. 마룻바닥은 페인트칠이 되어 있었다. 그것은 10분밖에 안 걸리는 시시한 일이어서 왜 당직병이 이런 청소를 위해 일꾼을 고용하는지 안드레예프는 얼른 이해할 수 없었다. 당직병은 청소할 물까지 직접 수용소 끝에서 날라 오고 깨끗한 걸레 또한 언제나 미리 준비해 두지 않는가. 보수도 후했다. 마호르카 담배, 수프와 카샤, 빵과 설탕. 당직병은 얇은 재킷까지 주겠다고 약속했지만 그 약속은 지키지 못했다.

당직병은 손수 마룻바닥 닦는 것을 수치스러운 일로 여겼던 게 분명했다. 하루에 5분이나마 자기를 위해 일할 일꾼을 고용할 수 있을 때에는. 러시아인 특유의 이 성격을 안드레예프는 광산에서도 보았다. 과장은 막사를 청소하는 대가로 당직병에게 마호르카를 한 줌 준다. 그러면 당직병은 절반을 쌈지에 넣고 나머지 절반으로 제58조범 막사에서 당직을 고용한다. 그리고 일꾼은 열두 시간에서 열네 시간의 근무 후에 이 담배 두 개비를 위해 밤중에 마룻바닥을 닦는다. 그리고 또 자신을 행복하게 생각한다. 담배는 빵과 바꿀 수 있으므로.

화폐 문제는 수용소 경제의 가장 복잡한 이론 부문이다. 수용소 내의 화폐 문제는 복잡하고, 기준은 놀라울 정도다. 홍차, 담배, 빵이 변동 경화이다.

경리과 당직병은 안드레예프에게 이따금 식당 쿠폰으로 지불했다. 그것은 스탬프가 찍힌 금속 인환증 같은 마분지 조각인데 점심 10회분, 메인 디시 5회분 등이 있다. 이런 식으로 당직병은 안드레예프에게 카샤 20인분의 인환증을 주었으나, 이 20인분은 양철 대야의 바닥을 덮지 못했다.

안드레예프는 깡패들이 금속 인환증 대신 인환증 모양으로 접은 밝은 오렌지색 30루블 지폐를 배식 창구에 들이미는 것을 보았다. 일이 순조롭게 돌아갔다. '인환증'에 대한 답례로 작은 대야는 카샤로 가득 찬 배식 창구에서 튀어나온다.

중계 감옥의 인원수는 점점 줄어들었다. 마침내 마지막 차량이 떠난 뒤 마당에 남은 사람은 모두 합해서 30명 정도였다.

이번에는 그들을 막사로 돌려보내지 않고 정렬시킨 뒤 수용소를 가로질러 데려갔다.

"그러나 우리를 사살하려고 데려가지는 않을 거야." 안드레예프 옆에서 걸어가는 손 큰 애꾸눈 거인이 말했다.

안드레예프도 바로 그런 생각—사살하려고 데려가지는 않을 것이다—을 했다. 우리를 모두 등록과의 작업 배정자에게 데려갔다.

"지문을 채취한다." 건물 앞 계단으로 나오며 작업 배정자가 말했다.

"그래, 지문까지 채취하겠다면 지문 없이도 할 수 있지." 애꾸눈이 쾌활하게 말했다. "내 이름은 필립폽스키, 게오르기 아다모비치."

"너는?"

"안드레예프, 파벨 이바노비치."

작업 배정자는 신상서를 찾아냈다.

"한참 찾았어." 작업 배정자는 악의 없이 말했다. "막사로 돌아가. 어디로 배정될지는 나중에 알려 주겠다."

안드레예프는 생존 투쟁에서 이겼다는 것을 알았다. 타이가가 아직 인간을 충분히 흡수 못할 리 없다. 다른 데로 보내도 가까운 지구 내의 출장소일 거다. 아니면 시내일지도 모른다. 그렇다면 더 좋다. 멀리 보낼 수는 없을 거다. 안드레예프에게 '가벼운 육체노동'이라는 증명이 있기 때문만은 아니다. 갑자기 재심 위원회가 가동되는 것을 안드레예프는 알았다. 타이가의 명령은 이미 수행되었기 때문에 멀리 보내지 못할 것이다. 따라서 삶이 더 쉽고 덜 어렵고 더 배불리 먹을 수 있는, 금광도 없고, 이를테면 구원받을 희망이 있는, 자기의 마지막 차례를 기다리는 가까운 출장소밖에 없을 것이다. 안드레예프는 광산에서 2년 동안 갖은 고생 끝에 이런 깨달음을 얻었다. 이 수개월의 검역 기간에 극도의 긴장 끝에 얻었다. 너무 많은 것이 이루어졌다. 희망은 무슨 일이 있어도 실현되어야 한다.

하룻밤만 기다리면 되었다.

아침 식사가 끝나자 작업 배정자가 명단을 들고, 작은 명단을 들고 막사 안으로 날아들었다. 안드레예프는 그것을 보고 바로 안도의 숨을 내쉬었다. 광산행 명단은 차량 한 대당 25명씩이어서 그런 종이는 언제나 몇 장이었다.

안드레예프와 필립폽스키는 이 명단에서 호명되었다. 명단에는 다른 사람도 있었다. 소수였지만 두세 명은 넘었다.

호명된 자는 등록과의 낮익은 문으로 데려갔다. 거기에 또 세 명의 남자가 서 있었다. 멋진 양털 반코트에 펠트 부츠를 신은 위엄 있고 침착한 백발노인과 솜 점퍼에 바지, 다리에 각반을 두르고 고무 덧신을 신은 경박한 더러운 남자였다. 세 번째 사람은 자기 발밑을 주시하고 있는 잘생긴 노인이었다. 조금 떨어진 곳에 옷자락이 긴 군인 외투와 꼭대기가 평평한 차양 없는 어린 양가죽 모자를 쓴 남자가 서 있었다.

"이게 전부입니다." 작업 배정자는 말했다. "저들이 하는 건가요?"

옷자락이 긴 외투를 입은 남자가 노인을 손짓해 불렀다.

"너는 누구야?"

"유리 이바노비치 이즈기빈. 제58조. 형기 25년."

"아니, 그게 아니고." 옷자락이 긴 외투가 얼굴을 찌푸렸다. "직업이 뭐냐고? 너희들이 아니어도 기본 데이터는 알 수 있어……."

"난로공입니다, 담당관님."

"그 밖에는?"

"양철공도 할 수 있습니다."

"아주 좋아. 너는?" 관리는 필립폽스키 쪽으로 시선을 옮겼다.

애꾸눈 거인은 카메네츠 포돌스크 출신의 증기 기관차 화부라고 말했다.

"너는?"

잘생긴 노인은 뜻밖에 독일어로 중얼거렸다.

"이건 뭐야?" 옷자락이 긴 외투가 호기심을 가지고 물었다.

"걱정하실 것 없습니다." 작업 배정자가 말했다. "그는 목수입니다. 훌륭한 목수 프리조르게르입니다. 얼이 좀 빠졌습니다. 그러나 제정신이 돌아올 겁니다."

"그런데 왜 독일어로 말하는 거야?"

"사라토프 근교의 독일 자치 공화국 출신이라서……."

"아-아-아…… 너는?" 이것은 안드레예프에 대한 물음이었다.

'이 사람에게 필요한 건 전문가와 일반적으로 노동 대중'이라고 안드레예프는 생각했다. '나는 제혁공이 돼야지.'

"무두장이입니다, 담당관님."

"아주 좋아. 나이는 몇 살인가?"

"서른한 살입니다."

관리는 고개를 저었다. 하지만 그는 경험이 풍부한 사람으로 죽은 자의 부활을 여러 번 보아 왔으므로 아무 말 없이 다섯 번째 사람에게 눈길을 돌렸다.

경박한 다섯 번째 남자는 정확히 에스페란티스트 학회 활동가였다.

"아시겠지만 나는 요컨대 농업 기사로 학력상 농업 기사로 강의까지 했습니다만, 말하자면 내 일은 에스페란티스트입니다."

"스파이 활동 같은 건가?" 옷자락이 긴 외투가 무관심한 투로 말했다.

"네, 네, 그 비슷한 겁니다." 경박한 남자가 확인해 주었다.

"그럼 어떻게 할까요?" 작업 배정자가 물었다.

"내가 데려가지." 관리는 말했다. "어쨌든 더 나은 사람은 자네가 못 찾을 테니까. 이제 선택의 여지가 별로 없어."

다섯 명 모두 막사 안에 있는 독방으로 데려갔다. 그러나 명단에는 아직 두세 명의 이름이 남아 있었다. 안드레예프는 그것을 분명히 눈치챘다. 작업 배정자가 왔다.

"우리는 어디로 갑니까?"

"지구 내의 출장소로 가지 어디로 가겠어." 작업 배정자는 말했다. "너희 대장님이시다. 한 시간 뒤에 출발한다. 여기서 3개월이나 아무 일도 하지 않고 지냈으니 이제 은혜를 갚아야지."

한 시간 뒤에 그들이 호출된 곳은 트럭이 아니라 창고였다. '분명히 지급품을 교환할 것이다.' 안드레예프는 생각했다. 봄이 코앞까지 와 있지 않은가. 4월이다. 여름옷이 지급될 것이고, 그는 이 혐오스러운 겨울 광산 옷을 반납하고 던져 버리고 잊어버릴 것이다. 하지만 그들에게 지급된 것은 여름옷 대신 겨울옷이었다. 실수인가? 아니다, 명단에 빨간 연필로 '겨울옷'이라고 표시되어 있었다.

아무것도 모른 채 이 봄날에 그들은 오래된 솜 점퍼와 솜 반코트를 입고 수선한 헌 펠트 부츠를 신었다. 그리고 물웅덩이를 간신히 뛰어넘어 불안한 마음으로 창고에 오기 전에 있었던 막사 방에 이르렀다.

모두 심한 불안감에 휩싸여 잠자코 있었고, 프리조르게르만 독일어로 뭐라고 계속 지껄였다.

"저놈은 기도를 드리고 있는 거야, 망할 자식……." 필립폽스키가 안드레예프에게 속삭였다.

"자, 이제 무슨 일이 일어날지 아는 사람 있어?" 안드레예프가 물었다.

교수로 보이는 백발의 난로공이 가까운 출장소를 모두 세어 보았다. 항구, 4킬로미터, 17킬로미터, 23킬로미터, 47킬로미터…….

그다음은 도로 건설 구역이 시작되었다. 금광보다 조금은 나은 편이다.

"나가! 문으로 가!"

전원은 밖으로 나가 중계 감옥의 문을 향해 걸어갔다. 문밖에는 녹색 방수포로 덮인 큰 트럭이 한 대 서 있었다.

"호송병, 인수해!"

호송병이 점호를 불렀다. 안드레예프는 다리와 등이 추워 오는 걸 느꼈다…….

"승차!"

호송병은 트럭을 덮고 있는 큰 방수포 끝을 뒤로 젖혔다. 트럭엔 제멋대로 적당히 앉아 있는 사람들로 가득 차 있었다.

"올라타!"

다섯 명은 다 같이 올라탔다. 모두 침묵했다. 호송병이 차를 타자 엔진이 부릉부릉 소리를 내더니 간선 도로를 향해 내달렸다.

"4킬로미터 지점으로 데려가고 있어." 난로공이 말했다.

이정표가 계속 지나갔다. 다섯 명은 모두 방수포 틈 가까이로 머리를 모았다. 그들은 자기 눈을 믿지 않았다…….

"17킬로미터……."

"23킬로미터……." 필립폽스키가 세었다.

“지구 내 광산으로 데려가고 있어, 악당들!” 난로공이 악의에 찬 쉰 목소리로 말했다.

트럭은 이미 오랫동안 암벽 사이로 난 꼬불꼬불한 길을 돌고 있었다. 간선 도로는 바다를 하늘로 끄는 로프 같았다. 배 끄는 인부와 같은 산이 등을 구부린 채 끌고 가고 있었다.

“47킬로미터.” 경박한 에스페란티스트가 실망하여 빽빽거렸다.

트럭은 쏜살같이 지나갔다.

“우리는 어디로 가는 거지?” 안드레예프가 누군가의 어깨를 잡고 물었다.

“280킬로미터 지점인 아트카에서 일박(一泊)할 거야.”

“그다음은?”

“몰라…… 담배 한 대만 줘.”

트럭은 힘겨운 듯 헐떡이며 야블로노비 산 고개를 기어오르고 있었다.

주

7 **마호르카** makhorka. 가장 대중적인 값싼 담배.

9 **제58조** 소비에트 정권의 전복, 파괴 또는 약화를 주장하는 선전 및 선동……. 이와 같은 문서의 배포, 작성, 보유도 같음.

10 **부랴티야** Buryatia. 러시아 연방 동남부에 있는, 바이칼 호수의 서부·남부·동부를 차지하는 부랴트 공화국.

빅토르 위고 Victor Hugo(1802~1805). 프랑스 소설가.

13 **예세닌** 세르게이 알렉산드로비치 예세닌(Sergei Aleksandrovich Esenin, 1895~1925). 러시아 서정 시인, 이마지니즘의 지도자.

잘못은 너무 많았다 예세닌의 「나 그대 보기 슬퍼」(1923) 중에서.

22 **매장됐을 거야** 수인은 나체로 매장된다.

루바시카 rubashka. 러시아식 남자 셔츠.

타이가 taiga. 유라시아와 북아메리카의 침엽수 밀림 지대. 시베리아에서는 일반적으로 밀림이라 부름.

25 **카샤** kasha. 곡식으로 만든 죽.

27 **야쿠티야** Yakutiya. 옛 야쿠트 자치 소비에트 사회주의 공화국. 현재 러시아 연방 사하 공화국. 혁명 전엔 주로 유형지였음.

36 **노르마** norma. 노동 기준량.

42 **보르시** borshch. 채소와 고기를 넣어 끓인 수프.

52 **베르스타** versta. 러시아의 거리 단위. 1베르스타는 1.067킬로미터이다.

53 **사젠** 1사젠은 약 2.134미터이다.

55 **칸트** kant. 쉬운 일.

64 **파벨 1세** Pavel I(1754~1801). 러시아 황제. 표트르 3세와 예카테리나 2세의 아들. 군사 경찰 체제를 도입하여 전제를 유지.

도호다가 dokhodyaga. 기진맥진하여 죽어 가는 사람. 러시아어 доходяга는 말 그대로 끝까지 다 간 사람을 의미한다.

65 **부티르카 감옥** Butyrka prison. 모스크바에 있는 가장 큰 감옥. 스탈린 시대 주로 정치범이 처음 수감되어 취조를 받았다.

특별 심의 궐석 재판.

69 **베르쇼크** 1베르쇼크는 4.445센티미터이다.

70 **베리야** 라브렌티 파블로비치 베리야(Lavrentii Pavlovich Beriya, 1899~1953). 소련 정치가. 스탈린 시대 '피의 숙청'의 중심인물.

74 **무앗진** muezzin. 이슬람교 사원의 첨탑에서 기도 시간을 알리는 사람.

76 **밤라그** Bamlag. 바이칼-아무르 간선 철도 수용소.

81 **인젝토르** injector. 급수용 분사기.

83 **독일인 마을** 볼가·독일인 공화국을 가리킴. 볼가 강 하류 연안 사라토프 시 남쪽에 위치. 1918년에 설립된 자치주. 독소 전쟁 발발과 함께 독일계 주민의 강제 이주가 있었던 1941년까지 존재했다.

97 **이름** 쿠즈네초프는 러시아어로 대장장이란 뜻.

99 **리쿠르고스** Lycurgus. 기원전 9세기경 고대 스파르타의 입법자.

107 **방문한 자는 행복하다** 튜체프의 「키케로」 중에서. 튜체프(Fyodor Ivanovich Tyutchev, 1803~1873)는 러시아의 철학적 서정 시인.

110 **블록** 알렉산드르 알렉산드로비치 블록(Aleksandr Aleksandrovich Blok, 1880~1921). 러시아 상징주의의 대표적 시인.

111 **마야콥스키** 블라디미르 블라디미로비치 마야콥스키(Vladimir Vladimirovich Mayakovsky, 1893~1930). 러시아 미래파 시인.

116 **리니야** 1리니야는 10분의 1인치이다.

에벤크인 Evenks. 극동 크라스노야르스크 주(州) 에벤크 자치 관구에 거주하는 소수 민족. 옛 이름은 퉁구스인.

117 **하프톤** halftone. 그림이나 사진 등에서 명암의 중간부.

121 **쵸르니 클류치** '검은 샘'이란 뜻.

122 **서서 죽는 게 낫다** 스페인 내전 시 탁월한 여성 웅변가로, 반파시스트 인민 전선의 지도적인 인물로 활약했으며 스페인 공산당 의장을 지낸 돌로레스 이바루리(Dolores Ibárruri, 1895~1989)의 유명한 연설.

137 **뒤마** 알렉상드르 뒤마(Alexandre Dumas, 1802~1870). 프랑스의 극작가, 소설가.

코넌 도일 아서 코넌 도일(Arthur Conan Doyle, 1859~1930). 영국의 의사, 추리 소설가.

웰스 허버트 조지 웰스(Herbert George Wells, 1866~1946). 영국의 소설가, 문명 비평가.

146 **대타타르 공화국 사건** 1936~1938년 타타르 공화국에서 벌어진 대규모 정치적 탄압. 약 2만 5천 명의 타타르인이 수감되었다.

147 **죽음의 집의 기록** 도스토옙스키의 자전적 소설.

모로조프 니콜라이 알렉산드로비치 모로조프(Nikolai Aleksandrovich Morozov, 1854~1946). 러시아 인민주의자, 학자.

피그네르 베라 니콜라예브나 피그네르(Vera Nikolaevna Figner, 1852~1942). 러시아 혁명가, 테러리스트.

실리셀부르크 요새 제정 시대의 정치범 수용소.

154 **베링** 비투스 요나센 베링〔Vitus Jonassen Bering(Ivan Ivanovich), 1681~1741〕. 덴마크 출신의 러시아 항해자. 표트르 대제의 명으로 캄차트카를 탐험, 베링 해협을 발견했다.

164 **윌리스** Willys. 지프형 소형 승용차. 윌리스는 회사명.

ZIS-110 스탈린 모스크바 자동차 공장제 자동차.

166 **시노드** sinod. (혁명 전) 종무원; (혁명 후) 총주교 직속의 협의 기관.

170 **베로날** Veronal. 바르비탈의 상품명. 최면제.

171 **네크라소프** 니콜라이 알렉세예비치 네크라소프(Nikolai Alekseevich Nekrasov, 1821~1977/1978). 러시아 시인.

달스트로이 Dalstroy. 극북 건설 관리 본부.

172 **슈하예프** 바실리 이바노비치 슈하예프(Vasilii Ivanovich Shukhaev, 1887~1973). 러시아 은세기의 화가. 망명했다가 소련으로 돌아와 스파이 죄로 수용소에서 복역한 뒤 나중에 명예 회복되었다.

고리 Gori. 옛 그루지야 공화국의 도시. 스탈린이 태어난 곳.

시시킨 이반 이바노비치 시시킨(Ivan Ivanovich Shishkin, 1832~1898). 러시아 이동 전람회파 화가.

173 **네크라소프** 빅토르 플라토노비치 네크라소프(Viktor Platonovich Nekrasov, 1911~1987). 러시아 작가. 서방으로 망명하였으며 파리에서 사망했다.

174 **정부 통보** 일간지, 내무부 기관지(1869~1917).

182 **투우사의 노래** 비제의 오페라 『카르멘』 중에서.

189 **클럽** 공공시설에 있는 문화 계몽·사회 정치 활동을 위한 방.

203 **영대** 천주교에서 성사를 집행할 때 사제가 목에 걸어 길게 늘어뜨린 헝겊 띠.

204 **이오안 즐라토우스트** Ioann Zlatoust. 4세기 말 콘스탄티노플의 동방 교회 주교. 설교, 성가, 성서의 주석 등에 많은 업적을 남겼다. 당시 성찬 예배의 중요한 것은 두 종류가 있으며, 그 하나가 그에 의해 만들어졌고 시대에 따라 계속 변화하여 현대 러시아 정교회에 전해지고 있다.

207 **푸드** pud. 1푸드는 16.38킬로그램이다.

208 **발** '발' 자 자수는 위와 아래 부분을 구별하여 사용하기 위한 표시.

215 **장군 휘하의 군인들** 독소 전쟁 중 1942년 포로가 된 전선 병사들이 독일에 전향하여 싸우다가 포로가 되어 블라소프 장군과 부하들은 1946년 8월 1일 소연방 최고 재판소 군사 법정의 판결에 따라 처형되거나 시베리아로 유배되었다.

레센코 표트르 콘스탄티노비치 레센코(Pyotr Konstantinovich Leschenko, 1898~1954). 러시아 대중 가수.

베르틴스키 알렉산드르 니콜라예비치 베르틴스키(Aleksandr Nikolaevich Vertinsky, 1889~1957). 러시아 무대 배우, 가수, 작곡가, 시인.

바딤 코진 바딤 알렉세예비치 코진(Vadim Alekseevich Kozin, 1903~1994). 러시아 무대 가수, 작곡가, 시인. 1944년 제121조(호모, 미성년자 유혹죄)로 8년 형을 선고받고 콜리마 수용소에서 수감되었다가 형기 만료 전에 석방되었다.

222 **헤르쿨레스** Hercules. 로마 신화 속에 나오는 강력한 영웅.

225 **크라크** Krak(Krakus 또는 Gracchus로도 알려져 있다). 전설의 폴란드 공후, 크라쿠프 창건자.

227 **페르슈롱** Percheron. 프랑스 페르슈 지방이 원산지인 육중한 짐수레용 말.

228 **칼루가** Kaluga. 러시아 공화국 중서부 칼루가 주의 소재지로, 오카 강에 있는 부두.

229 **기니피그** Guinea pig. 일상적으로 모르모트라고 불린다.

241 **고골** 니콜라이 바실리예비치 고골(Nikolai Vasilievich Gogol, 1809~1852). 러시아 작가.

248 **브레게 시계** Breguet. 프랑스제 정밀 시계.

251 **로캉볼** Rocambole. 프랑스 작가 피에르 알렉시스 퐁송 뒤 테라유(Pierre Alexis Ponson du Terrail)의 악한 소설(1859).

명예의 재판 도의에 반하는 행위에 대한 사회적 심판.

263 **내무 인민 위원부(NKVD)** 1917~1930년과 1934~1946년의 소비에트 비밀경찰의 명칭. 1946년에 MVD로 개칭.

이것은 본명이 아니다 '스메르틴'은 러시아어로 '죽음'을 뜻한다.

268 **세르판틴나야** 꼬불꼬불한 산길이란 뜻.

271 **지스** 스탈린 모스크바 자동차 공장에서 만든 자동차.

272 **밤 수용소** 바이칼-아무르 간선 철도 수용소.

275 **벨랴시** 둥글고 작은 러시아 만두.

281 **보치카** 1보치카는 약 491리터이다.

283 **마름모 계급장** 1943년 견장 제정까지 사용된 소련 육군 고급 장교의 계급장.

299 **몰록 신** Moloch. 어린이를 제물로 바치고 제사 지낸 고대 페니키아인의 신.

305 **크바스** kvas. 호밀로 만드는 약한 알코올성 청량음료.

해설

20세기의 도스토옙스키 샬라모프

이종진(한국외대 명예교수)

1. 작품의 배경 콜리마

『콜리마 이야기』는 스탈린 시대 콜리마 지역 강제 노동 수용소에서 17년을 보내고 기적적으로 생환한 작가 바를람 샬라모프의 생생한 체험담이다.

콜리마는 러시아 북동 지역에 위치하고 있으며, 보통 시베리아로 알려져 있으나 실제로 러시아 극동의 일부이다. 북으로 동시베리아해와 북극해, 남으로 오호츠크 해와 접하고 있는 이 극동 지역은 콜리마 강과 산악 지대에서 그 이름을 얻게 되었으며, 1926년까진 알려지지 않았던 땅이다. 오늘날 이 지역은 러시아 추코트 자치구에 속하며, 사하 공화국(야쿠티야) 마가단 주와 캄차트카 지역과 접하고 있다. 이 콜리마 강 유역 일대가 '콜리마 지역' 또는 단순히 '콜리마'라고 불린다.

일부가 북극권에 속하는 이 지역은 연중 9개월이 겨울이다. 광대한 타이가(침엽수 밀림)로 덮여 있는 영구 동토층과 툰드라가 그 지역의 대부분을 차지한다. 겨울엔 영하 60~70도까지 떨어지며 금, 은, 다이아몬드, 주석, 텅스텐, 수은, 구리, 석탄, 석유 등 지하자원이 풍부하다.

시베리아 북동 러시아에서 가장 큰 항구 도시는 마가단으로, 면적 18제곱킬로미터에 인구 약 1백만 명에 달한다.

콜리마 지역이 속해 있는 시베리아는 제정 시대는 물론, 15세기 모스크바 대공 시대부터 유형지였다. 러시아에서는 반체제적인 사람들을 본토에서 먼 시베리아로 유배시켰다.

예컨대 1591년 우글리치에서 황태자 드미트리 이바노비치가 암살되었을 때는 뒤에 제위에 오른 보리스 고두노프에 의해 많은 일반 시민이 시베리아 유형에 처해졌다. 또 1825년 12월 니콜라이 1세 즉위식 날에 페테르부르크에서 귀족 출신의 진보적 청년들에 의해 일어난 '데카브리스트 난'에 참가했던 많은 사람들이 시베리아에 유배되었다. 암살된 알렉산드르 2세의 뒤를 이은 알렉산드르 3세 치세에는 유형자가 급증했다. 1885년에 현지 조사에 들어가 『시베리아와 유형 제도』(1891)를 쓴 미국인 조지 캐넌은 러시아 정부의 공식 문서를 토대로 "1823년부터 1887년까지 64년간 시베리아로 보낸 유형자의 수는 77만 2,979명"으로 기록하고 있다. 옴스크 유형 중의 도스토옙스키가 『죽음의 집의 기록』을 쓴 것도, 코롤렌코(Korolenko)가 야쿠츠크 유형에서 『마카르의 꿈』을 쓴 것도 이 시기의 일이다. 다만 철도가 없던 시대에는 사실상 야쿠츠크가 시베리아의 끝이었다. 그 야쿠츠크 너머 동으로 넓은 들판이 『콜리마 이야기』의 무대이다.

스탈린 체제하에서 콜리마는 가장 악명 높은 강제 노동 수용소가 되었다. 1백만 혹은 그 이상 되는 사람들이 1932~1954년 사이에 그곳으로 가는 도중에, 또는 콜리마의 금광, 도로 건설, 벌목, 수용소 건설 중에 희생되었다. 콜리마 수용소의 생활 조건에 대해서는 여러 문헌을 통해 확인할 수 있으며, 작가 샬라모프의 『콜리마 이야기』로 세상에 널리 알려졌을 뿐 아니라 『수용소 군도』의 저자이며 노벨 문학 수상자인 알렉산드르 솔제니친이 20년간의 긴 망명 생활을 끝내고 조국 러시아로 돌아가는 길에 가장 먼저 시베리아 극동 지역 마가단 공항 활주로에 내려 두 손으로 조국 땅을 어루만지며 "콜리마에서 처형되었거나 암매장된 수백만 명의 동포를 기리기 위해 이곳에 왔다"며 극동 콜리마 강제 노동 수용소에서 숨진 희생자들에게 애도를 표한 것으로도 유명하다.

20세기 초 이 지역에서 금이 발견되었다. 소비에트는 1928~1932년 제1차 5개년 계획을 시작으로 산업화를 추진하던 시기에 경제 발전을 위한 막대한 자금이 필요했다. 이 지역의 풍부한 지하자원은 이런 자금 조달에 안성맞춤으로 생각되었다. 그러나 본격적으로 금을 산출하여 나라 전체의 경제력을 높이기 위해서는 극동에 노동력을 확보하는 것이 급선무였다.

그러나 도시에서 멀리 떨어져 있는 데다 극한 지역에서 노동력을 확보하기란 여간 어려운 일이 아니었다. 콜리마의 비극은 여기서 비롯되었다고 할 수 있다. 이단자, 반역자의 격리 장소라는 예부터의 전통, 경제 기반을 구축하기 위한 노동력 확보라는 두 개의 요소가 맞물려 수인 노동력을 결집한 금광 개발 사업이 전개되었다. 그것이 콜리마에 특수한 운명을 짊어지웠다.

소비에트 정부에서는 이 콜리마 지역을 광범하게 개발하기 위해 1931년 달스트로이(Дальстрой, 극북 건설 트러스트. 1938년부터 극북 건설 관리 본부)라는 특별 조직을 설립하게 된다. 달스트로이는 표면적으로 극동 지방의 건설을 위한 '트러스트'라는 명목을 내세우고 있었지만 실제로는 정치 경찰을 돕는 조직이었다. 이 달스트로이는 극동 콜리마 지역 내의 모든 행정 사무를 처리하게 된다. 도로 건설, 금광 개발, 오지 탐사 등이 달스트로이의 주요 업무였는데 무엇보다도 강제 노동 수용소(굴락Гулаг, 직역하면 수용소 관리 본부 — 옮긴이)의 관리, 감독이 가장 중요한 업무였다. 초대 달스트로이의 본부장(장관)으로 베르진이 부임하면서 악명 높은 콜리마 수용소의 역사가 시작되며, 이것이 또한 오늘 마가단시 역사의 출발점이기도 하다.

콜리마 지역의 지하자원을 채굴하기 위해 제일 먼저 요구되는 것이 현대식 채광 기술의 도입이었다. 당시 소비에트는 채광 기술이 낙후되어 미국의 기술을 도입하려 했으나 여의치 않자 주로 정치범으로 구성된 노예 노동력을 이용한 원시적인 방법으로 채굴할 수밖에 없었다.

다음으로 요구되는 것이 노동력 확보와 노동력을 콜리마로 수송할 운송 수단의 확보였다. 결국 당시 '반(反)부농 투쟁'으로 체포된 수많은 정치범을 노동력으로 이용하고, 이들의 수송은 블라디보스토크까지 시베리아 철도를 이용한 다음, 소위 현대판 노예선이라는 화물선으로 오호츠크 해를 통해 마가단 항으로 수송하거나 처음부터 바로 북극해를 통해 수송하는 것이었다.

처음으로 수용소에 수용된 노동력은 1929년부터 시작된 스탈린의 급진적인 농업 집단화 정책에 반대하는 '부농' 또는 '우크라이나 민족주의자'로, 소련 전역에서 수많은 계층의 사람들이 스탈린 대숙청 기간(1936~1938) 중에 '정치범' 또는 '인민의 적'이라는 이름으로 수용소에 수용되었다. 이후 제2차 세계 대전과 그 뒤 우크라이나, 폴란드, 발트 3국, 독일, 일본, 한국의 전쟁 포로들도 수용되었다. 또 이들 정치범이나 외국 포로들 외에 일반 잡범들(깡패들)도 상당수 들어오게 되었는데, 이들은 수용소 내에서 수인들의 작업반장으로 수용소 당국의 묵인하에 온갖 만행을 저지른다.

수용소에 수용된 수인들은 금광 작업, 도로 건설, 기타 특수 업무에 투입된다. 이 세 가지 중 가장 힘든 일이 금광 노동이었다. 당시 이 강제 노동 수용소를 관리하던 달스트로이의 최대 관심사는 생산성을 높이는 것으로, 이를 위해 작업에 투입된 수인으로부터 짜낼 수 있는 것은 다 짜낸다는 것이었다. 솔제니친은 수용소 군도의 새로운 법을 만든 수용소 소장 나프탈리 프렌켈(Naftaly Frenkel)의 말을 인용하고 있다. "우리는 수인으로부터 처음 3개월 안에 모든 것을 짜내야 한다. 그 뒤 우리는 더 이상 그들을 필요로 하지 않는다." 중노동과 빈약한 식사로 대부분의 수인이 가망 없는 '도호댜가(기진맥진하여 죽어 가는 사람)'로 떨어졌다.

도로 건설은 노동력과 물자를 수송하기 위해 매우 긴요했기 때문에 금광 노동 다음으로 중요시되었다. 이 도로 작업은 금광 노동보단 쉬운 편이었으나 금광에서 완전히 탈진하여 아무 쓸모 없는 인간이 된 뒤에야 도로 작업에 동원되었기 때문에 작업 중 많은 희생자가 속출했다. 마가단-야쿠츠크를 연결하는 콜리마 하이웨이 건설에 동원되었던 사람들이 얼마나 많이 희생되었던지 이 길은 일명 '해골 길'이라고 불린다.

콜리마 수용소에서의 죽음은 다양한 형태로 나타났다. 혹독한 추위 속에서의 가혹한 노동, 굶주림, 영양실조, 광산 사고, 죄수들에 의한 살인, 경비병들에 의한 구타 등으로. 북동 강제 노동 수용소 소장 세르게이 가라닌(Sergei Garanin) 대령은 1930년대 말 기준 노동량을 채우지 못한 수인 작업반에 대해서는 마음대로 사살해도 좋다고 했다. 징벌로 구타나 고문은 예사였다. 소비에트 반체제 역사가 로이 메드베데프(Roy Medvedev)는 콜리마 수용소의 조건을 아우슈비츠에 비유했다. 실제로 샬라모프는 『콜리마 이야기』의 작중 인물을 통해 콜리마를 화덕 없는 아우슈비츠라고 한다.

소비에트 시기에 정치적으로 희생된 자의 수를 정확히 산출하기란 매우 어렵다. 1990년 4월 6일 소비에트의 장군이며 역사가인 드미트리 볼코고노프(Dmitrii Volkogonov)는 펜타곤에서 행한 강연회에서 투옥되었거나 살해된 자의 수를 2,250만 명 정도로 추정했다. 비소비에트 역사가들의 추정은 이보다 훨씬 많다. 콜리마 지역만 놓고 말하면, 영국의 사학자 로버트 콘케스트(Robert Conquest)는 사망자의 수를 처음에 3백만으로 추정했다가 과다하게 보았다고 수정하였다. 매슈 화이트(Matthew White)는 사망자를 50만으로 보고 있다. 마틴 볼링거(Martin Bollinger)는 그의 저서 『스탈린 노예선(*Stalin's Slave Ships*)』에서 1932~1953년 사이에 배로 마가단에 수송된 수인의 수(90만)를 신중하게 분석한 결과 사망자를 매년 27퍼센트로 보았다. 볼링거의 저서에 대한 서평에서 노먼 폴마(Norman Polmar)는 사망자를 3백만으로 추정하고 있다. 이런 주장들은 아직 명확한 자료가 없기 때문에 추정에 불과한 것이지만 콜리마에서 수많은 사람이 희생된 것만은 분명하다.

샬라모프는 이곳 콜리마 수용소에서 1937년부터 17년간 강제노동을 끝내고 나서 1956년에 모스크바로 귀환하여 자신의 체험을 문학 작품으로 생생히 묘사했다. 이것이 『콜리마 이야기』이다.

2. 생애

바를람 샬라모프(Варлам Тихонович Шаламов)는 1907년 6월 18일 북러시아 볼로그다 시에서 태어났다. 아버지 티혼 니콜라예비치 샬라모프는 사제였으며, 어머니 나데즈다 알렉산드로브나는 교사였다. 샬라모프는 1923년 중등 교육을 우수한 성적으로 졸업했으나 성직자의 아들이라는 이유로 대학 입학 자격을 얻을 수 없었다.

그래서 샬라모프는 고향을 떠나 모스크바 교외에 있는 숙모 집에서 하숙하며 피혁 공장에서 무두장이로 일했다. 1926년 모스크바 대학 소비에트 법학부에 입학했지만 '사회 성분을 은폐했다는 이유로' 1928년 제적되었다.

유년기와 청년기에 대해서 샬라모프는 자전적 중편 『제4 볼로그다(*Четвертая Вологда*)』(1968~1971)에서 자신의 신념이 어떻게 형성되었고, 정의에 대한 갈망과 정의를 위한 투쟁심이 어떻게 강화되었는지 밝히고 있다. 청년 시절의 이상은 '인민의 의지' 당원이 되는 것이었다. 그들의 헌신적 행위, 전제 국가의 모든 권력에 저항하는 영웅적 행위를 본받으려는 것이었다. 그는 이미 유년 시절에 예술적 재능을 보였으며, 열심히 책을 읽었다.

20세 때 샬라모프는 스탈린이 추진하려는 독재 정치의 움직임을 민감하게 감지하고 반정부 집회와 시위에 몇 번 참가했다. 그 와중에 1929년 2월 19일 샬라모프는 지하 트로츠키 그룹에 참가했으며 이른바 '레닌의 유언'(정식으로는 '제12회 당 대회에 보내는 편지')을 인쇄하기 위해 나갔던 지하 인쇄소에서 잠복 중이던 비밀경찰에 체포되어 궐석 재판에서 수용소 3년 형을 받고 북우랄의 비셰라 수용소에서 형기를 마쳤다. 이 수용소를 무대로 한 단편집에 『앙티로망 비셰라』가 있다. 1932년 샬라모프는 모스크바로 돌아와 잡지사 기자로 일하며 창작에 몰두했다.

샬라모프는 두 번 결혼했다. 첫 번째는 1934년 갈리나 이그나티예브나 굿지와 결혼하여 딸 옐레나를 두었다. 두 번째 결혼(1956~1966)은 여성 작가인 올가 세르게예브나 네클류도바와 했으며, 그녀의 아들 세르게이 유리예비치 네클류도프는 유명한 러시아 민속학자이자 어문학 박사였다.

그러나 1937년 1월 샬라모프는 전과자라는 이유로 다시 체포되어 간이 재판에서 '반혁명 트로츠키스트'라는 죄명으로 5년의 수용소 형을 선고받고 콜리마에서 그 기간을 보냈다. 그 시기를 금광과 타이가 산림 출장소에서 보내며 '파르티잔', '초르노예 오제로', '아르카갈라', '젤갈라' 광산에서 일하는 동안 몇 번이나 콜리마의 가혹한 조건 때문에 병원 신세를 졌다. 1943년 6월 22일 두 번째로 반소비에트 선동죄로 10년 형을 선고받았다. "부닌을 러시아 고전 작가"라고 했다는 이유였다. 이반 부닌은 러시아인으로는 최초로 노벨 문학상을 수상한 망명 작가였다. 그 기간 동안 그는 여러 곳을 전전하다가 1946년에야 겨우 육체노동에서 해방되었다.

1951년 샬라모프는 수용소에서 석방되었으나 곧바로 모스크바로 돌아갈 수 없었다. 1946년 8개월의 보조 의사 과정을 마치고 나서 1953년까지 마가단 좌안 데빈 마을에 있는 수인을 위한 중앙 병원 외과와 산림 '출장소'에서 내근을 했다. 보조 의사 과정을 밟게 된 것은 판튜호프 의사의 개인적인 추천에 따른 것이었다. 탄압의 결과는 가정 붕괴와 건강 악화를 가져왔다. 1956년 명예 회복 후 그는 모스크바로 돌아갔다.

1932년 샬라모프는 첫 번째 형기를 마치고 모스크바로 돌아가 『모스크바(Москва)』 잡지사 편집부에서 일하기 시작하면서 몇 편의 단편을 발표했다. 첫 번째 중요한 작품 중 하나인 「아우스티노 의사의 세 죽음(*Три смерти доктора Аустино*)」이 1936년 잡지 『10월(Октябрь)』에 실렸다.

1949년 콜리마의 '두스카니야 샘'에서 그는 처음으로 수인으로 시를 쓰기 시작했다.

1951년 석방된 뒤 샬라모프는 문학 활동으로 돌아갈 수 있었다. 그러나 콜리마를 떠날 수 없었다. 1953년 11월에야 그곳을 떠나도 좋다는 당국의 허가를 받았다. 샬라모프는 모스크바로 돌아가 가족과 파스테르나크를 만난다. 그러나 대도시에서 살 수 없어 모스크바 인근에 있는 칼리닌 주로 가 이탄 채굴 현장 조장으로, 공급 대리인으로 일했다. 이 모든 시기를 그는 주요 작품집의 하나인 『콜리마 이야기(*Колымские рассказы*)』에서 묘사했다. 작가는 1954년부터 1973년까지 『콜리마 이야기』를 썼다. 그 단행본이 1978년 런던에서 러시아어로 출판되었다. 번역도 1967년 독일어 역본을 비롯하여 지금까지 프랑스어, 영어, 이탈리아어, 폴란드어, 일어 등 각국어로 번역되었다. 소련 국내에서는 작가가 사망한 지 6년이 지나 1988년부터 출판되기 시작했다. 페레스트로이카(개혁)와 글라스노스티(정보 공개)에 편승해 1980년대 말부터 현재까지 단행본이 무려 10여 종류 출판되었고, 이어 2권(1992), 4권(1998), 7권(2013) 전집이 간행되었다. 총칭 『콜리마 이야기』로 불리는 샬라모프의 단편군은 작가 자신의 분류대로 여섯 개 시리즈로 이루어져 있다. 『콜리마 이야기(*Колымские рассказы*)』, 『범죄 세계의 르포(*Очерки преступного мира*)』, 『삽의 달인(*Артист лопаты*)』, 『좌안(*Левый берег*)』, 『낙엽송의 소생(*Воскрешение лиственницы*)』, 『장갑, 또는 콜리마 이야기-2(*Перчатка, или КР-2*)』. 이들 작품은 1992년 소비에트스카야 로시야(Советская Россия) 출판사에서 계획한 '러시아

십자가의 길(Крестный путь России)' 시리즈에서 '콜리마 이야기(Колымские рассказы)'라는 제목을 붙여 2권으로 묶어 내었고, 1998년에는 초기 작품, 에세이, 편지, 시까지 포함시켜 4권으로 모스크바 문학(Художественная литература) 출판사에서 출간했다.

샬라모프는 시집 『콜리마 노트(*Колымские тетради*)』(1937~1956)를 완성하여 그 일부를 『깃발(Знамя)』 제5호에 발표했다.

1956년 명예 회복 후 모스크바로 돌아가 거기서 거주했다. 그는 『청년(Юность)』, 『깃발(Знамя)』, 『모스크바(Москва)』 잡지에 작품을 발표하면서 N. YA. 만델시탐(시인 오십 만델시탐의 부인), O. V. 이빈스카야, 솔제니친(솔제니친과의 관계는 후일 논쟁의 형태로 바뀌었다)과 교우 관계를 갖게 되었다. 그리고 아르바트 거리에 사는 유명한 어문학자 V. N. 클류예바의 집에 자주 손님으로 들렀다. 스탈린 시대 수용소의 고통스러운 체험을 묘사한 샬라모프의 산문과 시들〔『부싯돌(*Огниво*)』(1961), 『나뭇잎 소리(*Шелест листьев*)』(1964), 『길과 운명(*Дорога и судьба*)』(1967) 시집 등〕 속에도 모스크바의 테마〔시집 『모스크바의 구름(*Московские облака*)』(1972)〕가 울린다. 1960년대에 갈리치와 알게 되었다. 1966년 두 번째 부인과 헤어질 무렵 중앙 국립 문학·예술 문서 보관소에 근무하는 I. P. 시로틴스카야를 알게 된다.

1973년 작가 동맹 회원이 되었다. 1973년부터 1979년까지 장애인·고령자의 집으로 거처를 옮겨 작업에 필요한 노트를 했다. 그 선별과 출판 관련 일을 포함한 저작권 일체를 모든 원고와 함께 샬라모프로부터 넘겨받은 시로틴스카야가 2011년 사망할 때까지 그 일을 계속했다.

시로틴스카야에 대해서는 특별히 언급할 필요가 있겠다. 1966년 3월 중앙 국립 문학·예술 문서 보관소의 직원으로 그녀는 샬라모프를 처음 알게 되었다. 이 만남은 우정으로 발전하여 작가의 사망 때까지 계속되었다. 샬라모프는 시로틴스카야에게 모든 저작권을 넘겨주었으며, 그녀의 헌신적인 노력으로 작가의 유산 대부분이 출간되었다. 그중에는 2권(1992), 4권(1998), 6권 전집(2006, 그녀의 사후 2013년에 7권으로 증보)이 포함되며, 산문, 시, 회고록, 에세이, 일기 메모 들이 수록돼 있다.

2006년에 그녀는 『나의 친구 바를람 샬라모프』라는 회고록을 내었고, 2007년 17~18일 양일간 모스크바에서 바를람 샬라모프 탄생 1백 주년을 기념하여 국제 학술 대회를 개최했으며, 숨질 때까지 샬라모프의 말년 원고를 판독하고 출판 일을 계속했다. 작가는 『콜리마 이야기』 시리즈의 하나를 헌정하며 “『낙엽송의 소생』을 이리나 파블로브나 시로틴스카야에게 바친다. 그녀가 아니면 이 책이 나올 수 없었을 것이다”라고 썼다.

샬라모프는 장애인·고령자 시설에서 마지막 3년을 중병으로 보냈다. 그런 가운데서도 그는 계속 시를 썼다. 1981년 펜클럽 프랑스 지부는 샬라모프에게 자유상을 수여하기로 결정했으나 끝내 수상하지 못했다.

1981년 그는 뇌졸중으로 쓰러졌다 일어나자 문병 온 그의 시 애호가 A. A. 모로조프에게 샬라모프는 자작시를 낭송해 주었다. 그 시들을 모로조프가 파리 『러시아 그리스도교 운동 통보(*Вестник русского христианского движения*)』지에 발표했다.

1982년 1월 15일 샬라모프는 피상적인 의학 검사를 받고 나서 정신병 환자 시설에 수용되었다. 이송 도중 샬라모프는 감기에 걸려 폐렴을 앓다가 1982년 1월 17일 사망했다. 샬라모프는 모스크바의 쿤체보 공동묘지에 묻혔다. 장례식에는 약 150명이 참석해 고인의 영원한 안식을 빌었다. 모로조프와 수츠코프가 샬라모프의 시를 낭송했다.

3. 작품, 장르의 특성

작가는 17년 동안 콜리마 강제 노동 수용소에서 중노동을 하고 석방된 뒤에 모스크바로 돌아와 1954년부터 『콜리마 이야기』를 쓰기 시작했지만 1982년 숨을 거둘 때까지 소련 내에서 작품이 출판되지 못한 비운의 작가였다. 생존 시에 다섯 권의 시집을 출간했으며, 수용소 작가로 명성을 얻게 된 『콜리마 이야기』 이전까진 시인으로 알려져 있었다. 작품의 무대는 콜리마다.

수용소에 대한 작품으로는 도스토옙스키의 『죽음의 집의 기록』을 비롯해 솔제니친의 『이반 데니소비치의 하루』, 『수용소 군도』 등이 있지만 샬라모프의 『콜리마 이야기』는 내용과 형식 면에서 이들 작품과 다른 그만의 독특한 특성을 지니고 있다.

샬라모프는 『콜리마 이야기』의 창작 의도를 이렇게 밝혔다. “『콜리마 이야기』는 그 시대의 어떤 중요한 문제, 다른 테마로는 간단히 해결할 수 없는 문제들을 제기하고 해결하려는 시도이다. 이를테면 인간과 세계의 만남 문제, 인간과 국가 기구의 투쟁, 그 투쟁의 진실, 자신을 위한 싸움, 자기 내부, 그리고 자기 외부의 문제. 국가 기구의 톱니바퀴, 악의 톱니바퀴에 분쇄되어 가는 자기 운명을 어떻게 운영할 수 있을까 하는 문제. 기대의 비현실성과 기대의 무게 문제. 기대와는 별도로 다른 힘에 의존할 가능성의 문제." "나 역시 러시아 문학의 후계자로 생각하지만, 19세기 인도적 러시아 문학이 아닌 20세기 모더니즘의 후계자로 생각한다."

창작 의도에서 밝혔듯, 샬라모프는 『콜리마 이야기』에서 자기 나름의 독창적인 방법으로 인간과 세계의 문제, 국가 기구와 인간의 투쟁 문제를 위해 투신할 각오를 드러내 보이고 있다.

『콜리마 이야기』는 여섯 개의 시리즈로 구성되어 있다. 그중 하나가 '콜리마 이야기'로 불린다. 작품의 길이는 1쪽에서 10여 쪽의 비교적 짧은 단편들이다. 대부분의 작품은 흥미롭고, 주제는 신랄하고, 밝고 생생한 언어로 쓰였다.

샬라모프는 자연주의적 묘사의 대가이다. 작품을 읽으면 우리는 감옥과 통과 수용소, 수용소의 세계에 빠져들게 된다. 이야기는 3인칭으로 전개된다. 각 이야기는 수인들의 일상생활을 단편적으로 묘사하고, 빈번히 깡패, 도둑, 사기꾼과 살인자 들이 나온다. 샬라모프의 주인공들은 다양하다. 군인과 시민, 기사와 노동자. 그들은 수용소 생활에 익숙해지고 그 법칙을 받아들인다. 때때로 우리는 그들이 누군지 모른다. 이성적인 존재인지, 무슨 일이 있어도 생존하려는 본능만 살아 있는 동물인지. 그러나 그들 속에는 아직 자비와 연민, 양심이 살아 있다. 이 모든 감정은 수용소의 체험을 통해 터득한 가면 아래 숨겨져 있으며 이것이 생존을 허용한다. 그렇기 때문에 누구를 속이거나, 「연유」의 주인공이 그러듯, 동료들의 눈앞에서 혼자 음식을 먹는 것을 부끄러운 일로 여기지 않는다. 수인들의 내부에서 가장 강렬한 욕망은 자유이다. 순간적이지만 그들은 자유를 누리고, 자유를 느끼고, 그러고 나서 죽는 것도 두려워하지 않는다.

작가는 상세하게 모든 것을 묘사한다. 잠자고, 일어나고, 먹고, 걸어 다니고, 옷 입고, 일하고, 수인들이 어떻게 노는지 그런 세부적인 일까지. 그리고 호송병들과 의사, 수용소 지도부가 수인들을 어떻게 야만적으로 대하는지 구체적으로 묘사한다. 각 이야기 속에는 끊임없는 굶주림, 끊임없는 추위, 질병, 견디기 어려운 중노동, 끝없는 모욕과 학대, 수용소의 지도부조차 두려워하는 깡패들의 만행이 이야기된다. 샬라모프는 몇 번이나 도스토옙스키의 『죽음의 집의 기록』과 이 수용소의 생활을 비교하며 도스토옙스키의 '죽음의 집'은 『콜리마 이야기』에 나오는 인물들의 체험에 비하면 지상의 낙원이라고 한다. 유일하게 수용소 안에서 편안히 지내는 자는 깡패들이다. 그들은 약탈과 살인을 일삼고, 의사들을 위협하고, 뇌물을 바치고 그 대신 편안히 지낸다. 그래도 아무 제재를 받지 않는다. 끊임없는 고통, 무덤으로 몰고 가는 가혹한 노동—이것이 반혁명 분자로 내몰려 여기로 끌려왔으나 실제로 아무 죄도 없는 정직한 사람들의 운명이다.

이런 무서운 이야기들이 어떻게 전개되는지 보자. 카드놀이를 하던 중에 저지르는 살인, 죽은 동료의 속옷을 훔치기 위해 무덤에서 시체를 꺼내는 장면, 정신 이상, 종교적 광신, 죽음, 살인, 자살, 깡패들의 무한한 횡포, 꾀병 환자를 적발하기 위한 야만적인 방법, 호송대의 수인 사살, 인육을 먹는 장면들이 빈번히 등장한다.

모든 것이 눈으로 보듯 매우 실감 있게, 매우 상세하게, 자주 자연주의적인 디테일로 묘사되고 있다.

이런 묘사를 통해 기본적인 정서적 모티브 — 모든 인간을 짐승으로 변하게 하는 허기증, 공포와 굴욕, 완만한 죽음, 무한한 횡포와 무법을 보여 준다. 예술가로서 샬라모프의 기법과 묘사 방법을 말한다면 그의 산문 언어는 단순하고 매우 정확하다. 이야기의 어조는 조용하고 격렬한 폭발력이 없다. 드라이하고, 간결하고, 어떤 심리 분석도 시도하지 않는다. 어디에서든 작가는 다큐멘터리식으로 사건을 이야기한다. 샬라모프는 서두르지 않고 조용히 이야기하는 안정감과 폭발적인 내용의 콘트라스트를 통해서 독자에게 놀라운 영향을 준다.

놀라운 일은, 작가가 어디에서도 격정적인 폭발에 이르지 않고, 어디에서도 운명이나 정권에 대해 저주를 퍼붓는 일이 없다는 점이다. 이런 특권을 그는 새로운 이야기를 읽을 때마다 어쩔 수 없이 전율을 느끼게 되는 독자의 몫으로 남겨 둔다. 이 모든 것은 작가의 허구가 아니라 예술의 형상으로 포장된 준엄한 진실이라는 것을 알게 하는 것이다.

모든 이야기를 관통하는 주요한 이미지는 절대적인 악인 수용소의 이미지다. 샬라모프는 수용소를 전체주의적인 스탈린 사회 모델의 정확한 묘사로 보고 있다. "수용소는 지옥과 천국의 대립이 아니라 우리 삶의 재현이다. 수용소는 세계와 유사하다." 수용소는 악이다, 악은 『콜리마 이야기』를 읽을 때 머릿속에 떠오르는 항구적인 이미지다. 이 이미지가 생겨나는 것은 수인의 비인간적인 고통과 항상 부딪치기 때문이 아니라 수용소가 죽은 자의 왕국이기 때문이다. 우리는 어느 작품에서나 거의 죽음을 만나게 된다. 수용소의 죽음을 분류하면 모든 주인공들을 세 그룹으로 나눌 수 있다. 첫째 그룹은 이미 죽은 사람들이며 작가는 이들을 회상한다. 둘째 그룹은 거의 확실히 죽을 사람들이다. 그리고 셋째 그룹은 어쩌면 운이 좋아 확실히 죽지 않을 사람들이다. 이런 주장은, 작가가 수용소에서 만났던 사람들에 대해 대부분 이야기하는 것이라고 상정하면, 가장 확실한 사실이 될 것이다. 생산 계획을 수행하지 못했다고 사살된 사람, 10년 뒤에 부티르카 감옥 감방에서 만난 대학 동창생, 작업반장의 주먹에 맞아 죽은 프랑스 공산당원.

샬라모프는 일생 동안 중노동을 하고 나서도 다시 살아남았다. 어디서 그런 힘이 생겼을까? 모든 것은 어쩌면 살아남은 누군가가 자기 땅에서 러시아인의 공포를 알리기 위함이었는지 모른다. "나는 행복에 대한 삶의 사고방식이 변해 버렸다. 콜리마는 내게 완전히 다른 것을 가르쳐 주었다. 내 시대의 원칙, 내 개인의 생존 원칙, 내 전 생애의 원칙, 내 개인의 체험에서 나온 결론, 이 체험으로 얻은 규칙은 몇 마디 말로 표현되었는지 모른다. 먼저 빵을 한

대 때려 주고 다음에 자비를 베풀어야 한다. 선에 앞서 악을 기억해야 한다. 모든 좋은 일은 백 년이 가지만 모든 나쁜 일은 2백 년이 간다는 것을 기억해야 한다. 이런 점에서 나는 19세기, 20세기의 모든 러시아 휴머니스트와 다르다"고 샬라모프는 말했다.

샬라모프의 산문은 단순히 콜리마 지옥의 서클을 거친 인간의 회상이나 회고록이 아니다. 이는 작가 자신이 말하듯, 특별한 종류의 문학, '새로운 산문'이다. 바를람 샬라모프의 작품과 삶은 스탈린 대숙청 시대 인텔리겐치아의 운명을 반영한다. 이 작품은 인간의 의식 속에서 일어나는 타락을 특히 경계하면서 현재의 방향을 일러 주는 것 같다.

샬라모프가 스탈린 독재를 극명하게 반영하는 강제 노동 수용소 수인들의 삶을 그리려고 결심한 것은 더 이상 콜리마의 비극이 재현되는 것을 허용하지 않겠다는 강한 의지에서이다. 샬라모프는 1962년 솔제니친에게 편지했다. "요컨대 기억하십시오. 수용소란 첫날부터 마지막 날까지 누구에게나 부정적인 학교입니다. 사람은 그가 관리든 수인이든 수용소를 볼 필요가 없습니다. 그러나 보았다 하면 아무리 무섭더라도 진실을 말해야 합니다. …… 나는 남은 모든 삶을 바로 이 진실에 바치겠다고 오래전에 결심했습니다."

그는 자기 작품이 인간의 숭고한 사명에 대한 인도적 믿음, 전파, 설교를 표방하는 러시아 문학의 전통과 융합될 수 없다고 생각했다. "예술은 설교할 권리를 잃었다. 예술은 인간을 고상하게 하지 못하고 개선시키지 못하고 있다. 예술은 삶의 방법이지만 삶을 인식하는 방법은 아니다. 새로운 산문은 사건 자체, 전투이지 그것의 기록이 아니다"라고 샬라모프는 말했다.

샬라모프의 작품은 독자에게 미지의 삶을 열어 주었고, 새로운 미지의 인간—비틀어진 의식을 가진 인간을 알게 해 주었다. 이를 묘사하기 위해선 예술 창작의 전통적 방법을 사용할 수 없었다.

세계 문화에서 바를람 샬라모프나 그의 『콜리마 이야기』와 유사한 것은 없다. 또 없기를 바라지만 새로운 콜리마가 설계되고 만들어지고 있는 많은 증거들은 이미 있다. 바로 우리의 의식 속에서. 『콜리마 이야기』는 이를 경계하는 메시지이기도 하다.

『콜리마 이야기』의 장르는 독특하다. 이 작품은 개인의 체험과 픽션을 토대로 하고 있다. 사실과 픽션을 혼합하려는 시도는 이 책을 어느 정도 역사 소설로 만들었다. 샬라모프는 독자에게 스토리를 어떻게 해석하면 좋을지 말하지 않는다. 단지 객관적으로 이야기할 뿐이다. 스토리를 이야기하고 거기서 어떤 문제를 도출해 내려는 톨스토이나 솔제니친과 달리 샬라모프는 단순히 이야기만 할 뿐이다. 그런 의미에서 그의 이야기는 안톤 체호프와 이삭 바벨과 비견될 수 있다.

샬라모프는 이야기 구조의 고전적 전통을 수용하지 않고 다큐멘터리가 초석이 된 새로운 장르를 확립했다. 다큐멘터리와 예술성의 결합이라는.

샬라모프는 『콜리마 이야기』의 장르 특성을 이렇게 정의했다.

"『콜리마 이야기』는 새로운 표현의 탐색이지만, 그 자체로 새로운 내용의 탐색이기도 하다. 특별한 상태, 특별한 상황을 기록하기 위한 새로운 특별한 형식이다. 이는 나중에 역사에서도 인간의 혼 속에서도 존재할 수 있는 것으로 드러났다. 인간의 혼, 그 한계, 그 도덕적 경계는 무한이 확장된다. 역사적 체험은 여기서 도움을 줄 수 없다."

"이 특별한 체험, 이 특별한 도덕적 상태를 기록할 권리는 개인적 체험을 가진 사람들만이 가질 수 있다. 『콜리마 이야기』는 특별한 상태에서 특별한 것의 기록이다. 이는 다큐멘터리 산문이 아니라 고도의 예술성으로 이끈 기록, 르포의 진실성이다. 나 자신은 내 작품을 이렇게 이해한다. (……) 『콜리마 이야기』는 예술적이고 다큐멘터리적인 힘을 동시에 가지고 있다."

『콜리마 이야기』 작품 전체는 다큐멘트에 기초하고 있으며, 그 안에 작가 자신이 안드레예프, 골루베프, 크리스트라는 이름으로 실제 등장한다. 하지만 이 작품은 수용소의 회상록이 아니다. 샬라모프는 수인의 생활을 묘사하는 데 이야기의 모티프가 되는 사실을 기피하지 않지만, 주인공들의 내면세계는 다큐멘터리가 아닌 예술적 수법으로 그리고 있다. 문체엔 특별히 감동적인 폭발력이 없다. 무섭고 생생한 소재를 감동적이 아닌 밋밋한 문체로 묘사한다. 그리고 간결하고 응축된 표현으로 수용소 생활의 정경을 담담하게 묘사하는 필치는 인간 존재의 심연에까지 이르러 고도의 예술 세계를 만들어 낸다. 샬라모프의 산문은 다소 풍자적인 요소가 있음에도 그 성격상 비극적이다. 작가는 '콜리마 이야기'의 고백적 성격에 대해서도 여러 번 언급하며 자신의 이야기 수법을 '새 산문'이라고 힘주어 말했다. "산문은 삶의 중요한 요소를 단순하고 명확하게 그려야 한다. 이야기에 특별한 새로운 디테일, 새로운 방법을 도입하고 이식해야 한다. 이런 디테일의 새로움, 충실, 정확함이 스스로 이야기를 정보가 아니라 열린 마음의 상처로 믿게 한다. 그 역할은 새 산문에서 더욱 크다. 이것이 언제나 모든 이야기를 다른 모습으로 바꾸며, 이것이 예술을 결정짓는 예술 방법의 중요한 요소이다."

콜리마 이야기는 새로운 산문, 살아 있는 삶의 산문을 보여 준다.

바를람 샬라모프의 삶과 문학의 비극은 시대의 전체적 맥락에서만이 진실로 이해될 수 있다. 그가 걸어온 전 여정은 러시아 역사와 교직돼 있다. 혁명적 러시아 문화, 혁명, 작가가 한 인간으로 성숙했던 1920년대, 그를 콜리마의 지옥에 빠뜨린 스탈린 시대, 운명마저 호의적이지 않았던 그 이후의 모든 세월과 밀접한 관계를 맺고 있다. 샬라모프는 어떻게 그 힘든 시련을 견뎌 내고 전 세계의 수많은 사람을 놀라게 한 강력한 예술적 힘으로 자신을 표현할 수 있었을까? 이 물음에 대한 답은 작가의 생애와 작품을 통해 독자가 판단해야만 한다.

샬라모프는 17년간 지옥 같은 콜리마 수용소에서 강제 노동을 마치고 나서 사랑하던 모스크바로 돌아와 콜리마에서 보고 체험한 모든 것을 잊지 않으려고 애쓰면서 20년 동안 온몸을 바쳐 '콜리마 이야기'를 완성했다. 가정도 붕괴되고 강제 노동으로 넝마가 된 육체의 고통과 수용소의 트라우마에 일생 시달리며. 하지만 그는 자신의 작품이 국내에서 출판되는 기쁨을 누리지 못하고 정신병 환자 시설에 갇혀 눈도 멀고 귀도 먼 채 홀로 세상을 떠났다.

판본 소개

『콜리마 이야기(*Колымские рассказы*)』는 여섯 개의 시리즈로 구성된 단편집들 중 하나이다. 이 작품은 1988년 이전까지 소련에서 출판되지 못하다가 1966년 뉴욕 『노비 주르날(Новый журнал)(New Review)』 잡지에 처음으로 단편 네 편이 러시아어 원문으로 소개되었다. 그 후 주로 첫 시리즈 『콜리마 이야기』 중 26편이 1967년 쾰른(독일)에서 『수인 샬라노프 이야기』라는 제목으로 번역·출간되었고, 2년 뒤 독일어에서 옮긴 같은 제목의 단행본이 프랑스에서도 나왔다. 그 후로 작가의 이름을 바꾸어 '콜리마 이야기'가 많이 출간되어 샬라모프는 세계적 명성을 얻었다. 1970년 '콜리마 이야기'는 독일에서 발행하는 급진적 반소비에트 망명 잡지 『포세프(Посев, 파종)』에서 출간돼 나왔다. 이것이 샬라모프를 블랙리스트에 오르게 만든 계기가 되었다. 이어 1978년 런던 '오버시즈 퍼블리케이션스(Overseas Publications)' 출판사에서 러시아어로 『콜리마 이야기』를 출간했다. 그러나 해외 출판은 작가의 의도와 다른 것이었으며, 그는 언제나 조국에서 작품이 출판되기를 바랐다. 이에 대해서는 그의 절친한 친구 I. P. 시로틴스카야가 회고했다.

소련에서 '콜리마 이야기'는 1988년 작가가 사망한 지 6년 뒤에야 처음으로 소개되기 시작했다. 처음에는 중앙과 지방 여러 잡지에 단편적으로 발표되었다. 그중 가장 중요한 출판으로는 1988년 『노비 미르(Новый мир, 신세계)』 잡지 제6호에 실린 단편들이다. '콜리마 이야기' 시리즈의 첫 단행본들, 예컨대 『콜리마 이야기(*Колымские рассказы*)』, 『낙엽송의 소생(*Воскрешение лиственницы*)』이 이듬해 1989년 모스크바 문학(Художественная литература) 출판사에서 출간되었으며, 완전한 판본은 시로틴스카야의 편집으로 1992년 소비에트스카야 로시야(Советская Россия) 출판사에서 『바를람 샬라모프, 콜리마 이야기(*Варлам Шаламов, Колымские рассказы*)』라는 제목으로 2권이 나왔다. 제1권에는 세 작품집이 수록돼 있다: 『콜리마 이야기(*Колымские рассказы*)』, 『좌안(*Левый берег*)』, 『삽의 달인(*Артист лопаты*)』. 1998년에는 역시 시로틴스카야의 편집으로 문학출판사에서 4권으로 된 『바를람 샬라모프(*Варлам Шаламов*)』 작품집을 출간했는데, 그 안에 '콜리마 이야기'의 여섯 개 시리즈와 초기 작품, 에세이, 편지, 시까지 수록되었다. 마지막으로 시로틴스카야가 편집한 『바를람 샬라모프 7권 전집(*Варлам Шаламов 'Собрание сочинений в 7-ми томах'*)』이 2013년 테라-크니즈니 클룹 크니고벡(Терра-Книжный клуб Книговек) 출판사에서 출간되었다. 이 전집은 작품 외에 아흐마토바, 파스테르나크, 솔제니친, 리하초프 같은 20세기 러시아 문화계의 많은 저명인사들, 옛 수용소 동료·친구들과 작가가 교환한 편지, 그리고 시로틴스카야에 의해 준비된 문서보관소에서 나온 새 자료 등을 담고 있다. '콜리마 이야기'는 이 전집의 제1권에 포함되었다. 본 역서는 이 판본을 대본으로 삼았다. 이는 7권으로 구성된 샬라모프 전집 중 제1권에 속한다.

바를람 샬라모프 연보

1907 **6월 18일** 볼로그다 시에서 사제인 아버지 티혼 니콜라예비치 샬라모프와 교사인 어머니 나데즈다 알렉산드로브나 사이에서 태어남. 본명 바를람 티호노비치 샬라모프〔Varlaam(Varlam) Tikhonovich Shalamov〕.

1914 볼로그다 시 성(聖)알렉산드르 중학교에 입학.

1923 옛 중학교 건물의 6번 통일 노동 학교(혁명 직후 중등학교의 명칭) 졸업.

1924 볼로그다를 떠나 모스크바 주 쿤체보 시 피혁 공장에 무두장이로 들어감.

1926 공장 파견으로 모스크바 섬유 대학 입학과 동시에 공개 시험을 통해 모스크바 대학 법률학부에 입학. 모스크바 대학을 선택.

1927 **11월 7일** '스탈린 타도!', '레닌의 유언을 수행하자!'라는 슬로건 아래 10월 혁명 10주년 기념일에 시위에 가담.

1928 『노비 레프(Новый ЛЕФ)』〔신(新)레프, 신예술 좌익 전선의 뜻〕 잡지에서 만든 문학 서클에 출석.

1929 **2월 19일** 이른바 '레닌의 유언'을 인쇄하려고 나간 지하 인쇄소에서 잠복 중인 경찰에 체포되어 '사회 위험 분자'로 3년 형을 받고 수용소

에 수감됨.

1929 **4월 13일** 모스크바 부티르카 감옥에 수감되었다가 호송 수인단과 함께 북우랄에 있는 비셰라 수용소로 이송. 훗날 콜리마 달스트로이(극북 건설 관리 본부) 본부장이 된 베르진 휘하의 베레즈니키 화학 공장 건설장에서 노동. 그곳 수용소에서 첫 아내가 될 갈리나 이그나티예브나 굿지를 만남.

1931 **10월** 교정 노동 수용소에서 석방, 복권됨. 베레즈니키 화학 공장에서 집으로 돌아갈 여비를 벎.

1932 모스크바로 귀환하여 노동조합 잡지 『돌격작업을 위하여(Za udarnichestvo)』와 『기술 습득을 위하여(Za ovladenie tekhnikoi)』에서 근무하기 시작. 굿지와 만남.

1933 부모를 만나러 볼로그다로 감.

1933 **3월 3일** 아버지 사망. 장례식에 참석하기 위해 볼로그다로 감.

1934 **6월 29일** 굿지와 결혼.

1934 **12월 26일** 어머니 N. A. 샬라모바 사망. 장례식에 참석하기 위해 볼로그다로 감.

1934~1937 '산업 요원을 위하여(Za promyshlennye kadry)' 잡지사에 근무.

1935 **4월 13일** 딸 옐레나 출생.

1936 첫 단편 「아우스티노 의사의 세 죽음(Три смерти доктора Аустино)」이 『10월(Октябрь)』 잡지 첫 호에 발표됨.

1937 **1월 13일** '반혁명 트로츠키스트 활동'으로 체포되어 부티르카 감옥에 재수감됨. 특별 심의에서 교정 노동 수용소 5년의 중노동형을 받음.

1937 **8월 14일** 대규모 수인단과 함께 기선으로 나가예보(마가단) 만에 도착.

1937 **8월~1938년 12월** '파르티잔' 광산 금 채굴장에서 노동.

1938 **12월** 수용소 내 '법률가들의 음모' 사건에 연루되어 체포됨. 마가단 취조 감옥('바시코프 집')에 수감.

1938 **12월~1939년 4월** 마가단 중계 감옥에서 티푸스 검역으로 격리됨.

1939 **4월~1940년 8월** '쵸르나야 레치카(검은 강)' 광산에서 토공, 보일러공, 지형 측량 기사 조수로 일함.

1940 **8월~1942년 12월** '카디크찬'과 '아르카갈라' 수용소 석탄 광산에서 노동.

1942 **12월 22일~1943년 5월** '젤갈라' 징벌 광산에서 일반 노동으로 중노동.

1943 **5월** 동료의 밀고로 '반소비에트 선전' 및 위대한 러시아 작가 I. A. 부닌(러시아인으로 처음 노벨 문학상 수상)을 칭찬한 죄로 체포됨.

1943 **6월 22일** 야고드노예 마을 재판에서 반소비에트 선전죄로 수용소 10년형을 받음.

1943 **가을** '도호댜가(기진맥진하여 죽어 가는 사람)' 상태로 야고드노예 마을 인근에 있는 '벨리치야' 수용소 병원에 입원.

1943 **12월~1944년 여름** '스파코이니' 광산 채굴장에서 노동.

1944 **여름** 같은 내용의 밀고로 체포됐으나 그 조항으로 이미 형을 받았기 때문에 이번에는 새로 형기를 받지 않음.

1945 **여름~1945년 가을** 중환자로 '벨리치야' 병원에 입원. 의사들의 도움으로 죽음 직전에 살아나 임시로 병원에 남아 문화 활동 조직자, 보조 노동자로 고용됨.

1945 **가을** '클류치 알마즈니(알마즈니 샘)' 타이가 캠프에서 벌목 노동자들과 함께 노동. 하중을 견디다 못해 탈출하기로 결심.

1945 **가을~1946년 봄** 탈출을 시도한 벌로 '젤갈라' 징벌 광산의 일반 노동으로 다시 이송.

1946 **봄** '수수만' 광산 일반 노동에 떨어져 일하다가 이질 혐의로 '벨리치야' 병원으로 이송됨. 회복된 후 A. M. 판튜호프 의사의 도움으로 마가단에서 23킬로미터 떨어진 수용소 병원으로 보조 의사 과정을 밟으러 감.

1946 **12월** 보조 의사 과정을 마친 뒤, 수인 중앙 병원 '레비 베레그(좌안)' 외과 보조 의사로 일하러 파견됨(데빈 마을, 마가단에서 4백 킬로미터).

1949 **봄~1950년 여름** 벌목 노동자 마을 '클류치 두스카니야(두스카니야

샘)'에서 보조 의사로 일함. 훗날 '콜리마 노트(*Колымские тетради*)' 시리즈에 수록된 시를 쓰기 시작함.

1950~1951 '레비 베레그(좌안)' 병원 예진실 보조 의사로 일함.

1951 **10월 13일** 형기를 마침. 그 후 2년간 '달스트로이'의 파견으로 바라곤, 큐뷰마, 리류코반 마을(야쿠티야 오이먀콘 지구) 보조 의사로 일함. 목적은 콜리마를 떠날 여비를 벌기 위함이었음. 시를 계속 써서 아는 의사 E. A. 마무차시빌리를 통해 모스크바에 있는 파스테르나크에게 보냄. 답을 받고 두 시인 사이에 편지 왕래가 시작됨.

1953 **9월 13일** '달스트로이'에서 면직됨.

1953 **11월 12일** 모스크바로 귀환하여 가족을 만남.

1953 **11월 13일** 파스테르나크를 만남. 그의 도움으로 문인들과 접촉하게 됨.

1953 **11월 29일** 칼리닌 주 첸트르토르프스트로이 트러스트 건설 본부 오제레츠코-네클류예프에 조장으로 취직.

1954 **6월 23일~1956년 여름** 칼리닌 주 레셰트니코프 이탄 채굴 기업 공급 대리인으로 근무. 레셰트니코프에서 15킬로미터 떨어진 투르크멘 마을에 거주.

1954 첫 작품집 『콜리마 이야기(*Колымские рассказы*)』 집필에 착수. 굿지와 이혼.

1956 **7월 18일** 범죄 사실 없음으로 명예 회복이 되면서 레셰트니코프 기업에서 퇴사.

1956 모스크바로 이주. O. S. 네클류도바와 재혼.

1957 『모스크바(Москва)』 잡지의 비정규직 기자로 취직. 『콜리마 노트(*Колымские тетради*)』의 첫 시들을 『깃발(Знамя)』 잡지 제5호에 발표.

1957~1958 메니에르병 증세가 심해 보트킨 병원에서 치료받음.

1961 첫 시집 『부싯돌(*Огниво*)』 출간. 『콜리마 이야기(*Колымские рассказы*)』와 『범죄 세계의 르포(*Очерки преступного мира*)』 집필 계속.

1962~1964 『노비 미르(Новый мир, 신세계)』 잡지사 비정규 평론가로 근무.

1964 시집 『나뭇잎 소리(*Шелест листьев*)』 출간.

1964~1965 콜리마 시리즈 『좌안(*Левый берег*)』과 『삽의 달인(*Артист лопаты*)』 완성.

1966 둘째 부인 네클류도바와 이혼. 그때 중앙 국립 문학·예술 문서 보관소 직원으로 근무하던 I. P. 시로틴스카야와 알게 됨.

1966~1967 단편집 『낙엽송의 소생(*Воскрешение лиственницы*)』 집필.

1967 시집 『길과 운명(*Дорога и судьба*)』 출간.

1968~1971 자전적 중편 『제4 볼로그다(*Четвертая Вологда*)』 집필.

1970~1971 『앙티로망 비셰라(*Вишерский антироман*)』 집필.

1972 해외 출판사 포세프(Посев, 파종)에서 『콜리마 이야기』를 출판한 사실을 알고 러시아 『문학 신문(Литературная газета)』에 저작권을 침해하는 임의의 불법 출판에 대해 항의 서한을 보냄. 많은 동료 문인들이 그 편지를 콜리마 이야기의 거부로 받아들이고 샬라모프와 관계를 끊음.

1972 시집 『모스크바의 구름(*Московские облака*)』 출간. 소련 작가 동맹에 가입.

1973~1974 『장갑 또는 콜리마 이야기 2(*Перчатка, или КР-2*)』('콜리마 이야기'의 마지막 시리즈) 집필.

1977 시집 『비등점(*Точка кипения*)』 출간. 출생 70주년에 '명예 훈장'에 추서됐으나 수령 거부.

1978 런던 '오버시즈 퍼블리케이션스(Overseas Publications)' 출판사에서 러시아어로 『콜리마 이야기』가 출판되었으나 역시 작가의 동의를 받지 않았음. 건강이 급격히 악화됨. 시력과 청력을 잃기 시작하고, 운동 조정 상실을 동반한 메니에르 질병 발작이 잦아짐.

1979 친구들과 작가 동맹의 도움으로 장애인·고령자 시설로 들어감.

1980 프랑스 펜클럽 상을 수여한다는 뉴스를 들었으나 끝내 받지 못함.

1980~1981 뇌졸중으로 쓰러짐. 일어나자 문병 온 그의 시 애호가 A. A. 모

로조프에게 시를 낭송해 줌. 그 시들을 모로조프가 파리 『러시아 그리스도교 운동 통보(Вестник русского христианского движения)』지에 발표함.

1982 **1월 14일** 정신병 환자 요양소로 이송됨.

1982 **1월 17일** 크루프성 폐렴으로 사망. 모스크바 쿤체보 공동묘지에 묻힘.

새롭게 을유세계문학전집을 펴내며

을유문화사는 이미 지난 1959년부터 국내 최초로 세계문학전집을 출간한 바 있습니다. 이번에 을유세계문학전집을 완전히 새롭게 마련하게 된 것은 우리가 직면한 문화적 상황에 적극적으로 대응하기 위해서입니다. 새로운 을유세계문학전집은 세계문학의 역할이 그 어느 때보다 중요해졌다는 인식에서 출발했습니다. 오늘날 세계에서 타자에 대한 이해는 우리의 안전과 행복에 직결되고 있습니다. 세계문학은 지구상의 다양한 문화들이 평등하게 소통하고, 이질적인 구성원들이 평화롭게 공존할 수 있는 문화적인 힘을 길러 줍니다.

을유세계문학전집은 세계문학을 통해 우리가 이런 힘을 길러 나가야 한다는 믿음으로 만들어졌습니다. 지난 5년간 이를 준비하기 위해 많은 노력을 기울였습니다. 세계 각국의 다양한 삶의 방식과 문화적 성취가 살아 있는 작품들, 새로운 번역이 필요한 고전들과 새롭게 소개해야 할 우리 시대의 작품들을 선정했습니다. 우리나라 최고의 역자들이 이들 작품 속 한 문장 한 문장의 숨결을 생생히 전하기 위해 심혈을 기울였습니다. 또한 역자들은 단순히 번역만 한 것이 아니라 다른 작품의 번역을 꼼꼼히 검토해 주었습니다. 을유세계문학전집은 번역된 작품 하나하나가 정본(定本)으로 인정받고 대우받을 수 있도록 최선을 다했습니다. 세계문학이 여러 경계를 넘어 우리 사회 안에서 주어진 소임을 하게 되기를 바라며 을유세계문학전집을 내놓습니다.

을유세계문학전집

BC 401 **오이디푸스 왕 외**
소포클레스 | 김기영 옮김 | 42 |
수록 작품: 안티고네, 오이디푸스 왕, 콜로노스의 오이디푸스
그리스어 원전 번역
「동아일보」 선정 '세계를 움직인 100권의 책'
서울대 권장 도서 200선
고려대 선정 교양 명저 60선
시카고 대학 선정 그레이트 북스

1191 **그라알 이야기**
크레티앵 드 트루아 | 최애리 옮김 | 26 |
국내 초역

1225 **에다 이야기**
스노리 스툴루손 | 이민용 옮김 | 66 |

1496 **라 셀레스티나**
페르난도 데 로하스 | 안영옥 옮김 | 31 |

1608 **리어 왕 · 맥베스**
윌리엄 셰익스피어 | 이미영 옮김 | 3 |

1630 **돈 후안 외**
티르소 데 몰리나 | 전기순 옮김 | 34 |
국내 초역 「불신자로 징계받은 자」 수록

1670 **팡세**
블레즈 파스칼 | 현미애 옮김 | 63 |

1699 **도화선**
공상임 | 이정재 옮김 | 10 |
국내 초역

1719 **로빈슨 크루소**
대니얼 디포 | 윤혜준 옮김 | 5 |

1749 **유림외사**
오경재 | 홍상훈 외 옮김 | 27, 28 |

1759 **신사 트리스트럼 섄디의 인생과 생각 이야기**
로렌스 스턴 | 김정희 옮김 | 51 |
노벨연구소 선정 100대 세계 문학

1774 **젊은 베르터의 고통**
요한 볼프강 폰 괴테 | 정현규 옮김 | 35 |

1799 **휘페리온**
프리드리히 횔덜린 | 장영태 옮김 | 11 |

1804 **빌헬름 텔**
프리드리히 폰 쉴러 | 이재영 옮김 | 18 |

1813 **오만과 편견**
제인 오스틴 | 조선정 옮김 | 60 |

1817 **노생거 사원**
제인 오스틴 | 조선정 옮김 | 73 |

1818 **프랑켄슈타인**
메리 셸리 | 한애경 옮김 | 67 |
뉴스위크 선정 세계 명저 100
옵서버 선정 최고의 소설 100
미국대학위원회 선정 SAT 추천 도서

1831 **예브게니 오네긴**
알렉산드르 푸슈킨 | 김진영 옮김 | 25 |

파우스트
요한 볼프강 폰 괴테 | 장희창 옮김 | 74 |
서울대 권장 도서 100선
미국대학위원회 SAT 권장 도서

1835 **고리오 영감**
오노레 드 발자크 | 이동렬 옮김 | 32 |
서머싯 몸 선정 세계 10대 소설
연세 필독 도서 200선

1836 **골짜기의 백합**
오노레 드 발자크 | 정예영 옮김 | 4 |

1844 **러시아의 밤**
블라지미르 오도예프스키 | 김희숙 옮김 | 75 |

1847 **워더링 하이츠**
에밀리 브론테 | 유명숙 옮김 | 38 |
서머싯 몸 선정 세계 10대 소설
서울대 선정 동서 고전 200선
미국대학위원회 SAT 권장 도서

제인 에어
샬럿 브론테 | 조애리 옮김 | 64 |
연세 필독 도서 200선
미국대학위원회 SAT 권장 도서
BBC 선정 영국인들이 가장 사랑하는 소설 100선
「가디언」 선정 가장 위대한 소설 100선

1850 **주홍 글자**
너새니얼 호손 | 양석원 옮김 |40|

1855 **죽은 혼**
니콜라이 고골 | 이경완 옮김 |37|
국내 최초 원전 완역

1866 **죄와 벌**
표도르 도스토예프스키 | 김희숙 옮김 |55, 56|
미국대학위원회 SAT 권장 도서
하버드 대학교 권장 도서

1880 **워싱턴 스퀘어**
헨리 제임스 | 유명숙 옮김 |21|

1888 **꿈**
에밀 졸라 | 최애영 옮김 |13|
국내 초역

1896 **키 재기 외**
히구치 이치요 | 임경화 옮김 |33|
수록 작품: 섣달그믐, 키 재기, 탁류, 십삼야, 갈림길, 나 때문에

1896 **체호프 희곡선**
안톤 파블로비치 체호프 | 박현섭 옮김 |53|
수록 작품: 갈매기, 바냐 삼촌, 세 자매, 벚나무 동산

1899 **어둠의 심연**
조지프 콘래드 | 이석구 옮김 |9|
수록 작품: 어둠의 심연, 진보의 전초기지, 『청춘과 다른 두 이야기』 작가 노트, 『나르시서스호의 검둥이』 서문
미국대학위원회 SAT 권장 도서
연세 필독 도서 200선

1900 **라이겐**
아르투어 슈니츨러 | 홍진호 옮김 |14|
수록 작품: 라이겐, 아나톨, 구스틀 소위

1903 **문명소사**
이보가 | 백승도 옮김 |68|

1908 **무사시노 외**
구니키다 돗포 | 김영식 옮김 |46|
수록 작품: 겐 노인, 무사시노, 잊을 수 없는 사람들, 쇠고기와 감자, 소년의 비애, 그림의 슬픔, 가마쿠라 부인, 비범한 범인, 운명론자, 정직자, 여난, 봄 새, 궁사, 대나무 쪽문, 거짓 없는 기록
국내 초역 다수

1909 **좁은 문 · 전원 교향곡**
앙드레 지드 | 이동렬 옮김 |24|
1947년 노벨문학상 수상

1914 **플라테로와 나**
후안 라몬 히메네스 | 박채연 옮김 |59|
1956년 노벨문학상 수상

1915 **변신 · 선고 외**
프란츠 카프카 | 김태환 옮김 |72|
수록 작품: 선고, 변신, 유형지에서, 신임 변호사, 시골 의사, 관람석에서, 낡은 책장, 법 앞에서, 자칼과 아랍인, 광산의 방문, 이웃 마을, 황제의 전갈, 가장의 근심, 열한 명의 아들, 형제 살해, 어떤 꿈, 학술원 보고, 최초의 고뇌, 단식술사
서울대 권장 도서 100선
연세 필독 도서 200선
미국대학위원회 SAT 권장 도서

1919 **데미안**
헤르만 헤세 | 이영임 옮김 |65|

1920 **사랑에 빠진 여인들**
데이비드 허버트 로렌스 | 손영주 옮김 |70|

1924 **마의 산**
토마스 만 | 홍성광 옮김 |1, 2|
1929년 노벨문학상 수상
서울대 권장 도서 100선
연세 필독 도서 200선
「뉴욕타임스」 선정 '20세기 최고의 책 100선'
미국대학위원회 SAT 권장 도서

1924 **송사삼백수**
주조모 엮음 | 김지현 옮김 |62|

1925 **소송**
프란츠 카프카 | 이재황 옮김 |16|

요양객
헤르만 헤세 | 김현진 옮김 |20|
수록 작품: 방랑, 요양객, 뉘른베르크 여행
1946년 노벨문학상 수상
국내 초역 「뉘른베르크 여행」 수록

위대한 개츠비
프랜시스 스콧 피츠제럴드 | 김태우 옮김 |47|
미 대학생 선정 '20세기 100대 영문 소설' 1위
모던 라이브러리 선정 '20세기 100대 영문학' 중 2위
미국대학위원회 추천 '서양 고전 100선'
「르몽드」 선정 '20세기의 책 100선'
「타임」 선정 '20세기 100대 영문 소설'

1925 **서푼짜리 오페라 · 남자는 남자다**
베르톨트 브레히트 | 김길웅 옮김 |54|

1927 **젊은 의사의 수기 · 모르핀**
미하일 불가코프 | 이병훈 옮김 |41|
국내 초역

1928 **체벤구르**
안드레이 플라토노프 | 윤영순 옮김 |57|
국내 초역

1929 **베를린 알렉산더 광장**
알프레트 되블린 | 권혁준 옮김 |52|

1930 **식(蝕) 3부작**
마오둔 | 심혜영 옮김 |44|
국내 초역

1934 **브루노 슐츠 작품집**
브루노 슐츠 | 정보라 옮김 |61|

1935 **루쉰 소설 전집**
루쉰 | 김시준 옮김 |12|
서울대 권장 도서 100선
연세 필독 도서 200선

1936 **로르카 시 선집**
페데리코 가르시아 로르카 | 민용태 옮김 |15|
국내 초역 시 다수 수록

1938 **사형장으로의 초대**
블라디미르 나보코프 | 박혜경 옮김 |23|
국내 초역

1946 **대통령 각하**
미겔 앙헬 아스투리아스 | 송상기 옮김 | 50 |
1967년 노벨문학상 수상 작가

1949 **1984년**
조지 오웰 | 권진아 옮김 |48|
1999년 모던 라이브러리 선정 '20세기 100대 영문학'
2005년 「타임」 선정 '20세기 100대 영문 소설'
2009년 「뉴스위크」 선정 '역대 세계 최고의 명저' 2위

1954 **이즈의 무희 · 천 마리 학 · 호수**
가와바타 야스나리 | 신인섭 옮김 |39|
1952년 일본 예술원상 수상
1968년 노벨문학상 수상

1955 **엿보는 자**
알랭 로브그리예 | 최애영 옮김 |45|
1955년 비평가상 수상

1955 **저주받은 안뜰 외**
이보 안드리치 | 김지향 옮김 |49|
수록 작품: 저주받은 안뜰, 몸통, 술잔, 물방앗간에서, 올루야크 마을, 삼사라 여인숙에서 일어난 우스운 이야기
세르비아어 원전 번역
1961년 노벨문학상 수상 작가

1962 **이력서들**
알렉산더 클루게 | 이호성 옮김 |58|

1964 **개인적인 체험**
오에 겐자부로 | 서은혜 옮김 |22|
1994년 노벨문학상 수상

1967 **콜리마 이야기**
바를람 샬라모프 | 이종진 옮김 |76|
국내 초역

1970 **모스크바발 페투슈키행 열차**
베네딕트 예로페예프 | 박종소 옮김 |36|
국내 초역

1979 **천사의 음부**
마누엘 푸익 | 송병선 옮김 |8|

1981 **커플들, 행인들**
보토 슈트라우스 | 정항균 옮김 |7|
국내 초역

1982 **시인의 죽음**
다이허우잉 | 임우경 옮김 |6|

1991 **폴란드 기병**
안토니오 무뇨스 몰리나 | 권미선 옮김 |29, 30|
국내 초역
1991년 플라네타상 수상
1992년 스페인 국민상 소설 부문 수상

1996 **아메리카의 나치 문학**
로베르토 볼라뇨 | 김현균 옮김 |17|
국내 초역

2001 **아우스터리츠**
W. G. 제발트 | 안미현 옮김 |19|
국내 초역
전미 비평가 협회상
브레멘상
「인디펜던트」 외국 소설상 수상
「LA타임스」, 「뉴욕」, 「엔터테인먼트 위클리」
선정 2001년 최고의 책

2002 **야쿠비얀 빌딩**
알라 알아스와니 | 김능우 옮김 |43|
국내 초역
바쉬라힐 아랍 소설상
프랑스 툴롱 축전 소설 대상
이탈리아 토리노 그린차네 카부르 번역 문학상
그리스 카바피스상

2005 **우리 짜르의 사람들**
류드밀라 울리츠카야 | 박종소 옮김 |69|
국내 초역

2007 **시카고**
알라 알아스와니 | 김능우 옮김 |71|
국내 초역